LA GUARIDA DEL LEÓN

CHRISTINE FEEHAN

LA GUARIDA DEL LEÓN

TITANIA

ARGENTINA — CHILE — COLOMBIA — ESPAÑA
ESTADOS UNIDOS — MÉXICO — PERÚ — URUGUAY — VENEZUELA

Título original: *Lair of the Lion*
Editor original: Avon – An Imprint of HarperCollins*Publishers*, New York
Traducción: Encarna Quijada

1.ª edición Julio 2015

ISBN: 978-84-92916-92-4
E-ISBN: 978-84-9944-879-4
Depósito legal: B-12.940-2015

Fotocomposición: Ediciones Urano, S.A.U.
Impreso por: Romanyà-Valls – Verdaguer, 1 – 08786 Capellades (Barcelona)

Impreso en España – *Printed in Spain*

Con muchísimo amor para mi hermana Denise,
que siempre ha compartido mi pasión por los libros.
Siempre has sido motivo de alegría para mí.

Capítulo *1*

El viento silbaba por el estrecho paso, cortante y frío, atravesando su capa raída. Isabella Vernaducci arrebujó su cuerpo tembloroso en su larga capa revestida de piel y miró con desasosiego las elevadas paredes de piedra que ascendían abruptamente a lado y lado. No era de extrañar que el ejército del *don* jamás hubiera sido derrotado en combate. Imposible escalar aquellas terribles paredes que ascendían como si estuvieran cortadas a pico, como torres que se elevan hacia las nubes.

En su interior Isabella sentía acechar una sombra, la impresión de un peligro. Y esa impresión no había dejado de reforzarse en las últimas horas de viaje. Ocultó la cabeza entre la crin de su montura en un intento por protegerse del viento implacable. Su guía la había abandonado horas atrás, y ahora debía espabilarse ella sola en aquel estrecho y tortuoso sendero. El caballo estaba nervioso, sacudía la cabeza, y saltaba inquieto a un lado y a otro, dando claras muestras de que deseaba echar a correr. Isabella tenía la sensación de que alguna criatura estaba siguiendo sus pasos, fuera de la vista. De vez en cuando oía un gruñido, casi una tos…, un sonido extraño que jamás había oído antes.

Se inclinó hacia delante y susurró con suavidad palabras tranquilizadoras al oído de su montura. Su yegua estaba acostumbrada a ella, confiaba en ella, y aunque su cuerpo voluminoso temblaba, el animal hizo un valiente esfuerzo por avanzar. Partículas heladas salpicaron a caballo y jinete atravesando la piel como abejas furiosas. El caballo se estremeció y se movió con nerviosismo, pero avanzó estoicamente.

A Isabella la habían avisado en numerosas ocasiones del peligro, de la presencia de bestias salvajes que merodeaban por los Alpes, pero no tenía elección. En algún lugar, allá delante, estaba el único hombre que podía salvar a su hermano. Lo había sacrificado todo para llegar hasta allí y ahora no pensaba echarse atrás. Había vendido todo cuanto tenía de valor para encontrar a ese hombre, había entregado el dinero que le quedaba al guía, y había pasado los dos últimos días sin comer ni dormir. Pero lo único que importaba era encontrar al *don*. No tenía ningún sitio a donde ir; tenía que encontrarlo y conseguir una audiencia con él, por muy escurridizo, por muy peligroso y poderoso que fuera.

Las gentes del *don*, tan leales que se habían negado a ayudarla, le habían advertido que se mantuviera alejada. Sus tierras eran inmensas, vastas sus propiedades. En pueblos y aldeas se hablaba entre susurros de él, el hombre a quien acudían buscando protección, al que temían por encima de todos los demás. Su reputación era leyenda. Letal. De él se decía que era intocable. Los ejércitos que habían intentado avanzar sobre sus propiedades habían quedado sepultados bajo la nieve o por desprendimientos de rocas. Sus enemigos perdían la vida de forma instantánea y brutal. Y, sin embargo, Isabella había persistido a pesar de las advertencias, de los accidentes, del tiempo, a pesar de todos los obstáculos. No pensaba volver atrás por mucho que le aullaran las voces en el viento, por muy gélida que fuera la tormenta. Tenía que ver a ese hombre como fuera.

Isabella miró furiosa al cielo.

—Te encontraré. Tengo que verte —declaró desafiándolo con firmeza—. Soy una Vernaducci. ¡Nosotros nunca nos rendimos!

Aquello era una tontería, pero estaba convencida de que el amo del gran *palazzo* tenía el poder de gobernar incluso el tiempo, y que era él quien estaba arrojando todos aquellos obstáculos en su camino.

Un sonido como de rocas al chocar llamó su atención y giró la cabeza con el ceño fruncido para mirar una de las empinadas pendientes. Unas piedrecillas rodaban pendiente abajo, cada vez más deprisa, y desalojaban otras rocas a su paso. El caballo saltó hacia delante, chillando asustado mientras una lluvia de restos les caía desde arriba. Isabella podía oír el sonido metálico de los cascos del animal, que intentaba mantener la posición, sentía sus grandes músculos hincharse bajo su cuerpo mientras luchaba por mantenerse en pie bajo la lluvia de rocas. Isabella trataba de sujetar las riendas, con los dedos casi entumecidos. ¡No podía permitirse caer de la montura! Sin su yegua no podría sobrevivir al frío y a las manadas de lobos que campaban a sus anchas por la zona. El caballo arqueaba la espalda, con las patas rígidas, y a cada movimiento sacudía a Isabella de tal manera que hasta los dientes le dolían.

Pero fue la desesperación, más que la experiencia, lo que la ayudó a mantenerse en la silla. El viento azotaba su rostro, y arrancaba las lágrimas de las comisuras de sus ojos. Sus cabellos trenzados se sacudían en un frenesí de mechones largos y sedosos que la tormenta inminente había soltado. Isabella azuzó a la yegua con fuerza para que avanzara, tenían que salir de allí. El invierno se acercaba, y con él llegarían tormentas más violentas. Unos días más y sería imposible salvar el estrecho paso.

Temblando, con los dientes castañeteando, Isabella azuzó al caballo para que avanzara por el tortuoso camino. Una vez fuera del paso, por el lado izquierdo la montaña descendía gradualmente hasta una cornisa que parecía inestable y poco sólida. Allá abajo veía rocas dentadas. Sin duda, si la yegua perdía pie, no sobrevivirían a la caída. Isabella se obligó a conservar la calma aunque su bota pasó arañando la pared de piedra. De arriba seguían cayendo pequeñas rocas que rodaban y rebotaban sobre la estrecha cornisa y caían al espacio vacío.

Y fue entonces cuando lo notó, una sensación extrañamente desorientadora, como si la tierra misma reverberara y se retorciera, como si alguna criatura a la que no se debía molestar hubiera despertado al entrar ella en el valle. El viento golpeaba y azotaba su persona con furia renovada, los cristales de hielo le quemaban el rostro y cualquier parte de su cuerpo que estuviera al descubierto. Durante una hora, Isabella avanzó, mientras el viento caía sobre ella desde todas las direcciones. Un viento furioso, perverso, como si su solo objetivo fuera ella. Allá en lo alto, las nubes de tormenta se congregaban en lugar de pasar veloces empujadas por el viento. Sus dedos se cerraron formando puños en torno a las riendas. Eran tantas ya las tácticas de dilación que había encontrado en su camino... Pequeños incidentes. Accidentes. El sonido de voces que murmuraban temibles palabras al viento. Olores extraños y perniciosos. El aullido de los lobos. Y lo peor de todo, el rugido terrible y distante de una bestia desconocida.

Pero no pensaba volver atrás. No podía volver atrás. No tenía elección. Empezaba a creer en las cosas malas que se decían de aquel hombre. Que era misterioso, esquivo, oscuro y peligroso. Un hombre a quien es mejor evitar. Algunos decían que tenía autoridad para gobernar los mismísimos cielos, que las bestias de la Tierra obraban su voluntad. No importaba. Tenía que llegar hasta él, se pondría a su merced si hacía falta.

El caballo dobló el recodo, y en ese momento Isabella sintió que se quedaba sin aliento. Ya había llegado. Lo había conseguido. El *castello* era real, no una ficción creada por la imaginación de alguien. Y estaba allí, elevándose en la ladera del monte, mitad roca, mitad mármol, un *palazzo* inmenso, sólido, imposiblemente grande y extenso. Bajo la luz del anochecer su aspecto era perverso, con aquellas hileras de temibles ventanas que la miraban como ojos inexpresivos contra el azote del viento. La estructura tenía varias plantas, con largas almenas, torres altas y redondas, y grandes torreones. Isabella podía distinguir los grandes leones de piedra que guardaban las torres, las harpías de piedra con picos afilados posadas en los alerones. Por todas partes unos ojos vacíos pero vigilantes la observaban en silencio.

Su yegua se movía nerviosa, sacudiendo la cabeza, moviendo los ojos con expresión asustada. El corazón de Isabella latía tan fuerte que sonaba como el trueno a sus oídos. Lo había logrado. Y hubiera debido sentirse aliviada, pero no podía contener aquella sensación de pánico cada vez más intensa en su interior. Había logrado un imposible. Estaba en un territorio totalmente agreste, y fuera como fuese, el hombre que vivía allí era tan indómito como la tierra cuyo dominio ostentaba.

Isabella alzó el mentón y se apeó de su montura, sujetándose a la silla para no caer. Tenía los pies entumecidos, las piernas le flaqueaban, se negaban a sostenerla. Durante unos instantes permaneció inmóvil, respirando hondo, tratando de recuperar las fuerzas. Levantó la vista al *castello*, mordiéndose el labio inferior. Ahora que estaba allí, ahora que lo había encontrado, no tenía ni idea de lo que debía hacer. Blancos jirones de niebla flotaban en torno a las columnas del *palazzo* y le daban un aspecto fantasmal. La niebla permanecía inmóvil, como si estuviera anclada allí, a pesar del viento furioso que la golpeaba a ella.

Guió al caballo hasta el *castello* y, tras acercarse tanto como pudo, aseguró las riendas. No podía permitirse perderlo, aquel animal era su única posibilidad de escape. Trató de darle unas palmaditas en el costado, que subía y bajaba por el esfuerzo, pero se sentía las manos torpes y le dolían por el frío.

—Lo hemos logrado —susurró con suavidad—. *Grazie*.

Isabella se arrebujó en la capa y la vestidura pareció engullirla cuando se echó la capucha sobre la cabeza. Avanzó hasta los empinados escalones, tambaleándose bajo el envite perverso del viento. Por alguna razón, esperaba encontrar un *castello* ruinoso, y sin embargo los escalones eran de un mármol sólido y pulido bajo sus pies. Y estaban resbaladizos a causa de las pequeñas partículas de hielo que los cubrían.

Las enormes cabezas de león talladas en los portones resultaban un tanto incongruentes en el agreste paisaje alpino. Los ojos la miraban con fiereza, la melena espesa, las fauces abiertas, mostrando los colmillos. La aldaba estaba en el interior de una boca, y eso obligaba a quien quería llamar a meter la mano entre los colmillos. Isabella respiró hondo y metió la mano con cuidado para no cortarse con las puntas afiladas. Dejó caer la aldaba, y el sonido pareció vibrar por el *palazzo*, mientras el viento seguía azotando las ventanas, furioso porque se había resguardado en la seguridad relativa de las columnas y los contrafuertes. Temblando de frío, con las piernas flaqueando, se apoyó contra la pared y ocultó las manos en la capa. Aquel hombre estaba allí dentro, entre las paredes del *castello*. Sabía que estaba allí. Podía sentir su presencia. Oscura. Peligrosa. Como una bestia que acecha a la espera… Observándola. Isabella podía sentir su mirada, malévola, maliciosa, venenosa. Algo perverso acechaba en las entrañas del *palazzo* y, con su especial sensibilidad, ella lo percibía como un puño en torno a su corazón.

El impulso de darse la vuelta y huir era poderoso. Su instinto de supervivencia le decía que no se apartara de la protección del inmenso *castello*, pero en su interior, todo en ella se rebelaba. No fue capaz de obligarse a volver a llamar a la puerta. Incluso su férrea fuerza de voluntad parecía haberla abandonado y, de hecho, se volvió hacia el exterior, hacia el viento, dispuesta a correr el riesgo. No. Refrenó su díscola imaginación. No pensaba dejarse llevar por el pánico y correr hacia su caballo. En lugar de eso, se aferró al pesado marco de la puerta y clavó las uñas con fuerza para mantenerse firme en su sitio.

El crujido de la puerta la alertó. Suave. Ominoso. Amenazador. Un portento de peligro. Del otro lado, el interior se veía oscuro. Un hombre ataviado de un riguroso negro la miraba con ojos tristes.

—El amo no recibirá a nadie.

Isabella estaba petrificada. Hacía apenas unos instantes, lo único que deseaba era correr hacia su caballo y alejarse de allí lo más rápido posible. Ahora estaba molesta. La tormenta arreciaba y empezaron a caer cortinas de hielo, con tanta fuerza que los pedazos de granizo cubrieron el suelo de blanco casi al instante.

La puerta empezó a cerrarse, pero Isabella plantificó su pie con rapidez en el resquicio. Se metió las manos heladas en los bolsillos y respiró hondo para controlar los temblores.

—Bueno, pues tendrá que cambiar sus planes. Debo verle. No tiene elección.

El sirviente la miraba impasible. No se apartó, ni abrió tampoco la puerta para que pudiera pasar.

Isabella se negaba a apartar la mirada, no pensaba ceder al poderoso impulso que le decía a gritos que huyera mientras estuviera a tiempo. La tormenta estaba en todo su apogeo ahora, y arrojaba hirientes pedazos de hielo que dolían como lanzas incluso bajo la protección de aquella entrada.

—Debo llevar a mi yegua a los establos. Por favor, llevadme allí inmediatamente.

Alzó el mentón y miró al sirviente fijamente.

El criado vaciló, miró fugazmente al interior oscuro, y entonces salió y cerró la puerta a su espalda.

—Debéis abandonar este lugar. Marchaos, ahora. —El hombre hablaba entre susurros, con mirada inquieta, sus manos nudosas temblaban—. Marchaos mientras podáis.

Sus ojos la miraban con desesperación, suplicantes. La voz apenas era un hilo de sonido, apenas se oía en medio del hiriente chirrido del viento.

Isabella supo enseguida que sus palabras eran sinceras, y su corazón vaciló por el miedo. ¿Qué podía haber allí dentro tan terrible para que el hombre le aconsejara que saliera en medio de aquella ventisca y se arriesgara con aquella naturaleza despiadada antes que dejarla entrar? Los ojos que antes la miraban con indiferencia, ahora estaban llenos de temor. Isabella lo estudió por un instante, tratando de dilucidar sus motivos. El hombre tenía una aire digno y sereno, orgulloso, pero podía oler también su miedo. Le salía por los poros como si fuera sudor.

La puerta volvió a abrirse un resquicio, no más. El sirviente se puso rígido. Una anciana asomó su cabeza canosa.

—Betto, el amo dice que puede pasar.

El sirviente se encogió apenas una fracción de segundo, su mano se aferró al marco de la puerta para sostenerlo, pero al punto hizo una reverencia.

—Me ocuparé personalmente de vuestro caballo.

Su voz era neutra, y no parecía inquietarle que su mentira hubiera quedado al descubierto.

Isabella alzó la vista a los elevados muros del *castello*. Aquello era una fortaleza en toda regla, ni más ni menos. Las grandes puertas eran enormes, macizas, pesadas. Alzó el mentón y miró al anciano haciendo un gesto de asentimiento.

—*Grazie tanto* por tomarse tantas molestias.

Por avisarme, eran las palabras no pronunciadas que quedaron suspendidas entre ambos.

El hombre arqueó una ceja. Sin duda la joven era una *aristocratica*. Y las *aristocratiche* rara vez reparaban en los sirvientes. Al anciano le sorprendió que ni siquiera lo reprendiera por su mentira. Que entendiera que solo estaba tratando de ayudarla. De salvarla. Hizo una nueva reverencia, vacilando levemente, se volvió hacia la tormenta y cuadró los hombros con resignación.

Entonces cruzó el umbral. Y al momento la sensación de peligro se disparó en su corazón. El denso hedor del peligro impregnaba aquel lugar, como una nube, gris y sombría, tocada por la malicia. Isabella dio un profundo suspiro para serenarse y miró a su alrededor. El vestíbulo era espacioso, y por doquier veía velas destinadas a iluminar ese gran espacio y disipar la oscuridad que había visto desde fuera. Cuando entró, una ráfaga recorrió el corredor y las llamas saltaron en una danza macabra. Un siseo resentido acompañaba al viento. Un siseo audible de reconocimiento. Fuera lo que fuese, reconocía su presencia con la misma certeza con que ella había percibido la suya.

El interior del *castello* estaba inmaculadamente limpio. Los amplios espacios abiertos y los techos altos daban la impresión de estar en una catedral. Una hilera de columnas se elevaba hasta el techo, cada una de ellas decorada con ornamentadas tallas de criaturas aladas. Isabella podía ver sus figuras fantasmagóricas subiendo por las columnas. Aquel lugar era una tentación para los sentidos: la profusión de obras de arte, la imponente estructura…, y sin embargo era una trampa para el incauto. Todo allí era hermoso, pero algún ser sobrenatural la observaba con mirada terrible y un odio malévolo.

—Seguidme. El amo desea que se os proporcione una habitación. La tormenta durará varios días. —La mujer le dedicó una sonrisa sincera, pero en sus ojos había cierta preocupación—. Soy Sarina Sincini.

Y permaneció en el mismo lugar un instante, esperando.

Isabella abrió la boca para presentarse, pero de sus labios no brotó ningún sonido. De pronto fue consciente del profundo silencio que reinaba en el inmenso *palazzo*. No se oía crujir de maderas, ni pasos, ni el murmullo de los sirvientes. Era como si el *castello* en pleno estuviera esperando a que pronunciara su nombre en voz alta. No, no revelaría su nombre a aquel espantoso *palazzo* que parecía una personificación viva del mal. De pronto las piernas le cedieron y cayó bruscamente sobre las losas de mármol, próxima a las lágrimas, meciéndose con un oscuro temor que sentía como una piedra en el corazón.

—Oh, *signorina*, debéis de estar tan cansada… —Al punto la *signora* Sincini la rodeó por la cintura con un brazo—. Permitid que os ayude. Puedo llamar a un sirviente para que os lleve en brazos si es necesario.

Isabella meneó la cabeza con rapidez. Su cuerpo se sacudía por el frío y la debilidad debidas al hambre y la dureza del viaje, pero lo cierto es que era la inquietante sensación de que una presencia maligna la observaba lo que la había llenado de pavor y había hecho que sus piernas ya temblorosas cedieran. La sensación era intensa. Miró con atención a su alrededor, tratando de mantener la compostura, aunque lo único que deseaba era echar a correr.

Sin previo aviso, un rugido procedente de algún lugar cercano llenó el silencio. El rugido fue contestado por un segundo rugido, y un tercero. Aquel sonido terrorífico brotaba por todas partes, lejos y cerca. Por un terrible momento, los sonidos se fusionaron y las envolvieron, sacudiendo el mismísimo suelo bajo sus pies. Los sonidos reverberaban por el *palazzo*, llenaban los espacios abovedados, llegaban a los rincones más escondidos. Luego se oyeron una serie de gruñidos roncos. Isabella, que estaba junto a la *signora* Sincini, notó que la anciana mujer se ponía tensa. Casi podía oír el corazón de la sirvienta latiendo al compás del suyo propio.

—Venid, *signorina*, debemos ir a vuestros aposentos.

Y colocó una mano temblorosa sobre el brazo de Isabella para guiarla.

—¿Qué ha sido eso?

Los ojos oscuros de Isabella escrutaron el rostro de la anciana. Y lo que vieron en ellos fue el mismo miedo que delataba el ligero temblor de sus labios.

La sirvienta trató de encoger los hombros con gesto despreocupado.

—El amo tiene mascotas. No debéis abandonar vuestros aposentos por la noche. Tendré que encerraros dentro por vuestra seguridad.

Ella notaba una sensación de terror cada vez más intensa en su interior, aguda y fuerte, pero se obligó a serenarse. Era una Vernaducci. No cedería al pánico. No huiría. Había ido a aquel lugar con un propósito, lo había arriesgado todo para llegar hasta allí, para ver al esquivo *don*. Y había conseguido aquello en lo que todos los demás habían fracasado. Uno a uno todos los hombres a quienes había enviado habían acabado por regresar, y todos decían lo mismo, que era imposible continuar. Otros habían vuelto sobre la grupa de un caballo, con terribles heridas como las que infligiría un animal salvaje. Y aun hubo otros que no regresaron. Y cada vez, sus preguntas eran recibidas con negativas silenciosas de la cabeza o con la señal de la cruz. Pero ella había perseverado porque no tenía elección. Y había encontrado la guarida, había entrado en ella. No podía abandonar ahora, no podía permitir que el miedo la venciera en el último momento. Tenía que conseguirlo. No podía fallarle a su hermano, su vida estaba en juego.

—Debo hablar con él esta noche. Se me acaba el tiempo. He tardado mucho más de lo que esperaba en llegar a este lugar. De veras, he de verle, y si no me voy en breve, el paso quedará cerrado y ya no podré salir. He de partir inmediatamente —explicó Isabella con su tono más autoritario.

—*Signorina*, debéis comprender. Ahora no es seguro. Ha caído la noche. No hay ningún lugar seguro fuera de estos muros.

La profunda compasión que Isabella vio en los ojos apagados de la mujer solo sirvió para incrementar su pánico. La sirvienta sabía cosas que ella desconocía y era obvio que temía por su seguridad.

—No podéis hacer nada, salvo poneros cómoda. Estáis temblando de frío. Hay un fuego encendido en vuestros aposentos, os están preparando un baño caliente, y enseguida mandarán algo de comer desde la cocina. El amo desea que os sintáis a gusto.

Su voz era persuasiva.

—¿Estará segura mi yegua?

Sin el animal, no tenía esperanza de salvar los accidentados kilómetros que separaban el *palazzo* de la civilización. Los rugidos que había oído no eran los de un lobo; fuera lo que fuese parecía temible, hambriento, y sin duda tenía afilados dientes. A Isabella su hermano le había regalado la yegua por su décimo aniversario. La idea de que unas bestias salvajes la devoraran le resultaba espantosa.

—He de comprobarlo.

Sarina negó con la cabeza.

—No, *signorina*, debéis permanecer en vuestros aposentos. Si el amo lo dice, debéis obedecer. Es por vuestra seguridad. —Esta vez había una clara nota de advertencia en la dulce voz de la anciana—. Betto se ocupará de vuestro caballo.

Isabella alzó el mentón desafiante, pero intuyó que en este caso el silencio sería más efectivo que las palabras furiosas. «Amo.» Ella no tenía amo, jamás lo tendría. La idea le resultaba casi tan abominable como la atmósfera tenebrosa que impregnaba el *palazzo*. Sujetando la capa con fuerza alrededor de su cuerpo, siguió a la anciana por una maraña de amplios corredores y después por una escalera de caracol de mármol, donde encontró una multitud de retratos que la observaban. Mientras avanzaba por el *palazzo*, Isabella no dejó de sentir el espeluznante peso de todos aquellos ojos que la observaban y seguían sus pasos. El edificio era hermoso, más que nada que hubiera visto en su vida, pero era una belleza glacial, y la dejaba fría. Mirara a donde mirase, veía tallas de enormes gatos con melena, con dientes afilados y ojos feroces. Grandes bestias con una mata de pelo en torno a sus cuellos y sobre el lomo. Algunos tenían grandes alas palmeadas extendidas para levantar el vuelo. Por todas partes había repartidos pequeños iconos y grandes esculturas de tales criaturas. En una pequeña hornacina, situada en una de las paredes, había un altar con docenas de velas encendidas ante un león de aspecto muy fiero.

Un pensamiento repentino la hizo estremecerse. Los rugidos que había oído bien podían ser de leones. Jamás había visto un león, pero ciertamente había oído hablar de aquellas legendarias bestias, que ostentaban el honor de haber despedazado a multitud de cristianos para divertimento de los romanos. ¿Adoraba la gente que vivía en aquel terrible lugar a esa bestia? ¿Al demonio? Se decían muchas cosas de aquel hombre. Se santiguó con disimulo para protegerse del mal, que parecía emanar de las mismísimas paredes.

Sarina se detuvo junto a una puerta, la abrió y se apartó a un lado para indicarle que pasara. Tras mirar a la sirvienta casi como si necesitara que la tranquilizara, Isabella entró. Era una estancia grande, y la chimenea crepitaba con el rumor del calor de las llamas rojas y amarillas. Estaba demasiado cansada y agotada, así que el único sonido que brotó de su boca ante la belleza de las vidrieras y los muebles tallados fue apenas un murmullo. Incluso el inmenso lecho con la gruesa colcha tan solo penetró los límites de su conciencia. Había invertido hasta su última gota de coraje y de fuerza en llegar hasta allí, en ver al esquivo *don* Nicolai DeMarco.

—¿Estáis segura de que no me recibirá esta noche? —preguntó—. Por favor, si pudierais hacerle saber de la urgencia de mi visita. Estoy segura de que cambiaría de opinión. ¿Podríais intentarlo?

Se quitó sus guantes revestidos de piel y los arrojó al interior del ornamentado guardarropa.

—Solo por el hecho de que hayáis venido a este lugar prohibido el amo sabe que lo que buscáis es de gran importancia para vos. Pero debéis entender que no es de importancia para él. Él tiene sus propios problemas.

La voz de Sarina era suave, incluso amable. Hizo ademán de salir de la habitación, pero se volvió de nuevo. Miró a su alrededor, miró al corredor, volvió a mirar a Isabella.

—Sois muy joven. ¿Nadie os ha advertido sobre este lugar? ¿Nadie os avisó para que no os acercarais? —Su voz amable tenía un tono de reprobación, suave, pero aun así firme—. ¿Dónde están vuestros padres, *piccola*?

Isabella cruzó la habitación, evitando mirar a la mujer, temiendo que aquel tono comprensivo la hiciera venirse abajo. En aquellos momentos habría querido desplomarse en un montón patético y llorar la pérdida de su familia, llorar por la terrible carga que había recaído sobre sus frágiles hombros. Pero en vez de eso, se aferró a uno de los postes bellamente tallados de la cama gigante, con tanta fuerza que los dedos se le pusieron blancos.

—Mis padres murieron hace mucho, *signora*. —Su voz era tensa, inexpresiva, pero la mano que aferraba el poste apretó con más fuerza—. He de hablar con él. Por favor, si tenéis manera de hacerle llegar el mensaje, es muy urgente, y mi tiempo se acaba.

La sirvienta volvió a entrar en la habitación, y cerró la puerta con firmeza a su espalda. Al instante, la atmósfera densa, cargada y terrible que reinaba en el *palazzo* pareció desaparecer. Isabella descubrió que respiraba mejor, y la presión que sentía en el pecho se aligeró. Un extraño aroma emanaba del agua caliente del baño que le habían preparado, una fragancia floral, fresca y limpia que le era desconocida. Aspiró con fuerza y se sintió agradecida por la taza de té que la sirvienta puso en su mano temblorosa.

—Debéis beberlo enseguida —la animó Sarina—. Os habéis enfriado mucho. Os ayudará a entrar en calor. Bebed hasta la última gota… buena chica.

El té la ayudó a calentarse, pero ella tenía la sensación de que jamás volvería a sentir calor por dentro. Temblaba incontrolablemente. Miró a Sarina.

—De veras, puedo controlarlo. No deseo que tengáis problemas por mi causa. La habitación es preciosa y tengo todo cuanto pudiera desear. Por cierto, soy Isabella Vernaducci.

La cama parecía confortable, el fuego alegre y reconfortante. A pesar del aspecto atrayente del agua humeante del baño, Isabella tenía intención de tirarse en el lecho, completamente vestida, y dormir. Por más que intentaba mantenerse despierta, los ojos se le cerraban.

—El amo querría que os ayude. Estáis desfallecida de agotamiento. Si mi hija estuviera lejos, me gustaría que alguien la ayudara. Por favor, permitidme el honor de ayudaros. —Sarina ya le estaba quitando la capa de encima de los hombros—. Venid, *signorina*, el baño está caliente; entraréis en calor más deprisa. Aún estáis temblando.

—Estoy tan cansada. —Las palabras brotaron antes de que pudiera detenerlas—. Solo quiero dormir.

Sonaba joven e indefensa, incluso a sus propios oídos.

Sarina la ayudó a desvestirse y la animó a entrar en el baño caliente. Mientras se deslizaba en el interior de la bañera humeante, la sirvienta desató sus trenzas sedosas y soltó los cabellos de la joven. Con delicadeza, masajeó su cuero cabelludo, frotando el jabón casero que olía a flores. Poco a poco, conforme el calor del agua penetraba en sus huesos, los terribles temblores empezaron a remitir.

Isabella estaba tan cansada que sintió que se dormía mientras la sirvienta le aclaraba los cabellos y la envolvía en un grueso albornoz. Caminó tambaleante hasta el lecho, como en sueños, consciente solo a medias de cuanto la rodeaba. La presencia de Sarina ocupada con los enredos de sus cabellos y alisando las largas trenzas, y volviendo después a trenzar aquella espesa mata mientras ella yacía tranquila era reconfortante y le traía reminiscencias de sus tiempos de niña, de su madre. Sus largas pestañas cayeron, y quedó tendida e inmóvil en el lecho, mientras el albornoz que envolvía su cuerpo desnudo absorbía el exceso de humedad del baño.

El sonido de alguien que llamaba a la puerta no la hizo reaccionar. Ni tampoco el olor a comida. Isabella solo quería dormir, y era tal su agotamiento que disipó por completo sus miedos y preocupaciones. Sarina musitó unas palabras, pero Isabella no pudo entenderlas. Ella solo quería dormir. La comida fue retirada, y siguió dormitando, arropada por la belleza de la estancia, el reconfortante chisporroteo del fuego, por la sensación de bienestar que le proporcionaban las manos de Sarina en sus cabellos.

Desde muy lejos, aislada en aquella ensoñación, oyó que Sarina daba un respingo. Trató de abrir los ojos y consiguió mirar bajo sus párpados entornados. En la habitación las sombras se habían alargado de forma alarmante. Las hileras de velas de las paredes se habían apagado, y las llamas de la chimenea se habían extinguido, convirtiendo los rincones de la estancia en un lugar oscuro y desconocido. En uno de esos rincones distinguió la figura en sombras de un hombre. Al menos eso le parecía.

Era alto, de hombros anchos, con cabellos largos y mirada intensa. Las llamas del fuego parecían de un rojo anaranjado en sus ojos ardientes. Ella podía sentir el peso de aquella mirada sobre las zonas expuestas de su cuerpo. Sus cabellos eran extraños, de un tono rojizo que se convertía en negro al caer sobre los hombros y la espalda ancha. El hombre la observaba desde las sombras, medio escondido, así que no podía verlo bien. Una sombra para sus sueños. Entonces pestañeó tratando de enfocarlo, pero le resultaba demasiado dificultoso salir de aquel estado de duermevela. Su cuerpo le pesaba como el plomo y ni siquiera fue capaz de reunir la fuerza para ocultar el brazo desnudo bajo el albornoz. Mientras yacía de esta guisa, tratando de ver con claridad la figura en sombras, su visión se emborronó y por un momento las largas manos del hombre se le antojaron garras, y la gran mole de su cuerpo se movió con una gracia no del todo humana.

Isabella se sentía expuesta, vulnerable, pero por más que lo intentaba, no podía levantarse. Yacía boca abajo sobre el lecho, mirando aprensivamente al rincón oscuro, mientras su corazón latía dolorosamente fuerte.

—Es mucho más joven de lo que pensaba. Y mucho más hermosa.

Las palabras fueron pronunciadas en voz baja, como si quien las decía estuviera meditando en voz alta y no hablara para nadie. Era una voz profunda y ronca, una mezcla de seducción y autoridad, una suerte de gruñido gutural que casi hizo que se le parara el corazón.

—Tiene mucho valor.

La voz de Sarina venía del otro lado del lecho, muy cerca, como si estuviera allí protegiéndola, pero ella no se atrevió a comprobarlo, pues temía apartar la mirada de la oscura figura que la observaba con aquella intensidad. Como un predador. Un gran felino. ¿Un león? Se estaba dejando llevar por la imaginación, mezclando los sueños con la realidad, y no habría sabido decir si lo que estaba viendo era real o no. Si es que había algo de real en aquel hombre.

—Ha sido una locura que viniera hasta aquí.

El tono hiriente de la voz le dolió.

Isabella trató de obligar a su cuerpo a moverse, pero era imposible. Y se le ocurrió que tal vez habían puesto algo en el té, o quizás en el agua perfumada del baño. Aquello era una agonía, y sin embargo, se sentía adormecida, inmune al miedo, desconectada, como si todo aquello le estuviera pasando a otra persona.

—Hace falta mucho valor y fortaleza. Ha venido sola —señaló Sarina con afabilidad—. Quizás ha sido una locura, pero ha sido valiente, y es un milagro que haya logrado semejante proeza.

—Sé lo que pensáis, Sarina. —Un hastío peculiar teñía la voz del hombre—. No existen los milagros. Lo sé bien. Mejor no creer en esas tonterías.

Se acercó a Isabella y su sombra cayó sobre ella, engulléndola por completo. Ella no le veía el rostro, pero sus manos eran grandes e increíblemente fuertes cuando la cogió en brazos.

Durante un terrible momento, Isabella contempló las manos que la aferraban con facilidad. Como grandes garras con uñas afiladas como cuchillas un instante, y manos humanas al siguiente. No hubiera sabido decir cuál de las dos imágenes era una ilusión; si todo aquello, si aquel hombre era real o tan solo una pesadilla. Su cabeza colgaba hacia atrás, pero no fue capaz de levantar las pestañas lo suficiente para verle la cara. Se limitó a yacer indefensa en sus brazos mientras su corazón latía con violencia. El hombre la colocó bajo las colchas, con el albornoz puesto, con movimientos seguros y eficientes.

Colocó su palma contra el lado de su rostro y acarició su piel suavemente con el pulgar.

—Qué suave —musitó él para sí.

Sus dedos se deslizaron bajo el mentón de Isabella para apartar la gruesa mata de pelo de su cuello. En aquellos dedos había un calor inesperado, pequeñas llamas que parecieron encender la sangre que corría por sus venas e hicieron que su cuerpo experimentara un calor, un dolor, un algo desconocido.

Los extraños rugidos volvieron entonces, y el *castello* entero pareció reverberar con aquellos espantosos sonidos.

—Esta noche están inquietos —comentó Sarina.

Su mano se cerró con más fuerza en torno a la de la joven. Y sin duda esta vez su actitud era protectora.

—Perciben una perturbación y eso les hace mostrarse inquietos y por tanto peligrosos. Tened cuidado esta noche, Sarina. —La advertencia del hombre era directa—. Intentaré tranquilizarlos.

Con un suspiro, la figura en sombras se volvió bruscamente y salió de la estancia. En silencio. No hubo susurro de vestiduras, ni sonido de pisadas, nada.

Isabella notó que Sarina volvía a tocar su mano, que arreglaba la colcha, y entonces se durmió. Soñó con un león que la acechaba implacablemente, siguiendo sus pasos con sus zarpas grandes y silenciosas mientras ella corría por un laberinto de pasillos largos y amplios. Y mientras, desde lo alto, la observaban en silencio harpías aladas, con picos afilados y curvos y ojos ávidos.

Los sonidos penetraban sus extraños sueños. Arrastrar de cadenas. Un lamento. Gritos en la noche. Inquieta, Isabella se arrebujó más entre las colchas. El fuego había quedado reducido a unas ascuas anaranjadas y brillantes. Y en la oscuridad de la habitación solo podía distinguir aquellos puntos de luz. Entonces se quedó contemplando los colores cuando alguna ráfaga ocasional de aire insuflaba vida a las pequeñas llamas. Tardó unos minutos en darse cuenta de que no estaba sola.

Se dio la vuelta para mirar a la figura en sombras que estaba sentada en el borde de la cama. Conforme sus ojos se adaptaban a la oscuridad, vio que se trataba de una joven que se mecía adelante y atrás, con sus largos cabellos sueltos sobre el cuerpo. Vestía con sencillez pero elegancia; era evidente que no pertenecía al servicio. En la oscuridad, su vestido parecía de un color inusual, de un intenso azul con un extraño dibujo que ella no había visto jamás. Al notar que se movía, la joven se volvió y la miró con una sonrisa serena.

—Hola. Pensé que no os levantaríais. Y quería veros.

Isabella trató de disipar la bruma que la envolvía. Miró a su alrededor con atención, tratando de encontrar al hombre de las sombras. ¿Había sido un sueño? No lo sabía. Aún podía sentir el roce de sus dedos contra su piel. Se llevó la mano al cuello para recuperar la sensación de aquellos dedos.

—Soy Francesca —dijo la joven con tono altivo—. No debéis tener miedo de mí. Sé que seremos buenas amigas.

Isabella trató de incorporarse. Pero su cuerpo no quiso colaborar.

—Creo que había algo en el té —dijo en voz alta, calibrando esa posibilidad.

Una risa cantarina escapó de la boca sonriente de la joven.

—Bueno, desde luego. El *don* no podía permitir que anduvierais corriendo arriba y abajo por el *palazzo* y descubrierais secretos largamente guardados.

Isabella trataba de luchar contra el sopor, decidida a vencer la sensación persistente de sueño. Consiguió incorporarse en posición de sentada, aferrando el albornoz para que no se escurriera, consciente de pronto de que no tenía ropas que ponerse. Ya se preocuparía por eso después. Ahora lo que importaba es que estaba limpia y caliente y a salvo de la tormenta. Y había llegado a su destino.

—¿Hay secretos aquí?

En ese instante las cadenas volvieron a sonar, como si estuvieran contestando a su pregunta, los aullidos se hicieron más agudos, y de algún lugar lejano llegó un gruñido grave y apagado. Isabella se protegió con las colchas.

La joven rió con ganas.

—Es un secreto cómo he logrado entrar en vuestros aposentos aunque la puerta está cerrada con llave. Aquí hay muchos, muchos secretos, y todos deliciosamente perversos. ¿Habéis venido a casaros con Nicolai?

Los ojos de Isabella se abrieron desmesuradamente, y se apretó el pesado albornoz con más fuerza alrededor del cuerpo.

—¡No, por supuesto que no! ¿De dónde habéis sacado semejante idea?

Francesca dejó escapar otra risa cantarina.

—Todo el mundo lo comenta, lo susurra por los pasillos, en las habitaciones. El *palazzo* en pleno especula sobre ello. Fue tan divertido cuando supimos que os habíais puesto en camino… Por supuesto, los demás apostaron a que no podríais sobrevivir al viaje, o que volveríais atrás. ¡Pero yo esperaba que lo conseguierais!

La boca de Isabella temblaba, y se mordió el labio inferior.

—¿El *don* del *palazzo* sabía que yo venía y no envió ninguna escolta a mi encuentro? —Lo cierto es que podían haberla matado—. ¿Cómo es posible que lo supieran?

La mujer se encogió de hombros con indiferencia.

—Tiene espías por todas partes. Hace tiempo que sabe que queríais una audiencia con él. Nunca recibe a nadie a quien no desee recibir.

Isabella estudió a la joven. Tendría más o menos su edad y sin embargo parecía infantil y traviesa. A pesar de las circunstancias, Isabella se descubrió sonriendo. Había algo contagioso en la sonrisa picante de Francesca.

—¿Qué son esos sonidos espantosos?

Los sonidos no parecían preocupar a Francesca, y eso la tranquilizó un tanto.

La mujer volvió a reír.

—Ya os acostumbraréis. —Hizo rodar los ojos—. Es una tontería en realidad. A veces dura horas. —Francesca se inclinó hacia delante—.

¿Cómo llegasteis hasta aquí? Nadie puede venir sin una invitación y una escolta. Todos nos morimos por saber cómo lo habéis logrado. —Bajó la voz—. ¿Utilizasteis alguna suerte de conjuro? Yo conozco algunos, pero ninguno lo bastante fuerte para proteger a nadie de los peligros de este valle. ¿Os costó mucho salvar el paso? Todos dicen que lo hicisteis sola. ¿Es eso cierto? —preguntó Francesca, disparando las preguntas una detrás de otra.

Isabella escogió sus palabras con tiento. No sabía nada de aquella gente, no sabía si seguían los dictados de la Santa Iglesia o adoraban al diablo. Pero no era buena señal que Francesca utilizara conjuros, y mucho menos que lo admitiera abiertamente. Ella casi esperaba que cayera un rayo desde el cielo.

—Logré salvar el paso —admitió.

Tenía la boca seca. Junto a la cama había una jarra ornamentada llena de agua, con un vaso acanalado y alargado. Miró el agua, temiendo que contuviera alguna sustancia que la hiciera dormir otra vez. Sus dedos retorcieron la colcha. Pensó detenidamente en su travesía, en las dificultades, en cómo se había sentido cuando lograba superar cada obstáculo.

—Ha sido emocionante y a la vez inquietante —contestó con sinceridad.

Ahora que sabía que el *don* había sabido en todo momento de sus pasos, se sentía más orgullosa aún por haber logrado lo que tantos otros no habían conseguido hacer.

Francesca botó sobre el lecho, riendo con suavidad.

—Oh, eso sí que tiene gracia. Esperad a que los otros lo sepan. «Emocionante», decís. ¡Es perfecto!

A pesar de lo extraño de la conversación, Isabella se descubrió sonriendo. La risa de Francesca era contagiosa.

En ese momento, un rugido feroz sacudió el *palazzo*. Acompañado por un grito espantoso y agudo de agonía, que resonó por el vasto *castello*, llegando a las bóvedas más altas y las mazmorras y cavernas más escondidas. Isabella sujetó el albornoz con fuerza contra su cuerpo, mirando con terror hacia la puerta cerrada. El grito se interrumpió de golpe, pero siguió un jaleo espantoso. Se oían bramidos de bestias salvajes procedentes de todas direcciones, y ella se tapó los oídos para no oír aquello. Su corazón latía tan fuerte que sonaba como el trueno, y el sonido se mezclaba en su cabeza con aquel caos de rugidos. Volvió la cabeza hacia Francesca.

Se había ido. La cama estaba lisa, en la colcha no había ni tan solo una ligera arruga en el lugar donde había estado sentada. Miró desconcertada, escrutando cada rincón, tratando desesperadamente de penetrar la oscuridad. Y, tan repentinamente como habían empezado, los ruidos cesaron y quedó solo el silencio. Ella permaneció muy quieta. Le daba miedo moverse.

Capítulo 2

Isabella permaneció sentada en la cama, muy quieta, bien protegida por el albornoz, con la vista clavada en la puerta, hasta que el amanecer empezó a arrojar franjas de luz por la larga hilera de vidrieras. Vio el sol cuando empezaba a subir en el cielo, y los colores que cobraban vida y animaban un tanto las imágenes retratadas en las ventanas.

Se levantó entonces y deambuló por la estancia, atraída por los coloridos paneles. De niña había estado en muchos de los grandes *castelli*, a cuál más imponente. Pero aquel era más ornamentado, más sofisticado, más de todo. Solo en aquella estancia, una simple habitación para invitados, había una pequeña fortuna en arte y oro. No era de extrañar que los ejércitos de los reyes español y austríaco, y los que vinieron antes, hubieran puesto tanto empeño en llegar al valle.

Entonces encontró la pequeña cámara reservada para las abluciones matinales y se tomó su tiempo, repasando mientras en su cabeza los argumentos que utilizaría para persuadir a *don* DeMarco para que la ayudara a salvar a su hermano. Su nombre era susurrado por hombres poderosos. Se decía que los gobernantes más influyentes buscaban su consejo, y que aquellos que no le escuchaban o seguían sus indicaciones acababan desaparecidos o muertos. Pocos eran los que podían verle, pero se rumoreaba que era mitad hombre, mitad bestia y que en aquel valle contaba con la ayuda de espectros extraños y demoníacos. Los rumores incluían desde fantasmas hasta un ejército de bestias salvajes a su mando. Isabella recordaba las historias que su hermano Lucca le había contado sobre el valle, y cómo se reían los dos por los absurdos rumores que la gente estaba dispuesta a creer.

Miró a su alrededor con atención. A cada lado de la puerta había una cruz, y se acercó para examinarla. Las tallas que había en ella eran de ángeles, hermosas criaturas aladas que guardaban la estancia. Sonrió. Solo estaba fantaseando, y sin embargo en aquellos momentos los rumores sobre criaturas demoníacas y el ejército de animales salvajes sobre los que tanto se había reído con su hermano no parecían tan descabellados, así que dio gracias por la plétora de ángeles que montaban guardia en la puerta.

La estancia era grande y abundaba en tallas ornamentadas. Varios pequeños grabados de leones alados colgaban de las paredes, pero la mayoría parecían ser de ángeles. Dos leones de piedra guardaban la gran chimenea y, viendo que su mirada era afable, les dio unas palmaditas en la cabeza para congraciarse con ellos.

Isabella no encontró sus ropas por ningún lado y, con un suspiro de frustración, abrió el enorme guardarropa. Estaba lleno de hermosos vestidos, vestidos que parecían nuevos, hechos especialmente para ella. Sacó uno, y pasó su mano temblorosa sobre la falda. Era como si todas aquellas prendas las hubiera hecho su costurera personal. Cada una de ellas, tanto las de uso cotidiano como las de baile, era de su talla, y estaban hechas de encaje y materiales suaves y vaporosos. Ella jamás había tenido vestidos tan delicados, ni siquiera cuando su padre vivía. Sus dedos acariciaron la tela, tocaron las minúsculas costuras con reverencia.

En la cómoda descubrió prendas íntimas cuidadosamente dobladas, y en cada cajón había pétalos de flores para que conservaran el aroma fresco. Se sentó en el borde de la cama, con aquellas prendas en las manos. ¿Las habían hecho para ella? ¿Cómo podía ser? Tal vez le habían asignado los aposentos de alguna otra joven. Una vez más, miró a su alrededor.

No, no veía los objetos personales que esperaría encontrar en los aposentos privados de nadie. Y se puso a temblar. De pronto, el hermoso vestido le pareció un tanto siniestro, como si *don* DeMarco, sabiendo que venía, hubiera urdido deshonrosos planes para ella. Según Francesca, en el *palazzo* habían sabido de su llegada con bastante antelación, y, sin embargo, el esquivo *don* no había enviado una escolta a buscarla. Nada de todo aquello tenía sentido.

¿Cómo se las había ingeniado Francesca para entrar en sus aposentos a pesar de estar la puerta cerrada? Mientras daba vueltas a aquel enigma, se vistió lentamente con la prenda más sencilla que pudo encontrar. Desde luego, no tenía elección, no podía presentarse ante el *don* sin vestir. Sabía que muchos *castelli* y los grandes *palazzi* tenían pasadizos secretos y habitaciones ocultas. Sin duda, esa era la respuesta a la repentina llegada y desaparición de Francesca. Se tomó unos minutos para examinar las paredes de mármol, pero no encontró nada que hiciera pensar en una apertura. Incluso examinó la gran chimenea, pero le pareció bastante sólida.

El aliento se le heló en la garganta cuando oyó una llave girar en la cerradura y vio la puerta abrirse. Era Sarina, que entró con una bandeja y una sonrisa.

—Pensé que ya estaríais despierta y desfalleceríais de hambre, *signorina*. No comisteis nada ayer noche.

Isabella la miró furibunda.

—Pusisteis algo en el té.

Y retrocedió para apartarse de la anciana, hasta que una pared la obligó a detenerse.

—El amo deseaba que durmierais toda la noche. Sus mascotas pueden asustar si no está uno acostumbrado a sus sonidos. Además, estabais tan cansada del viaje, que creo que habríais caído dormida incluso sin ayuda. Y como ya os expliqué anoche, no podéis deambular a vuestro antojo por el *palazzo*. No es seguro —dijo la mujer repitiendo su advertencia de la noche anterior.

No parecía arrepentida en absoluto.

La comida olía maravillosamente, y el estómago vacío de Isabella rugía, pero miró la bandeja con desconfianza.

—Os dije anoche que el recado que me trae aquí es urgente. Debo ver al *don* inmediatamente. ¿Ha accedido a concederme una audiencia?

—Más tarde. Es de hábitos nocturnos, y rara vez recibe a nadie por la mañana, a menos que sea una emergencia —contestó Sarina tranquilamente.

Colocó la bandeja en la pequeña mesa que había delante de la chimenea.

—Pero es que es una emergencia —dijo ella con desazón.

¿De hábitos nocturnos? Y consideró aquella extraña idea tratando de encontrarle un sentido.

—No lo es para él —señaló la mujer—. No cambiará de opinión, *signorina*, así que os aconsejo que comáis ahora que tenéis ocasión. La comida es excelente y está desprovista de hierbas que puedan haceros dormir. —Cuando vio que Isabella seguía mirándola, dijo con suavidad—: Venga, *piccola*, necesitaréis de todas vuestras fuerzas para lo que tenéis por delante.

Isabella cruzó la habitación a desgana y se acercó a la silla.

—No he encontrado mis ropas. Me he puesto uno de los vestidos del guardarropa, *signora*. Confío en no haber hecho nada malo.

—No, el amo hizo traer estas ropas para vos cuando supo que las vuestras se habían arruinado durante el viaje. Sentaos, *signorina*, comed. Yo me ocuparé de vuestros cabellos. Tenéis unos cabellos hermosos. Mi hija ahora tendría vuestra edad. La perdimos en un accidente.

Había cierta tensión en su voz y, aunque la anciana estaba detrás de la silla donde ella se había sentado, supo que el ama de llaves se había santiguado.

Al menos no todos adoraban al diablo en aquel valle, suspiró con alivio.

—Lamento su pérdida, *signora*. No acierto a imaginar lo terrible que debe de ser perder a una hija, pero *mia madre* murió de fiebres cuando yo tenía seis años, y a *mio padre* lo trajeron a casa tras un accidente de caza. Ahora solo tengo a *mio fratello*. Y no deseo perderle también.

No dijo que tanto ella como Lucca creían que el accidente que provocó la muerte de su padre no había sido tal, sino un ardid de su vecino, *don* Rivellio, para apoderarse de sus tierras.

—Conocisteis a *mio sposo*, Betto, ayer noche cuando llegasteis. Él llevó vuestro caballo a los establos. El animal estaba muy cansado. Es un buen hombre, y si necesitáis algo os ayudará.

Y pronunció estas palabras bajando la voz, casi como si pensara que las paredes podían oír. Como si estuviera conspirando.

Isabella rodeó la taza caliente de té con las manos. Aspiró con fuerza, pero no notó ningún olor que pudiera identificar como una hierba medicinal.

—Me pareció una buena persona, y fue muy amable conmigo. —Miró a Sarina—. ¿Entró *don* DeMarco ayer noche en mis aposentos mientras dormía?

Sarina se puso tensa; sus manos se detuvieron mientras acercaban los platos a Isabella.

—¿Por qué preguntáis tal cosa?

—Tuve sueños extraños. Soñé que vos estabais aquí y él entraba.

—¿Estáis segura? ¿Qué aspecto tenía?

Sarina se volvió para arreglar el lecho, dando la espalda a la joven.

A Isabella le pareció que a la mujer le temblaban las manos. Dio un sorbo receloso al té. Um, dulce y caliente, y el sabor era perfecto.

—No pude ver su rostro. Pero parecía… grande. ¿Es un hombre grande?

Sarina sacudió la colcha, luego la alisó cuidadosamente.

—Es alto y poderosamente fuerte. Pero se mueve… —dejó la frase sin acabar.

—En silencio —completó Isabella pensativa, hablando casi para sí—. Anoche estuvo aquí, en esta habitación, ¿no es cierto?

—Quería asegurarse de que no habíais sufrido ninguna herida en vuestro viaje. —Sarina la animó a comer, acercando más el plato—. Nuestra cocinera se molesta mucho cuando no comemos lo que nos prepara. Ya devolvimos vuestra comida de anoche. Ha preparado esto especialmente para vos. Por favor, probadlo.

Hacía tanto que no comía bien que casi le daba miedo dar un bocado. Al principio su estómago protestó, pero luego aquel extraño pastelillo con miel se derritió en su boca, y se dio cuenta de que estaba hambrienta.

—Está bueno —dijo elogiosamente en respuesta a la mirada expectante de Sarina—. ¿Qué era ese grito espeluznante que oí? Eso no fue un sueño, y sonaba como si hubieran herido a alguien de muerte. —No se atrevía a hablar a Sarina de la visita de Francesca, pues temía que eso pudiera perjudicar a la joven. Le gustaba Francesca, y necesitaba al menos un aliado en el *castello*. La sirvienta era dulce, y se portaba bien con ella, pero sin duda era leal a *don* DeMarco. Todo cuanto dijera, todo cuanto hiciera, le sería obedientemente comunicado. Lo aceptaba, era su deber. Su propio padre también había sido un *don*. Y sabía que ese título despertaba un poderoso sentimiento de lealtad.

—Cosas que pasan. Alguien que fue imprudente. —Sarina encogió sus estrechos hombros casi con indiferencia, pero cuando se dio la vuelta, Isabella vio que estaba pálida y sus labios temblaban—. Debo marcharme. Volveré a buscaros cuando sea el momento.

Y lo dijo dirigiéndose ya hacia la puerta, pues se veía claramente que no deseaba continuar con aquella conversación. Antes de que pudiera protestar, la puerta se cerró con firmeza y la llave giró en la cerradura.

Así que se pasó buena parte de la mañana dormitando. Aún estaba muy cansada y agotada por el viaje, y parecía como si le doliera hasta el último músculo del cuerpo. Ya había estudiado cada palmo de la habitación, cada vidriera, había estado buscando pasadizos ocultos, hasta que finalmente se tiró en la cama. Estaba profundamente dormida cuando Sarina regresó, y hubieron de apresurarse. Mientras trataba de reparar su aspecto desaseado, Sarina le arregló los cabellos y estuvo cacareando a su alrededor como una gallina clueca.

—Debéis apresuraros, *signorina*. No es bueno que le hagáis esperar. Tiene muchos compromisos. Vos no sois más que uno de ellos.

—No pretendía dormirme —se disculpó Isabella.

La anciana le abrió la puerta, pero de pronto ella recordó la abrumadora y terrible sensación de maldad que había percibido allí la noche anterior y se sintió reacia a salir.

Lo cierto es que ella era «diferente». Lucca siempre le decía que se reservara sus extrañas premoniciones y sus manías para sí, que nunca permitiera que nadie supiera que su sensibilidad iba más allá de lo que el ojo puede ver. Y, sin embargo, su hermano y su padre siempre habían confiado en sus intuiciones cuando buscaban aliados, cuando buscaban quien se uniera a sus sociedades secretas para proteger sus tierras de los continuos ataques de gobernantes extranjeros.

—*Signorina* —dijo Sarina con suavidad—. No podemos arriesgarnos a llegar tarde a vuestra cita. No os concederá otra.

Isabella respiró hondo y salió al corredor, dando unos toquecitos a los ángeles para que le dieran buena suerte. Y alzó la vista justo en el instante en que una joven sirvienta le arrojaba una jarra dorada de agua en el rostro. El agua estalló contra sus mejillas y cayó sobre el escote de su vestido. Entonces se detuvo en seco, mirando con asombro y desconcierto a la joven que tenía delante.

De pronto se hizo el silencio, todos los sirvientes que había cerca dejaron lo que hacían, y se quedaron mirando boquiabiertos y horrorizados. El agua seguía cayendo por el vestido de Isabella, y se escurría entre sus pechos como gotas de sudor.

—¡Alberita! —exclamó Sarina, reprendiendo a la joven con gesto severo, aunque la risa se veía clara en sus brillantes ojos—. ¡El agua bendita ha de salpicarse, no hay que tirarla a la cara de la gente! *Scusi, signorina* Isabella. Es joven e impulsiva y no siempre entiende lo que oye. El agua bendita era para protegeros, no para bañaros.

Alberita hizo una ligera reverencia ante Isabella, mirándola con expresión horrorizada, el rostro ceniciento, con lágrimas en los ojos.

—*Scusi, scusi! La prego* que no se lo diga al amo.

—Te estoy muy agradecida por la protección, Alberita. Iré al encuentro de mi destino sin miedo en el corazón. Sin duda ahora estoy bien protegida de cualquiera que pueda desearme algún mal.

Isabella tuvo que hacer un esfuerzo para no echarse a reír.

Sarina meneó la cabeza y le secó cuidadosamente el rostro.

—Es bueno que seáis tan comprensiva. La mayoría habrían exigido que fuera azotada.

—Yo no tengo una posición más elevada que vos, *signora* —confesó Isabella sin pudor—. Y no creo en los castigos. Bien —musitó para sí—, tal vez a *don* Rivellio le irían bien unos buenos azotes.

Los labios de Sarina se movieron, pero no sonrió.

—Venid, no debemos llegar tarde. *Don* DeMarco tiene muchos compromisos. Y aseguraos de que sois lo bastante respetuosa.

Isabella le lanzó una mirada, convencida de que la anciana se estaba burlando, pero Sarina ya había echado a andar y la guió presurosa por corredores y arcadas. En su camino no dejaron de cruzarse con sirvientes que estaban ocupados con sus respectivas labores. Y vio que todos la miraban con rostros solemnes, algunos con sonrisas tensas. Y todos hacían la señal de la cruz ante ella como si la bendijeran.

Agua bendita y las bendiciones de los sirvientes. Isabella carraspeó.

—*Signora*, ¿es *don* DeMarco miembro de la Santa Iglesia?

Su voz vaciló un tanto, pero, aun así, se enorgulleció por haber podido decir aquellas palabras sin tartamudear. Tenía la terrible sensación de que después de todo, los rumores sí eran ciertos. Y rezó para que *don* DeMarco y Dios estuvieran en buenos términos.

Sarina Sincini no contestó. Siguió caminando con rapidez por delante y salió a un gran patio descubierto con escaleras de caracol que subían en diferentes direcciones. En el centro del patio había una fuente que se elevaba casi hasta la primera planta. Y para Isabella fue un alivio ver que cada sección de la fuente estaba rematada por una cruz. Sin embargo, en la base de cada una de las columnas que rodeaban el patio estaba el inevitable león, grande y musculoso, con una melena leonada con puntas negras. A pesar de todo, el chapoteo del agua era relajante, y los intrincados relieves de las amables figuras que la remataban también la reconfortaron.

Isabella habría querido demorarse a observar la gran escultura, pero Sarina ya había empezado a subir por una de las escaleras. Entonces corrió tras ella por aquella escalera interminable, mirando al pasar los retratos que colgaban de la pared. Uno de ellos, el rostro de un hombre, era tan hermoso que dolía. Sus ojos mostraban un profundo pesar. Aun así, se sintió hechizada; hubiera querido abrazar a aquel hombre y consolarle. Y tenía la poderosa sensación de que lo conocía, de que había visto antes aquellos ojos. Después miró el siguiente retrato. Y reconoció el rostro al instante. Los ojos risueños de Francesca la miraban, traviesos y felices. El retrato debía de ser muy reciente, pues la joven aparentaba más o menos la misma edad que ahora. ¿Quién sería exactamente?, se preguntó. ¿Una prima del *don*? El artista había captado su esencia a la perfección, su calidez y su carácter alegre. Se animó solo de verla. Cuadró los hombros y corrió detrás de Sarina.

Las dos mujeres giraron y giraron en su travesía por numerosos corredores y alcobas oscuras, pasando ante vidrieras y arcos. Isabella hubiera querido explorarlo todo. A la luz del día el *castello* parecía más abierto y espacioso, mucho menos amenazador de lo que le había parecido por la noche. Ya no percibía aquella atmósfera densa y pastosa de maldad.

Finalmente llegaron al extremo más apartado del *palazzo*, a cierta distancia de los aposentos principales. Isabella vio al pasar estancias llenas de libros y esculturas y todo tipo de objetos intrigantes que hubiera querido examinar. Pero Sarina seguía corriendo por la maraña de pasillos. Cuando empezaron a subir un tercer tramo de escaleras amplias y curvas y llegaron a una nueva planta; se sentía totalmente desorientada. Delante había una puerta doble, y se detuvo bruscamente ante ella. No hizo falta que Sarina le dijera que estaban en la guarida privada de *don* DeMarco.

—Esta ala entera de la casa es para el amo. No se permite entrar a nadie a menos que él le conceda una invitación.

—¿Y qué hay de los sirvientes? —preguntó Isabella con curiosidad.

Estaba mirando aquellas grandes puertas dobles, con sus intrincados grabados y la inevitable cabeza de león, con su melena espesa y los ojos penetrantes. El morro parecía salirse de la talla, y la boca abierta mostraba unos dientes afilados. Pero había algo diferente en aquel león, algo que lo hacía muy distinto de los otros. Este parecía inteligente, astuto, amenazador. Era casi como si hubieran convertido el retrato de un hombre en una talla de león. Casi podía ver al humano bajo aquella espantosa máscara.

—Debéis entrar —la apremió Sarina.

Isabella apenas oyó a la anciana de lo absorta que estaba contemplando la talla. Extendió el brazo y tocó el morro fiero con un dedo suave, casi acariciándolo, como si algo dentro de ella estuviera respondiendo a la mirada del león.

—*Signorina*, coged el pomo y entrad —la apremió de nuevo Sarina con un susurro.

El corazón de Isabella empezó a latir con violencia cuando miró el pomo: otra cabeza de león mostrando los dientes. Ahora que estaba allí, tenía miedo de que el *don* la rechazara; ya no le quedaba ningún sitio a donde ir.

—Entrad conmigo —le susurró al ama de llaves, y hubo de tragarse su orgullo para pronunciar aquellas palabras.

—Debéis entrar sola, *piccola*. —Sarina le dio unas palmaditas en el hombro para animarla—. Os espera a vos. Sed valiente.

Hizo ademán de marcharse.

Isabella estiró el brazo sin poder evitarlo y la aferró con desesperación por el vestido.

—¿Es como dicen que es?

—Es a la vez temible y bueno —contestó Sarina—. Nosotros estamos acostumbrados a su carácter, a su aspecto. Los demás, no. Sed alguien con quien pueda ser amable. Y no tiene paciencia, así que entrad ya. Sois hermosa y habéis demostrado un gran valor.

Estiró el brazo y giró ella misma el pomo.

Isabella no tenía elección. Entró en la habitación muy despacio. Su corazón latía tan deprisa que temió que el *don* lo oyera. Trató de no parecer asustada ni tensa ni furiosa. Tenía que mostrarse humilde. Y se lo repitió a sí misma varias veces. Tenía que ser humilde y no decir lo que pensaba ni permitir que su lengua rebelde la traicionara. No podía permitirse ser la niña salvaje que rompía todas las normas en la casa de su padre y corría libre por las montañas cuando nadie la veía y gastaba bromas a su hermano a cada momento, provocando cada vez la mirada de desaprobación de su padre y haciendo que le diera la espalda decepcionado.

Se aferró con fuerza al recuerdo de su hermano Lucca. Él la había ayudado muchas veces en sus actos de rebeldía, su mejor amigo y su confidente, a pesar de los intentos de su padre de hacer que se comportara como una dama. De haberse salido su padre con la suya, ya se habría casado hacía tiempo, vendida a algún viejo *don* como contribución a las arcas de la guerra. Lucca no quería ni oír hablar de aquello. En diversas ocasiones ella se había vestido de chico y le había acompañado en expediciones de caza. Él le había enseñado a empuñar una espada y un estilete, a cabalgar como un hombre, incluso a nadar en las frías aguas de ríos y lagos. Después de morir su padre, la había protegido, la había querido y había velado por ella. Incluso cuando necesitaban desesperadamente el dinero, en ningún momento se planteó venderla a sus numerosos pretendientes. Por eso nunca, nunca, abandonaría a Lucca en sus momentos de dificultad.

Isabella alzó el mentón. Lucca le había enseñado a tener coraje, y no pensaba fallar en aquel último y desesperado intento por salvarle. Así que avanzó unos pasos en la estancia oscura. Un fuego ardía en la chimenea, pero no podía competir con los pesados cortinajes que impedían que la luz entrara por las ventanas. Había dos sillas de respaldo alto ante el fuego, pero la habitación era grande, con techos altos y abovedados, con tantas arcadas y huecos que un ejército entero hubiera podido esconderse allí. Ni tan siquiera el fuego de la gran chimenea podía aspirar a arrojar luz en todos aquellos oscuros recovecos.

Por un instante, mientras la puerta se cerraba y quedaba atrapada en la habitación, Isabella pensó que estaba sola. Y entonces sintió su presencia. Supo que estaba allí. El *don*. Misterioso. Distante. Podía sentir su presencia en la oscuridad, el peso de su mirada. Intensa, calculadora, ardiente. Y se quedó donde estaba, sin atreverse a cruzar la extensión de mármol vacía que la separaba de las sillas de respaldo alto, temblando, a pesar de su determinación de no manifestar su miedo.

Y entonces se quedó petrificada, totalmente inmóvil, con la mirada clavada en las sombras, en una de las alcobas adyacentes, donde distinguió la figura de un hombre. Estaba de pie, y sobre el antebrazo tenía posado un halcón, una rapaz con pico afilado y garras que podían atravesar, despedazar y rasgar la delicada piel. Sus ojos redondos y brillantes la miraban muy fijos. El ave se movió, como si estuviera a punto de volar contra su rostro, pero el hombre le habló con suavidad, tan bajo que Isabella no acertó a entender sus palabras. Acarició el cuello y la espalda del halcón, y el pájaro se tranquilizó, pero no apartó los ojos de ella.

Por más atención que puso, tratando de enfocar a aquel hombre con claridad, fue en vano. Cuando se volvió ligeramente para tocar al ave, le pareció que tenía los cabellos largos; y aunque los llevaba sujetos en la nuca por un lazo de cuero, seguían teniendo un aire salvaje y desordenado. Y, sin embargo, el manto de oscuridad velaba buena parte de su persona, y ella no hubiera sabido decir qué aspecto tenía. Su rostro quedaba totalmente en sombras, imposible aventurar una edad, o saber cómo eran sus facciones. Aun así, mientras lo observaba, las llamas de la chimenea parecieron saltar a sus ojos, y por un instante pudo ver el reflejo brillando en la oscuridad.

Los ojos del hombre brillaron con el rojo ardiente del fuego, y no eran humanos. Isabella sintió que se le helaba la sangre y le dieron ganas de darse la vuelta y salir corriendo de allí.

—Sois Isabella Vernaducci —dijo el hombre desde el rincón oscuro—. Por favor, tomad asiento. Sarina ha traído té para calmar vuestros nervios.

La voz era afable, pero aquellas palabras le dolieron muy hondo en su orgullo.

Atravesó la estancia con aire regio, una mujer de clase, importante, con la cabeza bien alta.

—No sabía que mis nervios estaban mal, *signor* DeMarco. Sin embargo, si vos os sentís nervioso, estaré encantada de serviros una taza de té. Confío en que no contendrá ninguna hierba que pueda daros… sueño.

Isabella se sentó en una silla de respaldo alto, y se tomó su tiempo para colocarse las largas faldas correctamente sobre las piernas y los tobillos. Se maldijo por lo bajo. Su orgullo podía hacerle perder aquella audiencia que tanto le había costado conseguir con el *don*. ¿Cómo podía ser tan estúpida, comportarse de aquel modo en su presencia? ¿Qué importaba lo que dijera o lo que pensara de ella? Que pensara que estaba nerviosa y era débil si es lo que deseaba. Mientras ella pudiera salirse con la suya…

Don DeMarco dejó que el silencio entre ellos se prolongara. Isabella podía sentir su mirada de desaprobación entre las sombras.

En un intento por salvar la situación, bajó la vista a sus manos.

—Os doy las gracias por estas ropas. No llevaba apenas nada adecuado conmigo. Los aposentos que me habéis ofrecido son hermosos y la cama es confortable. No habría podido pedir más. La *signora* Sincini me ha cuidado bien.

—Me alegra ver que los vestidos son de vuestra talla. ¿Habéis descansado?

—Sí, *grazie* —dijo ella con recato.

—Ha sido una locura que os aventuraseis a tales peligros. De haber estado vivo vuestro *padre* no dudo que os habría hecho castigar por semejante desvarío. Yo mismo me siento inclinado a castigar vuestra temeridad.

La voz era como terciopelo, e Isabella la sentía en sus terminaciones nerviosas como el roce de unos dedos dando calor a su piel. Dio gracias por tener el calor del fuego para poder justificar el rubor que cubrió su rostro.

Sí, aquel hombre la estaba aleccionando, y sin embargo su voz era casi como una caricia y, por alguna razón, se sintió especialmente sensible a ella.

—Se os advirtió en repetidas ocasiones que no vinierais a este lugar. ¿Qué clase de mujer arriesga su reputación y su vida en un viaje semejante?

Los dedos de Isabella se cerraron en puños apretados; sus uñas se clavaron con fuerza en su piel. Tenía la sensación de que la observaba con atención desde las sombras, de que sus ojos habían captado aquella rebelión minúscula y reveladora. Así que ocultó las manos bajo el vestido disimuladamente.

—Soy una mujer desesperada —admitió, tratando en vano de ver algo en la oscuridad. El hombre parecía grande y poderoso, y no del todo humano. El ave de presa seguía mirándola con sus ojos redondos y brillantes desde su brazo, y aumentaba su nerviosismo—. Tenía que veros. Vengo a pediros que intercedáis por la vida de *mio fratello*. Envié mensajeros, pero no lograron llegar hasta vos. Sé que podéis ayudarle. —Y se tragó el sollozo involuntario que de pronto sintió en la garganta—. Está en los calabozos de *don* Rivellio. Ha sido sentenciado a muerte. *Mio fratello*, Lucca Vernaducci, lleva casi dos años preso, y en unas condiciones deplorables. He oído que está enfermo, y he venido para suplicaros que le salvéis la vida. Sé que tenéis el poder para hacer que lo indulten. Una palabra vuestra y *don* Rivellio lo dejará libre. Pero si no deseáis pedir abiertamente semejante favor, *è possibile* que preparéis una fuga.

Las palabras brotaron de sus labios con desaliento, no podía contenerlas ni un momento más, y se inclinó hacia el rincón oscuro.

—Por favor, haced lo que os pido, *don* DeMarco. *Mio fratello* es un buen hombre. No permitáis que muera.

Hubo un largo silencio. Nada se movía en la habitación, ni siquiera el halcón. *Don* DeMarco suspiró levemente.

—¿De qué se le acusa?

Isabella vaciló, tenía un nudo en el estómago. Tenía que haber imaginado que iba a preguntar aquello. ¿Cómo podía ser de otro modo?

—Traición. Se dice que conspiró contra el rey.

Era lo justo que contestara con sinceridad.

—¿Es culpable? ¿Conspiró contra el rey? —preguntó él, con un gruñido que brotó de su garganta, el más suave de los gruñidos.

El corazón de Isabella saltó desbocado. Sus dientes mordisquearon el labio inferior.

—Sí —confesó en voz baja—. Lucca creía que debíamos expulsar a los otros países que intentan dominarnos, que ningún gobierno extranjero se preocuparía por nuestro pueblo. Pero ¿qué daño puede hacer ahora? Está enfermo. Nuestras tierras, nuestras propiedades, todo cuanto poseemos ha sido confiscado y entregado a *don* Rivellio. El *don* desea ver muerto a Lucca para eliminar la posibilidad de perder nuestras propiedades. Lo cierto es que *don* Rivellio hizo que arrestaran a Lucca por sus propios motivos, y ha sacado un gran provecho. Por su propio interés ha deshonrado nuestro nombre y ha dispuesto de la vida de *mio fratello*.

—Al menos sois lo bastante sincera para admitir la verdad sobre el delito de vuestro hermano.

Ella alzó el mentón con altivez.

—Nuestro nombre es honorable.

—Eso era antes de que a vuestro *fratello* se le fuera la lengua sobre sus asuntos con una sociedad secreta. Tales ocupaciones no son para andar fanfarroneando por las tabernas.

Isabella agachó la cabeza, retorciéndose los dedos. Su padre y su hermano habían confiado a ciegas en las posibilidades de aquella sociedad; estaban convencidos de que aquellos pequeños grupos de hombres lograrían reunir el poder y derrotarían a los extranjeros. Se negaban a inclinarse ante ningún gobierno y desconfiaban de los motivos de los extranjeros que buscaban alianzas. Juraron la *omertà*, un juramento a la muerte.

—¡No tenían ninguna prueba! —exclamó—. *Don* Rivellio pagó a esos hombres para que dijeran aquello. Lucca nunca habló. *Don* Rivellio quería que los demás lo creyeran así para que los otros miembros del círculo secreto quisieran también matarlo. Fue acusado de traición y condenado a muerte. —Su mirada encendida estaba llena de furia contenida contra el *don*—. Lucca fue torturado, pero no dio ningún nombre, no incriminó a nadie. Él nunca habló.

—¿No se os ha ocurrido pensar que al venir aquí tal vez os habéis puesto en la misma situación que vuestro *fratello*? ¿Cómo sabéis que no soy un aliado de *don* Rivellio? ¿Qué me impide entregaros a él y repetirle vuestras palabras traicioneras? Ciertamente sería mucho más sencillo que lo que me proponéis, y con ello no solo conseguiría la gratitud del *don*, sino que además estaría en deuda conmigo. El mundo del poder se mueve por intrigas y favores.

Su voz había descendido un octavo más e Isabella se estremeció a pesar del fuego. Sin duda nadie había pronunciado jamás una amenaza semejante con palabras tan suaves.

Ella alzó el mentón desafiante.

—Soy consciente del riesgo.

—¿Lo sois? —Y dijo las palabras muy flojo, casi en un susurro. Ominosas. Amenazadoras—. En realidad creo que no tenéis ni idea. —El silencio entre ellos se alargó tanto que Isabella quería gritar. El halcón la observaba con ojos despiadados desde el brazo del *don*—. ¿Qué clase de hombre enviaría a su hermana a pedir el perdón por él? Debía de saber que estabais arriesgando vuestra vida para venir aquí.

Isabella se mordió el labio inferior.

—En realidad se pondría furioso si lo supiera. Pero no tenía elección.

—¿Suplicasteis con igual elocuencia ante *don* Rivellio?

Esta vez la voz del hombre transmitía algo diferente, algo sin nombre, pero despertó un terrible pavor en su corazón. Isabella vio el destello de los dientes blancos, como si aquel solo pensamiento le hiciera chasquear los dientes.

Estaba dispuesta a dar la respuesta que hiciera falta para convencerlo, pero no sabía cuál era la respuesta correcta, así que optó por decir la verdad.

—No, no pude hacerlo. ¿Vais a ayudarme?

Y no fue capaz de controlar la impaciencia en su voz.

—¿Qué haréis si no os ayudo?

Al menos no la había rechazado todavía.

—Intentaré rescatarlo yo misma.

El hombre se movió esta vez, mientras sus dientes blancos le sonreían desde la oscuridad. Divertidos y burlones.

—Entiendo. Y si accedo a ayudaros en este plan para liberar a vuestro *fratello* culpable, ¿yo qué gano? No tenéis tierras que darme. No tenéis dinero. Vuestra lealtad hacia vuestro *fratello* es encomiable, pero dudo que yo suscite los mismos sentimientos en vos. ¿Cómo planeabais recompensarme? ¿O acaso esperáis que arriesgue mi vida y las vidas de mis soldados por nada?

—Por supuesto que no. —Le sorprendía que pensara algo así de ella—. Soy una Vernaducci. Nosotros pagamos nuestras deudas. Tengo las joyas de *mia madre*. Valen una pequeña fortuna. Y mi montura. Está bien enseñada. Y me tengo a mí misma, soy muy trabajadora. Quizá no creáis que os rendiría la misma lealtad, pero a cambio de la vida de *mio fratello*, trabajaré para vos. Dirigiré vuestra casa, no me importa convertirme en una *domestica*, puesto que sé bien qué se espera de una.

Miró fijamente las sombras del rincón, clavando con más fuerza sus uñas en sus palmas mientras su corazón latía a un ritmo salvaje.

—Yo no llevo joyas, y ya tengo muchos caballos. También tengo muchos *domestici*, todos leales y bien capaces de cumplir con sus tareas.

Isabella dejó caer los hombros. Se encogió en la silla, tratando desesperadamente de no llorar. Pero siguió mirando a la oscuridad del rincón, pues no deseaba romper el contacto con su única esperanza.

—¿Qué más estáis dispuesta a hacer por la vida de vuestro *fratello*? —Las palabras eran suaves—. ¿Daríais vuestra vida a cambio de la suya?

A Isabella se le secó la boca. Y casi se le para el corazón. Pensó en el grito sobrenatural de agonía que había oído en mitad de la noche. El terrible rugido de las fieras. ¿Se dedicaba este hombre a sacrificar mujeres ante los leones por algún dios pagano? ¿Le gustaba ver cómo las despedazaban solo para su diversión? Ella ya sabía que muchas veces las personas que tenían poder cometían terribles atrocidades.

—Creo que ya sabéis que haría cualquier cosa por salvarle —contestó, de pronto bastante asustada.

—Una vez que me deis vuestro consentimiento, no podréis retirar vuestra palabra —le advirtió.

—¿Haréis que le indulten?

Alzó el mentón, haciendo un gran despliegue de valor.

—¿Cambiaréis vuestra vida por la de vuestro *fratello*? ¿Me dais vuestra palabra?

Isabella se levantó al punto; no podía permanecer quieta.

—Lo haré gustosa —dijo desafiante, orgullosa, una Vernaducci hasta la médula.

Incluso su padre hubiera estado orgulloso de ella en aquel momento.

—¿Puedo confiar en la palabra de una mujer?

La voz era suave, casi una caricia, aunque en realidad la estuviera insultando con la pregunta.

Los ojos de Isabella lo miraron con una pequeña llamarada de genio.

—No doy mi palabra a la ligera, *signore*. Os aseguro que es tan válida como la vuestra.

—Entonces hecho. Permaneceréis aquí, en mi *palazzo*, y en cuanto nos casemos, me aseguraré de que vuestro hermano sea liberado.

Aquellas palabras tenían una irreversibilidad descorazonadora.

Isabella dio un respingo, una pequeña manifestación de disgusto. Era lo último que hubiera esperado. Sus ojos se abrieron mientras trataba de ver algo en el rincón. De verle, de ver su rostro. Tenía que verle.

—No creo que sea necesario casarnos. Me contentaré con ser una *domestica* del *palazzo*. —E hizo una reverencia deliberadamente—. Os lo aseguro, *signore*, soy muy trabajadora.

—No necesito ninguna *domestica*. Necesito una esposa. Os casaréis conmigo. Me habéis dado vuestra palabra y no os dejaré marchar.

De nuevo aquel rugido extraño y grave que le salía del fondo de la garganta. El pájaro que reposaba en su brazo agitó las alas inquieto, como si de pronto estuviera nervioso o a punto de atacar. Sus ojos redondos y brillantes la miraban tan implacables como los ojos que veía en las sombras.

El corazón de Isabella vaciló, y hubo de aferrarse al respaldo de la silla para mantener el equilibrio, pero siguió mirando fijamente al rincón, decidida a no dejarse intimidar.

—No he pedido que me dejéis marchar, *don* DeMarco. Solo deseaba señalar que no esperaba que me desposarais. No tengo dote, no tengo tierras, no tengo nada que aportar a nuestra unión. —Hubiera debido sentirse profundamente aliviada al saber que no la iba a echar a los leones, y sin embargo estaba más asustada que nunca—. *Mio fratello* está enfermo. Necesitará cuidados. Debe ser trasladado hasta aquí inmediatamente para que pueda proporcionarle los cuidados que necesita para su recuperación.

—No toleraré ninguna interferencia de vuestro hermano. Jamás aceptará que cambiéis vuestra vida por la suya. Debe creer que nuestra unión se debe a nuestro mutuo afecto.

Después de todo lo que había pasado, Isabella se sentía tan aliviada que temió que se desmayaría. Podía sentir las lágrimas agolpándose en su garganta y sus ojos, así que le dio la espalda al *don* y se quedó mirando la chimenea, con la esperanza de que el hombre no notara su fragilidad. Esperó hasta estar segura de poder controlar la voz.

—Si salváis a *mio fratello*, no tendré que fingir el afecto por vos, *don* DeMarco. Lo sentiré. Os he dado mi palabra. Por favor, encargaos de los preparativos. Cada momento es vital, pues la salud de Lucca es frágil, y *don* Rivellio ha ordenado su muerte para el final de este ciclo lunar.

Y volvió a hundirse en la silla para no caer hecha una piltrafa lastimosa sobre el suelo.

—No hagáis promesas que no podáis cumplir, *signorina* Vernaducci. Aún no habéis visto a vuestro consorte.

Había una cierta gravedad en su voz, un tono de advertencia duro e implacable.

En ese momento el hombre dio unos pasos… Más que oírlo, Isabella intuyó que se movía, y sin embargo no apartó los ojos del fuego. De pronto, no quería verle. Quería estar sola para poder recuperar su fuerza y su valor. Pero se sentía las piernas demasiado flojas para poder salir de allí. El hombre se situó donde ella pudiera verle, alto y musculoso, un hombre poderoso y fuerte, con el brazo estirado hacia arriba para que el halcón se posara en una percha situada en un hueco lejos del fuego. Y entonces fue hacia ella y, mientras caminaba, se fijó en lo silenciosos, rápidos y fluidos que eran sus movimientos.

El *don* cogió la pequeña tetera que había en la mesa situada entre las dos sillas. Por un espantoso momento, Isabella vio la enorme pata de un león con peligrosas zarpas. Pestañeó y la zarpa, una mera ilusión de su mente aterrorizada, se convirtió en una mano. Observó cómo servía dos tazas de té y le entregaba una.

—Bebed esto. Os sentiréis mejor.

La voz era brusca, casi como si lamentara aquel pequeño acto de cortesía.

Isabella, que cerró sus manos agradecida sobre la taza caliente, rozó sin querer la piel del hombre con sus dedos. Aquel leve contacto fue como un latigazo en sus venas, como un rayo chisporroteante y ardiente. Caliente. A punto estuvo de saltar para apartarse, y sus ojos asustados se levantaron buscando los de él.

Capítulo 3

Isabella se encontró mirando a unos extraños ojos de un ámbar líquido. Resultaban hipnóticos. Los ojos de un gato. Salvajes. Misteriosos. Hechizantes. Y ardía en ellos una emoción que no acertaba a interpretar. Las pupilas eran muy pálidas, con una forma inusualmente elíptica. Aun así, tenía la sensación de haber visto antes esos ojos. No le eran del todo desconocidos, y eso hizo que se relajara un tanto, con una leve sonrisa en los labios.

De pronto él la sujetó por el mentón y la obligó a seguir manteniendo su fiera mirada.

—Miradme bien, mujer. Mirad a vuestro prometido. Mirad bien el trato que habéis hecho.

La voz tenía un toque profundo y ronco, esa especie de rugido que ya le había llamado la atención.

Isabella hizo lo que le pedía. Lo examinó. Los cabellos eran espesos y de un extraño color, anaranjado, casi dorado, y le caían más abajo de los hombros, donde se oscurecían hasta volverse tan negros y relucientes como las alas de un cuervo. El impulso de tocar aquella masa exuberante y espesa era tan fuerte que, de hecho, ella levantó el brazo y la acarició muy levemente.

El hombre la aferró por la muñeca con una mano dura e inflexible. Isabella podía sentir que aquel cuerpo poderoso temblaba. Los ojos se volvieron turbulentos y peligrosos, y la observaban con la expresión fija e inquietante de un predador ante su presa. Pudo ver entonces sus facciones, las cicatrices largas y repulsivas cinceladas en el lado izquierdo del rostro de un ángel, desde el cuero cabelludo hasta la mandíbula con su barba incipiente, espantosas y terribles, en número de cuatro, como si algún animal salvaje le hubiera arañado la mejilla, desgarrando la piel hasta el hueso. Y, sin embargo, tenía el rostro de un ángel, absurdamente hermoso, un rostro que cualquier artista habría querido inmortalizar sobre un lienzo.

La mano que la sujetaba seguía apretando, tanto que sintió que le iba a partir los huesos; los ojos la miraban furiosos, entrecerrándose peligrosamente, clavados en su rostro como si estuviera a punto de abalanzarse sobre ella y devorarla por alguna terrible afrenta. Se inclinó entonces, con una mueca en su boca perfecta y esculpida, con un gruñido amenazador resonando en su garganta.

Y de pronto, sin más, las facciones del hombre cambiaron, se desdibujaron extrañamente, y por un instante a Isabella le pareció estar mirando el rostro de una gran bestia con la boca abierta, mostrando los colmillos blancos y afilados. Sin embargo, los ojos seguían resultándole familiares. Y ella los miró directamente y sonrió.

—¿Vais a tomar un té conmigo?

El cuerpo del hombre era musculoso, mucho más que el de ningún hombre a quien hubiera conocido, y los tendones se veían muy marcados y tensos bajo la elegante camisa. Los muslos eran torres gemelas de poder, como los troncos de un roble. Era alto pero proporcionado, y exudaba tal sensación de poder que intimidaba.

Aquellos ojos ambarinos la miraron durante varios latidos. Y poco a poco empezó a soltar su muñeca, dejando el calor de su mano en su piel. Entonces retorció los dedos entre los pliegues de la falda para no ponerse a restregarse la muñeca. Su pulso corría raudo al ritmo del miedo y la exaltación. Era absurdo que su díscola imaginación insistiera en identificar al *don* con las extrañas figuras leoninas que tenía en la casa. E igualmente absurdo que el mundo exterior lo considerara una bestia demoníaca por unas pocas cicatrices.

Isabella no era ninguna niña asustadiza que hubiera de desmayarse ante las marcas de un ataque violento. Deliberadamente, dio un sorbo a su té.

—*Signore*, ni me decepcionáis ni me asustáis, si es esa vuestra intención. ¿Tan débil o joven me creéis? No soy ninguna niña para temer a un hombre.

Y, sin embargo, le intimidaba más de lo que hubiera deseado admitir. Y sin duda tenía una fuerza extraordinaria. De haber querido habría podido aplastarla. Tampoco habría sabido decir su edad. No era un jovenzuelo, sino un hombre hecho y derecho, que llevaba sobre sus anchos hombros el peso de un título y la responsabilidad de asegurar el bienestar de su gente. Y ahora también el de su hermano. Ella le había traído una nueva carga, y este pensamiento le hizo sentirse culpable.

—Por favor, tomad el té. Espero que nos conoceremos mejor.

—Decidme lo que veis cuando me miráis.

Las palabras sonaron muy bajas, apenas un hilo de voz, un susurro de terciopelo y fuego. Y, aun así, era la orden de un ser poderoso.

Para aplacar sus nervios, Isabella dio otro sorbo al té caliente y dulce. Llevaba miel, y la reconfortó.

—Veo a un hombre con muchas responsabilidades. Y yo le he traído una más. Y lo siento, pero no puedo permitir que *mio fratello* muera. Vos erais mi única esperanza. No era mi intención complicaros más la existencia.

Sus palabras eran del todo sinceras.

Don DeMarco vaciló, como si no supiera qué hacer. Finalmente se sentó en una silla, frente a ella. Isabella sonrió algo insegura, ofreciendo una tímida rama de olivo.

—Me temo que vais a salir perdiendo con el trato, *signore. Mio padre* se pasó buena parte de su vida frunciendo el ceño y meneando la cabeza porque desaprobaba mi comportamiento.

—No dudo que lo que decís es cierto.

El comentario estaba teñido de ironía, y la mirada que reposaba sobre ella era implacable.

Isabella sentía el aleteo de los nervios en el estómago, y un calor intenso que se extendía por sus venas. Poco sabía de las relaciones entre hombre y mujer. Ni siquiera sabía si él la podía querer de ese modo.

Pero lo que estaba claro es que ella no podía mirarle sin que su cuerpo entero se sacudiera por efecto de un calor y un fuego que jamás había sentido. Resultaba incómodo y atemorizador. Y no deseaba que nadie tuviera autoridad sobre ella, ni limitara sus actividades. Estaba acostumbrada a hacer cuanto deseaba sin apenas restricciones.

Alzó el mentón.

—No se me da bien obedecer.

La risa grave, divertida y envolvente de él la sorprendió. Se coló en su interior y se ganó su corazón.

—¿Es eso una advertencia o un consejo? —preguntó el *don*.

Sus ojos se encontraron con los de él, y se apartaron con timidez. Tenía la sensación de que aquel hombre rara vez reía.

—Más bien una advertencia. Jamás he entendido el significado de la palabra «obedecer». —Dio otro sorbo a su té y lo miró por encima del borde de la taza—. *Mio padre* decía que tendría que haber sido un muchacho.

La mano que se escondía entre los pliegues de la falda retorció el material con fuerza. Estaba muy nerviosa, nunca había estado tan nerviosa. *Don* DeMarco no era en absoluto lo que esperaba. Habría podido manejarse con un anciano remilgado, incluso uno de mirada lasciva y avariciosa. *Pero don* DeMarco era increíblemente guapo, más que guapo, y no sabía cómo tratar con él.

—Hacía tiempo que no me sentaba y hablaba con alguien de este modo —confesó él con suavidad, y el comentario alivió parte de la tensión—. Mis encuentros nunca son sociales, y jamás como con los miembros del servicio.

Se recostó en el asiento y estiró sus largas piernas en la dirección del fuego. Hubiera debido parecer relajado, pero seguía pareciendo un animal salvaje e inquieto en una jaula.

—¿Por qué no? La hora de la comida siempre fue mi favorita. *Mio fratello* me contaba historias asombrosas. Fue muy duro para mí cuando *mio padre* decidió que tenía que aprender ciertos hábitos femeninos y me obligaba a quedarme en la casa. Lucca me contaba tantas historias disparatadas como podía a la hora de comer para hacerme reír.

—¿Pasabais mucho tiempo encerrada?

La voz era dócil, pero algo en su tono la hizo estremecerse. Obviamente, no le había gustado saber que su padre la encerraba, y sin embargo no dejaba de ser algo perfectamente normal.

—Mucho. A mí me gustaba correr por las colinas. Padre tenía miedo de que me encontrara con algún lobo. —En realidad, a su padre lo que le daba miedo era no encontrar jamás un marido rico para aquella niña tan salvaje. Isabella apartó aquel pensamiento de su mente, no deseaba que el *don* adivinara la tristeza en sus ojos. Con aquella mirada suya tan intensa parecía interpretar cada matiz de su postura y su expresión.

Don DeMarco se inclinó hacia ella y apartó con suavidad unos mechones de su rostro. Aquel gesto inesperado hizo que Isabella se apartara bruscamente y algo afilado la arañó desde la sien hasta el rabillo del ojo. Debía de haberla rozado con el borde del anillo. Dio un respingo por el inesperado arañazo y se llevó la mano al ojo.

Y él se incorporó tan deprisa que su taza cayó al suelo y se hizo añicos. El líquido vertido adoptó la ominosa forma de un león.

El corazón de Isabella empezó a latir con violencia por el miedo, y ladeó la cabeza para mirar al *don*. Los ojos del hombre ardían peligrosamente, la boca esbozaba una mueca cruel, y estaba también aquel extraño rugido que resonaba en su garganta. Las cicatrices de la mejilla se tornaron de un vívido rojo. Una vez más, la extraña imagen del león se fundió con su rostro y por un instante se encontró mirando a una bestia, no a un hombre.

—¿Qué veis ahora, *signorina* Vernaducci? —exigió, mientras su cuerpo entero parecía temblar de ira y la sensación de peligro se hacía tan intensa que casi se podía palpar.

Incluso el halcón agitó las alas asustado. Los dedos de *don* DeMarco la aferraron con fuerza por la nuca, sujetándola por los cabellos, y la obligaron a quedarse muy quieta, casi prisionera.

Ella lo miró pestañeando, volviendo a ver al hombre, sin saber muy bien qué había hecho para provocar semejante reacción.

—Lo siento, *signore*, si os he ofendido de algún modo. No pretendía insultaros.

Lo cierto es que no recordaba haber dicho nada que pudiera hacerle enfadar. Sus dedos se cerraban con fuerza sobre sus cabellos, y sin embargo no había presión, solo la del anillo pegado contra su piel. Isabella se quedó muy quieta.

—No habéis contestado a mi pregunta.

Su voz era pura amenaza.

—Os veo a vos, *signore*.

Y miró fijamente a sus ojos felinos.

Don DeMarco permaneció inmóvil, con la vista clavada en ella. Isabella podía oír su propia respiración, oía los latidos agitados de su corazón. Él dejó escapar el aliento muy despacio.

—No me habéis ofendido.

Y sus dedos soltaron sus cabellos con renuencia.

—Entonces, ¿por qué estáis tan preocupado? —preguntó ella desconcertada por aquel extraño comportamiento.

La piel le palpitaba en el lugar donde el anillo le había arañado.

Esta vez los dedos del *don* rodearon la muñeca de Isabella y apartaron su mano de la sien. Un tenue hilillo de sangre se deslizó por su rostro.

—Mirad lo que os he hecho por mi torpeza. Os he herido, puede que incluso os haya dejado marcada.

Y en ese instante Isabella sintió un gran alivio, pues comprendió que estaba furioso consigo mismo, no con ella, así que se rió suavemente.

—No es más que un arañazo, *don* DeMarco. No puedo creer que os preocupéis por semejante tontería. Me he desollado las rodillas en infinidad de ocasiones. No me quedan cicatrices fácilmente —añadió, consciente de que seguramente era tan sensible a aquel tema por las suyas.

Y tiró de la mano que él retenía para que la soltara.

—Permitidme que recoja el té y os sirva otra taza.

El *don* seguía inclinado poderosamente sobre ella, acariciando la sensible piel de su muñeca con el pulgar. La sensación le resultaba chocante, como pequeñas lenguas de fuego que subían por su brazo y se extendían por su piel llenando su cuerpo de un anhelo desconocido. Los ojos de él la miraban hambrientos.

Y sus dedos apretaban su muñeca con gesto posesivo.

—No sois una *domestica* en mi casa, Isabella. No hay necesidad de que limpiéis esto.

Y se inclinó sobre ella, invadiendo de manera lenta y reposada sus sentidos.

El cuerpo de Isabella se sacudió en respuesta a su proximidad. Pero el *don* se acercó más, hasta que con sus anchos hombros bloqueó todo cuanto no fuera él. Cuando inspiró, aquel hombre estaba en el aire, llenando sus pulmones. Su olor remitía a algo salvaje. Indómito. Masculino. Sus ojos parecían querer devorar su rostro. Ella se sentía tan hechizada que no podía apartar la mirada. Y cuando se acercó más, aquellos cabellos de un color tan peculiar rozaron su piel con un tacto como de seda. Notó su lengua en la sien, en una caricia húmeda, retirando el rastro de sangre. Aquel contacto hubiera debido repugnarle, pero era la cosa más sensual imaginable.

Unos golpes repentinos en la puerta le hicieron girar en redondo, y se apartó de ella con un movimiento felino que le llevó al otro lado de la estancia, y aterrizó con tal ligereza que Isabella no oyó sus pies sobre las baldosas. Había algo amenazador en la postura de sus hombros. Su melena salvaje le caía sobre la espalda, desordenada e indómita a pesar de la cinta que la sujetaba. Los músculos estaban tensos bajo la camisa. Caminó con gesto airado hasta la puerta y la abrió bruscamente.

Al instante ella notó que el hedor oscuro del mal penetraba en la habitación, esas sombras que se colaban como agua sucia e impregnaban el aire con su aroma fétido. Dejó la taza vacía con cuidado sobre la mesa y se puso en pie. Pero lo único que vio fue el rostro agitado de Sarina cuando entró apresuradamente. La anciana miraba al charco de té y la taza rota en el suelo.

—*Mi scusi per il disturbo, signore*, pero hay personas esperando para veros. Pensé que quizá les habíais olvidado.

Sarina hizo una leve reverencia, sin mirar al *don*. Escrutaba el rostro de Isabella, con expresión nerviosa.

Cohibida, Isabella se cubrió el arañazo de la sien con la mano. Y mientras lo hacía, giró muy despacio tratando de localizar el lugar exacto donde se originaba la fría y desagradable sensación de maldad. Era tan real, tan intensa, que su cuerpo empezó a temblar, la boca se le secó, podía oír el latido frenético de su corazón. Había algo en la estancia con ellos, algo que Sarina no parecía notar. Isabella vio que el *don* levantaba la cabeza con cautela, como si olfateara el aire. De pronto el halcón empezó a agitar las alas, y ella se volvió para mirar al pájaro.

Sarina se había inclinado junto a la mesa para recoger la taza rota. En ese instante Isabella notó una súbita oleada de odio en la habitación, negro y fiero. Y saltó hacia delante justo en el momento en que el ave rapaz dejaba escapar un chillido y se arrojaba contra el rostro de la sirvienta. La joven saltó sobre la anciana y cayó sobre ella al suelo, cubriéndola con su cuerpo, con las manos sobre el rostro, mientras el halcón atacaba con las garras extendidas.

Un rugido sacudió la estancia, un sonido terrible, inhumano, bestial. El halcón profirió un chillido agudo y laceró la espalda de Isabella, rasgando la delicada tela del vestido y dejando unas largas marcas en su piel. Ella no pudo contener un grito de dolor. Podía sentir las alas del ave batiendo por encima de ella, removiendo el aire. Sarina sollozaba, rezando en voz alta, desconsoladamente, sin intentar siquiera liberarse del peso del cuerpo de la joven.

Isabella volvió la cabeza intentando localizar al *don*. No estaba en su línea de visión pero, para su horror, vio que una criatura enorme se había colado en la estancia por la puerta abierta. Estaba apenas a unos metros de ella, con la cabeza gacha, y la miraba muy fijo. Era un león, de casi tres metros de largo, y al menos trescientos kilos de músculo fibroso y tendones, con una enorme gorguera dorada que se estrechaba gradualmente sobre la espalda hasta convertirse en una mata negra sobre un cuerpo rojizo. La exuberante cresta incrementaba la sensación de poderío de aquella bestia. El animal estaba totalmente inmóvil. Sus zarpas eran grandes, su mirada estaba clavada en las dos mujeres. Isabella jamás había visto nada igual. No habría sido capaz de imaginar una criatura semejante ni en sus peores pesadillas. Sarina y ella estaban en peligro de muerte.

El halcón le había desgarrado la piel, e Isabella sabía que el olor a sangre atraería a la bestia. En ese instante, tuvo la certeza de que alguna criatura maligna había orquestado aquel suceso.

Ni ella ni Sarina podrían escapar. El animal atacaría con la rapidez del rayo. Respiró con dificultad. Tendría que confiar en el *don*. Confiar en que él domara a la bestia. O la matara. Mientras miraba aquellos ojos fieros y salvajes, se prometió no tener miedo. El *don* no permitiría que les hiciera daño.

El león avanzó un paso muy despacio y se quedó inmóvil, en el preludio clásico de un ataque. Isabella no podía apartar la mirada de aquellos ojos que la miraban tan fijamente. Tenía que confiar en el *don*. Él acudiría en su ayuda. Las lágrimas le nublaron la vista y pestañeó con rapidez tratando desesperadamente de no perder los nervios.

De pronto, unas manos la sujetaron, unas manos suaves que la levantaron con unos fuertes brazos. Y entonces se vio protegida contra el pecho del *don*. Hundió el rostro contra su camisa, muda de miedo. Por primera vez en su vida estaba a punto de desmayarse..., una reacción femenina y absurda que detestaba. Quería ver si el león se había ido, pero no pudo reunir el valor para levantar la cabeza y mirar.

Don DeMarco estiró el brazo para ayudar a Sarina a levantarse.

—¿Estáis herida? —preguntó a la anciana con tono afable.

—No, solo asustada. La *signorina* Vernaducci me ha salvado. ¿Qué he hecho para enfadar a vuestro pájaro? Jamás me había atacado.

La voz le temblaba, pero se sacudió las faldas con decisión y eficiencia, sin mirar en ningún momento al *don*.

—No está habituado a que haya tantos extraños en su territorio —contestó *don* DeMarco bruscamente—. Dejad eso, Sarina. La *signorina* Vernaducci está herida. Debemos ocuparnos de sus heridas.

Y dicho esto cruzó con rapidez la estancia y salió al corredor, con Isabella en brazos y Sarina corriendo a la zaga.

Isabella, que se sacudía incontrolablemente como una tonta, se sentía mortificada por su comportamiento. Era intolerable. Era una Vernaducci, y los Vernaducci no se amedrentaban de ese modo.

—Lo lamento —susurró horrorizada por su falta de control.

Estaba llorando ante una sirvienta, ante *don* DeMarco.

—Ya está, ya está, *bambina*, os limpiaremos la pupa de esas heridas —le decía Sarina como si fuera una niña—. Habéis sido tan valiente, me habéis salvado de unas heridas terribles.

Iban corriendo escaleras abajo. El cuerpo del *don* era poderoso y fluido, y a pesar de las prisas Isabella no notó ni una sola sacudida. Las laceraciones eran dolorosas, pero en realidad lloraba de alivio, no de dolor. Primero el halcón y luego el león. Había sido terrible. Esperaba que aquellas bestias de cuatro patas no anduvieran a su aire por el castillo. Sin duda el león que había visto debía de haber escapado de alguna jaula. Respiró hondo y se obligó a serenarse.

—Disculpad estas lágrimas absurdas —volvió a disculparse—. De veras, estoy bien. Soy perfectamente capaz de caminar.

—No volváis a disculparos —dijo *don* DeMarco con voz grave.

Sus ojos dorados escrutaron su rostro con expresión torva y pensativa. Había un tono áspero en su voz, una emoción indefinida que Isabella no habría sabido identificar.

Levantó la vista para mirarle y su corazón se detuvo. El rostro del *don* era una máscara de amargura y desesperanza. Parecía como si a su alrededor todo se hubiera desmoronado, como si sus sueños se hubieran roto sin remedio. Isabella sintió un extraño dolor en la zona del corazón. Alzó una mano y tocó la mandíbula oscura del *don* con dedos suaves.

—*Don* DeMarco, insistís en verme como una fruslería que se hará añicos cuando caiga. Estoy hecha de un material más duro. En realidad no lloraba de dolor. El pájaro apenas me ha arañado.

Ahora que la sensación de pánico había remitido, Isabella sentía en todo su esplendor el dolor de las heridas, pero era de vital importancia tranquilizar al *don*.

Los ojos dorados la miraron llameantes, posesivos, posándose en sus labios como si quisiera devorarlos. Y la dejaron sin aliento. Estaba totalmente hechizada, no podía apartar la mirada.

Finalmente, con una delicadeza exquisita, él la colocó sobre su lecho y la hizo girar para que quedara tumbada boca abajo y las laceraciones quedaran expuestas a su mirada inquisitiva. Entonces notó sus manos sobre ella, apartando el material del vestido, rasgándolo hasta la cintura. Era del todo impensable e impropio que *don* DeMarco la viera de aquel modo, y en sus propios aposentos. Isabella se revolvió incómoda, buscando instintivamente la colcha. Podía sentir el aire frío sobre su piel desnuda y le dolía la espalda, pero todo aquello era demasiado humillante. Había llorado y había estado a punto de desmayarse, y ahora su vestido estaba abierto hasta la cintura.

El *don* le sujetó la mano para evitar que se cubriera con la colcha, y musitó algo feo por lo bajo.

—Esto no son unos simples arañazos, Isabella.

La voz era áspera y, sin embargo, el nombre brotó de su lengua como una caricia aterciopelada.

—Yo me ocuparé de ella —dijo Sarina inclinándose para examinar las heridas, con un tono que rozaba la indignación.

—Esta mujer ha de ser mi esposa, Sarina —replicó él con cierta mordacidad, con un tono de autodesprecio que hizo que las lágrimas volvieran a aflorar a los ojos de Isabella—. Os ocuparéis de que en lo sucesivo no sufra ningún mal.

Ella intuyó que aquellas palabras tenían un sentido oculto, que entre ellos había una cierta complicidad, pero no fue capaz de entender. La espalda le dolía y le quemaba, lo único que quería es que se fueran.

—Por supuesto, *don* DeMarco —dijo Sarina con voz compasiva—. Yo cuidaré de ella. Debéis reuniros con quienes os esperan. Me encargaré de la *signorina* Vernaducci personalmente.

Don DeMarco se inclinó sobre Isabella para susurrarle al oído, y con su aliento cálido agitó unos mechones de pelo y acarició su piel.

—Pondré en marcha los planes para que nuestro trato se lleve a cabo inmediatamente. No os preocupéis, *cara mia*. Se hará.

Isabella cerró los ojos y apretó con fuerza los puños mientras Sarina empezaba a curar las heridas de su espalda. El dolor era terrible y no quería que *don* DeMarco lo sintiera con ella. Aquel hombre ya sufría bastante. Intuía el profundo dolor de su alma atormentada, intuía que sobre aquellos anchos hombros llevaba una carga cuya naturaleza no acertaba a entender, y la idea de estar añadiendo más peso a esa carga le resultaba intolerable.

Fuera lo que fuese que hacía Sarina, dolía muchísimo, así que no pudo contestar a las palabras del *don*. Pequeñas gotas de sudor se formaron en su frente. Le pareció notar los labios de él rozando el arañazo de su sien.

Un nota de aflicción retumbó en su garganta.

—Yo he hecho esto —declaró sombrío.

Para Isabella aquel pequeño arañazo era la menor de sus preocupaciones y, sin embargo, al *don* parecía resultarle de lo más perturbador.

—Nos habéis salvado de un león, *don* DeMarco. Poco puede preocuparme un simple rasguño.

Se hizo un breve silencio, e Isabella notó una repentina tensión en la estancia.

—¿Visteis un león? —preguntó Sarina en voz baja, con las manos aún en su hombro.

—No me equivoco, ¿verdad, *don* DeMarco? —preguntó Isabella—. Aunque admito que jamás había visto una criatura semejante. ¿De verdad los tenéis como mascotas? ¿No os da miedo que haya algún accidente?

El silencio se prolongó interminablemente hasta que Isabella se movió, decidida a mirar al *don*. Con un juramento, *don* DeMarco giró sobre sus talones y salió de la habitación con su habitual sigilo.

—Vi a esa criatura en la estancia con nosotros, *signora* Sincini. Os digo la verdad. ¿No la visteis? —le preguntó.

—Yo no vi nada. Yo estaba mirando al suelo, muerta de miedo ante la idea de que el pájaro me arrancara los ojos. A los halcones se les adiestra para que ataquen a los ojos, ¿lo sabíais?

Isabella sintió que los ojos volvían a llenársele de lágrimas.

—He hecho enfadar al *don* y ni siquiera sé por qué.

No deseaba pensar en lo que implicaba que se enseñara a un pájaro a atacar deliberadamente a los humanos. Ni en leones que deambulaban por el *palazzo*. Ni en el *don* saliendo de la estancia, disgustado por su comportamiento. Cerró los ojos con fuerza, mientras sus lágrimas caían sobre la colcha, volviendo la cabeza hacia otro lado para que el ama de llaves no la viera.

—*Don* DeMarco tiene muchas cosas en la cabeza. No estaba furioso con vos. Pero estaba furioso, *piccola*, sin duda. Lo conozco desde hace muchos años, desde que era un bebé.

Isabella no pudo contestar, tenía un nudo en la garganta. Se había vendido a aquel hombre a cambio de la vida de su hermano. Pero no tenía ni idea de lo que se esperaba de ella, no sabía cómo comportarse, no sabía cómo la trataría. No sabía nada de él, salvo lo que decían los espantosos rumores y, sin embargo, había ligado su vida a él.

—Lamento lo sucedido, *signorina*. —La voz de Sarina destilaba compasión—. Me siento responsable de vuestras heridas.

—Llamadme Isabella —susurró ella.

Tenía los ojos cerrados. Quería dormir. Quería que Sarina volviera a ofrecerle el té con las hierbas. Pensó en sugerirlo, pero la espalda le quemaba, y no se sentía con fuerzas para hablar y respirar a la vez.

—No ha sido culpa vuestra, desde luego. Ha sido un accidente, nada más. El pájaro estaba intranquilo. Vi que volaba contra vos y salté para protegeros. De hecho tenía miedo de haberos hecho daño cuando os derribé contra el suelo.

No mencionó la terrible sensación de maldad que había penetrado en la habitación, una entidad negra y asfixiante demasiado real para no hacer caso.

Sarina le tocó el arañazo de la sien.

—¿Cómo os habéis hecho esto?

Ella hizo un esfuerzo por mantener la voz firme. La espalda le quemaba.

—El *don* se estaba comportando de un modo muy dulce, pero su anillo me rozó la piel. Fue un accidente sin importancia, desde luego.

Y apretó los dientes para no proclamar a gritos lo mucho que le dolía la espalda.

En ese momento llamaron a la puerta y Sarina fue a abrir, y volvió a cerrar enseguida para evitar las miradas de curiosidad. Mezcló las hierbas que había mandado traer y aplicó con mucho cuidado la cataplasma sobre las heridas. Isabella a punto estuvo de gritar, sudaba, y entonces el dolor de los cortes se aplacó benditamente y pudo volver a respirar. Aunque seguía temblando por la impresión. Volvieron a llamar a la puerta. Esta vez era una sirvienta, que entregó a Sarina una taza de té.

Tuvieron que ayudarla a sentarse, pues estaba muy debilitada por la experiencia. Le sonrió débilmente al ama de llaves.

—La próxima vez pediremos a Alberita que me arroje un cubo de agua bendita sobre la cabeza antes de salir de mis aposentos.

Y rodeó la taza con las manos buscando su calor.

Sarina rió algo temblorosa por el alivio.

—Sois una buena persona, *signorina*. Vuestra *madre* sin duda estará sonriendo si os ve ahora desde el cielo. Os agradezco lo que estáis haciendo por el *don*. Es un hombre bueno y merece lo mejor.

Isabella dio un sorbo agradecido al té, que alivió sus terribles temblores al momento.

—Espero que diréis lo mismo cuando me encuentre corriendo por las colinas y me mire con el gesto torcido porque no llego a tiempo para la cena.

—Seréis una buena esposa para él. —Sarina le dio unas suaves palmaditas en la pierna—. En cuanto os acabéis el té os ayudaré a desvestiros. Dormiréis como una bendita, *bambina*.

Isabella esperaba que tuviera razón. Necesitaba desesperadamente cerrar los ojos y perderse en la envolvente oscuridad. El alivio que sentía ahora que *don* DeMarco había aceptado rescatar a su hermano era enorme. Así que decidió que lo mejor era dejar de preocuparse por sus extrañas mascotas y rezar para poder convencerle más adelante de que se deshiciera de ellas.

Isabella bebió aquel té dulce y medicinal y trató de ayudar a Sarina cuando le quitó el vestido destrozado. Luego se tumbó boca abajo sobre el cómodo colchón y dejó que sus pestañas se cerraran. La mujer anduvo trajinando por la estancia, eliminando las pruebas de aquel terrible incidente, y encendió varias velas aromáticas para ahuyentar las sombras y proporcionar un aroma relajante. Acarició los cabellos de la prometida del *don* hasta que se adormeció, y luego se fue y cerró la puerta con llave.

Isabella despertó oyendo unos susurros. Una voz dulce y femenina la llamaba. La habitación estaba a oscuras y las velas se habían consumido casi por completo, formando unos charcos de cera sobre los que las llamas chisporroteaban y humeaban.

Volvió la cabeza y vio que Francesca estaba sentada sobre el lecho, retorciéndose las manos con inquietud, mirándola. Isabella sonrió somnolienta.

—¿Qué sucede, Francesca? —preguntó con una voz tan tranquilizadora como pudo, dadas las circunstancias.

—Os ha herido. No pensé que os haría daño. Os habría dicho que huyerais, Isabella, de veras. Me gustáis. De haber pensado ni por un momento que… os habría aconsejado que os marcharais.

Había un algo infantil en su voz, como cuando un niño dice la verdad sin tapujos.

La medicina del té aún seguía haciéndole efecto, y le hacía sentirse adormecida y ligera.

—¿Quién creéis que me ha herido, Francesca? Nadie me ha hecho daño. Fue un accidente. No tiene importancia.

Hubo un momentáneo silencio.

—Pero todos dicen que os atacó, que os infligió unas terribles heridas, y que os habría devorado de no haberle detenido Sarina cuando entró en la habitación.

Los ojos se le llenaron de lágrimas, cruzó los brazos sobre el pecho, y se puso a mecerse adelante y atrás como si tratara de reconfortarse a sí misma.

—Supongo que no os referís a *don* DeMarco —dijo Isabella soñolienta.

Francesca asintió.

—He oído muchas historias sobre su crueldad.

—¿Y quién ha dicho algo tan terrible? Francesca, os puedo asegurar que *don* DeMarco se comportó como un perfecto caballero y me salvó la vida. Y a Sarina también. No creo que su gente le odie tanto como para contar algo así. Eso sí sería una crueldad. Tendrían que vivir bajo el mandato de alguien como *don* Rivellio, entonces sí que sabrían lo que es de verdad la crueldad.

Isabella trató de tranquilizar a la joven, pero aquella conversación la inquietó. Ella había oído los rumores; e incluso los sirvientes del *don* habían tratado de bendecirla cuando acudía a una audiencia con él. Quizás había algo que no sabía.

—¿Habéis visto alguna vez que sea injusto o cruel? ¿Azotaría a una mujer hasta matarla y la devoraría?

—¡Oh, no! —Francesca meneó la cabeza con rapidez—. ¡Nunca! Pero mientras dormíais he bajado la colcha y he visto vuestra espalda. Os quedarán cicatrices. ¿Cómo puede haber pasado?

—El halcón se asustó y trató de atacar a Sarina. Yo estaba en medio. Parece peor de lo que es.

Ahora empezaba a despertar a pesar de la medicina. Se sentía rígida e incómoda, y necesitaba visitar el excusado. Incorporarse fue toda una lucha. Francesca la observó con interés y se apartó para dejarle sitio para maniobrar.

Isabella la miró arqueando una ceja y bajó la vista a la colcha que cubría su cuerpo desnudo. Francesca esbozó una sonrisa traviesa ante aquella manifestación de modestia y se puso a mirar al techo. Sí, su humor cambió en apenas un instante; ahora parecía radiante.

Ella se movió con lentitud y cogió la bata que Sarina le había preparado tan amablemente. Al igual que el resto de vestiduras que le había proporcionado, estaba hecha de un tejido suave que se ceñía a sus curvas. Por suerte, su espalda seguía entumecida y el contacto con la tela no le dolió.

De pronto se dio cuenta de que en los pasillos volvían a oírse los mismos gemidos y lamentos de la noche anterior. Y aquella extraña tos cavernosa.

—¿Qué clase de animal emite ese sonido? —preguntó a Francesca, aunque estaba casi segura de cuál sería la respuesta.

Francesca bajó de la cama de un salto algo inquieta y se encogió de hombros.

—Un león, por supuesto. Están por todas partes en el valle, y en *palazzo*. Son los guardianes de nuestra *famiglia*. Nuestros guardianes y carceleros. —Y suspiró, visiblemente aburrida con aquel tema—. Contadme cómo es la vida fuera del valle. Más abajo de las grandes montañas. ¿Cómo es? Nunca he estado en ningún sitio que no sea aquí.

Isabella tenía la sensación cada vez más intensa de que Francesca era más joven de lo que aparentaba. ¿De quién se le había escapado para no querer revelar su identidad? Y, sin embargo, ella misma había sido una niña desobediente, así que decidió no insistir para no asustar a su nueva amiga.

—Yo nunca había estado en montañas como estas —dijo Isabella—. Los *palazzi* en los que he estado son más o menos iguales, pero mucho menos ostentosos.

—¿Habéis asistido alguna vez a un baile? —preguntó Francesca con aire soñador.

Isabella regresó del excusado y se quedó junto a la silla que había ante la chimenea. El fuego se había apagado y ya solo quedaban unas ascuas. Aquella tenue luz arrojaba un extraño resplandor contra la pared que tenía a su espalda. Volvió la cabeza para mirar a su sombra, la gruesa trenza que caía más abajo de sus posaderas sobre la bata. Hizo una lenta pirueta, sin dejar de mirar la sombra de la pared, y pestañeó cuando su espalda protestó.

—Sí, en más de uno. Me encanta bailar.

Francesca trató de girar, con los brazos hacia delante, como si estuviera bailando con un acompañante. Isabella rió, y se volvió para mirar la sombra de la joven, pero las ascuas no eran lo bastante luminosas para formar la silueta de la joven en la otra pared.

—Será divertido teneros aquí —dijo Francesca—. Podéis enseñarme los pasos. Hasta ahora había tenido que inventármelos yo.

—Tendrá que ser otra noche, cuando la espalda no me duela. Pero estaré encantada de enseñaros a bailar. ¿Baila *don* DeMarco, Francesca?

Francesca se deslizó para aquí y para allá, girando y girando mientras bailaba por la estancia.

—Hace mucho que no hay música en el *palazzo*. Me encanta la música, los juegos, los bailes, y todos esos jóvenes tan elegantes. Yo nunca lo he visto, claro, pero he oído muchas historias. ¿Por qué no aquí?

—¿Y cómo es eso? —preguntó Isabella tratando de no sonreír ante la exuberancia de Francesca.

—Los leones, por supuesto. No tolerarían algo así. Ellos mandan aquí, nosotros obedecemos. No aceptarían tantos visitantes, aunque lo cierto es que esta noche hay mucha gente. Deben de haberos aceptado, pues de lo contrario estarían rugiendo a modo de protesta como hacían anoche. Cuando introdujisteis la mano en la boca del león, él decidió si erais amiga o enemiga. Aquellos que buscan el favor de Nicolai deben meter antes la mano en la boca del león. Si los muerde, él sabe que son enemigos y no pueden entrar.

Isabella se quedó mirando las ascuas y frunció el ceño. Sin duda Francesca se equivocaba. Era joven, y sus actos y sus pensamientos no tenían medida. Debía de habérselo inventado, o quizá solo estaba repitiendo algún rumor, como hizo cuando dijo que el *don* la había atacado.

—¿Que mandan los leones? ¿Cómo puede un humano estar bajo el mandato de un león? Son bestias salvajes y peligrosas, y los bárbaros los utilizaban para matar a los creyentes. Pero eran los que ostentaban el poder quienes dominaban a los leones, no al revés. —Al ver que Francesca no contestaba, se estremeció—. ¿Cuántos leones hay en este valle?

No hubo respuesta. Isabella volvió la cabeza y de nuevo Francesca había desaparecido. Dio un suspiro. La próxima vez se aseguraría de preguntar a la joven dónde estaba el pasadizo secreto. Esa información seguramente le sería muy útil.

Capítulo 4

Isabella. —Sarina la sacudió por el hombro con suavidad pero con insistencia—. Vamos, *bambina*, ahora debéis levantaros. Deprisa, Isabella, levantad.

Ella abrió los ojos y miró a Sarina.

—¿Qué sucede? Aún no es de día. —Se movió con cuidado, pues las laceraciones de su espalda dolían más ahora que el efecto de la medicina se había disipado. Trató de no hacer una mueca—. ¿Pasa algo, Sarina?

—El *don* ha ordenado que abandonéis el *palazzo*. Tenéis provisiones, y la escolta os espera con vuestro caballo. —Sarina evitaba la mirada de Isabella—. No tendrá compasión, *signorina*. Apresuraos. Ha dicho que debéis partir inmediatamente. Y antes debo curaros la espalda.

Isabella alzó el mentón desafiante.

—Tenemos un trato. El *don* es un hombre de palabra, e insisto en que la mantenga. No pienso abandonar este lugar. Y él debe rescatar a *mio fratello*, Lucca.

—Ya han partido los mensajeros que asegurarán la liberación de vuestro hermano —le aseguró Sarina.

Estaba sacando los vestidos del guardarropa.

—Y está el asunto de nuestro casamiento. Creo recordar que él pidió mi mano. Él ordenó nuestro matrimonio. No puede retirar su palabra.

—Aún no ha sido anunciado. —Sarina seguía evitando su mirada—. Os aplicaré el ungüento en las heridas. Después os vestiréis enseguida, Isabella, y haréis lo que *don* DeMarco ha ordenado.

—No lo entiendo. Debo verle. ¿Por qué me obliga a marcharme? ¿Qué he hecho para disgustarle? —Isabella tuvo una súbita inspiración—. Los leones han estado tranquilos esta noche. ¿No significa eso que han empezado a aceptar mi presencia?

—El *don* no os recibirá ni cambiará de opinión.

Sarina trataba de ocultar su preocupación, y eso llevó a Isabella a preguntarse por qué temía tanto la anciana aquella decisión de su señor. No tenía ninguna duda de que Sarina estaba versada en todas las leyendas sobre el *don* y su *palazzo*.

Entonces soltó un largo y tranquilizador suspiro. Bien, si *don* DeMarco no la quería como esposa, quizá los dos habían tenido suerte. No tenía intención de amoldarse jamás a los dictados de un esposo. Al menos no todavía. Nunca.

—Esta mañana tengo la espalda mejor, *grazie*. No necesito la medicina.

Se levantó con rigidez y se tomó su tiempo para asearse, regodeándose ante la idea de que el *don* estuviera andando arriba y abajo en sus aposentos, nervioso, esperando a que se fuera. Haciendo caso omiso de las ropas que Sarina le había preparado, Isabella se puso su vestido viejo. Lo único que quería de *don* DeMarco era que mantuviera su palabra y rescatara a su hermano.

—Por favor, *don* DeMarco desea que os llevéis la ropa. Os proporcionará una escolta hasta el paso, provisiones y varios hombres que os llevarán hasta vuestra casa —dijo la anciana, tratando con todas sus fuerzas de dar un tono de ánimo a sus palabras.

Los ojos de Isabella llameaban. Ella no tenía casa. *Don* Rivellio había confiscado sus tierras y todo cuanto tenían de valor, salvo las joyas de su madre. Pero no se atrevía a utilizar aquel tesoro, si no era como último recurso para sobornar a los guardas que retenían a Lucca. Aun así, era demasiado orgullosa para señalar lo obvio: había acudido a *don* DeMarco pensando que se convertiría en una sirvienta del *castello*. Si quería expulsarla, ciertamente no tenía intención de suplicarle que la tomara como esposa, ni siquiera que le ofreciera asilo. Ella era hija de un *don*. Quizás en ocasiones era un tanto rebelde, pero llevaba la misma sangre que sus padres en las venas. Tenía orgullo y dignidad de sobra, y cubrían su ser como un manto.

—No necesito nada del *don*. Llegué por mí misma al *palazzo*, estoy segura de que sabré encontrar el camino de regreso. Y por lo que se refiere a las ropas, por favor, aseguraos de que llegan a quien las necesite. —Sus ojos miraron a Sarina con firmeza, con tanto orgullo como el *don*—. Estoy lista.

—*Signorina…*

El corazón de Sarina sufría visiblemente por la joven.

El mentón de Isabella se elevó más.

—No hay más que hablar, *signora*. Os agradezco vuestra amabilidad, pero debo obedecer las órdenes de vuestro *don*. Partiré inmediatamente.

Tenía que salir de allí enseguida o se pondría en evidencia echándose a llorar. Había conseguido sacarle a *don* DeMarco la promesa de que salvaría a su hermano y, al fin y al cabo, esa era la única razón por la que había acudido a aquel lugar. No debía pensar en nada más.

Ni en aquellos anchos hombros. Ni en la intensidad de su mirada ambarina. Ni en el sonido de su voz. No pensaría en él como un hombre. Miró hacia la puerta, con expresión decidida.

Sarina le abrió y ella salió presurosa. Y al punto sintió aquel frío, penetrante, intenso, antinatural. Allí estaba de nuevo…, la sensación de que alguna presencia maligna la observaba; y esta vez se estaba regodeando por su victoria. Su corazón empezó a latir con fuerza. La sensación de odio era tan palpable, tan intensa, que la dejó sin aliento. Podía sentirla físicamente.

Pero Isabella no podía seguir preocupándose por aquella gente. Si el *don* y los suyos no sabían que tenían aquello entre sus paredes o no les importaba, no era asunto suyo. Sin mirar ni a derecha ni a izquierda, sin volverse a ver si el ama de llaves la seguía, echó a andar por el laberinto de corredores, confiando en que su memoria le ayudaría a encontrar la salida. La idea de marcharse le aterraba tanto como la de quedarse.

Mientras avanzaba con rapidez por los amplios corredores, aquel frío antinatural la siguió. La atravesaba como si fuera una espada de hielo. Se clavaba en las heridas de su espalda buscando un acceso a su alma. No pudo reprimir un estremecimiento de miedo, y le pareció que oía el eco de una risa burlona. Mientras bajaba las largas escaleras de caracol, una especie de onda de movimiento bajó con ella, y tuvo la poderosa sensación de que los retratos de las paredes la miraban. Las velas que iluminaban los corredores brincaban al son de extrañas ráfagas de viento y salpicaban apariciones cerosas y macabras sobre el suelo, como si su adversario estuviera celebrando maliciosamente su marcha con un ánimo juguetón.

Cuando por fin salió al viento gélido de los Alpes, Isabella sentía un dolor intenso en la zona del corazón. Apiró con fuerza aquel aire limpio y fresco. Al menos ahora la espantosa sensación de que algo perverso la observaba había desaparecido. Allá fuera la aguardaban hombres y caballos. Y entonces, sin previo aviso, los leones empezaron a rugir por todas partes…, por las montañas, el valle, por las entrañas del *palazzo*…, y era tal el jaleo que resultaba atemorizador. El sonido era espantoso, terrorífico, lo llenaba todo y reverberaba a través del mismísimo suelo. Casi era peor que la sensación de negrura del interior del *castello*.

Los caballos se asustaron, trataban de derribar a sus jinetes, corcoveando y relinchando, sacudían sus cabezas, con los ojos llenos de terror. Los hombres les susurraban tratando de tranquilizarlos. La nieve caía en densas cortinas y los convertía a todos en figuras fantasmagóricas.

—Tenéis comida en abundancia —le aseguró Sarina, ocultando las manos temblorosas a la espalda—. Y os he puesto el ungüento en la bolsa.

—Gracias una vez más por vuestra amabilidad —dijo Isabella sin mirarla.

No pensaba llorar. No había ninguna razón para hacerlo. El *don* no le importaba. Y a pesar de ello, resultaba humillante que la despacharan como si no fuera nadie. Lo cual era cierto, claro. Ya no tenía tierras, ni un título. Tenía menos que cualquiera de los sirvientes del *castello*. Y ningún lugar a donde llevar a su hermano enfermo.

Isabella hizo caso omiso de la mano que Betto le ofrecía y subió al caballo por sí misma. Su espalda protestó ruidosamente, pero lo que más le dolía era el corazón. Mantuvo el rostro apartado de los demás, y dio gracias por la densa nieve que ocultaría las lágrimas de sus ojos. Se sentía la garganta ronca por la ira y el remordimiento. Por el pesar.

Azuzó el caballo con decisión e inició la marcha, ansiosa por dejar atrás al *palazzo* y al *don*. Ni siquiera miró a sus escoltas, como si no estuvieran allí. Los leones seguían protestando, pero la nieve, que caía con fuerza, ayudó a amortiguar sus rugidos. Notaba que hombres y caballos estaban extremadamente nerviosos. Los leones merodeaban en manadas, ¿no era así? De pronto sintió que se quedaba sin respiración.

Quizás ese era el terrible secreto que el valle guardaba tan celosamente. ¿Cuántos hombres leales al nombre de los Vernaducci habían sido enviados en busca del valle en los Alpes y jamás regresaron? Se decía que *don* DeMarco tenía un ejército de bestias que protegían su guarida. ¿La estaban acechando ahora? El nerviosismo de los caballos parecía indicar que había predadores cerca. Su corazón empezó a latir con fuerza.

Don DeMarco se había comportado de un modo extraño, pero difícilmente estaría tan molesto con ella como para desear su muerte. ¿Qué había hecho para merecer que la echara del *castello*? Ella no le había pedido que la desposara; era él quien había insistido. Ella se había ofrecido a trabajar a su servicio, le había ofrecido su lealtad. Pero, incluso si había cambiado de opinión y ya no la quería como esposa, ¿iba a querer su muerte por eso?

Isabella miró de soslayo al capitán de la guardia, tratando de dilucidar su grado de nerviosismo. Sus facciones eran duras, pétreas, pero azuzaba a sus hombres para que avanzaran más rápido, y era evidente que todos ellos iban fuertemente armados. Había visto hombres como el capitán antes. Su hermano Lucca era así. Sus ojos se movían incansables escrutando el paisaje y cabalgaba con soltura. Pero lo hacía como quien espera encontrar un problema.

—¿Nos persiguen? —preguntó, tras dar alcance al capitán con su montura.

Trató de parecer tranquila, aunque no podía apartar de su cabeza la imagen del león, su mirada hambrienta clavada en ella.

—Estáis a salvo, *signorina* Vernaducci. *Don* DeMarco ha insistido en que protejamos vuestra integridad por encima de todo. Pagaremos con nuestra vida si le fallamos.

Y entonces los leones callaron. El silencio resultaba atemorizador, espeluznante, más si cabe que los temibles rugidos. El corazón de Isabella latía con fuerza, notaba el sabor del terror en la boca. La nieve caía, volviendo el mundo de un asombroso blanco y amortiguando el sonido de los cascos de los caballos contra la roca. Lo cierto es que nunca había visto la nieve hasta que llegó a aquellas montañas. La sentía glacial y húmeda contra su rostro, pegada a sus pestañas, y convertía a hombres y caballos en criaturas extrañas y descoloridas.

—¿Cuál es vuestro nombre?

Isabella necesitaba oír alguna voz. El silencio estaba echando a perder todo su valor. Alguna criatura avanzaba silenciosa al mismo paso que ellos. De vez en cuando le parecía ver algo moverse aquí y allá, pero no habría sabido decir de qué criatura se trataba. Los hombres habían cerrado filas y cabalgaban en una formación cerrada.

—Soy Rolando Bartolmei. —Señaló con el gesto al hombre que cabalgaba más cerca—. Él es Sergio Drannacia. Llevamos toda la vida con *don* DeMarco. Crecimos juntos, fuimos amigos de la infancia. Es un buen hombre, *signorina*.

Y la miró, como si estuviera tratando de convencerla.

Ella suspiró.

—No lo dudo, *signore*.

—¿Tan importante es que partáis ahora? La tormenta pasará pronto. Y os aseguro que nuestro valle es hermoso si le dais la oportunidad.

El capitán Bartolmei volvió a mirar al hombre que cabalgaba a su izquierda. Sergio Drannacia escuchaba cada palabra. Y era evidente que ninguno de los dos entendía el porqué de una marcha tan precipitada, que querían persuadirla para que se quedara.

—*Don* DeMarco me ha ordenado que me vaya, *signor* Bartolmei. No es por decisión mía si me voy en mitad de la tormenta.

Y lo dijo con el mentón alto y expresión orgullosa.

El capitán cruzó una larga mirada con Sergio, con cara de incredulidad.

—Se os permitió entrar en el valle, *signorina*…, un auténtico milagro. Me hubiera gustado que tuvierais ocasión de ver más de estas extraordinarias tierras. Nuestro pueblo es próspero y feliz.

Dadas las circunstancias, resultaba difícil creer que aquel pueblo pudiera ser feliz. Isabella respiró hondo.

—La noche que llegué, oí un grito terrible, y los leones rugían. Alguien murió esa noche. ¿Qué sucedió?

Trató de parecer relajada, como si supiera más de lo que en realidad sabía.

El capitán cruzó de nuevo una mirada fugaz con Drannacia, quien se encogió de hombros.

—Fue un accidente —dijo el capitán—. Uno de los hombres se descuidó. No debemos olvidar que los leones no son dóciles. Son animales salvajes y hay que tenerles un respeto.

Ella se fijó en el tono con que hablaba. Cortante y tenso. Había aprendido mucho de su padre y de su hermano fijándose en las pequeñas inflexiones de sus voces cuando hablaban. El capitán no acababa de creerse lo que estaba diciendo. Estaba inquieto por las bestias que seguían sus pasos fuera de la vista, y hablar de accidentes no ayudó precisamente a aliviar la tensión. Y era tanta, que el aire casi se podía cortar.

Durante lo que tal vez fuera una hora, avanzaron al paso lento que les imponía la tormenta. La visibilidad era mala, y el viento empezó a aullar y a lamentarse, llenando el silencio fantasmal que había dejado el cese de los rugidos de los leones. Isabella se arrebujó bien en su capa, tratando de ahuyentar el frío implacable, que parecía haber invadido su cuerpo y haber convertido su sangre en hielo. No podía dejar de temblar. Se sentía mojada y desdichada, tenía las manos entumecidas a pesar de los guantes, y a punto estuvo de caer al suelo cuando su montura se detuvo sin previo aviso y reculó algo indecisa. Trató de calmar a la yegua, mientras intentaba ver algo a través de las pesadas cortinas de nieve.

Y casi se le paró el corazón. Allí delante había algo grande, cubierto de nieve, aunque podían verse algunos parches de dorado, tostado y negro. Los ojos brillaban a través de los cristales helados y blancos que caían del cielo, con una inteligencia perversa. Sintió que se le hacía un nudo en la garganta, y se quedó petrificada, sus manos cayeron flácidas a los lados, aunque su yegua empezó a agitarse con nerviosismo.

El capitán se inclinó, sujetó las riendas de la yegua e hizo volverse a los dos caballos.

—¡Los animales están guardando el paso! —gritó—. No os permitirán marchar.

Había algo siniestro en la figura de aquella bestia apostada sobre la estrecha cornisa que precedía al paso y que la miraba fijamente. Su mirada era intensa, y la buscaba a ella, la reconocía. Resultaba hipnótico y atemorizador a la vez.

—La bestia que veis no está sola. Los leones cazan en grupo. Si veis uno es que hay muchos. Debemos llevaros de vuelta.

El capitán seguía guiando a su montura. El sonido de su voz la sacudió del hechizo del predador y al instante se inclinó hacia delante para recuperar el control de su yegua. El capitán necesitaba sus dos manos; su caballo también corcoveaba y relinchaba nervioso.

Resultaba desquiciante avanzar casi a ciegas bajo aquella tormenta de nieve, con su montura temblando y sudando de miedo, mientras los otros animales relinchaban y corcoveaban aterrorizados expulsando grandes nubes de vaho, rodeados por aquel peculiar rugido, como una tos, que sonaba a su izquierda, unos minutos después a su derecha, y luego por detrás y por delante. Su escolta estaba inusitadamente callado, y sus ojos escrutaban el paisaje tratando de ver a sus esquivos cazadores a través de la nieve.

Isabella estaba empezando a respirar tranquila cuando percibió algo en el aire. Alzó los ojos al cielo, esperando ver algún predador alado, pero allá en lo alto solo estaban los copos de nieve que caían. Y, sin embargo, ella y los hombres de su escolta no estaban solos. Algo que no era una manada de leones los había seguido desde el *palazzo*, y estaba furioso porque habían vuelto atrás. Ella percibía un odio y una ira intensos concentrados en su persona, un muro negro de maldad empeñado en destruirla. No habría sabido decir qué era, pero lo sentía hasta en el tuétano del hueso.

La sensación de animosidad era tan poderosa que su cuerpo empezó a sacudirse. Aquello era personal... lo intuía. Algo terrible estaba a punto de pasar. Se sentía totalmente impotente, pero sabía que algo iba a pasar.

Y entonces los leones empezaron a rugir de nuevo. Estaban muy cerca, y el ruido resultaba ensordecedor. Los caballos enloquecieron, empezaron a corcovear, a encabritarse, reculaban, giraban, y se hizo el caos. La pendiente estaba helada y los animales resbalaban y chocaban unos con otros, relinchando asustados. Los hombres caían al suelo y se cubrían las cabezas en un intento por protegerse de las coces de los animales. La montura de Isabella giró y resbaló también en la pendiente. Ella trató de saltar, pero las faldas se lo impidieron. Cayó con fuerza contra el suelo y al hacerlo el animal le cayó encima de una pierna.

El dolor de su espalda era terrible, le cortó la respiración, y eclipsaba cualquier daño que hubiera podido sufrir en la pierna. Por un momento fue incapaz de pensar o respirar; se quedó allí tendida mientras la yegua se sacudía tratando de ponerse de nuevo en pie.

El capitán bajó de un salto de su caballo encabritado y sujetó las riendas de la montura de Isabella para obligarla a ponerse en pie. El animal quedó temblando, con la cabeza gacha. Y entonces la levantó a ella de un tirón de la nieve, sin hacer caso del grito de dolor que profirió, y la arrojó a su espalda, al tiempo que sacaba la espada del cinto. A su alrededor el caos era absoluto, y aun así empezó a dar órdenes y sus hombres sujetaron a los caballos que no habían huido y se colocaron hombro con hombro, formando un sólido muro para protegerla.

—¿Qué pasa, Rolando? —preguntó Sergio, tratando de ver algo a través de aquella nieve cegadora—. ¿Por qué nos atacan? No lo entiendo. ¿Por qué la ha expulsado si es su única esperanza? Si no fuera la elegida, ellos jamás habrían dejado que cruzara el paso.

—No lo sé, Sergio —contestó el capitán—. Le permitieron pasar y han evitado que se vaya. Estamos haciendo lo que ellos desean, llevarla de vuelta al *castello,* y sin embargo nos persiguen.

Isabella meneó la cabeza.

—Los leones no os persiguen a vos. Esa cosa me persigue a mí, y está utilizando a los animales para conseguir lo que quiere.

Del mismo modo que había dirigido los movimientos del halcón para que atacara a Sarina, pensó. Isabella sabía que tenía razón. Una presencia desconocida la quería lejos del valle. Tanto si se trataba del *don* como si era otra cosa, su odio iba dirigido contra ella.

El capitán volvió la cabeza para mirarla, con gesto impasible y los ojos llenos de curiosidad. Y se quedó tan callado que Isabella temió que la hubiera tomado por loca. Se llevó una mano a su estómago revuelto, pero se acercó a él, con la cabeza bien alta.

—¿De qué estáis hablando? —preguntó el capitán con voz autoritaria, como alguien que claramente está al mando y tiene una misión, y que necesita toda la información disponible—. ¿Quién os está persiguiendo? No lo entiendo.

Isabella no habría sabido explicar lo que era, porque ella misma no lo entendía. Solo sabía que se trataba de algo maligno y real.

—Sentí su presencia antes, cuando el halcón del *don* atacó a Sarina. Alguna entidad desconocida está dirigiendo estos ataques. Por eso os he preguntado por la muerte de anoche. Pensé que quizá sucedió algo parecido.

—No sé de qué habláis —negó el capitán, pero se puso a mirar alrededor con desconfianza.

De pronto sus dedos se cerraron en torno al brazo de ella y sin previo aviso la arrojó a un lado y se apostó delante para protegerla, y eso la obligó a inclinarse hacia un lado para ver qué había allí. El aire abandonó sus pulmones.

Entre la nieve vio la enorme figura de un león. Todo sigilo y poder, con la cabeza gacha, las paletillas sobresaliendo, los ojos ardientes clavados en su persona. El león parecía fluir sobre la nieve, y acechaba con movimientos lentos. Aunque hombres y caballos la rodeaban, el león la miraba solo a ella, con una intensidad mortífera.

Los caballos relinchaban y se encabritaban, arrastrando a sus amos con ellos en su intento por escapar. Los hombres hubieron de abandonar a sus monturas para protegerse y proteger a Isabella. El olor a miedo era intenso. A sudor. Mientras a su alrededor la tormenta arreciaba, todos se quedaron inmóviles.

De pronto el león echó a correr, a una velocidad de vértigo, y atravesó el círculo de soldados con sus garras afiladas. Y los hombres corrieron, tuvieron que correr por sus vidas, y dejaron la vía libre hacia el capitán Bartolmei, Sergio Drannacia, que estaba hombro con hombro con él, e Isabella. La bestia saltó, con sus centenares de kilos de músculo, directo hacia ella, que se quedó petrificada, notando una terrible sensación de terror en el corazón, en su alma, viendo cómo la muerte venía a buscarla.

Un segundo león apareció en la tormenta, una bestia grande con una espesa melena dorada y negra. Más grande y más musculoso si cabe. Y rugió en actitud desafiante al tiempo que interceptaba al primer león y evitaba que alcanzara a su presa. Los dos leones colisionaron en el aire con tanta fuerza que la tierra se sacudió, y el enfrentamiento se convirtió en una batalla frenética de dientes y garras. Los rugidos reverberaban por el aire, feroces e hipnóticos, atrayendo a otros leones. Entre los copos de nieve se veía el brillo de los ojos encendidos de aquellas bestias.

Isabella observó con detenimiento al segundo león. Era un animal musculoso, en todo su esplendor, y sin duda estaba dotado de inteligencia. Veía cómo una y otra vez atacaba los puntos más vulnerables donde el otro macho ya estaba herido. El sonido de huesos que se rompían le daba escalofríos, era terrorífico. Finalmente, el predador más grande sujetó al más pequeño e indefenso con las garras, con los dientes clavados en su garganta, hasta que el animal caído murió.

El capitán Bartolmei hizo una señal a Sergio.

—¡Ahora!

Y los dos saltaron hacia el león victorioso con las espadas en alto.

—¡No! —gritó Isabella pasando entre los dos para interponerse entre ellos y el león—. Apartaos de él.

Los hombres se detuvieron de golpe. Se hizo el silencio, y el mundo quedó blanco y deslumbrante, la naturaleza misma contuvo el aliento. El león giró su gran cabeza, con las fauces aún ensangrentadas. Los ojos se clavaron en ella, llameantes, con ese peculiar ámbar que parecía destilar saber e inteligencia. Con pesar.

—No —repitió en voz baja, con la mirada clavada en los ojos del león—. Él nos ha salvado.

Mientras miraba al gran felino, el viento hizo volar la nieve a su alrededor y por unos instantes quedó cegada. Isabella pestañeó, tratando de ver algo. Y entonces el viento se llevó la nieve y de pronto se encontró mirando a unos ojos ambarinos. Pero el león victorioso se había ido. Los ojos pertenecían a un predador humano. La figura que había sobre la bestia caída no era la de un león, sino la de *don* Nicolai DeMarco. El hombre estaba erguido, con sus largos cabellos flotando al viento, y la nieve caía sobre sus anchos hombros y sus elegantes vestiduras.

El estómago de Isabella se sacudió, su corazón se derretía. Pestañeó, en un intento por apartar los copos de sus ojos. La figura alta del *don* pareció desdibujarse y sus largos cabellos se le antojaron una melena dorada que flotaba sobre la cabeza y los hombros, pasando gradualmente del tostado al negro conforme caían sobre la espalda. Sus manos se movieron y atrajeron su mirada, y aquella ilusión hizo que en vez de manos viera dos garras enormes. Y entonces el *don* se movió, y aquel extraño espejismo se disipó y se encontró mirando de nuevo a un hombre.

El *don* miraba el cuerpo del león abatido. Isabella veía las sombras en sus ojos. Se agachó junto al gran felino y hundió una mano enguantada en el denso pelaje, bajando la cabeza en señal de duelo. A su espalda tenía un pequeño ejército de hombres a caballo. *Don* DeMarco se puso en pie e indicó a los jinetes que fueran en busca de los caballos que habían huido.

Se acercó hasta Isabella y la tomó de la mano.

—¿Estáis herida, mi señora? —preguntó con delicadeza, con suavidad, atrapando su mirada con sus ojos ambarinos, tomándola prisionera, haciendo que sintiera un poderoso cosquilleo por dentro.

Isabella meneó la cabeza en silencio mientras miraba su mano en la mano de él, temiendo casi que vería una gran zarpa. Los dedos del *don* se cerraron en torno a los suyos y la acercó más a su cuerpo. Isabella se puso a temblar, por más que lo intentaba no podía evitarlo. *Don* DeMarco se quitó el manto y se lo echó por encima de los hombros, envolviéndola con el calor de su cuerpo. Se volvió de nuevo hacia sus hombres, y su caballo respondió a su señal silenciosa y al instante acudió trotando a su lado.

Las manos del *don* la sujetaron por la cintura y la levantaron con facilidad hasta la silla.

—¿Qué ha sucedido aquí, Rolando? —preguntó, y aquel extraño rugido resonó, como una clara amenaza, en el fondo de su garganta.

Isabella se estremeció y se arrebujó en el pesado manto. No era de extrañar que a veces el *don* pareciera un león. Con sus cabellos largos y aquel manto raído. Estaba hecho con la piel de un león. El caballo del *don* podía oler a las bestias que los rodeaban, y sin embargo se mantenía firme, no parecía nervioso. Isabella se preguntó si estaría acostumbrado al olor por el manto de su amo.

—El paso estaba protegido, *don* DeMarco —explicó el capitán. No le miraba a los ojos, hablaba mirando más allá—. Volvimos atrás y este nos atacó. Uno que se había apartado de la manada, sin duda. —Y señaló al león que yacía inerte sobre la nieve teñida de rojo—. Con esta ventisca podíamos haber cometido un terrible error, Nicolai.

Isabella no sabía a qué podía referirse, pero la voz del capitán temblaba cargada de sentimiento.

Nicolai DeMarco subió con facilidad a la silla de su caballo y rodeó a Isabella con los brazos para sujetar las riendas, pegándola más a su pecho.

—¿Tan terrible habría sido eso, amigo mío?

Don DeMarco, que claramente no deseaba una respuesta, hizo que el animal se volviera hacia el *castello*. Isabella se revolvió entre sus brazos, incómoda, y con ello lo único que consiguió fue que su cuerpo quedara pegado al de él.

Ladeó la cabeza y lo miró a los ojos.

—Vais en la dirección equivocada. —Su tono era Vernaducci hasta la médula, tan altivo como la expresión de su rostro—. Mi sentido de la orientación es bastante bueno, y el paso está en la dirección contraria.

El hombre la miró durante tanto rato que ella pensó que no respondería. Notó entonces que el caballo empezaba a moverse porque el vaivén hizo que sus cuerpos se pegaran. Los brazos eran fuertes, el pelo le rozaba la cara como seda. Y tuvo que cerrar las manos en puños para contenerse y no ceder al absurdo impulso de enredar las manos en aquella maraña. La boca, bellamente esculpida y pecaminosamente tentadora, atrajo su mirada. Decidió que era un error mirarle, pero ya estaba atrapada en el calor de sus ojos y fue incapaz de apartar la mirada.

Nicolai le acarició el rostro con suavidad, pero Isabella sintió aquella caricia en su cuerpo entero.

—Lo siento, Isabella. He descubierto que no soy ni remotamente tan noble como creía. No puedo renunciar a vos.

—Bueno, quiero que sepáis que mi opinión sobre vos ha cambiado radicalmente. —Y se encogió bajo el grueso manto para protegerse del viento cortante—. Y no ha sido para mejor.

La risa de él fue muy tenue, tanto que Isabella apenas la oyó.

—Tendré que esforzarme para que vuelva a cambiar.

Isabella le miró, pero no había humor en sus facciones. Parecía triste y agotado. Las arrugas marcaban las líneas rectas y los ángulos, y parecía mayor de lo que había pensado en un primer momento. No pudo evitar levantar la mano para tocar aquel rostro, para rozar suavemente las arrugas.

—Lamento lo del león. Sé que tenéis alguna conexión con ellos y habéis sentido profundamente la pérdida de ese animal.

—Es mi deber controlarlos —dijo él sin ninguna inflexión.

Isabella arqueó las cejas.

—¿Cómo podéis ser responsable de controlar a unos animales salvajes?

—Baste decir que puedo hacerlo y lo hago —dijo muy escueto, y con ello zanjó el asunto.

Isabella apretó los dientes en protesta. ¿Es que allí nadie pensaba hacerle nunca caso? En su casa siempre había hecho lo que quería, participaba de debates acalorados, incluso sobre política. Ahora su vida había cambiado, no una, sino dos veces, por capricho del mismo hombre. Todo habría sido mucho más sencillo si no le hubiera resultado tan atractivo. Bajo sus largas pestañas, sus ojos lo miraron relampagueando, con una llamarada de genio que trató de controlar.

—Pues, si lo que pretendíais era cambiar mi opinión, no habéis empezado con muy buen pie, *signor* DeMarco.

Por un momento el hombre pareció sorprendido, como si nunca nadie le hubiera manifestado su desagrado. El capitán Bartolmei, que cabalgaba cerca de su *don*, volvió la cabeza hacia otro lado, pero no antes de que Nicolai viera una mueca divertida. Sergio, que iba al otro lado, se puso a reír abiertamente. El *don* volvió la cabeza hacia su soldado y las risas cesaron al instante. Entonces la sujetó con más fuerza.

Isabella empezaba a adormecerse, segura y confiada en el calor de los brazos del *don*. Pero notó cierta tensión entre los tres hombres. En realidad, era más que eso. La tensión pareció extenderse a las columnas de hombres, como si todos estuvieran esperando que pasara algo. Ella cerró los ojos y dejó que su cabeza encontrara un hueco en el pecho de *don* DeMarco. No quería ver ni oír nada más. Se echó el manto sobre la cabeza.

A pesar de ello, la sensación de suspense persistía. Y aumentaba a cada paso que daban los caballos. No era algo malo, se trataba más bien de anticipación, como si todos estuvieran esperando que pasara algna cosa. Como si cada uno de aquellos jinetes supiera algo que ella no sabía. Con un suspiro de resignación, Isabella se echó la capucha hacia atrás y miró con expresión airada al *don*.

—¿Qué sucede? ¿Qué problema hay?

Él parecía más distante que nunca. Así que reprimió el mal genio que tantos problemas le había causado. *Don* DeMarco era quien tomaba las decisiones. Si ya había empezado a arrepentirse de su pequeño capricho de devolverla al *palazzo*, era problema suyo; podía mostrarse tan malhumorado como quisiera, no pensaba sentirse culpable.

Nicolai no contestó. Isabella escrutó su rostro y se dio cuenta de que estaba totalmente concentrado en otra cosa. Y vio también que el capitán y Sergio cabalgaban más pegados a él, como si lo protegieran. Miró entonces sus manos, que guiaban al caballo con tanta firmeza entre la nieve, y se puso derecha. *Don* DeMarco no estaba guiando al caballo. Eran Sergio y el capitán quienes lo hacían con sus monturas. La atención del *don* estaba totalmente concentrada en su interior, no parecía consciente de nada de cuanto lo rodeaba, ni siquiera de ella.

Pero fue sobre todo su expresión lo que llamó la atención de Isabella. Aquel hombre estaba luchando consigo mismo, lo intuía, y sin embargo su rostro era una máscara de indiferencia. Ella veía cosas. Siempre veía cosas, y en aquellos momentos supo que Nicolai DeMarco estaba librando una terrible batalla.

Isabella sabía que los leones seguían moviéndose a la par que las dos columnas de jinetes, a mayor distancia que antes, pero seguían allí. ¿Controlaba el *don* su comportamiento de alguna manera? ¿Tenía realmente esa capacidad? La idea era terrorífica. Nadie en el mundo exterior aceptaría jamás algo así. Lo condenarían y sentenciarían a muerte. Los rumores eran una cosa… a la gente le encantaban los chismes, le encantaba sentirse deliciosamente asustada…, pero si *don* DeMarco podía realmente controlar un ejército de bestias, eso era muy distinto.

De pronto se fijó en el caballo que montaban. Donde antes se mostrara firme, ahora parecía nervioso, inquieto, sacudía la cabeza. El manto que la envolvía con su calor casi parecía haber cobrado vida, y ella percibía el olor de un león, sentía el roce de su melena contra el cuello.

Don DeMarco tiró de las riendas para detener al caballo, y las columnas de jinetes se detuvieron con él. Isabella notó que el ritmo de su respiración cambiaba: el aire se movía por sus pulmones a toda velocidad, su aliento caliente contra el cuello. En ese instante, el capitán indicó a las dos columnas de soldados que siguieran avanzando hacia el *palazzo*, y caballos y jinetes desaparecieron en un torbellino de blanco, mientras la tormenta amortiguaba sus sonidos.

Nicolai le tocó los cabellos y le acarició la cabeza, con una mano pesada y grande que se deslizó abajo y luego arriba. Un contacto increíblemente sensual que la hizo estremecerse. Se inclinó sobre ella, acercó la boca a su oído.

—Lamento no poder escoltaros hasta el *palazzo*, pero Rolando se ocupará de que lleguéis hasta allí sana y salva. Hay otros asuntos apremiantes que requieren mi atención.

De nuevo aquella especie de sonido ronco que brotaba de su garganta, sensual y atemorizador a la vez. Con un movimiento fluido, Nicolai bajó del caballo y apoyó una mano en el tobillo de Isabella.

Y a ella se le hizo un nudo en la garganta. Llevaba botas, pero sintió aquel contacto tan íntimo por todo su cuerpo.

—Hay leones, *signor* DeMarco. Noto su presencia a nuestro alrededor. No podéis quedaros aquí solo sin una montura —señaló con nerviosismo—. No puede haber nada tan importante.

—El capitán Bartolmei se ocupará de que lleguéis hasta el *castello*. Sarina os espera, y se ocupará de que estéis bien atendida en mi ausencia. Volveré lo antes posible.

El viento soplaba con fuerza. Los cabellos del *don* se agitaban salvajes en torno a su rostro, espesos y greñudos, dorados en la coronilla, y cada vez más oscuros conforme descendían por su espalda.

—Isabella, no os apartéis del capitán hasta que estéis a salvo entre los muros de mi casa. Y haced caso de Sarina. Ella solo quiere protegeros.

—*Don* DeMarco —le interrumpió el capitán Bartolmei—. Debéis apresuraros.

Los caballos resoplaban y se movían inquietos. La montura de Isabella movía los ojos asustada y sacudía la cabeza, tratando de retroceder.

Estiró el brazo y lo apoyó sobre el hombro de Nicolai.

—No tenéis un manto y hace un frío glacial. Por favor, venid con nosotros. O cuanto menos permitid que os devuelva vuestro manto.

Don DeMarco miró la mano pequeña y enguantada que tenía sobre su hombro.

—Miradme, mi señora. Mirad mi rostro.

En este punto, Isabella casi pudo oír el miedo con que los dos hombres que los protegían contuvieron la respiración. Pero no les dedicó ni una mirada, solo tenía ojos para Nicolai. Por alguna razón que no acertaba a imaginar, aquel hombre le estaba partiendo el corazón. Parecía tan distante, tan absolutamente solo. Con arrojo rodeó su rostro marcado con las manos.

—Os estoy mirando, *mio don*. Decidme qué debo buscar.

Y escrutó su rostro, contemplando aquellas bellas facciones esculpidas, las profundas cicatrices, el ardor de sus ojos ambarinos.

—Decidme qué veis —ordenó por segunda vez, con expresión recelosa.

—Os veo a vos, *don* Nicolai DeMarco. Un hombre misterioso pero al que algunos considerarían atractivo.

Y pasó el pulgar ociosamente sobre la mandíbula oscura. Isabella se dio cuenta de que no podía apartar los ojos de aquella mirada ardiente.

—¿Seríais vos de esos que decís que me considerarían atractivo? —preguntó con una voz más baja si cabe, tanto que el viento se llevó sus palabras antes casi de que pudiera oírlas.

Don DeMarco se llevó la mano a la mandíbula, al punto exacto donde Isabella le había acariciado, como si quisiera retener su calor en la mano.

Una sonrisa discreta curvó sus labios, pero antes de que ella tuviera ocasión de contestar, el caballo reculó y hubo de sujetar las riendas.

Don DeMarco se apartó del animal y se retiró al amparo de los árboles.

—Partid ahora, Rolando. Llevadla a casa.

Era una orden.

—Vuestro manto —gritó Isabella con desazón mientras el capitán tomaba las riendas de su montura.

El animal ya había echado a andar en dirección al *palazzo*, azuzado por Sergio y el capitán. Isabella trató de quitarse la pesada piel de león de encima, y la arrojó hacia el lugar donde había visto por última vez al *don*.

—Tomad vuestro manto, *don* DeMarco —suplicó, pues temía por aquella figura solitaria que ya no podía ver en medio del frenesí blanco de la ventisca.

Isabella se había vuelto casi de espaldas sobre la grupa del caballo. De hecho, a punto estuvo de saltar al suelo. Sentía una extraña desazón, como si temiera que al apartar los ojos del *don* pudiera perderlo. Y, sin embargo, por más que miraba no lograba distinguir su figura entre la nieve. Tan solo intuía algo grande y fluido deslizándose con ligereza por el paisaje. *Don* DeMarco se agachó para coger el manto que ella le había arrojado y se incorporó enseguida para verla partir. Su cuerpo vaciló, indefinido, cuando se echó el pesado manto encima, y adoptó de pronto la apariencia de una bestia indomable. Isabella se encontró mirando a unos ojos brillantes, llenos de fuego e inteligencia. Unos ojos salvajes.

Su corazón se paró un instante, y al punto empezó a latir asustado.

Capítulo 5

Sarina recibió a Isabella con los brazos abiertos y la condujo inmediatamente a través de pasillos y escaleras hasta sus aposentos.

—Habéis tenido dificultades, *bambina*. Lo lamento. Menos mal que el capitán Bartolmei y el *signor* Drannacia estaban con vos.

—¿Al que llaman Sergio? —preguntó Isabella tratando de aclararse con los nombres. Los dos habían sido muy amables con ella, pero ninguno accedió a sus ruegos cuando suplicó que acudieran a ayudar al *don*—. Le han dejado solo en mitad de la ventisca, sin montura, y si los leones deciden atacarle no tendrá ninguna ayuda. Estaba completamente solo, Sarina. ¿Cómo han podido hacer algo así a su *don*?

Isabella temblaba incontrolablemente por el frío y la humedad de la tormenta, trastornada por la escena con el león descarriado, pero sobre todo porque temía por la seguridad de Nicolai DeMarco.

—Hubieran debido quedarse y protegerlo. Era su deber, protegerle a él por encima de todo. No entiendo qué sucede aquí. ¿Qué servicio pueden hacer esos hombres si son desleales? Yo quería volver en su busca, pero no me lo han permitido.

Estaba furiosa, muy furiosa, porque aquellos hombres le habían impedido quedarse junto a *don* DeMarco.

—En realidad sí le estaban protegiendo —contestó Sarina con suavidad, y se santiguó dos veces mientras se movían con premura por el espacioso *palazzo*.

—No lo entendéis. Se ha quedado solo, rodeado por esas enormes bestias. —Isabella temblaba de tal modo que los dientes le castañeteaban—. Lo han dejado allí. Yo le he dejado allí.

Eso era lo peor, pensar que había tenido tanto miedo por el tamaño y la ferocidad del león que había elegido ser una cobarde y huir. Ni siquiera se había resistido cuando los soldados se la llevaron.

—No pensáis con claridad, *signorina* —dijo Sarina con dulzura, tratando de tranquilizarla—. No podían dejar que os quedaseis atrás. Los capitanes tenían orden de traeros sana y salva a casa, os habrían obligado a obedecer. Estáis muy alterada, tenéis frío y hambre. Os sentiréis mucho mejor cuando entréis en calor.

Mientras avanzaban con rapidez por los corredores del *castello*, en varias ocasiones los sirvientes les sonrieron asintiendo con el gesto al verlas pasar, visiblemente aliviados. Isabella trató de corresponder a aquellos gestos con educación, aunque no entendía el porqué de aquella reacción. En aquel lugar nada tenía sentido, ni las personas ni los animales.

—Los leones no viven en las montañas. ¿Cómo es que están aquí? ¿No tendría que salir alguien en busca del *don*?

Sarina permanecía en silencio, salvo por algunos pequeños murmullos tranquilizadores. Los aposentos de Isabella estaban preparados, un fuego ardía en la chimenea, habían servido una bandeja con té. El ama de llaves la ayudó a quitarse la capa, y dio un respingo cuando vio que estaba manchada de sangre.

—¿Estáis herida? ¿Dónde os han herido?

Isabella contempló las manchas rojas con consternación. Tomó la capa de manos de Sarina y restregó el material entre sus manos. *Don* DeMarco la había arropado con su manto. Se lo había echado sobre la capa, y al hacerlo la había manchado con su sangre. Era él quien estaba herido. Meneó la cabeza, negándose a aceptar esa posibilidad. No, el manto debía de haberse manchado cuando se arrodilló junto al león caído.

—Yo estoy ilesa, *signora* —musitó Isabella—. No, miento, la espalda me duele. Creo que me tragaré mi orgullo y os pediré que me apliquéis una cataplasma reparadora en las heridas.

Y trató de esbozar una débil sonrisa mientras Sarina le soltaba el vestido y dejaba al descubierto las heridas de su espalda.

Isabella se tumbó boca abajo en el lecho, agarrándose a la colcha mientras Sarina preparaba cuidadosamente la mezcla de hierbas.

—Habladme de los leones, *signora*. Y decidme cómo es posible que los hombres del *don* le dejen solo en mitad de una ventisca y rodeado de bestias salvajes. No veo señales de alarma en el *palazzo*. Intuyo cierta inquietud, pero no miedo. ¿Cómo puede ser?

—Callad, *bambina*. Y quedaos bien quieta mientras os aplico esto en la espalda. Llamadme Sarina, por favor. Pronto seréis la señora del *castello*.

—Yo no he accedido a tal cosa. El *don* me ha expulsado una vez y es bien posible que lo vuelva a hacer. Aún no estoy preparada para perdonarle.

A través de sus ojos entornados, Isabella vio la sonrisa fugaz y apreciativa de Sarina, aunque no supo cómo interpretar aquello.

—Creo que sois exactamente lo que *don* DeMarco necesita. —Con mucho cuidado, Sarina empezó a aplicar sobre la espalda herida de Isabella la cataplasma para aliviar el dolor—. ¿Decís que queréis conocer la historia de los leones? Es uno de esos relatos que se cuentan por las noches junto al fuego para asustar a los niños. Y es posible que haya algo de cierto en él, porque los leones no pertenecen a estas montañas. Y, sin embargo, aquí están. —Suspiró—. Son a la vez una maldición y una bendición para nuestra gente.

Isabella miró a Sarina con los ojos bien abiertos.

—Lo que decís es extraño. Vi el rostro del *don* cuando se arrodilló junto al león descarriado y lo acarició con… —trató de encontrar la palabra adecuada— con reverencia, con pesar. Parecía realmente apesadumbrado. Y mi corazón sintió pena por él. —Isabella frunció el ceño, pues se dio cuenta de que quizás había revelado más de lo necesario sobre sus sentimientos confusos hacia el *don*—. Pero solo fue un momento, hasta que recordé que me había ordenado que me fuera sin ninguna razón. Es voluble y cambia con facilidad de opinión, sin duda no es un hombre en quien pueda confiar.

Y se las ingenió para parecer desdeñosa aunque estaba tendida boca abajo con el vestido bajado hasta la cintura. Una auténtica Vernaducci podía arreglárselas incluso en las peores circunstancias, y ella estaba muy orgullosa de sí misma. Los demás no tenían por qué saber que se derretía cada vez que el *don* la miraba.

—Contadme esa historia, Sarina. Este asunto me resulta de lo más interesante.

Y evitaría que saliera en mitad de la ventisca en busca del *don*.

Sarina se puso a quitar con unas manotadas los copos que habían quedado prendidos en sus cabellos.

—Hace muchos, muchos años, cuando la magia dominaba el mundo, cuando los hombres convocaban a los dioses buscando su ayuda, tres casas ostentaban el poder en este valle montañoso. Las casas De-Marco, Bartolmei y Drannacia. Pertenecían a un linaje antiguo y sagrado que contaba con el favor y el amor de los dioses. En aquellos tiempos, las casas se guiaban por los antiguos usos y adoraban a la madre Tierra. Se dice que fueron tiempos de mucho poder. La magia tenía un gran protagonismo en la vida de las tres casas. Sacerdotes y sacerdotisas, magos y hechiceras. Algunos incluso dicen que brujas.

Isabella se incorporó intrigada y quedó sentada sobre la cama. Sujetó la parte delantera de su vestido sobre sus generosos pechos.

—¿Magia decís, Sarina?

Sarina pareció complacida cuando vio que su relato disipaba las sombras de los ojos de Isabella.

—Magia. —Y asintió con firmeza—. La paz reinaba en el valle, y la prosperidad. Había cosechas abundantes, y las casas eran lugares de felicidad. *Le famiglie* eran aliadas y con frecuencia se celebraban matrimonios entre ellas para mantener un equilibrio de poder y defenderse contra los extranjeros.

—Parece razonable —dijo Isabella con tono de aprobación.

Ahora que el dolor de su espalda se había aplacado, podía respirar tranquila. La habitación estaba caldeada y aquel calor finalmente había empezado a derretir el hielo que sentía en sus venas. Estiró el brazo para coger su té y hubo de sujetarse a toda prisa el vestido para que no resbalara por sus pechos.

Sarina le sonrió.

—Creo que es mejor que os quitéis eso y os pongáis alguno de los vestidos que *don* DeMarco hizo preparar para vos.

Isabella le hubiera discutido aquello, pero quería escuchar la historia.

—¿De dónde salieron esos leones? —preguntó, quitándose obedientemente el vestido.

Abrió la puerta del guardarropa y eligió otra prenda, y en ese instante miró por encima del hombro al ama de llaves.

—No es posible que hayan estado siempre en estas montañas.

—Sois tan impaciente... —Sarina cogió el vestido y lo pasó por la cabeza de Isabella—. No, no había leones en aquella época. Dejad que os cuente la historia como se dice que sucedió. Durante cientos de años, puede que incluso más, el valle estuvo a salvo de invasores, y aunque a su alrededor el mundo cambiaba, este pueblo consiguió vivir en paz y armonía, practicando su fe con sabiduría.

Isabella se sentó en la cama y dobló las rodillas para ocultar las piernas bajo el vestido, y las rodeó con los brazos.

—Debió de ser una época interesante. Los caminos de la naturaleza siempre son sabios.

Sarina le dedicó una mirada airada, se santiguó y le dio unas palmaditas en la cabeza.

—¿Me vais a escuchar o es que pensáis arriesgaros a enfurecer a la santa *madonna* con vuestras simplezas?

—¿La *madonna* se enfurece? No me la imagino furiosa. —Isabella vio la expresión de Sarina y se apresuró a disimular la sonrisa—. Disculpad. Contadme esa historia.

—No merecéis que os la cuente, pero voy a hacerlo. —Sarina obedeció, visiblemente complacida al ver que su joven pupila recobraba el color y se sentía cómoda y relajada después de su terrible experiencia—. Llegó una época en que la gente se volvió más osada en sus devaneos con la magia. Donde antes obraban como un solo pueblo, empezaron a aparecer pequeñas divisiones. Oh, pero no fue de golpe. Esto sucedió a lo largo de muchos años.

Isabella dio un sorbo a su té, disfrutando del sabor y el calor. Sirvió una segunda taza y se la ofreció a Sarina.

La anciana, sorprendida y complacida, le dedicó una sonrisa radiante y sujetó la taza caliente entre las manos.

—Nadie sabe qué casa fue la primera, pero el caso es que alguien empezó a meterse en cosas que es mejor no remover. La belleza de las creencias de la gente se corrompió, se retorció, y una presencia maligna quedó libre en este valle. Algo que parecía reptar y extenderse, hasta que alcanzó a las tres casas. La magia se convirtió en algo sucio, y una vez el mal abrió la puerta, empezó a tomar forma y a crecer. Se dice que se oían con frecuencia los lamentos de los fantasmas, porque los muertos ya no encontraban descanso. Empezaron a suceder cosas extrañas. Accidentes que afectaban a las tres casas, que, a su vez, empezaron a distanciarse. Conforme aumentaba el número de accidentes y de heridos, empezaron a culparse entre sí y se formó una enorme brecha entre las tres familias. Y dado que había matrimonios entre ellos, este hecho fue terrible. Imaginaos, hermano contra hermana, primos contra primos.

Isabella rodeó la taza con las manos. Estaba temblando otra vez. Ella misma había sentido una presencia maligna en el *castello*, aunque aquello no era más que un cuento para asustar a los niños.

—No suena muy distinto de como son las cosas ahora. A nosotros nos quitaron nuestras tierras de las manos. No se puede confiar en nadie, Sarina, no cuando hay poder de por medio.

Sarina asintió.

—Hay cosas que nunca cambian… ni hace cien años ni ahora. Por todas partes se respiraba una atmósfera de conspiración, de maldad. La magia se utilizaba para cosas muy distintas del bien. Las cosechas empezaron a perderse, y cuando una casa tenía comida, la otra no. Cuando antes compartían, ahora no era así, cada uno trataba de guardarse sus tesoros para sí.

Sarina dio un sorbo a su té. El viento aullaba fuera de los muros del *palazzo*, sacudiendo las vidrieras, y las imágenes que contenían parecían moverse bajo aquella furiosa arremetida. Fuera, a pesar de lo temprano de la hora, las sombras se alargaban y crecían, se oía una especie de gemido grave, y las ramas de los árboles se agitaban y arañaban los gruesos muros de mármol en señal de protesta.

Sarina miró al exterior a través del cristal de color y suspiró.

—A este lugar no le gusta que se hable de los tiempos pasados. Creo que aún quedan vestigios de aquella antigua magia. —Y rió con nerviosismo—. Doy gracias porque aún no es de noche. Pasan cosas aquí por la noche, *signorina* Isabella. Nos reímos de las antiguas costumbres y decimos que no son más que cuentos para asustar a los niños y pasar el rato, pero lo cierto es que en este lugar suceden cosas extrañas, y en ocasiones parece como si las paredes pudieran oír.

Al instante Isabella puso una mano sobre la del ama de llaves para tranquilizarla.

—No puedo creer que estéis realmente asustada, Sarina. Esta estancia está protegida por ángeles. —Y profirió una risa tranquilizadora—. Y mis guardas. —Y señaló a los leones sentados ante la chimenea—. Ellos son amigos. Jamás permitirían que en esta habitación entre nada que no deba estar.

Sarina se obligó a sonreír.

—Debéis de pensar que soy una vieja necia.

Isabella estudió el rostro de la anciana. Tenía arrugas, pero parecían más de edad que de preocupación. Y, sin embargo, en sus ojos veía la misma desesperanza que había visto en los ojos de Betto y en algunos otros sirvientes del *palazzo*.

Sintió que el miedo la atenazaba, revolviéndose con rabia en su estómago, como una advertencia sutil. Y no era solo su imaginación o el resultado de su aventura con los leones. Había algo más en el *castello*, un miedo subyacente que todos parecían compartir. O tal vez no, quizá simplemente era que la historia de Sarina iba muy a tono con aquel viento que azotaba las ventanas y la nieve que caía implacable atrapándolos a todos en el interior.

—No, no sois vieja y necia, Sarina —la corrigió con suavidad—, sois amable con una extraña. No podría haber pedido una cortesía más grande que la que me habéis mostrado. Lo aprecio enormemente, y si contarme esta historia os trastorna de algún modo, entonces no lo hagáis. Me pareció interesante e inofensivo, una forma de pasar el rato y olvidar que *don* DeMarco está solo en medio de la tormenta. Pero de veras, si esto es desagradable para vos, podemos hablar de otras cuestiones.

Durante unos instantes Sarina permaneció en silencio. Luego meneó la cabeza.

—No, es solo que jamás me han gustado las tormentas. Parecen tan feroces cuando se desplazan por las montañas. Incluso de niña avivaban mi imaginación. No debéis preocuparos por *don* DeMarco. Sabe cuidarse. Pero es bueno que os intereséis por su bienestar. —Antes de que Isabella pudiera protestar, la mujer retomó el hilo de la historia—. ¿Por dónde íbamos?

Isabella le sonrió.

—Aún no habíamos llegado a los leones.

Y trató de poner cara de buena, aunque no lo consiguió.

—Estáis obsesionada con los leones —la reprendió Sarina—. La magia se había corrompido y se convirtió en algo oscuro y feo. Los maridos sospechaban infidelidades de sus esposas. La pena por semejante pecado era la decapitación. Los celos se convirtieron en algo peligroso. El valle se convirtió en un lugar oscuro. Las tormentas arrasaban las montañas. Las bestias cazaban a los niños. Algunos empezaron a sacrificar animales y a adorar a seres que es mejor no despertar. Los años pasaban, cada vez se hacían más sacrificios. Los niños eran secuestrados de sus casas y sacrificados ante los demonios. Nadie sabía quién era el responsable, y cada casa miraba a la de al lado con recelo.

El viento penetró por la chimenea con un lamento burlón. Las llamas saltaron vivamente y adoptaron las formas de bestias con melenas greñudas, bocas abiertas y ojos brillantes. Sarina dio un brinco y se volvió a mirar aquel destello de figuras fieras, visiblemente acobardada.

Isabella miró a la chimenea durante un largo momento, y vio cómo las llamas volvían a su sitio. Sin perder la compostura, siguió insistiendo.

—Qué comportamiento tan bárbaro. ¿Lo que decís es cierto? Sé que la gente ha hecho cosas similares en otros lugares.

—Según se cuenta, era así. Pero ¿quién puede decir qué es verdad y qué no? —La mirada de Sarina no dejaba de volver al fuego, pero las llamas eran pequeñas, y ardían con alegría, inundando la estancia con aquel calor que tanto necesitaban—. La historia ha ido pasando de generación en generación durante cientos de años. Se han añadido muchas cosas. Nadie sabe si hay algo de cierto en ella. Se decía que podía controlarse incluso el clima, que era algo habitual. Pero ¿quién sabe?

Isabella observaba al ama de llaves con atención. Sin duda Sarina creía aquella historia de magia corrompida, de religión, de formas de vida convertidas en algo oscuro y maligno.

—Y llegaron entonces los tiempos en que empezaron a difundirse las creencias cristianas. En aquel entonces, el *don* de la casa DeMarco se llamaba Alexander. Estaba casado con una mujer hermosa y poderosa por su magia. Se la consideraba una hechicera. Y las otras dos casas envidiaban sus poderes y su belleza. Pero, a pesar de ello, conoció a alguien que le habló de la nueva fe y ella escuchó. Y así fue cómo la esposa de *don* DeMarco se convirtió al cristianismo.

Sarina pareció insuflar aquella palabra en la habitación y de pronto, en el exterior, el viento dejó de aullar y quedó solo un silencio expectante.

—La mujer se hizo muy popular entre la gente, se preocupaba por los enfermos y trabajaba incansablemente para alimentar a los desfavorecidos… y no solo a los de sus tierras, también a los que pertenecían a las otras dos casas. Pero cuanto más la quería y la seguía la gente sencilla, más celosas estaban las otras esposas.

»Las esposas de los otros *dons*, Drannacia y Bartolmei, conspiraron para deshacerse de ella. Sophia DeMarco, así se llamaba. Empezaron a murmurar sobre ella, a quejarse a sus esposos de haberla visto con otros hombres, de frecuentar la compañía de los soldados por los campos, y de fornicar y realizar rituales secretos de sacrificios. Nadie sabía gran cosa sobre el cristianismo en aquel entonces, así que no fue difícil despertar los temores de la gente. Estaban deseando creer lo peor, y finalmente los chismes y las acusaciones acabaron por llegar hasta su marido. Fueron *don* Bartolmei y *don* Drannacia quienes acusaron formalmente a Sophia de infidelidad y sacrificios humanos.

Isabella dio un respingo.

—¡Qué terrible! ¿Y por qué hicieron eso?

—Sus esposas les habían convencido con sus chismes de que le estaban haciendo un favor a *don* DeMarco, de que si tenían el valor de decir a aquel hombre poderoso lo que estaba haciendo su esposa infiel aquello ayudaría a reparar la brecha que había entre sus casas. Dijeron que le estaba dejando en ridículo y llegaron incluso a acusarla de conspirar contra su vida. Las dos esposas celosas pagaron a varios soldados para que declararan haberse acostado con ella. Y los *dons* creyeron que era culpable y acudieron a Alexander.

—Pero él no les creyó ¿verdad?

Sarina suspiró levemente.

—Por desgracia, las pruebas parecían abrumadoras. Aquello se convirtió en una caza de brujas, y cada vez aparecían más personas que hablaban de culto al mal y traición. Exigieron su muerte. Sophia suplicó a Alexander, le pidió que creyera en su inocencia. Juró y perjuró que jamás había traicionado su amor. Pero el corazón de Alexander se había convertido en piedra. Estaba furioso, celoso, enfadado, y estaba convencido de que su esposa le había dejado en evidencia. Dicen que montó en cólera, que vociferó y desvarió y que la condenó públicamente. —Miró a su alrededor, como si temiera que alguien la oyera—. Y sucedió aquí, en el *palazzo*, en el pequeño patio situado entre las tres torres.

Isabella meneó la cabeza.

—Qué terrible que tu propio esposo se vuelva contra ti.

Un escalofrío le recorrió la columna cuando pensó lo que sería disgustar realmente a *don* DeMarco.

—Sophia se arrojó a sus pies suplicando piedad, le rodeó las rodillas con los brazos, le suplicó que la creyera, jurando y perjurando que le amaba y le había sido fiel. La mujer lloraba, le rogaba que ablandara su corazón y la mirara con los ojos de su amor, pero él no quiso escucharla. —Sarina hizo una pausa—. Una vez que pronunció las palabras para condenarla, todo estuvo perdido para la *famiglia* DeMarco. El cielo se oscureció, y el rayo atravesó el cielo. Sophia dejó de llorar y guardó silencio, agachó la cabeza, pues comprendió que no había esperanza; Alexander la había condenado a muerte. Entonces se puso en pie y lo miró con un profundo desprecio. De pronto parecía más alta, y levantó los brazos al cielo. De sus dedos brotaron rayos. Y habló con palabras que el *don* no pudo entender al principio. Luego lo miró directamente a los ojos.

»Nadie hablaba, nadie se movía. Y entonces Sophia pronunció estas palabras: "No miras a tu propia esposa con los ojos del amor y la compasión. Eres incapaz de mostrar piedad, no eres mejor que las bestias del desierto y las montañas. Yo te maldigo Alexander DeMarco. Te maldigo a ti y a tus descendientes a caminar con las bestias, a ser una bestia, a arrancar el corazón de aquellos a quienes amas, como me lo has arrancado a mí". Su rostro parecía frío e impasible como la piedra. Miró entonces a los otros dos *dons* y los maldijo también, diciendo que sus hijos repetirían la traición de los padres. Cuando se arrodilló ante su verdugo, su corazón se ablandó. «Esto te concedo, Alexander, le dijo, por el amor que te profeso, que jamás ha vacilado, y para que sepas lo que es la compasión y la misericordia. Si un día llega alguien que ve a DeMarco como hombre y no como bestia, alguien que dome lo indomable, que ame lo que no se puede amar, esa persona romperá la maldición y salvará a los hijos de tus hijos y a todos aquellos que hayan sido leales a tu casa.»

Isabella aferró con fuerza la pesada colcha de su lecho para protestar. A punto estuvo de interrumpir a Sarina, pero ya era tarde. El ama de llaves continuó:

—Antes de que Sophia pudiera decir nada más, fue decapitada. *Don* DeMarco ya no pudo retirar sus palabras. Su esposa estaba muerta. Nada podría devolvérsela. Su sangre se derramó sobre el suelo, y hasta el día de hoy nada ha crecido en ese patio. *Don* DeMarco la enterró, de modo que sigue aquí, en lo más profundo del *palazzo*. Pero enterrarla no sirvió para aliviarle por aquel acto perverso. No podía dormir ni comer. En el valle las cosas fueron a peor. *Don* Alexander se adelgazó, se volvió desconfiado. Le atormentaba lo que había hecho a su esposa. Y se puso a investigar los cargos que se le habían imputado, como hubiera debido hacer antes de condenarla. Llegó a la conclusión de que su esposa realmente era inocente, y él había cometido un terrible crimen, un terrible pecado. No solo había permitido que sus enemigos mataran a su esposa, él les había ayudado. Acudió a los otros *dons* y expuso ante ellos el terrible acto en el que habían participado. Y ellos comprendieron que sus esposas les habían traicionado por sus celos.

Isabella se levantó de un salto y se puso a andar arriba y abajo por la estancia.

—Habéis logrado que sienta compasión por ellos cuando lo que merecen es ser desgraciados. Sobre todo Alexander.

—Sufría terriblemente, Isabella. Sucedieron cosas terribles, y él no pudo hacer nada, salvo presenciar la disolución de las tres casas. Decidió entonces ir a Roma. Necesitaba encontrar quien le hablara de las creencias de los cristianos. Necesitaba redimirse, encontrar una forma de reparar el daño que había hecho. Finalmente, no emprendió su viaje solo, los jefes de las otras dos casas fueron con él. Cuando llegaron a la ciudad descubrieron que los cristianos estaban siendo rodeados y desmembrados por unos leones para divertimento de la chusma. Fue terrible ver cómo los leones hacían pedazos a hombres, mujeres y niños.

»Al ver aquello Alexander enloqueció y juró destruir a los leones. Y averigüó cómo llegar al lugar donde los tenían. Estaban metidos en jaulas, encadenados, sin comida, y los guardias se mofaban y reían de ellos. Se dice que cada león estaba confinado en un espacio tan pequeño que no podía ni darse la vuelta. Los guardias atormentaban a las pobres bestias, laceraban su piel para que odiaran a los humanos. Alexander se acercó a una jaula, decidido a clavar su espada en la criatura, pero en lugar de eso se compadeció. Se compadeció como no había hecho con su amada esposa. No podía matar a aquellas bestias cuando él mismo era tan culpable. Los otros trataron de convencerle, pero no les escuchó. Insistió en que se pusieran a salvo y liberó a los leones de sus jaulas, convencido de que lo despedazarían.

Sarina suspiró y dejó su taza en la bandeja.

—Se dice que cuando los tres *dons* regresaron al valle, DeMarco tenía cicatrices en el rostro y los leones caminaban a su lado. Y, sin embargo, no hubo redención. No encontró la felicidad, ni sus hijos, ni los hijos de sus hijos. Cuando regresaron de su viaje encontraron las otras dos casas en ruinas. DeMarco reunió a las tres casas bajo un mismo mandato y cerró el valle a los intrusos. Y desde entonces las tres *famiglie* han permanecido juntas, unidas en la prosperidad y en la desgracia. Desde entonces, DeMarco ha dominado a los leones y ha mantenido el valle a salvo de invasores. Algunos dicen que un gran velo cubre el valle y lo oculta a ojos de aquellos que desean conquistarlo, un sudario de niebla y magia. Pero desde aquel día ningún DeMarco ha amado sin dolor, traición y muerte. —Sarina encogió los hombros—. ¿Quién puede saber qué es verdad y qué es leyenda?

—Bueno, es la historia más triste que he oído en mi vida, pero no puede ser cierta. Sin duda ha habido matrimonios felices en la casa De-Marco —dijo Isabella tratando de recordar lo que había oído sobre el nombre DeMarco.

Lucca le había contado muchas historias sobre los dominios de la montaña. Historias para asustar a los niños sobre un hombre-león que vencía a ejércitos enteros y dirigía una legión de bestias a la batalla. Historias de traiciones y muertes violentas.

—Los matrimonios felices no siempre duran —replicó Sarina con pesar—. Vamos, hablemos de otras cosas. Os mostraré el *palazzo*.

Isabella trató en más de una ocasión de sacarle más información al ama de llaves, pero la mujer se negó en redondo a decir más sobre el asunto de los leones y las leyendas. Durante todo el día Isabella pensó con frecuencia en *don* DeMarco, solo en la nieve. Nadie habló de él, nadie aludió a él. El *castello* bullía de actividad, los sirvientes trabajaban para mantener limpios los grandes corredores y la multitud de estancias que lo formaban. Ella no había visto jamás semejante magnificencia, semejante riqueza en un palacio, y de nuevo se sintió intrigada por la habilidad del *don* para conservar sus tierras cuando tantos invasores habían logrado apoderarse de otras.

La comida discurrió sin contratiempos, en compañía de Sarina y Betto, aunque a la anciana la incomodó visiblemente que insistiera tanto en comer con ellos. Betto habló muy poco, pero cuando lo hizo se mostró cortés y encantador. Isabella se retiró a sus aposentos al atardecer, bebió la obligada taza de té y permitió una vez más que Sarina le aplicara la cataplasma reparadora sobre la espalda. El ama de llaves dedicó mucho tiempo a cepillar y trenzar sus cabellos, sin duda esperando a que le entrara sueño. Isabella bostezó deliberadamente varias veces, y no protestó cuando oyó la llave girar en la cerradura desde fuera. Se quedó tumbada en la cama, esperando que Francesca apareciera cuando en la casa se hiciera la calma.

Los lamentos empezaron alrededor de una hora más tarde, acompañados por unos gemidos graves y el sonido de cadenas. Los ruidos parecían venir del corredor, junto a sus aposentos, y ella estaba mirando la puerta con el ceño fruncido cuando Francesca se sentó feliz sobre su cama dando un bote. Entonces se echó a reír, sobresaltada.

—Debéis decirme dónde está la entrada secreta —dijo a modo de saludo—. Me sería muy útil.

—Hay más de una. ¿Por qué os fuisteis de ese modo? Temí que os marcharíais y ya no volvería a veros.

Por primera vez la joven parecía irritada y malhumorada.

—Os aseguro que no fue decisión mía partir en medio de una ventisca —se defendió Isabella—. Nunca había visto la nieve hasta que vine aquí.

—¿De veras? —Francesca volvió la cabeza; sus ojos marrones parecían llenos de interés—. ¿Y os gusta?

—Está fría —explicó ella con decisión—. Muy, muy fría. Temblaba tanto que los dientes me castañeteaban.

Francesca rió.

—A mí los dientes también me castañetean. Pero a veces, cuando era pequeña, me deslizaba por las colinas sobre una piel de león. Era divertido. Deberíais probarlo.

—Yo ya no soy pequeña, Francesca, y no sé si sería tan divertido. Cuando mi yegua me derribó, aterricé sobre la nieve y no era tan blanda como esperaba. Cuando la nieve cae es como pelusa, pero en el suelo es casi como el agua de un estanque cuando se hiela.

—Una vez me lié unas pieles a los pies y traté de deslizarme sobre la nieve, pero me caí y me di un golpe muy fuerte. —Francesca rió al recordar aquello—. No se lo dije a nadie, pero tuve las piernas amoratadas durante una semana.

—¿Quién hace todo ese ruido? —preguntó Isabella con curiosidad. Los gemidos suenan más fuertes hoy—. ¿A nadie le molestan?

—Creo que todos hacen como si no los oyeran por educación. Yo ya les digo que paren, que no impresionan a nadie con esas tonterías, pero no me hacen caso. —Parecía indignada—. Piensan que soy una cría. Aunque en realidad yo creo que eso les hace sentirse importantes. —Miró a Isabella, con expresión candorosa—. ¿Alguna vez habéis tenido un pretendiente? Yo no, y siempre he querido tener uno. Yo creo que soy hermosa, ¿no os parece?

Isabella se sentó cuidadosamente para no forzar la espalda, y se echó la colcha sobre las rodillas. Francesca era una peculiar combinación de mujer y niña.

—Sois hermosa, Francesca —le aseguró, sintiéndose más mayor y maternal—. No debéis preocuparos. Un día aparecerá un apuesto hombre e insistirá en casarse con vos. ¿Cómo podría ningún hombre resistirse?

Al instante las sombras se disiparon del rostro de Francesca y le sonrió con gesto radiante.

—¿Será Nicolai vuestro amante?

De pronto Isabella sintió un interés inusitado por tirar de los puntos de la colcha.

—Yo no sé nada de amantes, jamás he tenido uno. Tengo un *fratello*, un hermano muy guapo a quien *don* DeMarco dice que traerá aquí. Se llama Lucca.

—Siempre me ha gustado ese nombre —concedió Francesca—. ¿Es muy guapo?

—Oh, sí. Y cuando monta a caballo es apuesto. Todas las mujeres lo dicen. Estoy impaciente por que lo conozcáis. —Isabella sonrió ante la perspectiva. Francesca era justo lo que Lucca necesitaba para superar los próximos meses. Era hermosa, divertida y dulce—. Está enfermo, y ha estado preso en los calabozos de *don* Rivellio. ¿Conocéis al *don*?

Francesca meneó la cabeza con solemnidad.

—No, y creo que no me gustaría conocerle. ¿Rescatará Nicolai a vuestro hermano?

Isabella asintió, pero por dentro su corazón se encogió. Había dejado a Nicolai DeMarco solo en mitad de la tormenta. El viento aullaba y arrojaba cortinas de nieve contra él, y lo único que se le había ocurrido era arrojarle su manto. No hubiera debido dejarlo.

—Parecéis triste, Isabella —dijo Francesca—. No hay por qué preocuparse. Si *don* DeMarco dice que traerá a vuestro hermano hasta aquí, lo hará. Es un hombre de palabra. De veras. Su palabra es su vida. Jamás he oído que faltara a ella.

—¿Le conocéis bien? —preguntó Isabella con curiosidad, consciente de pronto de que no sabía nada de la familia de DeMarco.

Francesca parecía una *aristocratica*, y sin duda conocía todas las intrigas del *castello*. Suponía que era de la familia, seguramente una prima.

Francesca se encogió de hombros.

—¿Quién puede conocerle? Él gobierna, proporciona protección, pero nadie come con él ni habla con él.

—No podéis hablar en serio. —Isabella estaba horrorizada por la falta de interés que notó en la voz de Francesca—. *Mio padre* era el *don*, y evidentemente comía con nosotros y conversaba con nosotros. Nadie quiere estar solo, ni siquiera un *don*.

Francesca permaneció en silencio un rato.

—Pues siempre ha sido así. Él permanece en sus aposentos hasta la noche, y entonces todos en *palazzo* quedan confinados y él es libre de ir a donde quiere, dentro o fuera. No ve a nadie. Sus visitas son conducidas a sus aposentos, y allí habla con ellas, pero nunca le ven. Y desde luego nunca come en presencia de otros.

La joven hablaba como si aquello le resultara impensable.

—¿Cómo? Pues si tomó un té conmigo.

Francesca se levantó de un salto.

—Eso no es posible. No come en presencia de nadie. No se hace.

Y se la veía tan preocupada que Isabella eligió las palabras con cuidado.

—¿Es una norma de la casa que el *don* no coma con otras personas? No lo entiendo. ¿Qué hay de su *madre*? Sin duda los miembros de la *famiglia* comen juntos.

—No, no, nunca. —Francesca se mostraba inflexible—. No se hace.

Y empezó a andar arriba y abajo, visiblemente agitada.

Los lamentos fantasmales subieron de volumen, los gemidos parecían subir y bajar con el viento del exterior.

—No pretendía preocuparos, Francesca —se disculpó Isabella con suavidad—. Las normas son distintas en el lugar de donde vengo. Aprenderé vuestras normas.

—No se hace —repitió la joven—. *Nunca* se hace.

—Lo lamento.

Isabella se movió, con la intención de bajar de la cama. La colcha se deslizó precariamente y ella miró a su alrededor buscando su ropa. Francesca estaba preocupada y, aunque ella no entendía el motivo, quería reconfortarla. Localizó la prenda en la oscuridad y se volvió hacia la joven. El corazón le dio un vuelco, dejó caer la prenda en la silla donde la había encontrado.

Francesca había aprovechado la oportunidad y se había ido. Isabella la llamó en voz baja, pero no hubo respuesta, solo el irritante sonido de los lamentos. Se le ocurrió buscar el pasadizo secreto, pero parecía demasiado esfuerzo cuando tenía tantas preocupaciones. Volvió a meterse en la cama y se quedó tumbada, pensando en el *don*. No tenía sentido que no pudiera comer con otras personas, pero claro, en aquel valle nada tenía sentido.

Isabella no podía dormir a pesar de la oscuridad y se quedó tendida mirando a la pared. Trató de no preocuparse por Nicolai DeMarco. Nadie parecía pensar que estuviera en peligro por causa de la tormenta o de aquellas bestias que merodeaban por el valle. Suspiró y se volvió boca arriba para mirar al techo. Al cabo de un rato, le pareció percibir un sonido, un sonido grave, casi cavernoso. Como de aire al pasar por los pulmones. Había oído aquello antes y se quedó petrificada. Bajo la colcha, sus manos se cerraron en puños, y casi dejó de respirar.

Poco a poco, volvió la cabeza y vio que la puerta estaba abierta. Había algo en la estancia con ella. Entrecerró los ojos tratando de ver algo en los rincones más oscuros. Al principio no veía nada, pero finalmente distinguió una mole agazapada a escasos metros. La cabeza era inmensa, los ojos la miraban muy brillantes. La vigilaban.

Isabella miraba a la bestia. Su corazón latía tan fuerte que estaba segura de que el animal lo oía. Ella solo lo miraba a los ojos. Los dos se miraron durante unos interminables instantes, y luego el león, con sus casi tres metros de largo, se limitó a salir silenciosamente de la habitación. Vio cerrarse la puerta. Se incorporó entonces con cautela y se quedó mirando a la puerta cerrada. No eran imaginaciones suyas: el león había estado en la habitación con ella. Quizás alguien había abierto deliberadamente la puerta para que pudiera entrar con la esperanza de que la matara igual que hicieron sus ancestros con los cristianos.

Aquellos lamentos la estaban volviendo loca; el sonido de cadenas estaba por todas partes en el corredor. Y aquello se alargó y se alargó hasta que finalmente Isabella saltó de la cama exasperada y echó mano de su vestido. Ya era bastante castigo tener que lidiar con su imaginación para tener que aguantar también aquel continuo gemir y ulular de los fantasmas o lo que fuera que estaba armando aquel jaleo. Ni siquiera la idea de que había leones sueltos por el *palazzo* fue suficiente para retenerla en sus aposentos. De haber querido devorarla, aquella bestia habría podido hacerlo perfectamente. Así que caminó hasta la puerta y tiró. Para su sorpresa, volvía a estar cerrada.

Decidió quedarse donde estaba un largo momento, desconcertada. Un león no podía haber abierto la puerta y no creía que Sarina hubiera vuelto hasta allí para volver a cerrar con llave. No sabía qué hora podía ser, pero de pronto, furiosa porque la hubieran dejado encerrada en su propia habitación como a una niña traviesa… o como a una prisionera, decidió abrir como fuera.

Cuando consiguió forzar la cerradura, abrió la puerta con gesto desafiante y salió al corredor. Más o menos le parecía recordar cómo llegar a la biblioteca y, tras encender con cuidado una vela, trató de rehacer el camino. En el corredor el ruido era ensordecedor. Lamentos, gemidos, cadenas. Completamente exasperada, se detuvo a la entrada del gran estudio.

—¡Ya basta! ¡Quiero que dejéis de armar jaleo de una vez, todos! ¡No quiero volver a oíros esta noche!

Y al momento se hizo el silencio. Isabella esperó un instante.

—¡Bien!

Entró en la biblioteca y dejó que la puerta se cerrara a su espalda. Mientras buscaba por los estantes y cubículos, pensó en *don* DeMarco solo en la nieve. Y al tiempo que examinaba un cuadro, lo vio arrodillado junto al león abatido, con la pena en los ojos. Cuando se sentó en una silla de respaldo alto ante la larga mesa de mármol, lo recordó cuando tomó su mano. Y sin dejar de mirar la elaborada caligrafía del lomo del grueso volumen que había elegido, se percató de que no podía pensar en nadie más, en nada. Él ocupaba su mente y su corazón por entero, su alma desbordaba de temor por él.

Capítulo 6

Isabella volvió la cabeza, y lo vio allí. Su corazón se paró un instante por la impresión y empezó a latir a toda velocidad. *Don* DeMarco la miraba fijamente. Sus ojos ambarinos centelleaban, ardiendo con una mezcla de deseo y avidez. Estaba entre las sombras y su figura parecía un tanto imprecisa, y sin embargo su mirada era vívida y brillante, sus ojos casi parecían luces.

Muy despacio, cerró el libro que estaba leyendo y lo dejó sobre la mesa.

—Me complace enormemente ver que habéis regresado sano y salvo, *signor* DeMarco —le dijo a modo de saludo.

—¿Cómo es que os encuentro merodeando por el *palazzo* cuando se os indicó explícitamente que por la noche permanecierais en vuestros aposentos? —replicó él.

Su voz era una mezcla de sensualidad y rudeza. Y pareció penetrar por sus poros y encender un fuego en sus venas.

—Yo no diría precisamente «indicar» —repuso ella con atrevimiento—. Fue una orden en toda regla.

—Que vos desoísteis. —Sus ojos llameantes ni tan siquiera pestañearon—. En lugar de eso decidisteis acechar.

—¿«Merodear», decís, *signore*? ¿«Acechar»? Me temo que vuestra imaginación se ha desbocado. No estoy sino leyendo un libro, *don* DeMarco, no robando vuestros tesoros.

La boca del *don* se crispó, atrayendo su atención sobre los labios perfectamente esculpidos.

—Sarina tenía órdenes. Y es importante saber que los criados obedecen sin vacilar.

Isabella alzó el mentón y lo miró directamente, arqueando una ceja como si lo estuviera desafiando a castigarla.

—No temáis, *signore*. Vuestra ama de llaves cumplió con sus obligaciones y me encerró tal como habíais ordenado.

Por primera vez desde que había entrado, él se movió entre las sombras, y con ello atrajo la atención sobre su inmovilismo previo. Los músculos se movieron, fluidos, y a Isabella le hicieron pensar en las bestias que tenía bajo su dominio. Una figura tan quieta, y con apenas un movimiento todo él exudaba una poderosa sensación de fuerza y peligrosidad.

—Se os encierra en vuestros aposentos por vuestra seguridad, *signorina*, como bien sabéis.

Hablaba en voz muy baja, conteniendo claramente la ira.

—Se me encierra en mis aposentos por vuestra conveniencia —replicó ella muy tranquila.

Y cruzó las manos con recato sobre el regazo, para que él no viera que se estaba retorciendo los dedos por la agitación. No pensaba salir huyendo solo porque fuera el hombre más intrigante e irresistible, el hombre más atemorizador que había conocido.

—No esperaréis que crea que sois tan absolutamente descuidado como para permitir que unas bestias salvajes campen a sus anchas por vuestra casa. Sois un hombre inteligente. Y eso sería desastroso por diversos motivos. Sospecho que el hecho de que me encerréis obedece más al deseo de evitar que me meta en líos que a la necesidad de protegerme de ningún león.

—Así pues, ¿no habéis visto leones esta noche? —preguntó él suavemente, con una voz que era como una caricia.

Isabella se ruborizó, y sus párpados se entornaron para ocultar la expresión de sus ojos. Tenía la sensación de que el *don* sabía que había visto un león.

—Ninguno del que necesitara protegerme, *signore*.

La mirada de él no vaciló, al contrario, pareció concentrarse más si cabe. El color de sus ojos se volvió más intenso, casi como si estuviera estallando en llamas.

—Tal vez necesitáis protegeros de mí.

Y las palabras brotaron en un ronroneo aterciopelado.

El silencio pareció inundar la biblioteca. Isabella oía el viento contra las ventanas, como si estuviera tratando de entrar, y se obligó a mirar con gesto desafiante aquellos ojos que estaban clavados en ella. La idea de que tuviera que protegerse del *don* resultaba a la vez chocante y extrañamente irrisoria.

—¿Cómo conseguisteis escapar de vuestros aposentos, Isabella?

La forma en que pronunció su nombre, envolviéndolo en una suave caricia, hizo que un fuego líquido le recorriera todo el cuerpo. Aquel hombre era mortífero. Perversa, pecaminosamente mortífero. Su voz parecía indicar que sabía cosas de las que ella solo había oído hablar. Cosas íntimas que su mirada encendida le pedía a gritos que compartiera con él. Isabella a duras penas podía respirar cuando lo miraba a los ojos, cuando veía su rostro atormentado. Cuando veía la intensidad de su deseo.

Se humedeció los labios con la punta de la lengua, el único gesto que traicionó sus nervios.

—No pienso confesaros ningún secreto. Baste decir que aprendí las artes que una necesita para moverse libremente cuando mi padre tomó por costumbre encerrarme en mis habitaciones. Con frecuencia me prohibía salir a montar.

Él sonrió, con un destello de blanco, y unas leves arrugas se dibujaron en las comisuras de sus ojos.

—Imagino que os debía de prohibir muchas cosas.

—Sí, lo hacía —admitió ella, tratando de no derretirse con su sonrisa.

Había algo en él que le llegaba al corazón. Si no se andaba con cuidado, le robaría el alma y en su lugar le dejaría una carcasa vacía. Se inclinó hacia delante deliberadamente, con gesto desafiante, clavando sus ojos en los de él.

—Me prohibía todo tipo de cosas, y me encerraba continuamente, pero no le sirvió de nada. Yo siempre iba a donde quería y hacía cuanto se me antojaba. Jamás he sido obediente ni buena.

La mesa de mármol les separaba, un mármol pulido que parecía de un bello rosado bajo la luz parpadeante de las velas. Nicolai se acercó, con su figura grande y poderosa, cerniéndose sobre ella, hasta tal punto que aquella mesa maciza de pronto pareció insustancial. Puso deliberadamente las palmas sobre ella y, al inclinar su cuerpo musculoso hacia la joven sus rostros quedaron apenas a unos centímetros.

—¿Es eso una advertencia, *signorina* Vernaducci?

La voz casi parecía líquida, un tono ronroneante y suave de amenaza, una tentación.

Isabella se negaba a ceder. Su pulso estaba acelerado, el corazón le golpeaba en el pecho. Era el hombre más guapo e imponente que había visto en su vida. Y visto tan de cerca resultaba hipnótico, la dejaba sin respiración. Veía las cicatrices que le habían destrozado el rostro, pero también veía la perfección absoluta de su cuerpo masculino y sus hermosas facciones. Hizo un esfuerzo por respirar, por no levantar la mano y acariciar las cicatrices.

—Sí, *don* DeMarco. Creo que es justo que sepáis la verdad sobre mí.

—Entonces, ¿es vuestra intención desafiarme?

Enfrentarse a él habría sido mucho más fácil de no haber estado el hombre mirando su boca con tan evidente fascinación.

—Os ofrecí una vida de servicio leal a cambio del rescate de *mio fratello*. Incluso accedí a convertirme en vuestra esposa, y vuestra respuesta fue ordenarme despiadadamente que abandonara el valle en mitad de una ventisca —le acusó—. No creo que os deba ninguna lealtad.

—Aún no me habéis perdonado —comentó él pensativo—. Pensé que los dos habíamos prescindido ya de vuestra desfavorable opinión sobre mí.

Isabella lo tenía tan cerca que solo pensaba en tocar aquella boca tentadora. Y los cabellos, otra tentación por derecho propio. Pero estaba decidida a corresponder a su mirada con otra mirada igual. Consiguió poner su tono más altivo.

—No veo nada en mi comportamiento que os pueda haber hecho pensar tal cosa. Me he limitado a ser cortés, tal como exigen las normas de la educación.

—¿De veras? —dijo él en voz baja, arqueando una ceja.

Y entonces le sonrió, con una expresión segura, suficiente, traviesa, que cambió por completo su rostro, disipando las sombras y las profundas arrugas. De pronto parecía joven, guapo, sensual. A Isabella se le paró el corazón, el aliento se le atascó en los pulmones. Y se quedó mirándolo totalmente indefensa.

Nicolai se limitó a estirar el brazo, en un movimiento lento, y la sujetó suavemente por la nuca. Ella notaba la mano grande y caliente contra su piel, y rodeó la frágil columna de su cuello de modo que sus dedos quedaron sobre la garganta vulnerable.

Cuando sus labios rozaron los suyos el fuego se extendió por su cuerpo. Cada músculo se puso en tensión. Un calor pecaminoso brotó de su vientre y se extendió al encuentro de las llamas que corrían ya por sus venas. Los labios de Nicolai se deslizaron sobre los de ella, provocando a sus sentidos, despertándola a un mundo de sensualidad. Sus dientes tironearon de su labio inferior, e Isabella ya no pudo resistirse. Le abrió su boca. Le abrió su corazón. Y él entró, masculino, posesivo, como un torbellino, un fuego arrollador. Tan arrollador que a Isabella las rodillas le flaqueaban, y hubo de aferrarse al borde de la mesa de mármol para sujetarse mientras la tormenta hacía estragos en su cuerpo. El calor líquido la consumía, una necesidad acuciante que sentía enroscándose y palpitando en su interior.

Entonces se apartó, horrorizada por su propio comportamiento, sorprendida ante el deseo de arrojarse a los brazos de aquel hombre. Era plenamente consciente de que estaban solos en la estancia, lejos de cualquier otra persona. La puerta estaba cerrada y las velas no proporcionaban sino una tenue iluminación. Su vestimenta era tan solo un camisón y un bata. Sus cabellos caían sobre su espalda salvajes y caprichosos. Y quería a aquel hombre con un ansia que nunca había sentido.

Mientras trataba de controlar su respiración, bajó la vista en un intento por ocultar la expresión de sus ojos. Y apartó la mirada de aquellos ojos ambarinos que la miraban con un deseo tan descarnado e intenso. En vez de eso, miró el grueso volumen con su elaborada caligrafía, miró el mármol pulido… a donde fuera con tal de evitar la mirada penetrante de aquel hombre. Y entonces sus ojos se posaron en la mano que estaba apoyada en la mesa. Solo que no era una mano, sino una gruesa zarpa. La zarpa más grande que había visto. Intrigada, se inclinó para examinar las cinco garras retráctiles. La piel era oscura y suave. Sin pensar conscientemente, acarició el pelaje exuberante, hundiendo sus dedos en él. La textura era real, y más agradable de lo que jamás hubiera pensado. Acto seguido levantó entonces la mirada, llena de asombro, para mirar los extraños ojos de Nicolai. Y de pronto recordó que tenía su mano cogida sobre la mesa, atrapada aún en aquella ilusión, que sus dedos estaban acariciando los de él.

El color le subió por el cuello y se extendió por su rostro. Apartó la mano enseguida y la dejó pegada al cuerpo, reteniendo el calor de aquella piel contra su corazón.

—Lo siento, *signor* DeMarco, no sé qué me ha pasado.

Primero le deja tomarse familiaridades con ella y luego ella misma le toca íntimamente… ¿Qué iba a pensar?

—Isabella, si decidierais aceptar de nuevo convertiros en mi esposa —dijo Nicolai en voz baja, susurrando sobre su piel como un ronroneo—, no habría necesidad de avergonzarse por estas muestras de afecto.

Ella alzó el mentón y lo miró arqueando una oscura ceja.

—¿Muestras de afecto, decís? Perdonad que discrepe, *signore*. Solo ha sido curiosidad; siempre me puede en los momentos más inoportunos. Un pequeño defecto que trato con todas mis fuerzas de controlar.

Una sonrisa curvó la comisura de la boca de Nicolai.

—Ah, así que curiosidad. Pues espero haberla satisfecho, aunque de buena gana continuaré con el experimento si accedéis a ser mi esposa.

—Aprecio vuestro sacrificio —dijo Isabella con la risa brillando en sus ojos—. Por lo que se refiere a ser vuestra esposa, diré que ya he accedido una vez y me habéis tratado abominablemente. —Y trató de parecer una frágil mujer—. Y puesto que soy una mujer débil y padezco de los nervios…

—Ah, ¿sois de las que se desvanecen? —comentó él solícito.

—Sí —mintió ella—. No estoy segura de que mis pobres nervios pudieran soportar el estrés de tener semejante marido.

Él se restregó la mandíbula con aire pensativo.

—He de admitir que no había pensado en vuestros… nervios. Aun así, creo que podríamos evitar el problema si somos cuidadosos.

Parecía tan joven y guapo, tan tentador, que Isabella notaba una peculiar sensación de ternura en la zona del corazón. Era una tentación en más de un sentido. Y la atraía como atraen las llamas a una polilla.

—¿Tenéis un número específico de veces que pensáis expulsarme del *palazzo*? Creo que necesitaría conocer la respuesta antes de volver a plantearme vuestra propuesta de matrimonio.

Nicolai se pasó una mano descuidada por el pelo. Y, de pronto, hizo una mueca de dolor y bajó rápidamente el brazo.

—Creo que con una vez ha sido suficiente, Isabella. Estoy seguro de que no volverá a suceder.

—Estáis herido —dijo ella, y al instante rodeó la mesa para correr a su lado y lo cogió del brazo—. Dejadme ver.

Nicolai se quedó totalmente inmóvil cuando ella lo tocó.

—¿Es esto lo que queréis, Isabella? Es posible que descubráis cosas sobre mí que quizá no os guste saber.

—Ya sé cosas que no me gusta saber sobre vos.

Y sus ojos le sonrieron, dulces y generosos, con cierta timidez.

Nicolai estiró los brazos y tocó el rostro de Isabella con suavidad, acariciando su piel con los pulgares, con una ternura exquisita.

—Ni siquiera habéis empezado a conocerme, Isabella. No merezco que me miréis con esa expresión que veo en vuestros bellos ojos. Os estoy arrastrando a un mundo en el que jamás distinguiréis al amigo del enemigo. Me desprecio a mí mismo por ser tan egoísta y cobarde que no quiero renunciar a vos.

—Por supuesto que no me merecéis, *signor* DeMarco. Soy un magnífico partido, con mis tierras y mis riquezas, un hermano enfermo y una buenísima reputación que aportar a nuestra unión. Y ahora dejaos de tonterías y permitid que vea esas heridas. Os estáis comportando como un *bambino*…; si lo que queréis es impresionarme os aseguro que no es lo más apropiado.

—Pero ¿funciona?

Su voz era como un susurro sobre la piel de Isabella. Se inclinó hacia ella, saturando sus sentidos con su aroma masculino y salvaje y el calor de su cuerpo. Ella se encontró cayendo a las profundidades de aquellos ojos extraños, hechizada y ebria por un anhelo tan inesperado que no pudo moverse y así se quedó, con una mano apoyada sobre su estómago descontrolado.

Nicolai se inclinó hacia ella, atrapándola con su mirada, y se acercó lentamente. Al primer contacto con sus labios, Isabella cerró los ojos, saboreando la textura, el sabor. Su boca tomó posesión de la suya, el mundo pareció sacudirse, moverse, cambiar, hasta que desapareció por completo y ella quedó ardiendo por dentro y por fuera.

Sus brazos la rodearon por la cintura y la atrajeron hacia sí, al refugio de su cuerpo, con suavidad, pero también con firmeza, la apretaron contra él. Isabella podía notar la impresión de cada músculo grabada en su cuerpo y se convirtió en un ser sin huesos, dúctil, se fundió con él, era parte de él, y ardía en llamas en su deseo por él.

Entonces sintió su aliento entrecortado y al instante se apartó y lo miró furibunda.

—Dejadme ver. —De pronto volvía a ser ella, una Vernaducci acostumbrada a dar órdenes y ser obedecida, activa e industriosa—. Sé que estáis herido, no pienso aceptar un no por respuesta. Soy muy obstinada.

—No es difícil creer eso, Isabella —dijo él secamente—. Pero no es más que un simple arañazo. Fui descuidado cuando tenía que estar atento, nada más.

Isabella le apartó con cuidado la túnica del costado para dejar la piel al descubierto. Dio un respingo.

—Os han atacado los leones. —Y tocó la piel con dedos temblorosos—. No sé por qué os creí cuando dijisteis que estaríais a salvo. En el *palazzo* todos se comportan como si no tuvierais nada que temer de los leones.

—No tengo nada que temer de los leones.

Su tono era gruñón, y se dio la vuelta, ocultando de nuevo las heridas con la túnica.

—Dejad que os cure esas heridas. No parece en absoluto que estéis a salvo. Cuando he salido antes de mis aposentos pensaba en vos, pensaba que si realmente estabais a salvo de los leones, yo también lo estaría. Necesitaba creerlo. Sarina me dejó una cataplasma que calma el dolor, ya está preparada. —Y lo tomó de la mano, entrelazando sus dedos con los suyos—. Venid conmigo.

—No sería apropiado —le advirtió él, insinuando apenas aquella sonrisa traviesa—. Arruinaríais mi reputación por completo.

Ella arqueó las cejas.

—No pensé que os preocuparan tales cuestiones. Pero tenéis razón, por supuesto. Los demás pensarán mal de vos. Y no podemos permitir que corran rumores. Pero de todos modos he de curar esas heridas, así que no me queda más remedio que acceder a casarme con vos para que vuestra reputación no se resienta.

—Os agradezco vuestro sacrificio —dijo Nicolai con solemnidad, pero sus ojos reían.

—*Enorme* sacrificio —le corrigió ella—. Y no significa en modo alguno que os haya perdonado vuestra conducta absurda y ruda.

A pesar de la ligereza de su tono, Nicolai notó cierto resentimiento en las palabras de Isabella. Cerró sus dedos en torno a los de ella para retenerla a su lado.

—Mi intención era protegeros, Isabella, no rechazaros. *Mia famiglia* siempre traiciona a aquellos a quienes ama. No deseaba arriesgarme a hacer eso con vos, *cara*, por eso os hice marchar. Soy peligroso, mucho más de lo que podáis imaginar. —Se llevó su mano a los labios cálidos y rozó su piel con suavidad—. Tendríais que estar enfadada conmigo por haber permitido que los leones os retengan aquí.

—¿Los leones? —repitió ella—. ¿Creéis que estaban obligándome deliberadamente a permanecer en el valle?

El calor del aliento del *don* contra su piel la hacía temblar.

Nicolai retenía su mano contra sus labios, como si no soportara la idea de dejar de tocarla.

—Sé que es así. Cambié de opinión casi en el instante en que os perdí de vista. Y ellos lo supieron. Ellos siempre lo saben. No soy noble ni valiente. Si lo fuera, ya estaríais a salvo lejos de este lugar.

Había un deje de amargura en su voz. Y restregó la mano de ella sobre su mandíbula en una caricia, cerrando los ojos un instante, saboreando la sensación, el olor de ella.

Durante unos momentos, Isabella pensó en aquellas palabras y no dijo nada. Nicolai hablaba en serio. Temía por su vida. Temía ser de alguna manera responsable de que ella sufriera algún mal.

—¿Traicionar a los que ama, *don* DeMarco?

Su corazón latía con fuerza contra el pecho, notaba el sabor del miedo en la boca.

Las palabras cayeron en un torbellino de silencio. Isabella estaba muy cerca, podía sentir el calor de su cuerpo. Él rozó con su pulgar las venas que tan frenéticamente palpitaban en su muñeca. Y se movió con actitud protectora, protegiéndola del eco de un peligro que vibraba en el aire. La noche pareció envolverlos en un sudario de oscuridad.

—¿Nadie os ha obsequiado aún con los relatos de cómo me hice las cicatrices que tengo en el rostro? Pensé que todos aprovecharían la menor oportunidad para hablar.

Un extraño rumor brotaba de su garganta, un sonido a medio camino entre un ronroneo y un gruñido.

Isabella ladeó la cabeza para mirarle. Bajo la luz parpadeante de las velas, veía sombras sobre el lado izquierdo de su rostro que ocultaban las líneas grabadas tan profundamente en su piel. Alzó una mano y la apoyó con delicadeza sobre las cicatrices, en un gesto de consuelo.

—Creo que no os dais cuenta de hasta qué punto os es leal vuestra gente. Nadie me ha contado ningún rumor, *signore*, ni creo que lo hagan. Si deseáis explicarme cómo sucedió, por favor hacedlo, pero no creo que sea necesario.

Él cubrió la palma de Isabella con la suya, apretándola más contra su piel. Sus largas pestañas, el único rasgo femenino que había en él, velaban el pesar de sus ojos ardientes.

—¿Por qué tenéis que ser tan hermosa? ¿Tan buena?

Y su voz parecía cuajada de desesperanza.

Isabella percibía el pesar del corazón de aquel hombre como si fuera el suyo propio, y sintió la necesidad de abrazarlo, de aliviar una pesada carga que no esperaba comprender. Sin darse cuenta, pegó su cuerpo contra el de él, y sus generosos pechos quedaron apretados contra su pecho.

Él gimió, Isabella lo oyó perfectamente, y su cuerpo se puso en tensión.

Nicolai experimentó una necesidad intensa y acuciante que se extendió por sus venas e invadió cada célula, cada músculo de su cuerpo. Sus brazos rodearon a Isabella y la pegó contra su cuerpo, hasta que entre ellos no quedó más que la débil barrera de sus ropas. Y, sin embargo, necesitaba tenerla más cerca. Sus dedos se enredaron en los largos cabellos y echaron la cabeza hacia atrás para poder tomar aquella boca exuberante y tentadora. Con aquella fuerza suprema, la besó, tratando de penetrar el puerto del espíritu indomable de esa mujer. Deseando perderse en la perfección de su cuerpo.

El fuego pasaba del uno al otro, tan intenso, tan veloz, que las llamas estaban fuera de control. La boca de Nicolai estaba llena de ansia, ávida, con un deseo tan demoledor que ni él mismo podía entenderlo. Y lo tomó de una forma tan insospechada y precipitada que no estaba preparado para la lujuria que brotó de su interior y estalló en un fuego incontrolado, mientras el olor y el sabor de ella desbordaban sus sentidos.

Isabella reconoció el ansia y la avidez que lo dominaban, reconoció aquel beso dominante y masculino, cada vez más intenso, tomando su boca inexperta en lugar de seducirla, arrastrándola a un mundo de sensualidad. Y ella lo siguió deseosa, pues quería sentir su cuerpo tan duro y ardiente contra el de ella. Deseaba sentir el poderío de aquellos brazos que la sujetaban con fuerza. Y se fundió con él, fuego al fuego, moviendo su boca contra la suya. Podía sentir aquel miembro tan duro pegado a ella, pero en vez de asustarla, la excitaba. Y el puño que sujetaba con fuerza sus cabellos era una dulce cadena.

De pronto, el anillo le arañó el cuello, y aquel pinchazo la arrancó súbitamente de los sedosos velos de la pasión erótica. Isabella dejó escapar un pequeño grito y alzó la cabeza, mirando a los ojos ardientes de él. Se llevó la mano al cuello y sus dedos se tiñeron con un pequeño hilo de rojo.

Nicolai hizo una mueca y se apartó con un único movimiento que le llevó de vuelta a las sombras de la habitación. Su mirada era salvaje, turbulenta, sus ojos tenían un brillo atemorizador, como los de una bestia. Con sus cabellos agrestes flotando a su alrededor, semejaba a los leones que merodeaban por sus tierras.

—Esto es peligroso, Isabella. —Su voz era brusca. Un rumor brotaba de lo más hondo de su garganta, haciendo que sonara indómito y peligroso—. No deberíais estar aquí.

—No hay necesidad de preocuparse, *signore*. —A Isabella parecía divertirle aquel repentino temor—. No he sido precisamente una dama en mi juventud y *mio fratello*, Lucca, me enseñó a dejar a un hombre imposibilitado de hacerme daño. Y si bien es cierto que no deseo veros retorciéndoos de dolor en el suelo, os aseguro que defendería mi honor con empeño.

Se hizo un silencio mientras su corazón marcaba un rápido compás. Luego un sonido amortiguado y bajo empezó a aumentar de volumen. Una risa. Cálida, contagiosa, real. Nicolai meneó la cabeza, sorprendido ante el sonido de su propia risa. No podía recordar ningún momento, ni tan siquiera en su juventud, en que hubiera reído. Ella no lo entendía, por supuesto. Y gracias a la *madonna* que era así. Y se quedó allí plantada, con su rostro joven y hermoso, tan cándido e inocente. Sus ojos le miraban muy abiertos, confiados, con un principio de afecto, con todo cuanto él podía desear. Ella le ofrecía el mundo y los placeres del paraíso. Él le ofrecía la muerte y el fuego del infierno.

La risa de Nicolai se apagó y el hombre pestañeó para contener unas lágrimas que le enturbiaban la vista.

—¿Vuestro hermano os enseñó una forma de dejar a un hombre sin armas? —Y se frotó la mandíbula pensativo, restregándose discretamente los ojos para enjugarse las lágrimas—. Nunca había oído tal cosa, que una criatura tan menuda como vos pueda lograr semejante proeza. Quisiera que me expliquéis el procedimiento con detalle.

Isabella se sentía totalmente hechizada. La risa de aquel hombre le había llegado a lo más hondo del corazón e hizo de él un hogar. Un ligero rubor le subió por el mentón y tiñó su rostro.

—Estoy segura de que sabéis a qué me refiero, *signore*.

—Es hora de que me llaméis Nicolai. Si estáis pensando en dejarme retorciéndome en el suelo, mejor estrechar lazos. Solo quiero una pequeña demostración. Deseo que enseñéis a mi servicio este procedimiento tan útil, para que todas las jóvenes estén protegidas y sus padres puedan respirar tranquilos.

Las pestañas de Isabella parpadearon, sus dedos se retorcieron.

—Os burláis de mí, *don* DeMarco.

—Desde luego que no, *cara*. Estoy entusiasmado por esta nueva forma de protección que permitirá que una mujer menuda como vos reduzca a un hombre de mi tamaño y fuerza a caer vencido al suelo. ¿Y decís que vuestro hermano Lucca os enseñó este truco tan útil y valioso? Decidme, Isabella ¿lo aprendió de un maestro espadachín?

—Sois imposible. Os suplico que os comportéis, si no me obligaréis a llamar a Sarina y a pedirle que os dé una buena azotaina.

Trató de imprimir un tono severo a su voz, pero sus ojos bailaban y sus labios se curvaron seductoramente.

Él cruzó los brazos sobre el pecho, con la vista clavada en la tentadora boca de Isabella.

—Sarina os cree segura y encerrada en vuestros aposentos, como una joven dama bien educada prometida a su *don*.

Isabella consiguió poner una mirada altanera cuando en realidad lo que quería era reír.

—Podéis curaros esas terribles laceraciones que tenéis en el costado vos mismo. Ahora me retiraré a mis aposentos y trataré de olvidar esta conversación.

—Me habéis acusado de ser poco caballeroso, Isabella, debo insistir en escoltaros a vuestros aposentos. —Y se inclinó sobre ella, rozando con su aliento cálido su oreja—. No puedo permitir que andéis merodeando en busca de tesoros ocultos.

Isabella, que pensaba que estaba a una distancia segura, de pronto se dio cuenta de que lo tenía a su lado. Aquel hombre era tan sigiloso que a veces daba miedo. Sin mirarle, volvió a colocar el volumen en el estante donde lo había encontrado.

—Si tenéis miedo de andar solo por los corredores, consentiré en acompañaros.

Y se sintió orgullosa por su tono altivo. Estaba totalmente justificado, dadas las circunstancias. Aquellas bromas eran demasiado atractivas. No podía mirarle sin derretirse. Corría el riesgo de convertirse en una de esas mujeres a las que tanto desdeñaba, mujeres que se encaprichaban de un hombre y lo miraban con una adoración abyecta. Era demasiado humillante.

Nicolai apoyó una mano en la parte baja de su espalda cuando salieron juntos de la estancia. Ella era dolorosamente consciente del calor de esa mano tan próxima a su piel. El movimiento de los músculos bajo la camisa. El silencio de sus pasos. Su altura y la anchura de sus hombros. Pero sobre todo era consciente de aquella mano que con su calor se abría paso a través de la tela de sus ropas, marcándola a fuego.

Podía sentir su mirada puesta en ella, así que mantuvo la cabeza gacha, en un pequeño acto de rebeldía, porque parecía que aquel hombre estaba tomando las riendas de su vida sin remedio.

—He mandado orden para que vuestro hermano sea puesto bajo mi tutela —dijo él de pronto.

Isabella levantó la cabeza y sus miradas se encontraron.

—¿Eso habéis hecho? Gracias a la *madonna*. Tenía tanto miedo por él... No hay nada que *don* Rivellio desee más que verle muerto. *Grazie, signor* DeMarco, *grazie*.

—Nicolai —le corrigió él con suavidad—. Decid mi nombre, Isabella.

Desde luego, le debía eso y mucho más. Sus ojos lo miraron radiantes, no pudo evitarlo. Y hasta le dieron ganas de abrazarlo y volver a besarle.

—Nicolai, *grazie*. Por la vida de *mio fratello*.

—No me debéis nada, *cara* —replicó él con gesto gruñón, pero no podía apartar la vista de su boca perfecta—. Rivellio es un enemigo poderoso y siempre desea más tierras. Me sorprende que no tratara de asegurarse las tierras de vuestra familia pidiéndoos en matrimonio.

Isabella miró al frente, a los arcos abovedados débilmente iluminados por una o dos velas en candelabros en la pared.

—Sí lo hizo —admitió, y una vez más echó a andar en dirección a sus habitaciones—. En más de una ocasión. Y le rechacé sin pensarlo. Se puso muy furioso. No lo demostró, pero yo me di cuenta.

—Isabella. —Nicolai dijo su nombre a la noche. Lo susurró. Su voz era suave, incluso tierna—. No sois responsable de lo que le ha pasado a vuestro hermano. Lucca decidió unirse a una rebelión secreta y fue lo bastante necio para dejarse atrapar. Rivellio utilizó todos los medios que pudo para conseguir las tierras que quería. No se habría contentado con vuestra dote; habría hecho asesinar a Lucca para hacerse con todas vuestras propiedades.

Isabella dejó escapar el aliento lentamente.

—No lo había pensado. Por supuesto que lo habría hecho. Seguramente me hubiera hecho matar a mí también para poder casarse con otra que le aportara mayores riquezas.

—Sospecho que tenéis razón. Pero desde luego, primero habría dejado pasar un tiempo prudencial. O eso u os habría encerrado para su conveniencia y habría dicho que habíais muerto. No es algo inusual.

La idea hizo que a Isabella se le helara la sangre. Pero lo que la dejó más fría fue la manera tan indiferente y espontánea con que Nicolai lo dijo. Ella siempre había contado con la protección de su posición, su cuna, su nombre y sus propiedades. Su familia la había protegido. Y si bien había oído hablar de la brutalidad que puede sufrir una mujer en manos de un hombre sin principios, jamás se había parado a pensarlo en serio.

Cuando llegó a sus aposentos, la estancia estaba caldeada gracias a las ascuas que quedaban en la chimenea. Isabella se mantuvo ocupada buscando la mezcla para la cataplasma, pero sentía una especie de angustia en el estómago por las palabras de Nicolai. No sabía nada de él. Que era más joven de lo que había pensado y mucho más atractivo de lo que hubiera podido imaginar. Que tenía un carisma y un encanto que la cautivaban. Que sus ojos y su voz la hechizaban. Que su magnetismo sexual era casi más de lo que podía soportar.

—Os he asustado con mis palabras inconscientes, *cara*. Os aseguro que no tengo intención de encerraros en un calabozo mientras desposo a otra incauta para quedarme con su fortuna. Una esposa es suficiente para mí. Sobre todo cuando es tan impredecible y anda merodeando por el *palazzo* buscando mis tesoros.

—Se dice que os reunís con muchos hombres, pero que ellos no os ven.

Él la cogió del brazo y la acercó hacia sí.

—¿Quién os ha dicho tal cosa?

Sus ojos dorados la miraron con pequeñas llamas que ardían en señal de advertencia.

Isabella hizo rodar los ojos con gesto expresivo, en modo alguno intimidada.

—Todo el mundo lo sabe. Muchos difunden rumores absurdos, dentro y fuera del valle. Pero lo cierto es que cuando me concedisteis una audiencia, permanecisteis la mayor parte del tiempo en sombras. —Rió con suavidad—. Merodear. Acechar. Aquel día diría que vos estabais también acechando entre las sombras.

La expresión dura de él se suavizó y sus ojos rieron. Sus voces sonaban muy débiles en la noche. Como si ninguno de los dos quisiera despertar algo que es mejor no molestar. Lo cierto es que estaban en su propio mundo, unidos por la oscuridad y por un algo intangible que compartían.

—Os lo concedo, es posible que acechara, si no tenéis una palabra mejor. Me gusta la noche. Incluso de niño sentía que pertenecía a ella. —Sus ojos ardían sobre su cuerpo, y sus llamas ambarinas brillaban con intensidad—. La noche me pertenece, *cara*. Yo veo lo que otros no ven. Tiene belleza y fascinación y, lo más importante, me permite una libertad que no puedo tener durante las horas del día. Me siento más a gusto de noche.

Nicolai le estaba diciendo algo importante y, sin embargo, Isabella no fue capaz de captar el verdadero significado de aquellas palabras. Por un instante le vino a la mente lo que había dicho Sarina, que era de hábitos nocturnos, y entonces alzó los ojos a la perfección de sus facciones masculinas.

—Sois de una belleza antinatural —comentó con gesto crítico, sin malicia—, pero no parecéis consciente de ello. ¿Por qué siempre estáis solo? ¿Es esa la costumbre en vuestro *castello*?

Isabella disfrutaba enormemente en su compañía y esperaba que siguiera siendo así.

Nicolai vaciló, por primera vez indeciso. Se pasó una mano por el pelo, y de nuevo se sacudió su cuerpo cuando levantó el brazo.

—Debéis conocer a las otras mujeres y aprender lo que necesitéis para dirigir el *palazzo*. No deseo una esposa solo de nombre. Espero que os interesaréis activamente por vuestra casa y vuestro pueblo.

—Yo ayudaba a dirigir las propiedades de *mio padre*, así que no dudo que aprenderé a dirigir estas.

El *palazzo* era diez veces más grande que nada que ella hubiera visto, pero ya tenía la amistad de Sarina y estaba segura de que la mujer la ayudaría. Parecía una labor abrumadora, pero a Isabella le gustaban los desafíos y confiaba en sus habilidades. Alzó el mentón al tiempo que tocaba el borde de la túnica de Nicolai.

—Esperaba que podríamos comer juntos en alguna ocasión. —Y con sumo cuidado levantó la camisa para dejar al descubierto las zonas donde el león había clavado sus garras—. Sujetad esto.

Lo cogió por la muñeca y le obligó a sujetarse la camisa en alto para evitar que se tocara las heridas.

Nicolai la observó con atención, con aquellas pupilas tan claras que parecían luces en la oscuridad. Los dedos le rozaron la piel, con suavidad, demorándose un poco demasiado. Su cuerpo entero se encogió y se puso en tensión. La deseaba tanto que le dolía. El aliento se le atascó en la garganta, y sus venas se convirtieron en fuego líquido. Apartó la mirada de ella, de su expresión de ternura. Verla mirándolo de ese modo era más de lo que podía soportar. Apretó los dientes con un profundo sentimiento de frustración y de ellos escapó un gruñido bajo.

—Tendría que haber insistido en enviaros lejos de aquí.

Ella lo miró con brusquedad.

—¿Por qué?

La pregunta era directa. Inocente. Demasiado ingenua.

Le hacía enloquecer.

—Porque deseo tumbaros sobre el lecho, sobre el suelo, donde sea, y haceros mía.

Las palabras se le escaparon antes de que pudiera contenerlas, antes de que pudiera retirarlas. No sabía si lo que quería era provocarla, asustarla o avisarla.

—Oh.

Solo eso, una única palabra, suave.

No parecía perpleja ni asustada. Parecía complacida. Nicolai vio que trataba de disimular una sonrisa.

La joven mantuvo la vista clavada en las heridas que tenía en las costillas, no muy distintas de las que marcaban el lado izquierdo de su rostro.

—¿Cómo os habéis hecho estas heridas?

Nicolai volvió a vacilar, y entonces suspiró suavemente, más relajado.

—Estaba jugando con uno de los leones y fui un poco lento.

Aquella mujer le estaba sacudiendo de arriba abajo, y no estaba preparado para la intensidad de sus emociones. Donde antes quería que ella lo supiera todo, ahora lo único que quería es que lo quisiera más que a nada en el mundo.

Estaba mintiendo. E Isabella lo supo. Lanzó una ojeada a su rostro decidido. Era la primera vez que le decía una mentira tan descarada. Las pestañas eran oscuras, largas y delicadas, totalmente en contradicción con los ojos brillantes, que ardían con intensidad y fiereza. Isabella le aplicó la cataplasma con delicadeza sobre las heridas.

—*Signor* DeMarco, no me molesta el silencio, pero no acepto falsedades. Así que debo pediros que consideréis una cosa, y es que si hemos de casarnos…

—Nos casaremos, Isabella.

Era una orden, y la pronunció con una autoridad indiscutible.

—Si esto es así, *signore*, entonces os pediría que os abstengáis de hablar si lo que vais a decir son mentiras. Quiero que me prometáis que cuanto menos tomaréis en consideración lo que os pido.

—Pues yo os diré esto, Isabella —le dijo él suavemente. A su alrededor el aire pareció detenerse, cada vez más cargado. El peligro se palpaba entre ellos—. La persona a quien más debéis temer está ahora ante vos. Esa es la verdad, la pura verdad. Oíd bien mis palabras, *cara*. Jamás confiéis en mí, ni un solo momento, si en algo valoráis vuestra vida.

Isabella tuvo miedo de moverse. Miedo de hablar. Aquel hombre creía hasta la última palabra de lo que estaba diciendo. Su voz tenía un deje de amenaza. Pesar. Remordimiento. Pero por encima de todo, tenía el timbre de la verdad.

Capítulo 7

Todos la observaban. Al principio Isabella trató de no hacer caso, pero mientras Sarina le mostraba el *palazzo*, era cada vez más consciente de las miradas furtivas, de los murmullos que la seguían de estancia en estancia. La atmósfera en las propiedades de *don* DeMarco era distinta a la de ningún lugar donde hubiera estado, y finalmente decidió que la diferencia estaba en la gente. En su mayoría se trataba de sirvientes, que limpiaban sin descanso las habitaciones hasta hacerlas relucir, pero lo hacían como si el *palazzo* fuera suyo.

Su lealtad al *don* era poderosa, y parecía profundamente arraigada en cada hombre, mujer y niño que veía. Todos la miraban con atención. Impacientes. Cada uno de ellos se esforzaba por decirle unas palabras de aliento, por decir algo elogioso del *don*. Y era evidente que esperaban que se quedara con ellos en el valle y se casara con su *don*. Isabella reparó en las sonrisas que cruzaban entre ellos, todos parecían muy unidos. El *castello* hubiera debido rebosar de felicidad, y sin embargo bajo aquella apariencia de armonía ella notaba un sentimiento de inquietud.

Una sombra se cernía sobre el lugar. El miedo acechaba agazapado bajo la superficie de aparente felicidad. Los ojos evitaban su mirada, llenos de secretos y miedo. Y mientras avanzaba por los grandes corredores, la desconfianza empezó a calar en cada poro de su piel y se adueñó de su corazón y su alma. Al principio no era más que una insidiosa y minúscula sensación de alarma, pero se hizo más grande y se extendió por todo su ser como un monstruo, hasta que incluso Sarina dejó de parecer una aliada y se le antojó un enemigo.

Isabella respiró hondo y se detuvo, dando un pequeño tirón al ama de llaves.

—Esperad un instante. No me encuentro bien. Necesito sentarme.

La cabeza le daba vueltas y vueltas, no podía pensar con claridad. Y se sentía tan extrañamente desdichada y agitada que hubiera querido gritar a todo el que veía. Estaban cerca de una amplia escalinata y se sentó agradecida en el primer escalón y se llevó las manos a las sienes, tratando de refrenar la enfermiza sensación de desconfianza y recelo que se estaba apoderando de ella.

Al instante el ama de llaves se detuvo y se inclinó sobre ella con gesto solícito.

—¿Es vuestra espalda? ¿Necesitáis descansar? *Scusi, piccola*, me he precipitado al querer mostraros todo el *palazzo*. Es demasiado grande y deseaba que supierais dónde está cada cosa para que os sintáis más cómoda. Hubiera debido ser más prudente, pero aquí es tan fácil perderse. —Y echó los cabellos de Isabella hacia atrás con suavidad—. Informaré enseguida a *don* DeMarco. Ha hecho arreglos para que conozcáis hoy a las esposas de Rolando Bartolmei y Sergio Drannacia. Desea que tengáis amigas y os sintáis cómoda aquí. Este es vuestro nuevo hogar y todos queremos que estéis a gusto.

Isabella miró a Sarina y se dio cuenta de lo infantil y absurdo que era su comportamiento. Quizá le estaba afectando el estrés de estar en un *palazzo* tan grande y desconocido, lejos de los suyos. Si no se andaba con cuidado acabaría siendo una de las que se desvanecen. Se obligó a sonreír.

—De verdad, Sarina, no me miréis así. Os lo aseguro, estoy bien.

—*Signorina* Vernaducci. —Alberita hizo una reverencia ante ella, una auténtica proeza, pues en ese momento estaba pasando una escoba por las paredes—. Me alegro de volver a veros.

Y no dejó de sonreírle mientras brincaba con entusiasmo tratando de llegar con la escoba a las telarañas.

Mientras veía a la joven sirvienta saltando arriba y abajo, sin acercarse ni remotamente a los techos abovedados, Isabella empezó a relajarse de nuevo. El ritmo normal de un *palazzo* estaba allí, a pesar del tamaño y de aquellas fuerzas ocultas. La pequeña Alberita, con sus payasadas, era parte de algo que podía reconocer. Ella misma había ayudado a su padre a dirigir su *palazzo* desde una edad muy temprana. Y en más de una ocasión había tenido que tratar con sirvientes cuyo entusiasmo contribuía a la buena marcha de la casa más que ningún trabajo que pudieran hacer. La alegría empezó a burbujear de nuevo en su interior y disipó aquel extraño humor.

Sarina suspiró audiblemente.

—Nunca aprenderá.

Y, aunque trató de dar un tono severo a su voz, en realidad rebosaba alegría. Ella e Isabella cruzaron una mirada de complicidad y la risa se derramó entre ellas, y aquel despliegue de alegría hizo aparecer las sonrisas en los rostros de los sirvientes que pudieron oírlas.

Sucedió sin previo aviso. La única señal fue un fuerte crujido. Y al momento la escoba rota de Alberita salió volando directa a la cabeza de Isabella. La joven chilló. Sarina empujó a Isabella, que acabó por los suelos, y la escoba rota chocó contra la pared justo encima y cayó rodando hasta donde estaba ella.

Alberita alzó los brazos histérica, y chillaba tan fuerte que enseguida empezaron a llegar criados corriendo de todas partes. Betto cogió la otra parte de la escoba rota antes de que pudiera hacer daño a alguien y la dejó con cuidado a un lado. Sarina dio una orden disgustada y Alberita se cubrió la boca con la mano para sofocar sus gritos. Aun así, empezó a llorar convulsivamente.

El capitán Bartolmei llegó en ese momento, con una mano puesta en el cinto. Apartó a los criados, ayudó a levantarse a Isabella, y la puso detrás, protegiéndola con su cuerpo.

—¿Qué ha sucedido?

Su voz era áspera.

—Ha sido un accidente, nada más —se apresuró a explicar Sarina.

Algunos de los sirvientes empezaron a murmurar, como si estuvieran trastornados y asustados.

—¡La escoba voló contra ella! —gritó una mujer.

—Eso es una tontería, Brigita, y es totalmente falso —dijo Sarina reprendiéndola enérgicamente.

—Alberita la atacó —acusó otra.

Cuando Alberita aulló en su defensa y se puso a llorar más fuerte, el capitán Bartolmei se pegó más a Isabella para protegerla.

—Debemos informar inmediatamente al *don*.

Isabella respiró hondo tratando de recuperar la compostura. Aquello era tan absurdo que temía echarse a reír. Pero no debía hacerlo, hubiera sido demasiado humillante para la joven Alberita.

—Creo que habría que llevar a la joven Alberita a la cocina y servirle una reconfortante taza de té. ¿Hay alguien que pueda acompañarla a la cocina, Sarina? —Isabella sonrió con serenidad, saliendo de detrás de la figura del capitán—. *Grazie,* capitán, por vuestra rápida respuesta, pero no debemos molestar a *don* DeMarco por una nimiedad como esta. No es más que una escoba rota. Alberita es muy entusiasta en su trabajo.

Y avanzó con decisión hasta la joven, sin hacer caso de la mano con que el capitán trataba de retenerla.

—Apreciamos mucho tu duro trabajo. Ve, Alberita, ve con Brigita y que te sirvan una buena taza de té para que puedas tranquilizarte.

—Debes tener más cuidado, moza —le espetó el capitán Bartolmei—. Si algo le sucediera a la *signorina* Vernaducci estamos perdidos.

Isabella rió suavemente.

—Vamos, capitán, haréis que la gente piense que me asusto por una simple escoba.

Rolando Bartolmei no pudo resistirse a la sonrisa traviesa de Isabella.

—No sería bueno que eso pasara —concedió.

—¿Rolando? —La voz era joven, y trataba de sonar imperativa, pero temblaba alarmantemente—. ¿Qué sucede?

Los sirvientes, Isabella y el capitán Bartolmei se volvieron para mirar a los recién llegados. Dos mujeres, claramente *aristocratiche*, estaban junto a Sergio Drannacia, y esperaban una explicación. Pero era el hombre alto y apuesto que se encontraba detrás el que llamó la atención de Isabella y la dejó sin aliento.

Don DeMarco estaba totalmente inmóvil. Sus largos cabellos flotaban a su alrededor, greñudos y espesos. Sus ojos brillaban llenos de fuego, los ojos de un predador puestos sobre su presa. Por un instante su imagen pareció reverberar y era un león quien miraba fijamente, sin piedad, al hombre que Isabella tenía a su lado.

El aire mismo pareció detenerse, como si cualquier movimiento, cualquier sonido, pudiera desencadenar un ataque. Los sirvientes se apresuraron a bajar la vista al suelo. El capitán Bartolmei inclinó la cabeza levemente y apartó la mirada.

Las dos mujeres se volvieron para mirar a su espalda. Al ver al *don* una de ellas gritó, completamente blanca. Y habría caído redonda al suelo de no haberla sujetado Sergio Drannacia.

Fue Isabella quien se movió primero y rompió la tensión.

—¿Está enferma la dama? —Y corrió entre los criados directa hasta *don* DeMarco. Le miró—. ¿No deberíamos ofrecerle unos aposentos?

El capitán Bartolmei sujetó a la mujer a la que Sergio había ayudado y la sacudió ligeramente. Inclinó la cabeza y le susurró algo con fiereza, con expresión rígida y abochornada.

Betto dio unas palmadas indicando a la servidumbre que se dispersara, y todos se apresuraron a volver a sus tareas.

—El té está servido en la sala —anunció a su *don*, y se desvaneció como solo un criado experto sabría hacer.

—No será necesario —contestó el capitán Bartolmei con gesto sombrío—. Mi esposa está bien. Os pido perdón por su comportamiento.

La joven volvió la cabeza hacia otro lado, pero no antes de que Isabella viera las lágrimas que afloraban a sus ojos por aquella dura reprimenda. Y fue con la cabeza gacha mientras se dirigían todos a la salita.

Isabella sintió pena por ella. En más de una ocasión su padre la había reprendido públicamente. Sabía bien lo humillante que puede resultar. Y lo duro que es para el orgullo de la persona tener que ver después a aquellos que han estado presentes.

El *don* acomodó sus largas zancadas al paso de Isabella, apoyando levemente una mano en su brazo y acercando su cuerpo al de ella.

—¿Podéis explicarme por qué estaba el capitán sujetando vuestra mano?

La voz era baja, pero destilaba un tono de amenaza que la hizo estremecer. La mano del *don* descendió por el brazo para tomar posesión de la suya, y sus dedos se enlazaron con fuerza a los de ella.

Ella lo miró sobresaltada.

—¿Es eso lo que parecía? Es terrible. Estaba preocupado por mi seguridad y trataba de retenerme detrás para protegerme. —Isabella meneó la cabeza—. No me extraña que su esposa se haya puesto histérica. ¿Qué pensará esa pobre mujer?

Algo peligroso parpadeó en las profundidades de su mirada.

—¿Y qué os importa lo que piense esa mujer? ¿No habría de ser lo que *yo* pienso de importancia capital para las dos?

Isabella apretó los dedos en torno a los de él y se inclinó.

—Sé que tenéis un cerebro en esa cabeza vuestra. Y estoy segura de que sabéis que lo último que se le ocurriría a vuestro capitán es sujetar mi mano delante de los criados.

Y levantó los ojos al techo con un deje de humor en la voz.

—Si os encontrarais a vuestro esposo sujetando la mano de otra mujer, ¿qué haríais? —preguntó Nicolai con curiosidad, complacido por la reacción de ella.

Ni siquiera se había planteado que pudiera estar celoso o furioso o preocupado por haber visto a otro hombre tan cerca de ella. Confiaba en su capacidad de raciocinio, y no había pensado ni por un momento que un hombre celoso por definición siempre es irrazonable.

Isabella le dio un tirón en la mano y lo obligó a detenerse. Se puso de puntillas y le susurró al oído.

—Si de verdad la hubiera cogido de la mano, le daría bien fuerte con una escoba en su cabezota.

La voz era tan dulce, tan baja y tan sensual que por un momento el significado de lo que decía se le escapó.

Y entonces Nicolai se sorprendió a sí mismo y a sus invitados echándose a reír. Con una risa real y sincera. Que resonaba en su garganta y se derramó por los corredores haciendo que todos los sirvientes que pudieron oírla sonrieran. Hacía mucho tiempo que nadie oía reír al *don*. Y aquel sonido disipó la tensión que reinaba en el *palazzo*. Sergio y Rolando cruzaron brevemente una mirada divertida.

—*Signorina* Vernaducci, permitid que os presente a mi esposa, Violante —dijo Sergio Drannacia con discreción, rodeando con el brazo a una mujer que parecía varios años mayor que ella—. Violante, esta es Isabella Vernaducci, la prometida de *don* DeMarco.

Violante hizo una reverencia, con una sonrisa en los labios, pero sus ojos recorrieron la figura de Isabella con expresión recelosa y especulativa.

—Encantada de conoceros, *signorina*.

Isabella asintió con el gesto.

—Espero que seremos buenas amigas. Por favor, llamadme Isabella.

—Permitid que os presente a mi esposa, Theresa Bartolmei —apuntó Rolando Bartolmei.

La joven también hizo una ligera reverencia, entornando los ojos.

—Es un honor, *signorina* Vernaducci —musitó con voz algo temblorosa.

Theresa Bartolmei debía de tener la misma edad que ella. Se conducía como una *aristocratica*, pero parecía inquieta en presencia del *don*. Se la veía tan nerviosa que la estaba poniendo nerviosa también a ella. La mujer no miraba a *don* DeMarco, y salvo por la mirada fugaz que le había dedicado, no levantó la vista de sus pies.

Isabella puso una sonrisa forzada y se acercó más a Nicolai. Le irritaba que hubiera tantas personas que lo trataran de modo tan extraño.

—*Grazie, signora* Bartolmei. Vuestro esposo fue muy atento conmigo durante la travesía hacia el paso. Y hoy, después del accidente, ha cumplido admirablemente con su deber al protegerme. Estoy muy agradecida.

Isabella era un ser inocente, y sin embargo lo estaba arrastrando a una intimidad que jamás había compartido con nadie. Su cuerpo se quedó inmóvil, excitado. La tenía ahí delante, y no se atrevía a moverse, aun cuando hubiera preferido retirarse y dejar a sus compañeros de la infancia conversando con las mujeres. Temía que si se movía estallaría en pedazos. Notaba un rugido en su cabeza, un extraño dolor en el cuerpo. El fuego corría por sus venas. Y lo peor no era la atracción física que sentía por ella, sino la forma en que le estaba llegando al corazón, tanto que solo mirarla le dolía.

Sus manos se cerraron con gesto posesivo en torno a los brazos de Isabella. Era lo único que le mantenía anclado a la Tierra. Que le permitía conservar la cordura. Era lo único que impedía que la tomara entre sus brazos y se la llevara a su guarida, donde podría dar rienda suelta a sus fantasías con ella. Los otros hablaban, podía oír sus voces, pero sonaban distantes. Para Nicolai solo estaban Isabella y la tentación de su boca, de su cuerpo suave y sus curvas exuberantes. Su risa y su mente despierta. Nadie más existía, nadie importaba. Estaba empezando a obsesionarse, a perder el control, y eso era peligroso. Para un DeMarco el control lo era todo. Era total y absolutamente esencial.

Inclinó la cabeza hasta que su boca rozó la oreja de Isabella.

—Soy yo quien hubiera debido rescataros, vuestro auténtico héroe.

En su voz había un deje de rabia, cuando lo que pretendía era ser gracioso.

Isabella no osaba mirarle, pero sí se inclinó hacia su ancho pecho para obligarle a seguir agachando la cabeza.

—Solo me ha protegido de una escoba prófuga.

Y susurró las palabras contra la comisura de su boca, jugando con su aliento con los sentidos exacerbados de él.

Nicolai ya esperaba aquello, sabía que Isabella encontraría la forma de alegrar su corazón. Sus ojos lo miraban llenos de alegría y los unían. Y se dio cuenta de que volvía a respirar. Sus dedos se deslizaron sobre su nuca, bajaron sobre su hombro y luego su espalda, en un gesto de agradecimiento, porque no tenía palabras.

—Es un placer verlas a las dos —dijo con suavidad a las dos damas—, pero les ruego me disculpen, tengo muchos asuntos que atender.

Las esposas de sus capitanes miraban con decisión al suelo, y de nuevo esto hizo que Isabella se sintiera irritada. La mano de Nicolai le acarició con suavidad los cabellos.

—Disfrutad, *cara mia*. Os veré más tarde.

Ella lo cogió con osadía por la muñeca.

—¿No tenéis tiempo para tomar un té?

Hubo un respingo colectivo de sorpresa. Incluso los dos capitanes se pusieron en alerta. Isabella notó que el rubor teñía su rostro. Todos parecían considerar aquella pregunta inocente como una terrible violación del protocolo.

Nicolai no hizo caso de los presentes, sus ojos, su mundo, se reducía en aquellos momentos a ellos dos. Sus grandes manos le sujetaron el rostro y sus ojos la miraron con ansia.

—*Grazie, piccola*. Ojalá pudiera. Lo que sea, por vos. —Su voz sensual estaba teñida de pesar—. Pero ya he hecho esperar demasiado a algunos emisarios.

Inclinó la cabeza y rozó con un beso su sien, dejando que sus dedos se demoraran un instante. Y, sin más, se dio la vuelta y se alejó con sus pasos silenciosos.

Isabella se volvió y se encontró a las dos parejas mirándola. Alzó el mentón y con decisión puso una sonrisa de aristocrática seguridad en su rostro.

—Parece que la cocinera nos ha preparado un festín. Espero que tendrán hambre. *Grazie*, capitanes, por traerme compañía.

—Volveremos en breve —le aseguró Rolando a su esposa—. Nosotros también tenemos deberes que atender.

Y dio unas palmaditas tranquilizadoras en la mano de su esposa antes de partir.

Theresa lo siguió con la mirada. Temblaba visiblemente, y sus ojos se movían inquietos por la salita como si esperara que un fantasma saliera de las paredes.

Violante miró a su esposo con expresión esperanzada, pero cuando vio que se iba sin mirar atrás, sus hombros se encorvaron. Aun así se recompuso enseguida y se sentó con elegancia.

—Sergio me ha dicho que la boda se celebrará durante este ciclo lunar. —Sus ojos se deslizaron con expresión especulativa sobre las curvas de Isabella—. Debéis de estar... —E hizo una pausa lo bastante larga para rozar la mala educación— nerviosa.

Theresa se cubrió la boca con la mano para contener una exclamación.

Isabella sonrió con frialdad.

—Al contrario, *signora* Drannacia, estoy entusiasmada. Nicolai es encantador y atento. Estoy impaciente por convertirme en su esposa.

Sarina sirvió el té, una mezcla de hierbas y agua caliente. La mujer mantenía la vista clavada en lo que hacía, pero ella vio que apretaba los labios.

—¿No tenéis miedo? —aventuró Theresa.

—¿Por qué iba a tenerlo? Todo el mundo se ha portado maravillosamente conmigo —dijo Isabella poniendo su mejor cara de inocente—. Me siento como en casa. Sé que seré muy feliz aquí.

Sarina le dedicó una sonrisa disimulada mientras colocaba una bandeja de galletas sobre la mesa. El ama de llaves se puso discretamente en un segundo plano y dejó que Isabella se defendiera por sí misma.

A pesar de su juventud, Isabella ya había estado en situaciones parecidas. Violante Drannacia era una mujer que se sentía amenazada. Estaba decidida a conservar su posición, real o imaginaria, y quería tener poder sobre las otras mujeres del *palazzo*. También dudaba de su marido, y sentía la necesidad de eliminar a la posible competencia. Isabella conocía bien las señales.

Violante se dio unos toquecitos en el pelo, con aire de suficiencia. Era evidente que intimidaba a Theresa. Se inclinó hacia ella y miró con expresión recelosa a su alrededor.

—¿No habéis oído la leyenda?

—Una historia fascinante. Estoy deseando explicarla a mis hijos en las noches de tormenta —improvisó—. «¿Qué leyenda?», pensó.

—Y ¿cómo podéis soportar mirarle? —preguntó Violante con expresión desafiante.

La sonrisa desapareció de los ojos oscuros de Isabella. Se puso en pie, con expresión altiva en su joven rostro.

—No cometáis el error de propasaros, *signora* Drannacia. Tal vez no soy aún la señora de este *castello*, pero lo seré. Y no consentiré que se diga nada malo de Nicolai. Lo encuentro guapo y encantador. Si tan intolerable os resulta mirar las cicatrices de su rostro, fruto de un terrible ataque, os pediría que en lo sucesivo os abstengáis de visitar esta casa.

Violante palideció. Se llevó una mano al pecho, como si las palabras de Isabella le hubieran dolido en el corazón.

—*Signorina*, malinterpretáis mis palabras. Es imposible reparar en unas cicatrices cuando se nos ha enseñado a no mirarle nunca. No sois de este valle. —Dio un sorbo a su té, examinando el rostro de Isabella con ojos brillantes—. Desde siempre se nos ha inculcado que no debemos mirarle directamente.

Con gran esfuerzo, Isabella consiguió mantener la compostura. Aquellas mujeres sabían cosas que ella desconocía, pero no pensaba dar ventaja a Violante Drannacia haciendo preguntas personales relacionadas con el *don* o el *palazzo*.

—Entonces soy afortunada. —Y se volvió hacia Theresa sin dejar de sonreír—. ¿Puedo preguntar cuánto hace que estáis casada, *signora* Bartolmei?

Y con una secreta sensación de satisfacción, vio que a la joven le horrorizaba el comportamiento de Violante.

—Theresa —la corrigió la joven—. Muy poco. Siempre he vivido en el valle, pero no en el *palazzo*. Mi *famiglia* tiene una granja. Conocí a Rolando cuando estaba cazando.

Y tal vez fuera el recuerdo, o el hecho de confesarlo, pero un repentino rubor cubrió sus mejillas.

—¿Los leones no causaban molestias en vuestra casa?

Theresa negó con la cabeza.

—No había visto ninguno hasta que vine al *palazzo*. —Una sombra cruzó su rostro y se retorció los dedos con nerviosismo—. En la granja los oíamos, por supuesto, pero nunca antes había visto uno.

—A Theresa le da miedo que uno la devore —explicó Violante.

Isabella rió con ligereza y se acercó más a Theresa.

—Creo que eso demuestra sentido común, Theresa. Yo también preferiría evitar que me devore un león. ¿Habéis visto algún león de cerca, Violante? No sabía que fueran tan grandes. Las cabezas son tan enormes que creo que las tres juntas les cabríamos en la boca.

—Bien. —Violante se estremeció—. En una ocasión vi uno de cerca. Sergio estaba patrullando por el valle y se detuvo cerca de nuestra casa para dar un paseo conmigo. Pensábamos que estábamos solos. En ningún momento oímos nada. Simplemente, nos lo encontramos delante. —Y dedicó una mirada pueril a Theresa—. Yo me puse a gritar, pero Sergio me tapó la boca con la mano para que no dijera nada. Yo estaba asustadísima pensando que el león me comería allí mismo.

Las tres mujeres se miraron y de pronto se echaron a reír. Theresa se relajó visiblemente. Violante dio un sorbo a su té, con aire regio.

—¿Y qué pensáis hacer para vuestra boda, Isabella? ¿Puedo llamaros Isabella?

—Por favor. La boda, sí. —Isabella suspiró—. No tengo ni idea. *Don* DeMarco la ha anunciado, y es lo único que sé. Ni siquiera sé cuándo será. ¿Cómo fue vuestra boda?

Violante lanzó un suspiro ante el feliz recuerdo.

—Fue el día más hermoso de mi vida. Todo fue perfecto. El tiempo, el vestido, Sergio tan guapo. Todos los personajes importantes estaban allí. —Vaciló—. Bueno, con la excepción de *don* DeMarco. Se reunió con Sergio antes de la ceremonia y nos dio un magnífico regalo de boda. Sin duda la costurera se habrá puesto ya con el vestido. Debe apresurarse. —Y dio unas palmaditas en la mano de Isabella—. Nos encantaría ayudar en los preparativos, si vuestra *madre* no puede hacerlo, ¿verdad, Theresa?

Theresa asintió con entusiasmo.

—Sería divertido.

—*Don* DeMarco sabe que no tengo *famiglia* aparte de *mio fratello*, Lucca. Pero está muy enfermo, difícilmente podría ocuparse de organizar una boda. He perdido a mis padres.

—Hablaré con Sarina y le preguntaré qué preparativos se han dispuesto —dijo Violante con decisión—. No podemos dejarle los detalles a *don* DeMarco, siempre está muy ocupado. Y así tendremos una excusa para visitaros a menudo.

—No necesitáis excusas para venir —repuso Isabella—. Nuestras casas están unidas y siempre lo estarán, y eso da a nuestro pueblo y al valle prosperidad. Espero que las tres seremos buenas amigas. ¿Cómo fue vuestra boda, Theresa?

La joven parecía siempre nerviosa e Isabella quería que se relajara. Theresa le sonrió radiante.

—Fue bonita, y Rolando estaba muy guapo. Nos casamos en la Santa Iglesia, por supuesto, pero después bailamos toda la noche bajo las estrellas.

—*Scusi, signorina* Vernaducci —interrumpió Sarina con una leve reverencia—. Debo atender un pequeño problema en la cocina.

—Nos arreglaremos solas, Sarina, *grazie* —le aseguró Isabella, y despidió a su única aliada con un gesto de la mano. Se volvió hacia las otras dos mujeres decidida a conseguir su amistad—. Suena maravilloso, Theresa. Imagino que vuestros padres lo organizaron todo.

—Sí, con *don* DeMarco —dijo Theresa de nuevo con aire inquieto.

De pronto Isabella notó que su estómago daba un extraño vuelco, y eso la hizo ponerse en alerta al momento. Mientras las otras dos mujeres seguían charlando, ella miró disimuladamente a su alrededor. Ya no estaban solas, algo las acompañaba. Era algo sutil, una efusión de malicia que se estaba derramando en la estancia.

Isabella suspiró. La tarde fue larga. Trató de hacer que la conversación no decayera, si bien resultaba difícil, pues Theresa parecía desfallecer cada vez que se mencionaba el nombre de Nicolai, y Violante siempre recibía cada nuevo tema con una mueca de desdén. Entonces se sintió secretamente aliviada cuando los capitanes regresaron para reclamar a sus esposas.

Theresa recogió sus cosas a toda prisa, se puso los guantes y se levantó con premura, y eso le costó un gesto de reprobación de su esposo.

—¿Puedo escoltaros de vuelta a vuestros aposentos? —ofreció el capitán Drannacia con gesto solícito, con la mano apoyada en el respaldo de la silla que ocupaba su esposa.

Isabella alzó la vista justo a tiempo para ver la expresión de miedo y recelo en el rostro de Violante. La mujer disimuló poniéndose en pie con elegancia y sonriéndole.

—Ha sido un placer. Espero que repetiremos esto muy pronto.

—Yo también lo espero —le aseguró Isabella—. *Grazie*, capitán Drannacia, pero no necesito una escolta.

—Bueno, si queremos ayudar en los preparativos para la boda, tendremos que regresar pronto —le recordó Theresa—. Ha sido un placer conoceros, Isabella. Por favor, espero que también vendréis a visitarme —añadió tímidamente—. A tomar el té.

Ella le correspondió con una sonrisa.

—Será un placer. Gracias a las dos por venir a recibirme.

—Tengo asuntos que me retienen en el *castello*, Sergio —anunció

Rolando Bartolmei con pesar—. ¿Os aseguraréis de que mi *signora* llega a casa sana y salva?

Por un momento pareció que Theresa iba a protestar, pero se tragó sus palabras y en vez de eso bajó la vista a sus pies.

—Quizás el capitán Bartolmei podría escoltaros hasta vuestros aposentos, *signorina* —dijo Violante con una maldad inesperada—, solo para asegurarse de que no os perdéis.

Theresa hizo una mueca y miró perpleja a Violante.

—Os escoltaré con mucho gusto —concedió el capitán con una galante reverencia, sin hacer caso de la súbita palidez de su esposa.

—Eso no será necesario, *signore*, pero *grazie*. Ya conozco bastante bien el *palazzo*. Sarina me ha estado ayudando. No quisiera distraeros de vuestras obligaciones.

Isabella sonrió, pero por dentro temblaba, una clara señal de que algo no iba bien. La oleada de poder había sido sorpresivamente fuerte, y se había cebado con los celos de Theresa. Isabella temía que aquello iría a peor y quería que todos se fueran.

—Les doy las gracias a los dos por haberme traído a sus esposas.

El capitán Bartolmei tocó la mano de su esposa brevemente, hizo una reverencia ante los demás y salió de la estancia. Sergio Drannacia tomó a Violante del brazo y salió con las dos mujeres después de inclinarse ante Isabella.

Ella suspiró con suavidad y meneó la cabeza. Las grandes casas eran lo mismo en todas partes, siempre con mezquinas rivalidades, recelos, celos e intrigas. Sin embargo, de alguna manera el *palazzo* de *don* DeMarco era diferente. Había algo agazapado a la espera, vigilando, escuchando, cebándose en las debilidades humanas. Se sentía cansada y asustada. Nadie más parecía notar que algo iba mal; no intuían la presencia de aquel mal como ella.

Isabella esperó unos minutos por si regresaba Sarina, pero el ama de llaves no apareció y las sombras empezaban a alargarse en la estancia, así que decidió volver a sus aposentos. Parecía el lugar más tranquilo del *palazzo*. De modo que echó a andar por los pasillos, contemplando las obras de arte, las tallas de leones en diferentes posturas, algunos gruñendo, otros observándola fijamente. De hecho, notaba como si alguien la estuviera observando, una sensación fantasiosa muy comprensible en medio de todas aquellas tallas, grabados y esculturas.

—Isabella.

Su nombre le llegó por el pasillo. Tan bajo que apenas pudo oírlo. Por un momento Isabella se quedó muy quieta, tratando de oír algo. ¿Había sido Francesca? Parecía su voz, algo incorpórea tal vez, pero también eso era propio de la joven. Esconderse y llamarla. Su corazón se alivió un tanto al pensar en su amiga.

Llena de curiosidad, siguió el corredor y al volver la esquina encontró una puerta que llevaba a los pasillos del servicio. Estaba ligeramente abierta, como si Francesca la hubiera dejado así expresamente para llamar su atención. La voz volvió a susurrar, pero esta vez lo hizo tan flojo que no entendió las palabras. Por lo visto Francesca se estaba moviendo y quería jugar.

Sin poder resistirse, cruzó aquella puerta y se encontró en uno de los estrechos pasillos que los sirvientes utilizaban para pasar con rapidez de un ala del *palazzo* a otra. No había explorado jamás el entramado de entradas y escaleras del servicio, ni siquiera en su casa. Así que empezó a seguir los pasillos y a doblar esquinas intrigada. Y encontró escaleras que subían y cruzaban y salvaban, y que llevaban a más escaleras. Eran muy empinadas e incómodas y conectaban las diferentes plantas y alas del *palazzo*. Aunque desde luego no se parecían en nada a las imponentes escalinatas que había visto hasta ese momento.

Había muy pocos soportes con antorchas en las paredes, y las sombras se alargaban y eran cada vez mayores. Junto con las sombras, en su corazón crecía también la sensación de pesadez. Isabella se detuvo un instante para recuperarse a mitad de un nuevo y empinado tramo de escaleras.

Justo cuando había decidido volver atrás, de nuevo oyó el misterioso susurro.

—Isabella.

Estaba allí delante, en algún lugar. Así que avanzó con rapidez por aquella escalera estrecha y curva, siguiendo la voz. Le habían advertido que se mantuviera alejada del ala donde *don* DeMarco tenía su residencia, y por eso vaciló un momento, aferrando la baranda con indecisión, pues no sabía si la escalera le habría llevado hasta allí. No sabía muy bien adónde iba, y eso era raro en ella, ya que tenía un notable sentido de la orientación. Allí todo era diferente, y aquella extraña sombra que tenía en el corazón era cada vez más larga y más pesada. Sin duda, si por error acababa en el lado equivocado del *palazzo* la perdonarían. Era una extraña y aquel lugar era inmenso.

El susurro se oyó otra vez, una voz de mujer que la llamaba. De nuevo se puso a subir la interminable escalera. Tenía diferentes ramificaciones, que llevaban a amplios vestíbulos y estrechos pasillos. No había visto nada de todo aquello cuando estaba con Sarina, y se sentía perdida sin remedio. No tenía ni idea de en qué planta estaba o incluso qué dirección había seguido.

Vio una puerta entornada. El aire fresco del exterior penetraba por ella, y la sensación le resultó agradable. Estaba acalorada y sudada, y le faltaba el aliento. Así que salió y contempló con admiración el paisaje deslumbrante y blanco. Definitivamente, estaba muy arriba, en la segunda planta, y el balcón era pequeño, una pequeña repisa con forma de media luna con un amplio muro a modo de balaustrada. Se acercó un paso al borde y en ese instante la puerta se cerró.

Isabella se quedó mirando la puerta con asombro. Probó el picaporte, pero la puerta no se abría. Exasperada, se puso a tirar, y luego a aporrearla estúpidamente, hasta que recordó que no era probable que hubiera nadie cerca. Estaba encerrada allí fuera, y solo llevaba puesto un fino vestido. El balcón estaba helado, y el hielo resbalaba bajo sus pies. El viento le agitaba las ropas, las atravesaba con su gélido aliento. De pronto se dio cuenta de que estaba en el balcón de una de las torres redondas, y que más abajo estaba el infame patio donde *don* DeMarco había ordenado dar muerte a su esposa.

—¿Cómo te metes en estos líos? —se preguntó a sí misma en voz alta, dando unos pasos comedidos hacia la balaustrada y aferrándose al muro que rodeaba su prisión. Se inclinó hacia fuera para mirar, con la esperanza de ver a alguien a quien poder llamar.

Mientras apoyaba su peso contra el muro, notó de nuevo la oleada de poder, de júbilo, flotando a su alrededor, cargada de odio y malicia. De pronto, parte de la balaustrada se deshizo bajo su peso y se encontró cayendo al vacío, con un grito, mientras sus dedos trataban de aferrarse a algo sólido y lograban agarrarse al cuello de uno de los leones de piedra que guardaban el lado descubierto del *castello*. Estuvo a punto de soltarse, pero consiguió rodear la melena de la estatua con los brazos.

Isabella volvió a gritar, muy fuerte, con la esperanza de que alguien la oyera. No conseguía auparse sobre el león y los brazos le dolían. La nieve se había acumulado sobre aquella figura, y estaba fría y resbaladiza. Entonces enlazó los dedos y rezó por que llegara la ayuda.

El sol se había puesto y la oscuridad caía ya sobre las montañas. El viento se levantó y atacó con fiereza su cuerpo colgante con ráfagas heladas. Tenía mucho frío, y sentía las manos y los pies casi dormidos.

—¡*Signorina* Isabella!

La voz perpleja de Rolando llegó desde arriba. Ella miró y vio que estaba asomado al balcón, con el rostro blanco de preocupación.

—Tened cuidado —le advirtió apenas con un hilo de voz.

—¿Podéis llegar a mi mano?

Isabella cerró los ojos un momento, temiendo que si miraba abajo caería. Mirar hacia arriba le daba incluso más miedo. El corazón le latía con fuerza, tenía el sabor del miedo en la boca. Alguien, algo había dispuesto aquel accidente. Alguien quería verla muerta. La había guiado directamente hasta la trampa. El capitán Bartolmei estaba en el balcón. Tenía que soltar al león y confiar en que la subiera.

—Miradme —le ordenó el hombre—. Estirad el brazo y cogeos de mi mano ahora.

Isabella se aferraba al león de piedra, pero consiguió mirar a su rescatador.

—¿Estáis herida? —La voz del capitán rozaba la desesperación—. ¡Contestadme! —Esta vez habló con autoridad, exigiendo una respuesta. Se había inclinado y su mano estaba ahora apenas a unos centímetros de la de ella—. Podéis hacerlo. Coged mi mano.

Isabella respiró hondo y dejó escapar el aire. Muy despacio, empezó a soltar una mano, dedo a dedo. Y dando un gran salto de fe, impulsó el cuerpo hacia él. Rolando la sujetó por la muñeca y la arrastró hacia arriba y ayudándola a pasar por encima de la balaustrada. Entonces se desplomó sobre él, y los dos quedaron tumbados sobre el balcón cubierto de nieve.

Por un momento, el hombre la abrazó con fuerza, dándole palmaditas en un torpe esfuerzo por tranquilizarla.

—¿Estáis herida?

Y la ayudó a sentarse con manos gentiles.

Isabella se sacudía con tanta fuerza que los dientes le castañeteaban, pero negó con decisión con la cabeza. Tenía la piel como el hielo. Rolando se quitó la casaca y se la echó por encima de los hombros.

—¿Podéis andar?

Ella asintió. Si hacía falta se arrastraría, lo que fuera con tal de llegar a sus aposentos, con un fuego caliente, una buena taza de té y su lecho.

—¿Qué ha sucedido? ¿Qué hacíais aquí?

La ayudó a incorporarse y la hizo pasar lejos del frío del exterior, de vuelta a la zona de los criados.

—*Grazie, signor* Bartolmei. Me habéis salvado la vida. No creo que hubiera podido aguantar mucho más. Me pareció oír que alguien me llamaba. La puerta se cerró y quedé atrapada.

Isabella lo siguió obediente por el entramado de escaleras y pasillos hasta que volvieron a estar en la sección principal del *palazzo*.

—Por favor, mandad venir a Sarina —le pidió cuando se detuvieron ante su puerta. Tenía los pies tan entumecidos que casi ni los sentía—. Preferiría que no digáis nada. No hubiera debido estar allí.

Y antes de que él pudiera protestar, se metió en sus aposentos, dándole una vez más las gracias.

Cerró la puerta con rapidez para no avergonzarse a sí misma rompiendo a llorar y se tiró sobre la cama. El fuego ya estaba encendido, pero tenía la sensación de que no volvería a entrar en calor en su vida. Ocultó las manos en la colcha y siguió sacudiéndose incontrolablemente, aunque no habría sabido decir si era de puro terror o por el frío que había pasado.

Sarina la encontró de esta guisa, temblando, con el pelo mojado y enredado y el vestido empapado y manchado. Pero lo más alarmante era que llevaba la casaca del capitán Bartolmei echada por encima.

—Las manos y los pies me queman —dijo tratando de no llorar.

El ama de llaves se hizo cargo enseguida. Secó a su joven pupila, arregló sus cabellos y la metió bajo las colchas con una reconfortante taza de té.

—La casaca del capitán Bartolmei no tendría que estar aquí. ¿Os vieron los sirvientes con ella? ¿Os encontrasteis con alguno de ellos cuando veníais hacia aquí?

—¿No queréis saber lo que pasó? —Isabella apartó el rostro, disgustada porque había estado tan cerca de la muerte y lo único que parecía preocupar al ama de llaves era el sentido de la propiedad—. Estoy segura de que algunos nos vieron. No teníamos por qué escondernos.

Sarina le dio unas suaves palmaditas.

—Dada vuestra posición, tendríais que ser cauta, Isabella.

Ella pestañeó, pues había oído aquellas palabras de boca de su padre en numerosas ocasiones.

—La próxima vez que esté a punto de morir ya intentaré no ser pasto de los chismes.

Sarina parecía horrorizada.

—No pretendía…

Nicolai DeMarco entró sin previo aviso, interrumpiendo lo que fuera que el ama de llaves quería decir. Sus ojos ambarinos llameaban.

—¿Está herida?

Sarina mantuvo la vista clavada en Isabella, quien volvió la cabeza al oír la voz del *don*.

—No, *signore*, solo se ha enfriado.

—Deseo hablar con ella a solas.

Nicolai lo convirtió en decreto, atajando con ello cualquier protesta que Sarina quisiera hacer.

Esperó a que el ama de llaves cerrara la puerta y entonces se sentó en la silla que había desocupado. Acarició con la mano la cabeza de Isabella.

—El capitán Bartolmei dice que habéis estado a punto de caer a la muerte. ¿Qué hacíais allí arriba, *piccola*?

—Desde luego no he saltado al encuentro de la muerte si eso es lo que pensáis —replicó ella con su habitual vigor—. Me había perdido.

—Entornó los párpados—. Seguía una voz. La puerta se cerró. Hacía frío. —Hablaba en voz baja, con frases inconexas que no tenían ningún sentido para él—. ¿No vais a preguntar por qué está la casaca del capitán Bartolmei en mis aposentos? Sarina parecía muy preocupada. —Su voz sonaba alterada, dolida, aunque trató valientemente de disimularlo—. Ya me han dado un sermón porque tengo que ser más discreta cuando me despeño, así que si no os importa, preferiría que nos saltemos esa parte.

—Dormid, *cara mia*. No tengo intención de enfadarme con vos ni con Rolando. Al contrario, estoy en deuda con él. —Le acarició los cabellos, y se inclinó para dejar un beso en su sien—. El capitán Bartolmei está investigando qué puede haber pasado y me informará de ello. No tenéis de qué preocuparos. Dormid, *piccola*. Yo velaré por vos.

Nicolai abandonó la silla para tumbarse junto a ella en el lecho, y la envolvió con gesto protector con su cuerpo.

—Creo que esto os valdría otro sermón —bromeó con suavidad, arrojando su aliento cálido contra la nuca de ella—. Pero no quiero que tengáis pesadillas, *bellezza*, así que me quedaré un rato y las ahuyentaré para vos.

—Estoy demasiado cansada para hablar —dijo ella sin abrir los ojos, complacida porque la había llamado guapa.

Aquellos brazos fuertes la reconfortaban, la solidez de su cuerpo. Pero Isabella no quería hablar, no quería pensar. Lo único que quería era escapar al mundo de los sueños.

—Entonces callad, Isabella. —Y restregó el mentón contra su pelo—. Tengo a cuatro dignatarios esperándome y estoy aquí con vos. Eso solo ya tendría que indicaros lo mucho que significáis para mí. Necesito estar con vos en este momento. Dormid y dejad que vele por vos.

Donde Isabella antes sentía un frío glacial, por dentro y por fuera, ahora notaba calor. Se acurrucó bajo las colchas y se durmió con una sonrisa en los labios.

Capítulo 8

En los días que siguieron, nadie mencionó el incidente con el capitán Bartolmei. Si alguien había visto a Isabella con aquel aspecto tan desaliñado y la casaca del capitán sobre los hombros, había optado por la discreción. Ella apenas vio a *don* DeMarco, pues sus muchas obligaciones lo tenían ocupado, y consultaba con frecuencia con sus dos capitanes y consejeros. La gente acudía continuamente al *don* para pedir favores, esperando que resolviera sus problemas, desde pequeñas discusiones domésticas hasta asuntos de estado. Isabella pasaba su tiempo aprendiendo a moverse por el *palazzo*. Y se esforzó por conocer a los criados, sus nombres, sus rostros, sus puntos fuertes y sus puntos débiles.

Sarina pasaba mucho tiempo con ella, explicándole cómo se hacía cada cosa, qué se consideraba una ley inamovible, cuáles eran las preferencias personales del *don*, y qué cosas podían cambiarse si ella decidía que las prefería de otro modo.

Acababan de terminar con una revisión de la despensa cuando oyeron alboroto en el corredor del piso inferior. Voces que gritaban furiosas, y el llanto agudo de un niño. Sarina e Isabella corrieron escaleras abajo y encontraron a Betto sacudiendo al pequeño. El anciano gritaba acusaciones con el rostro cubierto de ira, como si llevara una terrible máscara de maldad. Una multitud de criados los rodeaban, pero nadie se atrevía a desafiar su autoridad.

Sarina aferró a Isabella del brazo, clavando sus dedos en la carne de la joven.

—¿Qué le pasa? Betto nunca levanta la voz. Es un hombre tranquilo y comprensivo. Él jamás se comportaría de este modo, sobre todo ante los otros criados. —El ama de llaves estaba horrorizada. Y se quedó donde estaba, petrificada, con la boca y los ojos abiertos por la sorpresa—. ¿Qué le ha dado? Este no es mi Betto. Él no es así.

Las palabras resonaron en la mente de Isabella. Ella misma había visto a Betto, un alma buena, ocupado con sus tareas en el *palazzo*. Digno. Eficiente. El epítome del criado discreto. *Este no es Betto*. Sarina llevaba casada con él toda una vida. Lo conocía íntimamente. Y su comportamiento estaba tan fuera de lugar, era tan extraño, que ni siquiera ella lo reconocía.

Isabella se quedó muy quieta, estudiando los movimientos rígidos y espasmódicos de Betto. Las facciones del anciano estaban deformadas por el odio y la rabia. Sacudió su puño huesudo y golpeó al niño en la oreja. Una retahíla de insultos salió de su boca, palabras sucias, envenenadas y cortantes. *Este no es Betto*.

Las lágrimas rodaban por el rostro del niño, que se debatía por soltarse del anciano. La madre, una bella joven llamada Brigita, estaba junto a ellos, retorciéndose las manos y llorando.

—Déjele ir, Betto. Por favor, deje que Dantel se vaya. Solo estaba jugando. Él nunca le robaría a *don* DeMarco.

—Si le hubieras vigilado como debías, hija de una ramera, este mocoso no le habría robado al amo.

Sarina dio un respingo y se cubrió la boca con una mano. Se tambaleó y se puso tan pálida que Isabella temió que se desmayara. Entonces rodeó la cintura del ama de llaves para sostenerla.

—Betto.

Sarina susurró el nombre de su esposo con lágrimas en los ojos. Tenía la voz rota, en un reflejo de lo que sentía su corazón.

Isabella podía palpar la hostilidad en el aire. El nerviosismo y la ira estaban creciendo en la madre en proporción al extraño comportamiento de Betto. Los gritos y las voces habían atraído a más y más criados. Todos murmuraban, algunos en favor de la madre afligida, otros en favor de Betto. Isabella permaneció inmóvil, buscando algo que estaba más allá de lo que veían sus ojos. Bloqueó los sonidos, los gritos encendidos, hasta que no fueron más que un zumbido de abejas furiosas de fondo.

Y entonces lo encontró. Sutil. Insidioso. Con un tacto tan delicado que casi era imposible detectarlo. No era fuerte como antes, como si hubiera cambiado de táctica, y sin embargo el rastro del mal estaba allí. Flotaba por la habitación, tocando a todos a su paso. Se alimentaba de las emociones, vivía de la ira y la hostilidad. Estaba insuflando el odio en el *palazzo*, poniendo a amigo contra amigo. Isabella intuía su regocijo, notaba cómo su poder aumentaba conforme esparcía su veneno por el lugar.

Al instante alzó una mano para indicar a todos que callaran. Uno a uno todos los sirvientes se volvieron hacia ella. Era una *aristocratica*, con una posición más alta, y estaba prometida a su *don*. Ninguno habría osado desobedecerla. Conforme los rostros se volvían hacia ella, la ira se oscureció hasta convertirse en algo negro y feo, una maldad más intensa que nada que ella hubiera sentido. Podía palparse, y llenaba la estancia hasta los techos abovedados. Isabella veía la animosidad en los rostros que la miraban. Su corazón empezó a latir con violencia, pues vio que aquella ira se retorcía y se concentraba en su persona.

—Sarina, vos sabéis cómo es Betto realmente, a través de los ojos del amor. —Isabella dirigió sus palabras a su única aliada, pero habló con voz lo suficientemente alta para que todos la oyeran—. Tiene que haber algo mal. Quizás está enfermo y necesita nuestra ayuda. Id a él y utilizad vuestro amor para traerlo de vuelta. Todos os ayudaremos. —Sonrió a los sirvientes y se apartó de Sarina para acudir junto a la joven madre. Y tomó sus manos, frías y crispadas, buscando una conexión entre ambas—. Piensa, Brigita. Betto jamás te diría cosas tan terribles. ¿Alguna vez os ha tratado a ti o a tu hijo con tanta crueldad? ¿Alguna vez ha sido tan brusco?

Y para retener la atención de la doncella y evitar que mirara a su hijo, habló con voz suave, persuasiva, mirándola a los ojos.

Brigita meneó la cabeza.

—Siempre ha sido bueno conmigo y con Dantel. No es propio de él.

Cuando mi esposo murió, nos dio comida y me ofreció un trabajo aquí.

La voz de la mujer vaciló y se echó a llorar.

—Esto no es propio de Betto ¿verdad? —recalcó Isabella—. Ya pensé que se trataría de algo así. —Y le dio unas palmadas de ánimo en la espalda—. Betto es un buen hombre. Sarina tiene miedo de que le suceda algo. Quizás está enfermo. Ahora todos debemos acudir en su ayuda, porque nos necesita.

La joven asintió con gesto apocado, y miró al anciano no del todo convencida, pues estaba tan furioso que temblaba de un modo exagerado.

Isabella se acercó a Betto con mucha más seguridad de la que sentía. Sonriendo con serenidad, apartó la mano del anciano del brazo del niño, al que acercó a su lado. Sin mirar a Betto, se arrodilló para mirar al pequeño a los ojos.

—Dantel, tu madre me ha dicho que Betto siempre ha sido bueno con vosotros. ¿Es eso cierto? Todos sabemos que no estabas robando. Betto lo sabe también. Y no desconfía de ti. Esto solo ha sido un malentendido, y lo que ha dicho lo ha dicho porque estaba enfadado. —Limpió con suavidad las lágrimas del rostro del niño—. Ahora necesitamos tu ayuda, Dantel. Sé que eres muy valiente, como los leones del valle, valiente como tu *don*. Tu madre sabe que eres valiente, y Sarina también lo dice. Y ahora quiero que me cuentes lo bueno que ha sido Betto contigo. Que se lo cuentes a todos.

Dantel se sorbió los mocos varias veces, mirándola con sus grandes ojos oscuros, como si no se atreviera a mirar a Betto para no echarse a llorar otra vez. Su pequeño cuerpo se puso derecho y sacó pecho.

—Soy muy valiente —concedió—. Si necesita mi ayuda, *signorina*, haré lo que me pide.

Sus ojos oscuros se desviaron hacia su madre, que seguía retorciéndose las manos con indecisión.

—Todos la necesitamos. Dinos lo bueno que ha sido contigo.

El pequeño miró con inquietud al anciano.

—Talló la figura de un león y me la dejó en mi cama por mi cumpleaños. Él no sabía que le había visto, pero siempre le sigo.

—¿Y por qué le sigues? —preguntó Isabella.

—Me gusta estar con él —confesó el niño—. Le vi cuando estaba tallando el león, por eso sabía que me lo había regalado él. —Y sonrió al pensar en aquello, mientras sus ojos se volvían vacilantes hacia su madre—. Y una vez cuando no teníamos casi comida, y *madre* lloraba porque tenía hambre y yo me había comido lo poco que teníamos, él nos trajo muchas cosas para comer. —Su voz se hizo más fuerte—. Y me enseñó a montar a caballo.

—También enseñó a mi hijo —terció otro criado.

—Y cuidó del viejo Chanianto hasta que murió —comentó otro—. ¿Os acordáis de cómo lo lavaba y lo aseaba? Y le daba la sopa cuando estaba demasiado viejo para comer él solo.

La atmósfera en la habitación cambió sutilmente. Los sirvientes sonreían a Betto. Sarina se acercó a su esposo y lo rodeó con sus brazos y lo atrajo hacia sí, con gesto protector. Y entonces fue Betto quien lloró. Abrazó a su esposa y lloró como si se le estuviera rompiendo el corazón. La madre de Dantel profirió un pequeño sonido de malestar. Las lágrimas afloraron a los ojos de algunos de los criados que miraban.

Dantel corrió y se abrazó a las piernas del anciano.

—¡No te preocupes, Betto! —exclamó—. ¡Yo te quiero!

—Perdóname —le suplicó el anciano con la voz ronca y las lágrimas atascadas en la garganta—. No he dicho todas esas cosas horribles en serio, Dantel. Eres un buen chico y todos te queremos en *palazzo*. Yo te quiero mucho. De verdad, no sé qué me ha pasado, no sé cómo he podido escupir todas esas cosas sucias. Estoy tan avergonzado.

Y de pronto sus rodillas cedieron y quedó sentado sobre las relucientes baldosas de mármol, arrastrando a su esposa al suelo con él.

La anciana lo abrazó con fuerza, riendo levemente ante lo absurdo de que dos viejos sirvientes estuvieran tirados en el suelo. Él se llevó una mano a la cabeza, sin dejar de llorar por el susto tan terrible que se habían llevado.

—Brigita, perdóname. No sé qué me ha pasado. Conocía a tu *madre* y a tu *padre*. Se casaron en la iglesia.

Meneó la cabeza, sosteniéndola entre las manos, gimiendo por semejante humillación.

—He sido malo —le espetó el niño entonces—. Estaba jugando con la estatua y sabía que no era mía. Y la dejé caer, Betto. —Se puso a llorar otra vez—. No llores, Betto. No es culpa tuya. Cogí la estatua.

—Betto está enfermo —dijo Isabella, revolviendo el pelo del niño para reconfortarlo—. Tú no has robado nada, Dantel, y todos lo sabemos. Betto solo necesita descansar, y por eso todos vamos a cuidar de él. Sarina necesitará que tú le ayudes y que le lleves cosas y le distraigas cuando esté descansando. Ahora vete con tu madre y cuídala mientras nosotras llevamos a Betto a la cama. Luego puedes ayudar a Sarina a llevarle la comida. Es hora de que todos ayudemos a Betto y le compensemos por su bondad.

—Lo haré —dijo el niño con firmeza con aire de importancia. Buscó la mano de su madre—. Puede llamarme cuando me necesite, Sarina, y vendré corriendo.

Isabella y Brigita se acercaron para ayudar a Betto y a Sarina a ponerse en pie. Mientras Betto se tambaleaba abrazado aún a su esposa, Isabella percibió de nuevo la presencia de una entidad oscura y malévola. Percibió una oleada de veneno, de odio concentrado dirigido únicamente a ella. Se llevó una mano al estómago y se volvió hacia la entrada, mirando al techo como si esperara ver allí a su enemigo.

Brigita y Dantel avanzaron unos pasos hacia la amplia entrada. Isabella saltó tras ellos, con un grito de advertencia en los labios. Demasiado tarde. La bestia estaba agazapada en el gran pasillo, con los ojos clavados en ambos, gruñendo, y moviendo el extremo de la cola mientras aguardaba al acecho. Era un león enorme, con una extraordinaria melena que rodeaba su gran cabeza y se extendía sobre su espalda cayendo hacia el estómago.

Varios de los sirvientes gritaron. Algunos corrieron a esconderse detrás de algún mueble, mientras que otros se quedaron petrificados y empezaron a rezar en voz alta. Isabella notó enseguida la onda perversa de alegría, de poder. Dos de los hombres cogieron unas espadas que colgaban de la pared y se apostaron para defender su posición con poco convencimiento. Pero resultaban patéticos, una flaca defensa contra tan poderoso enemigo.

—¡Basta! —exclamó Isabella—. ¡Callad todos! ¡Quedaos muy quietos!

Y empezó a moverse muy despacio, rodeando a Sarina y a Betto paso a paso, sin hacer caso cuando los dos la cogieron del brazo para detenerla.

Isabella se sacudía violentamente, pero sabía que poco importaría dónde tratara de esconderse si la bestia se decidía a atacar. El león bien podía atacar y despedazar a todos los que estaban allí. Su rapidez era indiscutible. Era una criatura inmensa e invencible. Aquellas dos espadas eran una ridiculez frente a los grandes colmillos y las zarpas afiladas. Isabella no sabía qué hacer, pero algo en su corazón le decía que tenía que ir hacia la bestia.

Así pues, se situó entre el león y su presa. La mirada del león se clavó en ella al instante. Y ella respondió mirándolo. En el momento en que sus ojos se encontraron, una certeza la golpeó como un puño. Eran dos las entidades que la miraban a través de los ojos del león. Una de ellas indómita y confusa, la otra hostil y furiosa. Entrecerró los ojos para concentrar su mirada, decidida a lograr que el león permaneciera inmóvil y a no dejarse intimidar por el terror innombrable que ardía en sus ojos.

—Sarina, id en busca de *don* DeMarco. —Trató de hablar con voz suave y tranquilizadora. Y, sin embargo, vaciló ligeramente—. Si en algo apreciáis la vida de cuantos estamos aquí, moveos muy despacio. Yo retendré la atención del león mientras vais hasta la otra entrada. Y en cuanto estéis fuera, corred.

Sarina estiró el brazo como si quisiera atraer a Isabella a una zona más segura. Betto tomó sus dedos temblorosos y los oprimió para tranquilizarla. Ninguno de los otros criados se movió, nadie pronunció palabra, nadie parecía respirar.

Isabella no volvió la cabeza para ver si Sarina hacía lo que le había pedido, pero esperaba que sí. No osaba romper el contacto visual con el león. La gran bestia temblaba por la necesidad de saltar sobre ella, de tomar y despedazar, de clavar sus dientes en ella y escuchar el satisfactorio crujir de los huesos. Lo único que evitaba el ataque era la mirada fija de ella.

La necesidad de matar del león era tan grande que Isabella la sentía en su corazón. La lucha del animal consigo mismo era terrible, hasta tal punto que sintió pena por él, un dolor agudo que contrastaba con el terror que la desbordaba. No quería pestañear, no quería apartar la mirada, por la seguridad de aquella bestia tanto como por la suya propia. La bestia se sentía confusa, se debatía consigo misma, porque la oleada de poder oscuro azuzaba sus instintos y su necesidad de matar. De matarla a ella. De matarlos a todos.

El león volvió a estremecerse, presa de unos terribles temblores, y avanzó hacia Isabella con el vientre pegado al suelo, los ojos concentrados en ella, muy fijos. Los músculos se movían en su cuerpo macizo. El animal enseñó los dientes y al hacerlo la saliva goteó de sus colmillos, una advertencia, casi una súplica, un oscuro desafío. El aliento de la bestia era caliente contra su cuerpo, pero aun así no movió ni un músculo.

A su espalda, los criados empezaban a sucumbir al pánico y estaban a punto de echar a correr, pero Betto los detuvo alzando con gesto imperioso una mano y meneando con rapidez la cabeza. Cualquier movimiento o sonido podía desencadenar el ataque.

Isabella notaba las diminutas gotas de sudor deslizarse por el valle entre sus pechos. Los latidos de su corazón resonaban con fuerza en sus oídos. Tenía el sabor del miedo en la boca. Las rodillas amenazaban con ceder, pero se mantuvo firme y no apartó la vista de aquellos ojos redondos y brillantes, decidida a no huir. Sentía la boca tan seca que de haber tenido que hablar seguramente no hubiera podido. Aquella bestia enorme estaba tan cerca que podía ver los matices de su pelaje, plateado, negro y marrón, tan estrechamente trabados que parecían de un negro sedoso. Veía pestañas, bigotes, y dos cicatrices cinceladas en el morro.

—Estoy contigo, Isabella, no temas.

La voz era suave, casi sensual. Nicolai avanzó con sumo cuidado hasta ella. Su mano rodeó la suya, se cerró sobre sus dedos, conectándolos físicamente. Isabella no osaba apartar los ojos del león, y a pesar de eso sabía que Nicolai lo estaría mirando con intensidad, con fuego en sus ojos ambarinos, concentrándose en retener a la criatura en su sitio. Y casi pudo sentirlo cuando empezó a imponer su voluntad a la del animal.

Isabella luchó junto a él, porque comprendía la batalla que se estaba librando mejor que nadie en aquella estancia. Comprendía la enorme concentración que le exigía a Nicolai comunicarse y controlar lo indomable. Los leones no eran animales dóciles ni domesticados, no eran mascotas, eran animales salvajes que cazan y viven lejos de la sociedad de los humanos. Para evitar que siguieran sus instintos naturales, Nicolai debía invertir una cantidad enorme de energía. En cierto modo, él era parte de ellos, estaba ligado a ellos, y los leones lo consideraban el líder de su manada.

El león quería obedecer. Parecía estar librando una batalla en su interior. Isabella seguía mirándolo a los ojos, tratando de llegar con su naturaleza compasiva al gran felino. Sentía su propia fuerza vertiéndose en Nicolai. Era enormemente poderoso, y percibió su cuerpo junto a ella, vibrando por la tensión y el esfuerzo. Y empezó a sentir un extraño afecto por el león, casi como si no pudiera separarlo de la figura de Nicolai. Su expresión se suavizó, las comisuras de sus labios se curvaron.

Y supo exactamente en qué momento el flujo de poder retorcido fue derrotado y se retiró, dejando al desafortunado león solo ante Nicolai. Notó cómo se retiraba aquel odio negro, cómo la oscuridad abandonaba su mente, y entonces en la estancia ya no hubo malicia. Volvía a ser una estancia normal. Aún podía respirarse la tensión, y el miedo, pero ya no había nada que avivara las emociones con odio y desprecio. Isabella pudo por fin respirar, y su cuerpo empezó a sacudirse.

El león bajó la cabeza, se dio la vuelta, y se alejó sin hacer ruido por el corredor en dirección a las escaleras que llevaban a los sótanos del *castello*. Y ella estalló en llanto. Dio la espalda al *don*, a los criados, con la intención de correr a la privacidad de sus aposentos, pero las piernas se negaron a obedecerla.

Los fuertes brazos de Nicolai la rodearon con gesto protector. Y el hombre hundió el rostro en sus cabellos abundantes.

—¿En qué estabais pensando? No deberíais haberos acercado tanto al león. Le pasaba algo… ¿es que no lo habéis visto?

En realidad la estaba sosteniendo. De haberla soltado se habría desplomado sin remedio. Isabella hundió el rostro contra su camisa, tratando de contener los sollozos que la sacudían de arriba abajo. Ahora que el peligro más inmediato había pasado, se había venido abajo. No importa la decisión con que tratara de contenerse y no humillarse de ese modo ante la servidumbre, no podía dejar de llorar y temblar. Y se aferró a él, como si fuera su único sostén en un mundo de peligros.

—¿Qué ha sucedido aquí?

La voz de Nicolai era imperiosa, autoritaria.

Aquel repentino silencio penetró en la casi histeria de Isabella y le hizo asomar la cabeza para mirar a los otros presentes. Los sirvientes guardaban silencio, incómodos, mirando al techo, al suelo, al pasillo. Mirando a todas partes menos a su *don*. Sarina la miraba a ella, apartando premeditadamente su mirada de Nicolai.

Aquello bastó para detener sus lágrimas no deseadas. Sintió ganas de sacudirlos a todos. Nicolai DeMarco acababa de salvar sus vidas, y ni siquiera se dignaban a mirarle. Se volvió hacia ellos, enlazando sus dedos con firmeza con los de él, con gesto protector, y miró a Sarina con expresión furibunda y acusadora.

Sarina suspiró con suavidad y se esforzó visiblemente por contenerse, y entonces miró abiertamente el rostro de *don* DeMarco. Dio un respingo y se santiguó.

—¡Nicolai!

El hecho de que hubiera tanta familiaridad entre ellos como para que lo llamara por su nombre daba ya una idea de su sorpresa.

Al instante Betto alzó también la vista, se santiguó y una sonrisa curvó las comisuras de sus labios.

—*Don* DeMarco, este es un día extraordinario. Miraos, mi chico. —Y sonrió al tiempo que sujetaba a su esposa con fuerza—. Míralo, Sarina. Un guapo mozalbete convertido ya en todo un hombre.

Hablaba como un padre orgulloso.

Isabella estaba algo confusa. Sarina y Betto miraban a *don* DeMarco como si nunca le hubieran visto. Las lágrimas brillaban en los ojos de la mujer.

—Miradle —animó a los otros sirvientes—. Mirad a *don* DeMarco.

Isabella volvió la cabeza para mirarle. A ella le parecía el mismo, un modelo esculpido de belleza masculina incluso con las cuatro cicatrices que no eran sino un símbolo de su valor. Era un epítome de fuerza y poder. ¿Nadie entre su gente se había dado cuenta de lo guapo que era? ¿No veía ninguno de ellos su integridad? ¿Su honor? Era tan evidente, no había ningún misterio, no era más que un hombre deseoso de llevar su carga y proteger a otros. Sin duda no podían ser todos tan mezquinos que no podían mirar las cicatrices. En su opinión, le daban al *don* un aire disoluto.

El murmullo bajo de asombro hizo que Isabella se volviera de nuevo hacia los criados. Algunos se santiguaban. Otros sollozaban. Todos miraban a Nicolai como si fuera un extraño, pero le sonreían con los ojos brillantes, felices. Aquello no tenía sentido, e incomodaba claramente a *don* DeMarco. Le entristecía, incluso. Isabella vio las sombras en las profundidades de sus ojos.

Quizás en su infancia todos lo veían como un niño notablemente guapo y ahora evitaban mirarlo por sus cicatrices. Con razón le entristecía y le incomodaba ser el centro de atención. Y ella lo único que quería era reconfortarlo. Rodeó su cuello con sus esbeltos brazos y, tras hacerle agachar ligeramente la cabeza, se puso de puntillas para poder hablarle al oído.

—Sacadme de aquí, por favor, Nicolai.

Él la levantó en brazos, la cogió como si fuera ligera como una niña. Por un momento se quedó inmóvil, tan absolutamente quieto como un predador, con el rostro hundido entre sus cabellos, y entonces se movió, poniendo en acción sus poderosos músculos bajo su ropa, con pasos silenciosos y seguros que lo llevaron a través de los largos corredores hasta los aposentos de ella.

Isabella sentía su boca en el cuello, los labios suaves como terciopelo, en una leve caricia, nada más, y sin embargo una necesidad acuciante empezaba a dominar su cuerpo. Ladeó la cabeza para mirarle en un acto manifiesto de invitación, porque deseaba sentir aquel fuego, deseaba borrar todo cuanto no fuera la piel de Nicolai, su olor.

Y él le contestó, buscando su boca con sus labios, calientes y posesivos, al tiempo que la sujetaba por los cabellos para echarle la cabeza hacia atrás y cerraba la puerta de una patada para aislarse del resto de la casa.

—Ha sido muy inteligente por tu parte que retuvieras la atención del león para contener el ataque, pero también peligroso. No sé cómo lo has logrado, pero no quiero que vuelvas a hacer algo tan temerario. Me aterras con tu valentía. —La empujó contra una pared, aprisionándola con su cuerpo. Volvió a besarla, con fuerza, mientras sentía que el deseo lo dominaba—. Me aterras toda tú —susurró contra la comisura de su boca.

Isabella deslizó las manos con atrevimiento bajo su túnica, ansiosa por tocar su piel. Su boca se deslizaba por el rostro de Nicolai, su cuello, con avidez, mientras las llamas se extendían por sus venas y en su mente desaparecía todo lo que no fuera él, su olor, su sabor, el tacto de su piel.

La boca de Nicolai atrapó la suya en una serie de besos largos y primarios, un fuego fuera de control. Él la hizo girar y la echó encima de la cama, con un gruñido bajo que le salió del fondo de la garganta. Aquel sonido la excitó todavía más. Besarle no era suficiente. Nunca sería suficiente.

Nicolai le mordisqueó el labio, la barbilla, la línea armoniosa de su garganta, y se tumbó sobre ella, atrapándola con su cuerpo sobre la colcha, sólido y caliente y masculino. Isabella podía sentir cada músculo grabado sobre su piel, la necesidad acuciante que transmitía todo él. Cerró los ojos y se rindió al fuego de la boca de Nicolai, a la necesidad de su cuerpo y el anhelo de su mente. Y así, en apenas unos instantes, se encontraron los dos ardiendo fuera de control, sin poder pensar con claridad, concentrados solo en el fuego que sentían el uno por el otro. La lengua de él se deslizó sobre el hueco entre las clavículas y lanzó unas llamaradas a las montañas de sus senos.

Isabella jadeó cuando él raspó ligeramente con los dientes, jugueteando con su piel sensibilizada. Cogió el cordoncillo que cerraba el escote de su vestido y tiró hasta que se soltó para dejar la vía libre a la piel suave como el satén. Le bajó la tela para descubrir los hombros, y sus dedos se demoraron sobre su piel. No era suficiente. Quería verla, necesitaba verla. Él le bajó la prenda hasta que los pechos quedaron al descubierto, tiesos, con los pezones duros, llamando en aquel aire fresco. La mirada de Nicolai era ardiente, de admiración, y recorría su cuerpo con un deseo descarnado y ávido. Los pechos de Isabella eran exuberantes, firmes, una invitación a un mundo apasionante donde nada podría alcanzarles.

—Isabella. —Nicolai exhaló su nombre, con suavidad, lleno de reverencia. La necesitaba tanto, tanto, en aquel instante, cuando le hacía sentir terror y alegría a la vez. Su cabeza retumbaba por la necesidad; su cuerpo ansiaba liberarse—. No puedo pensar en nada que no sea hacerte mía.

Y no podía. No podía pensar en su honor. Ni en el de ella. Ni en los leones, o la maldición o el sentido de la propiedad. Necesitaba probarla, hundirse muy dentro de ella. Había tanta pasión en Isabella, tanta vida. Tanto valor.

Un gemido escapó de su garganta y agachó la cabeza hacia aquella pingüe oferta. El pelo de Nicolai rozaba su piel como un millar de lenguas, arrastrándola a un mundo de sensaciones. Su boca, caliente y poderosa, se cerró sobre su pecho.

Isabella jadeó de puro placer, un sonido suave que brotó de su garganta, mientras su cuerpo se arqueaba al encuentro del de él. Le rodeó el cuello con los brazos para acompañar su cabeza que chupaba y la lengua que jugueteaba y acariciaba. Nicolai chupó con fuerza hasta que ella notó aquella sensación por todo su cuerpo, un calor líquido y lento que se encharcaba, se enroscaba cada vez más apretado hasta que hubiera podido gritar de gusto.

Nicolai deslizó las manos sobre su cuerpo, rodeando sus pechos, tocando un pezón con el pulgar mientras sus dientes tironeaban del otro. Siguieron sus costillas y se impacientaron con el vestido, y lo rompieron directamente, lo rompieron para dejar el cuerpo de Isabella abierto a él.

—¡Nicolai! —exclamó ella buscando su rostro con expresión perpleja.

Una pequeña protesta. Pero las manos de él habían encontrado sus muslos y acariciaban, tratando de abrirle las piernas. Encontraron la húmeda invitación y presionaron con la palma. Sin dejar de mirarla a los ojos, se llevó la palma a la boca y lamió.

Isabella lo miraba con los ojos muy abiertos. El cuerpo le quemaba.

Un calor líquido le humedeció los apretados rizos que tenía entre las piernas y se movió con agitación.

—¿Qué estás haciendo?

Fuera lo que fuera no quería que parara.

—Lo que yo quiero —contestó él suavemente—. Lo que tú quieras.

Nicolai volvió a inclinar la cabeza, esta vez hasta el lado del pecho, y siguió las costillas con la lengua. Y mientras lo hacía, su mano subió por el muslo y le acarició el vello apretado del pubis. Muy despacio, introdujo un dedo, sin dejar de mirarla a la cara, rozando su vientre con el pelo, jugueteando con su lengua sobre su ombligo.

El cuerpo de Isabella se cerró con fuerza en torno al dedo, apretando los músculos, y él sintió que se sacudía por el deseo de montarla. Entonces ella levantó las caderas para buscar el dedo que se metía dentro de su cuerpo. Y aquello fue definitivo, aquel pequeño acto tan desinhibido. Era tan absolutamente sensual y tan espontánea que el deseo lo consumía. Nicolai oía un rugido en sus oídos, la cabeza le retumbaba y estaba tan empalmado e incómodo que solo podía pensar en tomarla.

—Pienso en ti cuando estoy en la cama y me pongo duro. —Le cogió la mano y se la llevó a la parte delantera de sus pantalones—. Me siento en mi despacho y pienso en ti, y me haces esto. No puedo caminar, ni comer ni siquiera soñar sin sentir esta necesidad tan acuciante por ti. Libérame de esta desdicha, *cara*. Déjame tenerte.

La mano de Isabella restregó la parte delantera de sus pantalones y él volvió a gemir, estremeciéndose de placer. Le besó el mentón, la comisura de la boca.

—Yo siento lo mismo por ti —confesó.

Nicolai buscó su boca, hambriento, lleno de necesidad. Y se arrancó los pantalones para dejar libre aquella erección, mientras su cuerpo entero ardía por el deseo. Le separó las rodillas y le abrió las piernas para tener vía libre. Y entonces la sujetó por las nalgas y la arrastró hacia él hasta que quedó pegado a la entrada caliente y húmeda de ella. Acto seguido empezó a empujar, despacio, apretando los dientes, porque su cuerpo le pedía que empujara con fuerza. Se movía con cuidado, aunque cada célula de su ser le gritaba desesperada que saciara aquella sed sin pensar, sin detenerse. El grueso miembro de terciopelo desapareció dentro de ella y quedó rodeado por su piel caliente y apretada. Nicolai gimió por el esfuerzo de contenerse, por el esfuerzo de ser suave con ella.

Aquello era más grande y más grueso que el dedo. Donde antes había sentido placer, ahora Isabella sentía que su cuerpo se tensaba con una sensación punzante. Dio un respingo y se aferró a los hombros de Nicolai.

—Me haces daño.

Durante un terrible momento, a Nicolai no le importó. Nada importaba salvo clavarse bien dentro de ella, con fuerza. Aliviar aquella necesidad terrible y dolorosa. La piel le hormigueaba. Sus dedos se clavaban en las caderas de Isabella y echó la cabeza hacia atrás, con sus cabellos salvajes y aquellos ojos ambarinos que la miraban llameantes. Le pertenecía. Solo a él. Nadie la tendría y viviría para contarlo.

Isabella pestañeó y se encontró mirando el hocico de un león, sintió su aliento caliente, vio las llamas de sus ojos hambrientos. De pronto palideció, y se quedó mirando aquellos ojos relucientes, con el corazón desbocado y el cuerpo paralizado por el horror.

—¡No, *Dio,* Isabella, no! —Isabella oía la voz de Nicolai como si viniera de muy lejos—. Mírame. Tienes que verme. Necesito que me veas a mí, *cara,* sobre todo ahora.

Le sujetó el rostro con las manos —manos, no zarpas—. Sus labios buscaron su boca… una boca, no unas fauces abiertas. Isabella tenía lágrimas en el rostro, pero no estaba segura de si era ella quien las había derramado o él. Él la abrazaba con fuerza, la besaba con dulzura, con ternura.

—No te haría daño por nada del mundo, Isabella —dijo con la mano sobre el vello húmedo, como si tratara de aliviarle el dolor que le había causado con su invasión.

Isabella se mordió el labio inferior con desasosiego.

—Creo que soy demasiado pequeña para ti, Nicolai. Lo siento.

Y había vergüenza en sus ojos.

Él maldijo por lo bajo y volvió a besarla.

—Eres perfecta para mí. Y mi deber es preparar tu cuerpo para que acepte el mío, Isabella. Te deseaba demasiado. La próxima vez iremos más despacio. Hay muchas formas de lograr que te sientas a gusto.

Mientras hablaba, introdujo el dedo con suavidad, con un movimiento lento que hizo que ella jadeara. Lo sacó y en su lugar metió dos dedos para distenderla con cuidado. Y, mientras los hundía más adentro, observó cómo las sombras desaparecían de sus ojos. El cuerpo de Isabella estaba húmedo, caliente y suave, abierto a él. Sus caderas encontraron el ritmo de sus dedos y se levantaron con impaciencia para buscarle.

De pronto Nicolai levantó la cabeza con expresión vigilante, como si hubiera oído algo. Sacó los dedos de su interior y sujetó el extremo de la colcha y la cubrió con ella.

—Pronto tendrás compañía, pero aún no hemos acabado con esto, *cara*, ni mucho menos. Te casarás conmigo, Isabella. Te quiero en mi lecho. —Y mientras hablaba se puso con rapidez los pantalones y se arregló las ropas—. ¿Qué vamos a hacer con este vestido?

No estaba ni mucho menos tan tranquilo como habría querido traslucir. Y para ella fue un placer ver cómo se debatía por controlar la respiración. Una sonrisa menuda y contenida aleteó sobre su rostro.

—Podríamos decir que estabas herido y que sacrifiqué mi bonito vestido para hacerte unas vendas.

Y le proporcionó cierto solaz saber que su cuerpo no era el único que se moría por hallar una satisfacción.

Nicolai arrojó el vestido destrozado al guardarropa. El material era vaporoso y trató de apretujarlo, pero cada vez volvía a desplegarse sobre el suelo, y tuvo que hacer varios intentos antes de conseguir cerrar la dichosa puerta. Ella se subió la colcha hasta la boca para amortiguar el sonido de su risa.

—Estoy salvando tu reputación —señaló, tratando de no reírse de sí mismo por lo absurdo que era temer a su ama de llaves cuando poco antes se había enfrentado a un león sin pestañear—. Cuando era niño, Sarina me aleccionaba como nadie en el *castello*. No pienses que porque ahora es mayor da menos miedo. Tiene una mirada rigurosa y una voz severa. Si nos pilla no te librarás tan fácilmente.

Isabella arqueó una ceja y puso su cara más inocente y cándida… la que había perfeccionado de niña cuando su padre la reprendía. Al ver lo convincente que resultaba, Nicolai gimió.

—No te atreverías a echarme la culpa ¿verdad?

—Yo no sé de tales artes. —Hasta su voz sonaba inocente—. Sois mi prometido y mi *don*. Yo hago cuanto me ordenáis. —Y lo miró con curiosidad—. ¿Cómo sabes que es Sarina quien viene?

Él encogió sus poderosos hombros.

—Tengo buen oído y un agudo sentido del olfato. —Se inclinó para mordisquear su cuello—. Y hueles tan bien que podría comerte.

Por un momento sus ojos se encontraron e Isabella se fundió en ellos. Llamaron con urgencia a la puerta y Sarina pasó con una bandeja de té. Dio un respingo al ver al *don* sentado en el borde la cama. Pero apartó los ojos enseguida y su rostro palideció.

—Lo siento, no sabía que estabais aquí, *don* DeMarco. —Y sin embargo se las arregló para hablar con tono de desaprobación—. He venido para ayudar a Isabella a acostarse. Es tarde para que reciba visitas. —Colocó la bandeja sobre la mesita que había junto al lecho y se entretuvo sirviendo el té, con los labios fruncidos—. Y no tendría que haber visitantes masculinos en sus aposentos si no es en mi presencia.

—No tendría que haber visitantes masculinos ni con vuestra presencia ni sin ella —comentó Nicolai muy seco.

Isabella se habría reído por la reprimenda de Sarina en cualquier otro momento, pero no podía abandonar a Nicolai, no viendo que Sarina no lo miraba. Buscó su mano y la oprimió con fuerza.

—Estaba casi histérica tras el enfrentamiento con el león, Sarina. Nicolai tuvo la bondad de tranquilizarme, porque sabía que estabais ocupada con Betto. ¿Cómo está?

Sin pensar, se llevó la mano de Nicolai a los labios y le besó los nudillos.

Sarina la miró. En lugar de manifestar desaprobación, sus ojos se abrieron por la sorpresa y una expresión de verdadera alegría cubrió su rostro. Respiró hondo y miró directamente al *don*. Al instante su expresión se suavizó.

—Es un regalo para mí poder miraros, *don* DeMarco. Había perdido ya la esperanza.

Nicolai se tocó el rostro, y tendió una mano para tocar el de Sarina. La mujer no pestañeó, al contrario, le sonrió.

—¿Cómo es posible? —preguntó.

Soltó la mano de Isabella, para poder sujetar el rostro del ama de llaves entre las manos.

Pero el miedo pareció vencer a la mujer y se apartó de él. Nicolai dejó caer las manos a los lados, y su bello rostro se endureció perceptiblemente.

—Tomad su mano —le indicó Sarina con suavidad—. *Don* DeMarco, tomad la mano de Isabella.

Él así lo hizo, y los leones rugieron. El sonido resonó por el *castello*, reverberando por cada planta, hasta el punto de que por un momento las paredes del *palazzo* se sacudieron. Sarina ni siquiera parpadeó, y entonces el sonido fue apagándose y dejó un vacío de silencio.

—Es Isabella —dijo el ama de llaves—. Es Isabella.

Isabella no sabía de qué estaban hablando, pero Nicolai la besó delante mismo de Sarina. Con un beso lento y reposado que hizo hervir sus venas y derretirse cada hueso de su cuerpo. La miró a los ojos durante un momento largo e interminable. En sus ojos vio deseo, ansia. Vio afecto.

Entonces sonrió y pasó el dedo por aquellos labios tan perfectamente esculpidos. Cada vez se sentían más unidos. No importa qué extraños sucesos tuvieran lugar en el *castello*, se estaban haciendo amigos. Si tenía que casarse con él, quería que hubiera mucho más que fuego entre ellos.

—Buenas noches, Isabella. Confío en que habrás tenido suficientes aventuras por esta noche —le dijo con ternura, con una mirada traviesa—. Nada de merodear por los corredores buscando fantasmas.

—Es una joven buena y obediente —dijo Sarina con lealtad.

Su mano tanteó el bolsillo de sus faldas buscando la llave y dio unas palmaditas tranquilizadoras sobre ella.

—¿Lo es? —Nicolai se levantó con aquella forma suya fluida y grácil, todo poder y coordinación, y cruzó la habitación silencioso. Se detuvo en la puerta—. Y a quién obedece, me pregunto.

Sarina vio cerrarse la puerta y se volvió para mirar con expresión de desaprobación los hombros desnudos de Isabella.

—¿Qué ha pasado aquí?

Capítulo 9

Isabella tuvo el detalle de ruborizarse.

—Nicolai es muy guapo —comentó con voz despreocupada. Solo que su voz no sonó despreocupada. Apenas se reconocía en ella. Era una voz suave y sensual, totalmente distinta a su voz normal.

Sarina arqueó las cejas.

—Me alegra que el *don* os parezca atractivo, Isabella, pero es un hombre. Y los hombres quieren ciertas cosas de las mujeres. Nicolai no es distinto en eso. ¿Os explicó vuestra *madre* lo que se espera de una mujer cuando se casa?

Isabella se sentó y, mientras sujetaba con una mano la colcha para no quedar destapada, aceptó el té con la otra. Sarina se puso a cepillar sus largos cabellos. Le resultaba reconfortante.

—*Mia madre* murió cuando yo era muy pequeña, Sarina. Pregunté a Lucca, pero siempre decía que era mi esposo quien tendría que hablarme de esas cuestiones.

El color tiñó su rostro. Tenía la sensación de que el *don* le estaba enseñando antes de lo que debía.

—Hay cosas que suceden entre las paredes de los aposentos entre hombre y mujer, cosas totalmente naturales. Haced lo que él os diga, Isabella, y aprenderéis a disfrutar de cosas que muchas no disfrutan. Mi Betto me ha hecho la vida muy agradable, y creo que Nicolai hará lo mismo por vos. Pero esas cosas se hacen *después* de casados, no antes.

Isabella dio un sorbo a su té, dando las gracias por no tener que contestar. Deseaba a Nicolai con cada fibra de su ser. No importaba que no hubiera ido del todo bien, su cuerpo seguía anhelándole. No se atrevía a decirle a Sarina lo que había sucedido.

Sarina se fue, pero ella permaneció despierta mucho rato, con la esperanza de que Francesca la visitaría. Se sentía inquieta y necesitaba compañía. La reprimenda de Sarina había sido mucho más suave de lo que las palabras de Nicolai le habían hecho esperar, y afortunadamente la había tratado como una amiga o una hija. Pero no podía hablarle a la anciana de Nicolai.

Dio un suspiro y rodó sobre la cama, liándose entre la colcha. Hubiera debido ponerse el camisón, pero cuando Sarina se fue, permaneció desnuda, con el cuerpo ardiendo, con el recuerdo de la boca de Nicolai contra su pecho y la sensación de su pelo de seda sobre su piel en un primer plano en su mente. Se sentía excitada. Se sentía agitada e irritable. Quería todo lo que Sarina había insinuado. Quería la lengua de Nicolai acariciando su piel, sus dedos hundidos en lo más profundo de su ser.

Era inútil quedarse allí tumbada si no podía dormir. Se sentó y dejó que la colcha se deslizara hasta su cintura para que el aire refrescara su piel caliente. Se pasó la larga trenza sobre el hombro, la soltó y sacudió la cabeza para que sus cabellos acariciaran su piel como habían hecho los de él, cayendo en una cascada más abajo de su cintura y sobre la cama. Su cuerpo se sacudió cuando las hebras sedosas lo acariciaron. Gimió levemente de pura frustración.

De no haber estado tan excitada habría preguntado a Sarina por qué los sirvientes trataban a su *don* de un modo tan abominable, pero no podía pensar en nada que no fuera él. Nicolai DeMarco. Apartó las colchas con determinación y se levantó de la cama. Y caminó desnuda por la habitación, estirando las manos hacia el fuego, la única luz que había en la estancia. Jamás había estado desnuda ante un fuego y le pareció algo sensual.

¿La había cambiado Nicolai en algún sentido? Nunca se había sentido así, tan excitada y pesada, tan consciente de su propio cuerpo. Sí era cierto que había sentido una curiosidad natural por lo que sucedía entre un hombre y una mujer, pero ningún hombre le había hecho sentirse como Nicolai. Le gustaba tocarle, le gustaba lo fuerte y sólido que era su cuerpo. Así que suspiró y dio unas palmaditas al guardián que había apostado ante la chimenea detrás de la melena greñuda.

No hubo ningún ruido, ningún sonido, nada que la alertara, pero cuando volvió la cabeza él estaba allí, en el extremo más apartado de la estancia, y una parte de la pared estaba abierta. Sus ojos brillaban en la oscuridad, llameaban a la par que las llamas de la chimenea. El corazón empezó a latirle desbocado. Todo él era la viva imagen de un predador, tan atemorizador como un verdadero león. Sin sus ropas se sentía vulnerable, y provocativa. Bajó la cabeza para cubrir su cuerpo con sus cabellos.

—No deberías estar aquí —consiguió decir.

La mirada ardiente de él se deslizó con expresión posesiva sobre su cuerpo. Uno de los pechos asomaba entre la cascada de cabellos sedosos, pero Isabella no se dio cuenta.

—Tienes razón, no debería.

La voz era ronca, y el cuerpo entero le dolía por una necesidad salvaje.

—Sarina dijo que no debemos estar juntos hasta que nos casemos —le espetó, pues no se le ocurrió ninguna otra cosa.

—No te asustes, *cara*. Mi intención es ser la viva imagen de la propiedad. Pero ayudaría mucho si puedo cubrirte con una bata. Resultas demasiado tentadora ahí de pie con la luz del fuego iluminando algunas zonas interesantes de tu cuerpo.

Y dicho esto cogió la bata que había sobre una de las sillas y se acercó a ella.

Isabella pudo sentir el calor que irradiaba de la piel de Nicolai. Y de la suya propia. Su cuerpo se sacudía y se derretía ante la visión de aquel hombre. Él era el aire que respiraba, notaba su olor en los pulmones, en su mente.

—No era mi intención tentarte.

Aunque no sabía si eso era cierto. De haber tenido algo de sentido común, habría echado a correr. Cuanto menos, habría gritado llamando a Sarina. Y, sin embargo, se quedó muy quieta, esperando. Exultante.

Él inclinó la cabeza lentamente sobre ella. Isabella observó la caída de aquel pelo de color tan curioso, como la melena de un león. Quería hundir las manos en él y sentirlo, pero en vez de eso se quedó donde estaba, hechizada, viendo cómo su cabeza se acercaba. La lengua dio un rápido lametón al pezón que asomaba entre el velo de cabellos. La mano la sujetó por las nalgas para acercarla a sí y poder coger el pecho entero con la boca. Y se cerró sobre él, caliente y húmeda, y chupó con fuerza, con ansia. Los dedos de Nicolai se clavaban en sus nalgas, en un masaje lento y sensual que hizo que se sintiera débil y excitada. Sus manos se movieron y lo sujetaron por la cabeza, hundiendo los dedos en la espesa maraña de pelo.

—¿Qué me estás haciendo? —susurró ella cerrando los ojos mientras las manos de él recorrían todo su cuerpo con avidez y buscaban sus senos.

La palma de él se deslizó sobre su nuca.

—Algo que no tendría que hacer. Ponte la bata antes de que olvide mis buenas intenciones. —Y dicho esto le pasó la bata por encima y la sujetó con fuerza con el cinturón—. Tengo una sorpresa para ti. Ya sabía que no podrías dormir.

La aferró por los cabellos, le hizo echar la cabeza hacia atrás y unió su boca a la suya. Aquel beso hizo tambalearse el mundo entero y desató una tormenta de fuego en su cuerpo. Cuando apartó la boca, los dos se quedaron mirándose, sin palabras.

Isabella acarició su rostro, acarició las cicatrices.

—¿Vamos a algún sitio?

Él sonrió como un niño travieso.

—Necesitarás tus zapatos. Ya me imaginaba que ni siquiera me ibas a preguntar, que vendrías sin más. Te gustan las aventuras, ¿eh?

Ella rió con suavidad.

—No puedo evitarlo. Tendría que haber sido un chico.

Él arqueó una ceja, estiró un brazo para meterlo por la bata, y puso su mano sobre uno de los pechos al tiempo que acariciaba el pezón.

—Pues me alegro de que fueras mujer.

La voz parecía algo tomada, con una leve ronquera que delataba la necesidad acuciante de su cuerpo.

Isabella se quedó muy quieta, tratando de no derretirse por el contacto, tratando de no arrojarse a sus brazos.

—Supongo que yo también me alegro —admitió mientras su sangre hervía y la llenaba de una dolorosa sensación de anhelo.

—¿No te ha dicho Sarina que me detengas cuando te toque así? —Inclinó la cabeza para rozar con la boca sus labios temblorosos al tiempo que apartaba con desgana la mano de su cuerpo—. Porque si no lo ha hecho, debería.

—No me acuerdo —confesó ella, porque se sentía mareada. Miró a su alrededor buscando una distracción—. Sabía que tenía que haber un pasadizo secreto. Había uno en nuestro *palazzo*. Yo solía jugar en él cuando era pequeña.

—No estoy aquí para seducirte, Isabella. He venido para llevarte a una gran aventura.

—Bien, porque acabo de recordar que Sarina me ha dicho que no puede haber seducción hasta que estemos casados. —Le excitaba la perspectiva de ir con él y se puso a toda prisa unos zapatos—. ¿Me pongo un vestido?

Sus ojos ambarinos le sonrieron, recorrieron su cuerpo, la hicieron sentirse floja.

—No, me gusta saber que no llevas nada debajo de la bata. Nadie nos verá. —La tomó de la mano—. Estarás a salvo conmigo. —Y dicho esto se llevó sus dedos a los labios y rozó las yemas con su aliento cálido—. Aunque no sé hasta qué punto yo lo estaré contigo.

El corazón de Isabella latía muy deprisa, pero se fue con él sin vacilar.

—Yo cuidaré de ti, *signor* DeMarco, no temas.

—Mis intenciones eran honorables —le dijo él cuando entraron en el estrecho corredor—. No es culpa mía si te encontré sin vestir. —Y sus dientes blancos destellaron con esa sonrisa infantil que le llegaba a Isabella al corazón—. Pensé que esas cosas solo pasaban en mis sueños.

—¿Sueñas a menudo con mujeres desnudas?

A pesar de su evidente humor, había cierto tono de reproche en su voz.

Nicolai la miró y su sonrisa se hizo más amplia.

—Solo desde que te conozco. Cógete fuerte a mi mano, de otro modo no te garantizo que no me ponga a explorar.

Isabella rió, y su risa despreocupada y ligera viajó por el laberinto de corredores ocultos, despertando a seres que era mejor no despertar.

—Tu mano no explorará nada a menos que tú se lo indiques —señaló.

Nicolai movió los dedos, que rozaron seductores su cadera.

—Te equivocas, en este asunto se mueven por iniciativa propia. Soy inocente. —Y se llevó la mano de ella a los labios—. Me encanta tu piel.

Sus dientes mordisquearon suavemente los nudillos, y la lengua se movió en una caricia sobre su muñeca.

Isabella lo miraba con ojos muy abiertos y oscuros, enamorada y asustada.

Don DeMarco le sonrió.

—Te va a encantar, Isabella.

Ella lo miró pestañeando, perpleja por la forma en que su cuerpo parecía pertenecer a aquel hombre. Cada gesto, cada movimiento que hacía, era una tentación para ella.

—Estoy segura.

Así que lo siguió por largos túneles de escaleras y pasadizos, aferrándose con fuerza a su mano. Era profundamente consciente del poderío que exudaba, de su seguridad, de la anchura de sus hombros y la fuerza de su cuerpo. Era consciente de que no había ningún sonido cuando él caminaba. Ninguno en absoluto. Isabella solo oía el sonido amortiguado de sus propios pies sobre el suelo.

Nicolai empujó una sección de la pared y lentamente se abrió hacia fuera. Y se apartó para que ella pudiera ver. Lo primero que notó fue el frío, un viento helado que atravesó sin dificultades su bata y fue directo a su piel, pero se encontró mirando maravillada el paisaje, de un blanco prístino y reluciente. La nieve colgaba de los árboles y cubría las pendientes. De las cornisas pendían carámbanos. La luna llena se reflejaba sobre la nieve y convertía la noche en día. Las montañas relucían como joyas… Una escena asombrosa que jamás olvidaría.

—Estás temblando —dijo él con suavidad—. Te protegeremos bajo las pieles.

Y la cogió en brazos, para protegerla con el calor de su cuerpo.

Isabella se relajó como si aquellos brazos fueran su hogar. Y él la llevó a un lugar donde aguardaban dos caballos, enganchados a lo que parecía un carruaje sobre patines de madera. Entonces la dejó sobre el asiento acolchado, se instaló a su lado y la cubrió con unas gruesas pieles.

—¿Qué es esto?

Isabella nunca había visto nada igual.

—Betto me hizo uno cuando era muy pequeño. Talló los patines de madera y los aseguró a un viejo vehículo que mis padres ya no utilizaban. Era más pequeño que este, pero se movía con rapidez sobre la nieve. Hace poco hice que me construyeran este. He pensado que podíamos probarlo.

Isabella se arrebujó bajo las pieles y cerró los puños en un intento por conservar el calor. Nicolai se sacó un par de guantes de piel del bolsillo de su chaqueta y se los puso en las manos. Eran demasiado grandes, pero calentaban, y aquel gesto tan considerado y simple hizo que a ella el estómago se le llenara de mariposas.

—¿Estás bien abrigada? —le preguntó—. Puedo hacer que nos traigan otra piel.

Isabella negó con la cabeza.

—Estoy abrigada, *grazie*. ¿Qué vamos a hacer exactamente?

—Algo que se parece mucho a volar.

Sacudió las riendas y los caballos empezaron a moverse lentamente, arrastrando el carruaje con ellos.

Conforme los animales ganaban velocidad, el vehículo empezó a deslizarse con suavidad sobre la nieve. Isabella se agarró al brazo de Nicolai y alzó el rostro al viento. Era hermoso. Perfecto. Los dos estaban inmersos en un mundo de blanco, deslizándose sobre la nieve lo bastante rápido como para que su corazón volara.

El paisaje campestre era hermoso, el aire fresco y revigorizante. E Isabella se encontró riendo, mientras se deslizaban y la luna arrojaba una luz plateada sobre las ramas que veían pasar sobre sus cabezas.

Nicolai detuvo el carruaje en lo alto de una pendiente, y la acercó a sí con el brazo. Abajo había un pequeño estanque congelado, y el hielo relucía.

—Es realmente hermoso —dijo ella, mirándole—. *Grazie*, Nicolai, por compartir esto conmigo.

Él la sujetó por los cabellos.

—¿Con quién iba a compartirlo si no? —Y sus ojos se apartaron de ella para mirar el hielo reluciente. Sus facciones eran duras y severas—. Ninguna otra persona se atrevería a venir conmigo.

—¿Por qué? —Isabella apoyó una mano enguantada sobre las cicatrices y acarició su piel para darle calor—. ¿Por qué son todos tan necios? Te portas muy bien con ellos. ¿Por qué te temen, Nicolai?

—Tienen buenas razones para temerme, igual que todos las teníamos para temer a *mio padre*. —Volvió la cabeza para mirarla, con expresión pensativa en sus ojos ambarinos—. Si tuvieras una pizca de sentido común, tú también me temerías.

Ella le dedicó una sonrisa suave y confiada. Sus dedos enguantados siguieron la forma de la frente arrugada.

—¿Es eso lo que deseas, Nicolai, que te tenga miedo? Si es lo que quieres, tendrás que darme una razón.

Por unos instantes, Nicolai miró fijamente a aquellos ojos oscuros, inocentes y cándidos.

—Isabella.

Un nombre. Un susurro en la noche. Suave. Tierno. Y se inclinó sobre ella buscando su boca, tomándola, buscando con su lengua, con frenesí.

Por entre las pieles, las manos de Nicolai buscaron sus pechos bajo la bata.

—Soñaba que te tomaría aquí fuera en medio de la nieve, bajo la luz de la luna. —La besó en la comisura de la boca, la barbilla—. Si te lo pidiera, Isabella, ¿me entregarías tu cuerpo?

Su boca descendió, por la garganta, apartando la bata, que quedó abierta ante él. Sus manos se apoyaron sobre la caja torácica, los pulgares apoyados sobre los pezones tiesos.

—¿Por qué, Nicolai? —Parecía haber algo triste y desesperado que lo impulsaba—. ¿De qué tienes miedo? Dímelo.

Él apoyó la cabeza contra sus pechos desnudos.

—Me siento morir, día y noche. No puedo pensar en nada que no seas tú. En nada, *cara*. Pero no sé si aliviar la necesidad de mi cuerpo servirá para salvar mi alma. —Y la rodeó con los brazos, sujetándose a ella con fuerza, como si fuera un ancla—. No quería amarte, Isabella. Es mucho más peligroso de lo que puedas imaginar. —Cerró los ojos—. Quisiera ofrecerte el mundo entero, pero lo cierto es que estoy quitándote la vida.

Ella lo abrazó con fuerza y acarició sus cabellos.

—No puedo ayudarte, Nicolai, no puedo ayudarte si no me dices qué está mal. —Le besó la coronilla y lo abrazó con más fuerza—. Aquí fuera, donde estamos solos y el mundo está hecho de hielo y diamantes, ¿no puedes decírmelo? ¿No me conoces ya lo suficiente para saber que lucho por aquellos a quienes amo? Lo arriesgué todo para salvar a Lucca. ¿Por qué iba a hacer menos por ti?

—Si supieras la verdad huirías gritando de este lugar, de mí. —Había amargura en su voz, en su corazón—. Los leones no lo permitirían, y tendría que retenerte como una prisionera. Y al final te destruiría igual que *mio padre* destruyó a *mia madre*. —Alzó la cabeza para mirarla a los ojos—. Y casi me destruyó a mí.

Isabella veía un gran sufrimiento en su mirada ambarina. Ira. Miedo. Determinación. Las emociones turbulentas de su alma ardían en sus ojos como un fuego.

El escalofrío que sintió entonces nada tenía que ver con el frío. Le tiró ligeramente del pelo.

—Entonces dímelo, Nicolai, y veremos si soy una *bambina* asustadiza que huye gritando del hombre al que está ligada.

Las manos de él la aferraron por los hombros menudos, los dedos se clavaron en la piel. Y la sacudió ligeramente, como si sus emociones fueran demasiado intensas. Isabella sintió como si unas agujas se le estuvieran clavando en los hombros. Se quedó sin aliento, pero logró contener el leve grito de dolor antes de que se le escapara. Se miró el hombro izquierdo, la mano de Nicolai.

Y lo que vio no era una mano, era la enorme zarpa de un león con uñas retráctiles. Las uñas eran curvadas, gruesas y afiladas, y las puntas estaban clavadas en su piel. No era una ilusión, sino una realidad que no podía dejar de ver. Una parte de ella se sentía tan perpleja, tan asustada y aterrorizada que lo único que podía hacer era gritar. Y eso es lo que hizo, gritó en silencio, en su cabeza, en un lugar donde solo ella podía oírlo. Y lloró por dentro. Por sí misma, por Nicolai DeMarco. Sintiendo un profundo pesar por los dos. Por fuera siguió siendo una Vernaducci y, hombre o mujer, los Vernaducci jamás cedían a la histeria. Trató de no perder el control y permaneció muy quieta.

Nicolai no había mentido. Había un peligro, un peligro mortal. Y resonó en el aire a su alrededor. Los caballos empezaron a moverse inquietos, sacudiendo las cabezas. Isabella veía sus ojos asustados, porque olían a un predador.

Aspiró con fuerza y dejó escapar el aire.

—Nicolai.

Lo llamó en voz baja y alzó la cabeza buscando su mirada.

Los ojos de él llameaban. Salvajes. Turbulentos. Mortíferos. Llenos de pasión y fuego. Isabella se negaba a apartar la mirada, a verlo como lo veían los demás.

—¿Qué hizo tu *madre* cuando tu *padre* le dijo la verdad?

El frío había amortiguado el dolor, pero cuando hizo la pregunta, las garras se flexionaron y clavaron las uñas con más fuerza. Unos delicados hilos de sangre se deslizaron por su hombro.

—¿Tú qué crees? Huyó de él. Trató de escapar. Cuando supo en qué me iba a convertir, ni siquiera podía mirarme a mí.

La voz era un gruñido ronco, como si su garganta misma estuviera alterada y tuviera dificultades para hablar.

—Te miro y lo que veo es un hombre maravilloso, Nicolai. No sé lo que está pasando, pero no eres una bestia sin pensamiento o conciencia. Tienes un control increíble, y la capacidad de pensar, de razonar. No tengo intención de huir de ti.

Notó que las uñas se retraían. Notó que la parte salvaje de Nicolai reculaba.

Los caballos también lo notaron. Se tranquilizaron y siguieron en su sitio, resoplando suavemente, mientras el vaho salía de sus narices.

Nicolai bajó la vista a la piel suave de Isabella y un gruñido brotó de sus labios. Maldijo con saña y cubrió las heridas con la piel.

—Isabella, *Dio*. No puedo poner en peligro tu vida, ni por mí ni por los otros. Pensé que si no te amaba, si no sentía nada, estarías a salvo, pero jamás había sentido algo tan fuerte por nadie. —Bajo las pieles oscuras se le veía asustado, pálido—. ¿Qué te he hecho?

—No me estás poniendo en peligro, Nicolai. ¿Es que no lo entiendes? —Y lo abrazó con fuerza, buscando sus labios. Tenía tanto miedo por ella que estaba rígido—. Yo decido si quiero correr el riesgo. Yo sola. No puedes obligar a alguien a amarte. El amor debe ofrecerse libremente.

Y volvió a besarlo, siguiendo la línea de su mandíbula con pequeños besos, juguetones, seductores, hasta que él ya no pudo contenerse.

Nicolai la sujetó con fuerza y sus cuerpos se fusionaron, y la besó con gesto posesivo hasta que el fuego ardió entre ellos sin control, en una tormenta tan intensa y turbulenta como sus emociones. Le sujetó el rostro entre las manos y la miró a los ojos.

—Me da tanto miedo creer en ti, Isabella. Si algo sale mal y no puedo controlarlo…

—¿Es que tienes elección? —Ella trató de controlar un leve estremecimiento, pero a él no se le escapaba nada, ni el detalle más nimio, así que la tapó mejor y remetió las pieles—. Tienes que controlarlo. ¿Sabes cómo sucede? ¿Por qué? ¿Eres consciente de que está pasando?

Él, agitado, se pasó una mano por el pelo.

—Siempre he aceptado aquello con lo que he nacido… Un don, una maldición, no lo sé. La gente cree las antiguas leyendas, y esperan un milagro. Y creen que tú eres ese milagro. Yo lo único que sé es que siempre he tenido la capacidad de hablar con los leones. Son parte de mí. No me daba miedo, ni me avergonzaba. Siempre supe que eso me hacía diferente, y *mia madre* no quería saber nada de mí. Pero lo cierto es que no recuerdo si alguna vez me quiso, así que tampoco era tan terrible. Sarina y Betto siempre estuvieron ahí. Y jugué como cualquier otro niño con mis amigos Rolando y Sergio.

Isabella se apoyó contra su cuerpo; él parecía más necesitado de calor que ella. El único recuerdo de lo que acababa de pasar era el dolor en los hombros. Y Nicolai era tan carismático que, sin aquellas pequeñas heridas, ella misma habría dudado de que hubiera pasado de verdad. De alguna forma, aquel hombre se había colado en su corazón, y sufría por él, por el dolor que veía reflejado en sus ojos.

—¿Y tu *padre*? —preguntó ella.

Nicolai suspiró y cogió las riendas.

—Se apartó de todos, se volvió más salvaje, tanto que ni siquiera yo podía ver al hombre del que *mia madre* deseaba huir. Él lo descubrió antes de que pudiera abandonar el *palazzo*. La persiguió por los pasillos, por las escaleras. Ella corrió hacia la gran torre, salió al patio. Yo intuía lo que podía pasar y los seguí, para detenerle, pero estaba demasiado trastornado. Y se volvió contra mí.

Se tocó las cicatrices de la cara con dedos temblorosos, como un hombre que recuerda una pesadilla infantil. No dijo más, su mirada se perdió en el paisaje, más allá del estanque reluciente.

—Los leones te salvaron, ¿verdad, Nicolai? —dijo Isabella con suavidad.

Él asintió, y sus facciones se endurecieron perceptiblemente.

—Sí, lo hicieron. Lo mataron a él para salvarme a mí.

—Cuando eras niño, ¿salió alguna vez la bestia que llevas dentro?

Nicolai sacudió las riendas y los caballos iniciaron la marcha.

—No, nunca. Pero aquel día, en el *castello*, mi vida cambió para siempre. Ya ni siquiera Sarina podía verme. Cuando me miran, mis amigos, la gente, ven algo distinto. Todos. —Y miró las manos que sujetaban las riendas—. Yo veo mis manos, pero ellos no. Es una existencia solitaria, *cara*, y esperaba no pasar nunca semejante legado a un hijo.

—Yo veo tus manos, Nicolai. —Isabella apoyó una mano enguantada sobre las de él—. Veo tu rostro y tu sonrisa. Te veo como un hombre. —Y restregó su cabeza contra el hombro de él en un gesto de cariño—. Ya no estás solo. Me tienes a mí. No voy a huir. Me quedaré contigo porque es lo que deseo.

Y, Dios la ayudara, de veras que quería quedarse. Quería abrazarlo y reconfortarlo con su cuerpo. Quería ahuyentar las sombras de sus ojos y borrar la pesadilla que había acabado con su infancia.

Nicolai se pasó las riendas a una sola mano y con la otra sujetó la mano de ella y metió las dos bajo las pieles para conservar el calor. Se deslizaron en silencio por un mundo blanco y frío, con la luna brillando sobre sus cabezas y la nieve reluciente como un campo de gemas.

Isabella apoyó la cabeza contra su hombro y miró al cielo. El viento soplaba con suavidad, arrancando copos de nieve de las ramas de los árboles. Lo sentía en el rostro, en el pelo. Mientras el vehículo se deslizaba sobre la nieve, cortando el viento, experimentó una sensación de libertad que jamás había percibido. Sí, ciertamente era como si volaran, y rió con suavidad, aferrando las pieles con fuerza.

—Me encanta esto, Nicolai, de verdad.

Su risa voló con el viento. Llamando. Llamando.

De pronto apareció un búho que volaba directo a uno de los caballos, con las garras extendidas, como si pretendiera atacar sus vulnerables ojos. El caballo se encabritó y lanzó un chillido de terror que resonó por un mundo en silencio. Los dos caballos enloquecieron y echaron a correr pendiente abajo y se adentraron entre un pequeño grupo de árboles.

El vehículo volcó y los dos cayeron al suelo helado. De algún modo Nicolai consiguió rodearla con los brazos. Ella se aferró a la gruesa piel, y mientras rodaban, quedaron enrollados y eso les protegió del impacto. Rodaron hasta el pie de la pendiente, en un remolino de pies y manos, y de cabellos. Tenían nieve por todas partes, en la piel, sobre sus ropas, entre sus cuerpos temblorosos, incluso en las pestañas. Cuando dejaron de caer, sin aliento, Isabella estaba encima de Nicolai, y él tenía los brazos alrededor de la cabeza de ella para protegerla.

—¡Isabella! —La voz le temblaba de preocupación—. ¿Estás herida?

Y sus manos la recorrieron de arriba abajo buscando heridas.

Ella sentía la risa burbujeando en su interior y se preguntó si después de todo sí sería la primera Vernaducci de la historia que se ponía histérica.

—No, de veras, Nicolai, solo estoy un poco aturdida. ¿Y tú?

Nicolai miraba tratando de ver dónde estaban los caballos. Isabella notó que se ponía tenso y, en su interior, sintió que la risa cedía frente a un repentino temor. Sus manos se cerraron con fuerza en torno a la piel, y miró con recelo a su alrededor. Percibió movimiento entre los árboles, sombras esbeltas, ojos brillantes.

Nicolai se la quitó de encima con gran delicadeza.

—Quiero que busques el árbol más cercano. Súbete y quédate ahí.

La voz era tranquila, baja, pero hablaba con una autoridad indiscutible. El *don* dando una orden.

Isabella miró a su alrededor con desazón, buscando un arma, lo que fuera, pero no había nada. Temblaba visiblemente de frío. O miedo. Ella misma no habría sabido decirlo. Los caballos estaban cerca, temblando, y sus cuerpos cubiertos por el sudor del terror.

—Nicolai.

Su voz sonó llorosa, necesitaba quedarse con él.

—Haz lo que digo, *piccola*. Súbete al árbol, ahora.

Se puso en pie y la levantó a ella al hacerlo, mientras escrutaba con la mirada la densa masa de pinos. Levantó la cabeza y olfateó el aire.

Isabella no podía oler a su enemigo, pero sí captaba el movimiento de los cuerpos peludos y esbeltos que se deslizaban furtivamente por el bosque. Más aún, intuía la presencia de algo maligno, algo sin nombre y mucho más mortífero que una manada de lobos.

—¡Isabella, muévete!

El tono autoritario y de amenaza de la voz de Nicolai era inconfundible, aunque no le dedicó ni una mirada.

Ella dejó caer la piel y corrió hacia el árbol más cercano. Hacía años que no trepaba a uno, pero se aferró a la rama más baja y se impulsó sin dificultad. Sin la protección de la piel, el viento la azotaba y calaba sin trabas la fina bata. A pesar de los guantes, se sentía las manos entumecidas cuando se aferró a las ramas. Se subió al árbol, con los dientes castañeteando, y contempló la escena con horror.

Los lobos salieron de entre los árboles, con los ojos clavados en su presa. No era Nicolai. La manada lo evitó y se dirigió al árbol donde ella se había subido. Uno, más osado que los otros, saltó, gruñendo, tratando de morder su pierna. Escapó encogiéndola con un chillido, y se arañó la piel con el tronco.

El rugido de un león sacudió entonces el valle. Un rugido furioso. Fiero. Un desafío. Con sus trescientos kilos de músculo sólido, la bestia saltó en medio de la manada y golpeó al más agresivo con una zarpa mortífera. El grupo, desesperado, saltó en pleno sobre él, gruñendo, enseñando los dientes, arañando y desgarrando su espalda, sus patas, su cuello, hasta que la nieve quedó teñida de rojo. Eran demasiados e Isabella temió que el león cayera bajo el peso del grupo. La escena era terrorífica, los sonidos eran peor.

—Nicolai —susurró ella a la noche, con voz sufrida y llorosa.

No sabía cómo ayudarle.

El león sacudió su cuerpo inmenso y los lobos salieron disparados en todas direcciones, aullando y chillando. La bestia saltó tras ellos y golpeó a los más lentos, que aullaban aterrorizados y trataban de huir del predador más grande y poderoso.

Por un momento el león se quedó inmóvil, viendo cómo huían; y entonces sacudió su melena y se estremeció. Isabella veía que el rojo oscurecía la piel en muchos puntos. La inmensa melena, tan gruesa en torno al cuello que bajaba sobre la espalda y rodeaba el vientre, le había protegido de los peores mordiscos, pero la bestia estaba herida. Volvió la cabeza y la miró. Los ojos ambarinos la miraron llameantes, concentrados, clavados en ella.

—¡Nicolai! —exclamó ella contenta.

Saltó de la rama y aterrizó sobre la espalda en la nieve.

La inmensa cabeza bajó, y la bestia se agachó como si se estuviera preparando para saltar. Ahora podía notar la sensación cada vez más intensa de triunfo en el aire, oscura y venenosa, destilando poder. Y se quedó sin aliento, mientras su corazón latía a toda velocidad. Notaba el sabor del miedo en la boca. Los ojos del león no se apartaron de ella ni un instante, la miraban con tanta intensidad que daba miedo.

Isabella se quedó sentada en silencio, esperando la muerte, mirando fijamente a los ojos ambarinos.

—Sé que no eres tú quien está haciendo esto, Nicolai. Sé que solo querías protegerme —dijo suavemente, con amor, con palabras sinceras—. No eres mi enemigo y nunca lo serás.

Fuera lo que fuese que había en aquel valle lleno de odio y astucia, no era Nicolai DeMarco. Se alimentaba de los instintos asesinos de las bestias, de cualquier emoción intensa, de la ira, del odio y del miedo, humano o no. Y los retorcía a su antojo. Isabella no permitiría que utilizara sus sentimientos hacia el *don*. Miró fijamente a aquellos ojos llameantes y vio la muerte cuando saltó hacia ella.

—Te quiero —dijo suavemente, y era cierto.

Y entonces, por primera vez en su vida, se desmayó.

Una voz la llamaba, apremiándola para que abriera los ojos. Ahora yacía en un capullo de calor. Tenía la extraña sensación de que volaba. Si eso era estar muerta, no estaba tan mal. Se arrebujó en aquella sensación de calidez.

—*Cara*, abre los ojos por mí. —La voz volvió a penetrar su conciencia. Ronca de preocupación, nerviosa, sensual. Algo en su tono la hacía derretirse por dentro—. Isabella, mírame.

Con un gran esfuerzo, consiguió levantar los párpados. Nicolai la estaba mirando, sujetándola en sus brazos mientras guiaba a los caballos. El vehículo se deslizaba sobre la nieve a cierta velocidad, de camino al *palazzo*. Entonces él dejó escapar el aliento en un suspiro de vapor blanco.

—No vuelvas a hacerme esto.

Isabella se descubrió sonriendo, y levantó una mano enguantada para seguir el gesto preocupado de su rostro.

—Ha sido una aventura emocionante, Nicolai. *Grazie*.

—Dijiste que eres de las que se desmayan, pero no te creí. —La acusación estaba en algún punto entre la broma y el alivio—. *Dio*, Isabella, pensé que te había perdido. Estabas tan fría… He sido un egoísta al traerte aquí con esas ropas. Te voy a llevar al *castello*, y recogeremos tus cosas. Te escoltaré personalmente fuera del valle.

Y comprobó un tanto sobresaltado que ella se echaba a reír.

—No lo creo, *signor* DeMarco. —Y se revolvió entre sus brazos para mirarle a la cara—. Ya me has despachado una vez y prometiste que no volverías a hacerlo. ¿No sabes lo que ha pasado? ¿Es que no lo entiendes? —Le sujetó el rostro entre las manos—. Juntos podemos derrotarlo. Sé que podemos.

Él volvió a cubrirla con las pieles con una sola mano.

—Quédate ahí. Estás tan fría que pensé que habías muerto.

Guió a los caballos a lo largo de uno de los muros traseros e hizo una señal a un guardia. El vehículo fue conducido a un punto cercano al *palazzo*, junto a una pared aparentemente sin fisuras.

Y, sin embargo, la pared se abrió cuando el *don* la tocó. Nicolai la hizo pasar al pasadizo para que estuviera fuera de la vista y esperó para dar al guardia la orden de que se ocupara de los caballos inmediatamente. Y luego la llevó a través de un laberinto de pasadizos, abrazándola con fuerza, con pieles y todo.

—Los lobos te han herido —le dijo—. Los vi. Quiero ayudar. Pero si no quieres, podemos llamar a Sarina. Quiero que te mire la curandera. Tengo ciertos conocimientos sobre plantas medicinales, pero no los suficientes. Quiero que Sarina o la curandera del *castello* te echen un vistazo.

La estancia donde Nicolai la llevó estaba caliente, casi resultaba sofocante. Había un baño de agua que lamía las baldosas y despedía vapor. Isabella dejó de hablar para mirar. Había oído cosas sobre los baños, pero en el *palazzo* de su *famiglia* nunca habían tenido nada parecido.

—Te meterás ahí inmediatamente. Avisaré a Sarina para que se ocupe de ti —dijo Nicolai con la voz ronca de emoción mientras la dejaba con delicadeza en el suelo, junto al agua.

Entonces le rodeó el cuello con los brazos, echando la cabeza hacia atrás para poder mirarle a los ojos cuando él se inclinó hacia ella.

—Nicolai, no hagas esto. No me apartes de ti. Si yo tengo el coraje para quedarme contigo y luchar para superar esto, tú debes tenerlo también para creer que es posible.

Él la sujetó por las muñecas con la intención de soltarle las manos, pero en lugar de ello apretó con fuerza, y casi le parte los huesos. Su cuerpo temblaba con la oscura intensidad de sus emociones.

—Podría matarte muy fácilmente, Isabella. ¿Crees que *mio padre* no amaba a *mia madre*? La amaba más que a nada en el mundo. Ellos también empezaron así. Al principio todo son risas y amor, pero al final se convierte en algo sucio y torcido. Este valle y todo cuanto hay en él está maldito. ¿Crees que la gente se queda por lealtad y amor hacia mí? Se quedan porque si están fuera del valle mucho tiempo, mueren.

Isabella se relajó contra su cuerpo.

—Tu *padre* no le dijo a tu *madre* lo que le esperaba. No le dio a elegir. Me dijiste que ni siquiera lo sospechaba, que no supo nada hasta mucho después de haber nacido tú. Tú me has dado a elegir. Me has advertido del riesgo. Y lo acepto. Yo no sé nada de maldiciones, pero conozco a la gente. He estado en muchos palacios y ninguno puede compararse a este. Tu pueblo te ama. Puedes pensar lo que quieras, pero es así. Y si es cierto que viven bajo una maldición y que lo que te afecta a ti les afecta a ellos, entonces se lo debes, debes tener el valor de seguir con esto por ellos.

Él la aferró por la bata y dejó su hombro al descubierto.

—Mira lo que te he hecho, Isabella. Ahí tienes una demostración de lo que hace un amor corrompido. Y te lo he hecho yo.

Isabella aferró la camisa ensangrentada de él y sostuvo en alto su mano manchada de sangre.

—Esto es lo que yo veo, Nicolai. Veo pruebas de un hombre que ha arriesgado su vida para salvar la mía.

Se apartó entonces de él, dejó caer la bata al suelo y bajó los escalones hacia el agua caliente, hundiéndose hasta el cuello. El agua quemaba, pero lo único que le quedaba en aquellos momentos era aquel falso despliegue de valor. Necesitaba desesperadamente el consuelo de Sarina. Un sermón parecía un precio muy bajo a cambio.

Capítulo 10

Nicolai cerró los ojos ante la tentadora visión de Isabella. El vapor que ascendía desde los baños solo hacía que acentuar la imagen seductora y etérea de aquella mujer. La quería con cada fibra de su ser. Y no solo quería su cuerpo, quería su lealtad, su corazón. Su risa. Sus manos se cerraron lentamente en dos puños apretados. Y allí estaba ella, mirándole con aquella expresión tan confiada, con aquellos ojos enormes y bondadosos.

Cuanto más se oscurecían sus emociones, más apretados estaban sus puños, y lo sacudían con una intensidad que no entendía. Sintió el dolor agudo de las agujas en sus palmas.

Isabella contemplaba aquel despliegue de emociones encontradas de sus ojos. Y vio el momento exacto en que la bestia ganó, saltando con un fuego rojizo a su mirada y llameando fuera de control. Le dieron ganas de llorar, pero en lugar de eso sonrió.

—Necesitaremos a Sarina para que cure tus heridas, Nicolai, yo no tengo los conocimientos necesarios.

—La mandaré venir —replicó él con una voz que era una mezcla entre brusquedad y sensualidad—. Yo ni necesito ni quiero ayuda.

Y se obligó a recular dos pasos. Alejándose del paraíso. De la paz y la seguridad. No deshonraría a Isabella y a sí mismo cuando lo único que podía ofrecerle era una vida de sufrimiento y una muerte horripilante.

Por la noche, cuando cerraba los ojos, veía aquella escena una y otra vez. Su madre corriendo, gritando, suplicando piedad. Con su larga trenza deshecha y los cabellos agitados por el viento. Él había visto a su padre, había visto la imagen del hombre parpadear y convertirse en un león, le había visto dar alcance a su madre como si no fuera más que un cervatillo o un conejo tembloroso.

En el sueño, él siempre corría hacia ellos, en un intento desesperado por evitar lo inevitable, igual que había hecho en la vida real. Un niño con el rostro bañado en lágrimas... con un pequeño cuchillo en la mano, a punto de perder a sus padres, su vida. Un arma ridícula frente a una bestia semejante. Pero cada vez que cerraba los ojos, volvía a suceder. Y él siempre hacía lo mismo, siempre sujetaba el mismo cuchillo, siempre veía al león saltar sobre su madre y matarla de un solo mordisco.

Los ojos le escocían, y su estómago se revolvió, lleno de repugnancia. Esa noche él había acechado a Isabella, y había vuelto en sí en el último momento, cuando ella pronunció su nombre. Oyendo aquella voz que le susurraba palabras de amor. O perdón. O comprensión. Había permitido que la bestia que llevaba dentro aflorara en todo su esplendor, que lo consumiera mientras combatía a los lobos. Nunca antes había pasado. Y cada vez más, conforme sus emociones se intensificaban, iba perdiendo el control y la bestia eclipsaba al hombre. Como le había pasado a su padre. Un único sonido disgustado escapó de su garganta.

—No lo hagas, Nicolai —suplicó Isabella con suavidad—. No te hagas esto a ti mismo.

Habían pasado años antes de que su pueblo empezara a ver a su padre como una bestia, pero una vez que sucedió, lo devoró con rapidez. A él le habían visto como la bestia desde el día en que su padre mató a su madre e intentó destruirle a él.

—He estado a punto de matarte. —Y lo confesó con una voz baja, áspera, la verdad—. Si no te vas de aquí, pasará, Isabella. No tengo elección. Es por tu propia seguridad, y tú lo sabes.

—Sé que los leones se negaron a dejarme cruzar el paso. Sé que tengo que estar contigo. —Isabella se abrazó a sí misma para no echarse a temblar—. Es lo único que sé, Nicolai. —Y lo miró con sus ojos grandes e inocentes—. Eres el aliento que impulsa mi cuerpo, la alegría de mi corazón. Si me mandas lejos de aquí, me marchitaré y moriré. Si no en cuerpo, sí en espíritu. Es mejor disfrutar del fuego y la pasión, aunque sea brevemente, que sufrir una agonía larga e interminable.

La expresión de él se endureció, y sus ojos la miraron con tanta intensidad que ella sintió físicamente que atravesaban su corazón.

—Yo lo único que sé es que si te quedas aquí conmigo seré yo quien te mate, Isabella.

Las palabras quedaron suspendidas en el aire, parpadeando con una vida propia. Isabella sentía un terror gélido, a pesar de estar sumergida en agua caliente. Alzó el mentón.

—Que así sea —dijo en voz baja, sufriendo por él, deseando reconfortarlo, anhelando el consuelo de sus brazos a pesar del terror que le producía la certeza de su muerte inevitable.

Nicolai giró sobre sus talones y salió de la estancia, dejándola sola en el agua, en la oscuridad, en un lugar desconocido, perdida. Ella apoyó la cabeza en el borde del baño y lloró por los dos.

Sarina apareció enseguida y la encontró llorando. La anciana, horrorizada al saber que la joven había salido con Nicolai sin escolta en mitad de la noche, ataviada solo con una bata, se puso a cacarear con gesto de desaprobación. Y, sin embargo, sus manos la examinaron con delicadeza buscando contusiones. Y no hizo una sola pregunta mientras curaba las heridas del hombro.

—¿Habéis curado las heridas de Nicolai? —le preguntó sujetando al ama de llaves de la mano—. Se enfrentó a una manada de lobos.

El agua caliente había ahuyentado el frío, pero Isabella seguía temblando al recordar lo aterrador de haber tenido que huir de aquellas bestias. Del león que acechaba.

—No me ha permitido ayudarle. —Sarina agachó la cabeza—. Es incómodo para los dos. Prefiere estar solo.

Secó a Isabella y le puso el camisón por encima de la cabeza, y entonces le tendió una bata limpia.

—Nadie prefiere estar solo, Sarina. Os acompañaré y nos ocuparemos de sus heridas. Es posible que necesite puntos.

Isabella necesitaba verle, temía por él, y por sí misma. Le había partido el corazón con sus tristes palabras.

Sarina empezó a quitar los enredos de su largo cabellera.

—Está de un humor de perros. No he osado reprenderle por haberos llevado de paseo con este tiempo y sin escolta, vestida solo con una bata, ni por entrar en la estancia mientras os estabais bañando. —Y vaciló, tratando de encontrar las palabras adecuadas—. ¿Os ha tocado, Isabella?

—Está de un humor de perros porque quiere mandarme lejos de aquí por mi propia seguridad. Tiene miedo de hacerme daño.

Las lágrimas destellaron en los ojos de la anciana.

—Todos teníamos la esperanza de que seríais la persona que nos ayudaría. Pero no está bien que os sacrifiquemos. Es posible que el *don* tenga razón y lo mejor sea que os marchéis. —Su mano rozó el hombro de la joven—. Es muy peligroso. Por eso se mantiene apartado de todos… para protegernos de la bestia.

Isabella se apartó de Sarina en un arrebato de mal genio, con mirada tempestuosa.

—Es un hombre, y como cualquier otro hombre necesita compañía y amor. ¿A nadie se le ha ocurrido pensar que si lo tratarais más como un hombre y menos como una bestia, podríais haberle visto como un hombre? —Y se puso a andar arriba y abajo inquieta y furiosa, luego se volvió para lanzar el desafío—. Él ha sacrificado mucho por su gente. ¿Vendréis conmigo para curar sus heridas?

Sarina estudió el rostro furioso de Isabella durante un largo momento. Y suspiró.

—No le gustará vernos —le advirtió.

—Pues qué pena. Porque va a tener que aguantarse.

—Y es del todo impropio que le visitéis en camisón —señaló Sarina.

Aun así, salieron juntas de la estancia humeante y la guió hasta la amplia escalinata que llevaba a los pisos superiores.

Isabella subió las escaleras con los hombros muy tiesos, lista para el combate. Estaba enfadada con todos. Y a punto de echarse a llorar. Eso la ponía aún más furiosa. Se había desmayado como una tonta. Con razón quería despacharla el *don* y mandarla lejos de allí. Su padre tenía razón. Nunca había estado a la altura, ni siquiera había tenido el valor de permitir que la vendieran en matrimonio en beneficio de los intereses de los Vernaducci. Tal vez si la primera vez que *don* Rivellio pidió su mano hubiera aceptado, su padre aún estaría vivo. Su hermano no habría sido encarcelado ni les habrían quitado sus tierras. Había sido una cobarde al no querer que la tocara aquel hombre avaricioso de sonrisa lasciva y mirada mortecina.

Isabella tenía doce años la primera vez que *don* Rivellio visitó su *palazzo*, y sus ojos habían seguido hasta el último de sus movimientos. El hombre se relamía con frecuencia y, en dos ocasiones, le había visto restregarse obscenamente la entrepierna por debajo de la mesa mientras le sonreía. A ella, aquella mirada fría y la sonrisa perversa le había hecho sentir repugnancia. Después de aquella primera visita, habían encontrado a dos doncellas sollozando, violadas, magulladas, golpeadas, tan asustadas por las perversiones de aquel hombre que a duras penas pudieron contar a su *don* lo que había pasado. Las dos dijeron que había estado a punto de matarlas, que había llegado al extremo de estrangularlas prácticamente para convencerlas de que guardaran silencio. Los moretones que vio en torno al cuello de las dos la convencieron de que decían la verdad.

Un sollozo escapó de sus labios, pero al instante se llevó el puño a la boca para contenerlo. Sabía muy bien que una mujer era poco más que un medio para conseguir propiedades o una herencia. Y, sin embargo, Lucca siempre la había valorado, hablaba con ella como si fuera un hombre. Le había enseñado pacientemente a leer, a escribir y a hablar más de un idioma. Le había enseñado a montar y, lo más importante, a creer en sí misma. ¿Qué iba a pensar su hermano de ella cuando le confesara que se había desmayado?

Y *don* DeMarco. Estaba tan solo. Y se portaba tan bien con ella. Un hombre como no había otro igual. Y, aun así, ella le había fallado igual que le había fallado a su padre y a Lucca. Nicolai la necesitaba desesperadamente, pero en el momento decisivo, ella le había fallado, había elegido la salida más fácil. Se había desmayado. Tendría que haber seguido llamándolo, ayudándolo a regresar. Había tenido el valor para contener al otro león, y en cambio se había desmayado como una niña cuando el *don* la necesitaba.

—¿Isabella?

La voz de Sarina estaba llena de compasión.

Ella sacudió la cabeza inflexible.

—No, no pienso llorar, así que, por favor, no seáis amable conmigo. Espero que Nicolai esté furioso, así podré estar furiosa yo también.

Estaban al pie de la escalera que llevaba al ala privada del *don*. Sarina vaciló, y miró arriba con miedo, con la mano en la cabeza de un león esculpido.

—¿Estáis segura de que deseáis hacer esto?

Isabella subió las escaleras con rapidez, miró con altivez a los guardias que había en el pasillo y llamó con gesto desafiante a la puerta.

Y se sobresaltó cuando Nicolai abrió bruscamente con una mueca en la cara, una máscara siniestra de ira.

—¡Os dije que no deseaba que se me molestara bajo ningún concepto! —le espetó antes de darse cuenta de que se trataba de Isabella.

Sarina se santiguó y miró fijamente al suelo. Los guardias dieron la espalda a la imagen de la bestia.

Isabella miró directamente a los ojos llameantes de Nicolai, con actitud beligerante.

—*Scusi*, *don* DeMarco, pero debo insistir en que tus heridas sean adecuadamente curadas. Puedes gruñir cuanto quieras, no te servirá de nada.

Y lo miró alzando el mentón con gesto desafiante.

Nicolai se tragó sus palabras furiosas y amargas. Si algo había en él de hombre, debía tener el valor para mandarla lejos de allí. Se había prometido a sí mismo que conseguiría salvar la barrera de los leones que guardaban el valle, incluso si eso significaba destruirlos. Ahora que la tenía delante, sabía que no lo haría, no podía alejarla de su lado.

Sin Isabella estaba perdido. Ella se había llevado la soledad absoluta de su existencia y la había sustituido por risas y calidez, había sustituido aquella pesadilla recurrente de su infancia por pensamientos eróticos y la perspectiva de encontrar un puerto seguro, un refugio en los placeres de su cuerpo. Y aquel carácter suyo, le intrigaba todo en él, la forma en que razonaba, su descaro, aquella forma de manejarse tan poco vanidosa, siempre tan directa y sincera con sus opiniones. Cuando los demás se mostraban asustados y sumisos, ella estaba a su lado con humor y valentía.

La necesitaba si quería seguir viviendo, si quería seguir guiando y protegiendo a su pueblo. Le daban ganas de llorar. Por ella. Por sí mismo. Había rezado para tener la fuerza suficiente para alejarla de su lado, pero no la tenía, y se despreció a sí mismo por ello.

Estaba tan hermosa con aquel gesto desafiante, pero por debajo de aquella aparente seguridad, veía en su actitud el miedo a que la rechazara. La súplica mezclada con la tormenta en su mirada. La necesidad de ayudarle. De que la quisiera. Algo en su corazón se deshizo en aquel instante, duro y pétreo. Estiró el brazo, delante de Sarina, delante de los guardias, y la sujetó por la nuca. La atrajo a la seguridad de su cuerpo, y la besó con fuerza, con la intensidad de sus emociones volcánicas, vertiendo todos sus sentimientos en aquel beso, fuego y hielo, amor y remordimiento, alegría y amargura. Todo cuanto podía ofrecerle.

Isabella se suavizó al instante, se volvió dócil, aceptando sin reservas la naturaleza salvaje de Nicolai, devolviendo beso por beso, necesidad por necesidad. El fuego saltó entre ellos, instantáneo y ardiente, chisporroteando en el aire mientras pasaba del uno al otro, Y si bien no podían verlo, ciertamente los que allí estaban lo sintieron. Se aferraban el uno al otro, como dos almas que se ahogan, perdidos en los brazos del otro, su santuario, su único refugio.

Uno de los guardias carraspeó disimuladamente y Sarina profirió un sonido a medio camino entre la aprobación y la indignación.

—Ya es suficiente, joven *signorina*. Tendréis tiempo de sobra cuando os caséis.

El ama de llaves demoró su mirada con placer sobre el *don* mientras estaba en brazos de Isabella. Aunque tenía una sonrisa radiante en el rostro, hizo un esfuerzo por mirar a la pareja con gesto de reprobación.

Lentamente, a desgana, Nicolai levantó la cabeza.

—Ya que estáis aquí, vale la pena que entréis. —Y sonrió a Sarina por encima de la cabeza de Isabella—. Parece que mi prometida tiene afición por meterse en dificultades, ¿no es cierto?

—Yo la dejé encerrada —le recordó Sarina.

Nicolai se apartó a un lado para que pudieran pasar.

—Y todos sabemos que cuando cerramos la puerta, ella está siempre dentro y protegida.

Y le dedicó a Isabella una sombra de aquella sonrisa traviesa que tanto adoraba, a la que ella correspondió con una pequeña sonrisa.

Sin embargo, Sarina se tomó su papel de protectora de Isabella muy en serio y su buen humor se desvaneció. El gesto ceñudo se acentuó, y se apresuró a cerrar la puerta ante la mirada curiosa de los guardias.

—Habría estado totalmente segura en sus aposentos de no haberse colado alguien en ellos y habérsela llevado sin escolta en mitad de la noche —dijo reprendiéndolo—. Debéis casaros inmediatamente, antes de que la aventura de esta noche salga a la luz.

Nicolai asintió.

—Pediremos al cura que prepare la ceremonia lo antes posible. Yo también creo que es lo mejor.

—*Mio fratello* —le recordó Isabella—. Se molestará si no puede estar presente en la ceremonia.

Sarina cacareó con tono de desaprobación.

—Coged al *don* de la mano —le indicó—. He de ver las heridas para saber con qué debo curarlas.

—Tengo noticias de tu hermano —dijo Nicolai, oprimiendo la mano de Isabella—. Envié a uno de mis pájaros a *don* Rivellio. Y ha regresado con un mensaje. El *don* lo ha puesto bajo mi custodia. Está enfermo, pero ya viene de camino. Se me considerará responsable de sus futuros actos.

Una sonrisa torva tocó sus labios, pero se desvaneció enseguida, como si la idea de que *don* Rivellio lo considerara responsable de algo le indignara y despertara sus instintos predatorios.

Dio un respingo cuando Sarina le aplicó una cataplasma de hierbas sobre una de las heridas más profundas. Isabella oprimió su mano con fuerza.

—Seguro que tu hermano comprende que lo mejor es que nos casemos enseguida. El viaje será lento, y los escoltas deben moverse a un ritmo que sea seguro para él —dijo, y se llevó la mano de Isabella al corazón.

—Nicolai, cuando estemos casados, no me mandarás lejos de aquí, ¿verdad? —osó preguntar ella con expresión ensombrecida.

Él se arriesgó a provocar la desaprobación de Sarina abrazando a Isabella. Sus labios rozaron su oreja.

—Tendría que hacerlo. Sabes que tendría que hacerlo. Pero si tú estás dispuesta a arriesgar tu vida, yo arriesgaré mi alma.

Y si alguna vez se volvía contra ella, merecería el castigo eterno.

Sarina fingió no reparar en los arrumacos que se hacían al tiempo que ella examinaba las heridas y aplicaba la cataplasma de hierbas que había preparado.

Mientras el ama de llaves trabajaba, Nicolai abrazó a su prometida con fuerza y apoyó su cabeza sobre la de ella. Podía oír los latidos de su corazón. Podía sentir cada mueca de dolor. Se sentía bien en sus brazos. Era como si aquel fuera su sitio. Isabella cerró los ojos, cansada por tantas aventuras, sintiéndose totalmente relajada en el calor del cuerpo del *don*.

Pero se despertó de golpe cuando Sarina chasqueó la lengua.

—Ya está. Decid buenas noches, *signorina*. Os estáis quedando dormida.

Él la besó en la cabeza.

—Que duermas bien, Isabella. Pronto estará todo arreglado.

Por un instante rozó sus mejillas con los dedos y entonces desapareció en las sombras.

Sarina tomó a Isabella del brazo y la sacó de la estancia en cuanto terminó su trabajo.

—Lo mejor será que solo veáis a Isabella en mi presencia —recomendó el ama de llaves con su tono más severo antes de cerrar con fuerza la puerta.

Ella rió y rió, mientras el ama de llaves la arrastraba por corredores y escaleras hasta sus aposentos. La perspectiva de permanecer en el *palazzo* hubiera debido aterrarla, y sin embargo se sentía tan feliz que casi le daba vértigo. Sarina abrió la puerta y le indicó que entrara.

—¡Quiero que os metáis directamente en la cama, joven dama, y esta vez quedaos ahí! Creo que tantas intrigas con el *don* os están trastocando.

—*Grazie* por ayudar a Nicolai, Sarina. —Isabella se inclinó desde la puerta para besar la mejilla arrugada del ama de llaves—. Sois una mujer asombrosa.

Sarina meneó la cabeza, sonriendo, y echó la llave.

Isabella dio unos toquecitos en la puerta cuando oyó la llave girar. Nicolai no había renunciado a ella. Y Sarina no tenía ni idea de que podía ir y venir a su antojo.

—¿Dónde habéis estado? —preguntó Francesca con tono imperioso y malhumorado. Dio unos botes sobre la cama, sacudiendo los pies, y sus dedos se movieron sobre la colcha con nerviosismo—. Llevo horas esperando para hablar con vos.

Isabella giró en redondo.

—Tenía muchas ganas de veros. ¡Ya sé dónde está el pasadizo secreto!

Francesca le dedicó una sonrisa fugaz y compasiva que realzaba sus bellas facciones.

—¿Habéis salido a explorar? Dijeron que no debíais hacerlo, pero yo sabía que lo haríais. Y me encanta cuando tengo razón.

—¿Dónde están los lamentos y las cadenas esta noche? Todo parece demasiado callado sin ellos. Ni siquiera sé si alguien podrá dormir sin esa canción de cuna tan especial.

Francesca rió feliz.

—«Canción de cuna.» Isabella, es estupendo. Les encantará oír eso. Canción de cuna. —Y dio unas palmadas—. Entonces, ¿no os importa? Pensaban que estaríais enfadada con ellos. Les gusta hacer sonar las cadenas y gemir, pero no si eso os molesta. Creo que es bueno para ellos. Así tienen algo que hacer y se sienten importantes.

—Bien entonces. —Isabella giró, allí, en medio de la habitación, con los brazos extendidos, como si quisiera abrazarlo todo—. Me gusta la música. No toda la noche, claro, pero un rato sí. La gente, supongo que incluso los espíritus, necesita algo con lo que ocuparse. Soy tan feliz, Francesca. ¿Recordáis que os hablé de *mio fratello*, Lucca? Viene de camino al *palazzo*. Viene hacia aquí. Estoy segura de que os gustará, Francesca.

—¿De veras? —Francesca alzó la vista entusiasmada—. ¿Es joven?

—Es algo mayor que yo, y muy guapo. Es maravilloso, Francesca. —Isabella le dedicó una mirada de complicidad—. Y aún no está casado ni prometido.

—¿Sabe bailar?

Isabella asintió.

—Él sabe hacerlo todo. Y cuenta unas historias maravillosas.

—Quizá me gustará, aunque la mayoría de los hombres me irritan. Siempre piensan que pueden decirte lo que tienes que hacer.

Isabella rió, al tiempo que dejaba caer la bata sobre la silla.

—No he dicho que no os diría lo que tenéis que hacer. A mí me lo decía continuamente. Pero es muy divertido. —Se metió en la cama y se subió la colcha hasta la barbilla, agradecida por poder tumbarse. Su cuerpo se relajó al instante—. Hoy he conocido a la esposa de Sergio Drannacia, Violante. Es interesante.

Francesca asintió prudentemente.

—«Interesante» sería una forma de describirla, sí. Le gusta ser una Drannacia, eso sin duda. Cuando era niña, siempre decía a su *famiglia* que algún día se casaría con un Drannacia, y así lo hizo. —Francesca esbozó una sonrisa traviesa—. Ella lo sedujo. Es mucho mayor que él.

—Tengo la sensación de que puede ser muy agradable si le dan la oportunidad. De momento, me reservo mi opinión. Creo que se siente más intimidada por el *palazzo* de lo que estaría dispuesta a reconocer. Me ha dado un poco de pena. Teme que su marido no la mire con los ojos del amor.

—¡Seguramente! —Francesca dio un suspiro afectado, y con ello dejó muy clara su opinión—. Siempre le está dando órdenes. Quiere una casa más ostentosa, quiere reconstruir el *palazzo* de los Drannacia. Siempre le está azuzando para que pida permiso a Nicolai y entonces se burla de él porque lo ha hecho. —E imitó la voz estridente de Violante—. «Que hayamos llegado a esto. El nombre de Drannacia no es menos importante que el de DeMarco, y tú pidiendo su permiso para reconstruir algo que es tuyo.» —Y se echó los cabellos a un lado, sin dejar de acicalarse—. Se cree que es muy guapa, pero la verdad, si no se anda con cuidado acabará arrugada como una pasa de tanto mirar a todo el mundo con mala cara.

—Debe de ser duro ser mayor que tu esposo. Sergio Drannacia es guapo y encantador. Sin duda le preocupa que muchas mujeres se sientan atraídas por él y busquen compartir su lecho.

Francesca enroscó un mechón de sus cabellos en un dedo con aire pensativo.

—No lo había pensado. He visto a mujeres coqueteando con él. —Suspiró levemente—. Sí que ha de ser muy duro. Pero ella no es nada amable, Isabella, resulta difícil sentir pena por ella. Ella no lo amaba. Solo deseaba su título.

—¿Cómo sabéis eso? —preguntó Isabella con curiosidad.

Y trató sin éxito de reprimir un bostezo.

—La oí decirlo. Le dijo a su madre que tendría su propio *palazzo*, que no le importaba lo que tuviera que hacer para conseguirlo. Sedujo a Sergio y entonces fingió temer que estaba preñada. Y, evidentemente, él hizo lo más honorable y la desposó. Pero no hubo ninguna criatura entonces y sigue sin haberla. Creo que teme que si su vientre se hincha él no la deseará.

—Si lo que quería era poder, ¿por qué no buscó a Nicolai?

Isabella no concebía que ninguna mujer pudiera pretender a otro hombre estando libre el *don*.

Francesca pareció sobresaltarse.

—Todos tienen miedo de Nicolai. Y él no es de los que se quedan prendados de una mujer porque le muestre los senos. Tampoco toleraría que una mujer tratara mal a su pueblo o reprendiera a alguien por un accidente. No toleraría la vanidad de Violante. Tiene a su costurera trabajando sin descanso, y nunca está contenta.

—Qué triste. Creo que es muy probable que se haya enamorado de su esposo. —Isabella suspiró y se acurrucó bajo las sábanas—. Tiene la mirada triste. Ojalá pudiera ayudarla.

—Podría intentar sonreír de vez en cuando —señaló Francesca—. Sois muy buena, Isabella. Os aseguro que ella no perderá el sueño por vos.

—También conocí a Theresa Bartolmei, y nuestro encuentro resultó de lo más embarazoso. Su esposo había tratado de salvarme de la escoba desobediente de Alberita y me había sujetado por la muñeca, y pareció como si estuviéramos cogidos de la mano. —Isabella rió con suavidad—. Tendríais que haber visto sus caras, Francesca. ¿Conocéis a Theresa?

—Cuánto me habría gustado verlo. Sin duda eso ha dado a Violante material para sus cotilleos. No tengo ninguna duda de que aún le está repitiendo los detalles a Sergio.

—Él también estaba allí. Y Nicolai.

Francesca pareció perpleja.

—¿Nicolai? —exhaló con reverencia—. ¿Y qué hizo?

—Reírse conmigo, por supuesto, pero no delante de los demás. Sentí mucha pena por Theresa, porque sin duda el incidente le afectó.

Francesca sacudió la cabeza.

—Siempre está lloriqueando y llamando a su *madre*. Y no se porta muy bien con los criados. Cuando viene de visita los pone nerviosos. Y el *don* le da terror —dijo Francesca por último con satisfacción.

—¿Por qué iba a tenerle miedo?

Francesca apartó la mirada.

—Ya lo sabéis. Una vez, cuando él mantenía su aspecto de hombre, ella vio las cicatrices y se quedó horrorizada. Le oí decirle a Rolando que le daban asco. —Hizo rodar los ojos—. Nicolai no debería molestarse en dejar que ella le viera.

—No os gusta Theresa.

En aquellos instantes ella tampoco sintió mucho aprecio por ella.

Francesca se encogió de hombros.

—Tampoco es tan mala. Es terriblemente tímida y poco divertida. No sé por qué Rolando la eligió. Una vez pasaron la noche aquí en el *castello* y cuando empezaron los lamentos, se puso a chillar tan fuerte que incluso el *don* pudo oírla desde sus aposentos. Insistió en que abandonaran el *palazzo*, pero Rolando dijo que no y la obligó a quedarse. —Francesca rió—. ¿Por qué iba a tener alguien miedo de un sonido tan nimio?

—Eso es injusto, Francesca —dijo Isabella con suavidad—. Vos estáis acostumbrada, pero lo cierto es que la primera noche que estuve aquí también yo tuve miedo. Quizá tendríais que ser su amiga y ayudarla a superar sus miedos. Es joven y está claro que echa en falta a su *famiglia.* Tendríamos que hacer lo posible por ayudarla a sentirse más relajada.

—Ella no es más joven que vos. ¿Qué creéis que habría hecho si un león se le hubiera acercado como os pasó cuando salvasteis a Brigita y Dantel? Todos hablan de vuestro coraje. Theresa se habría desmayado.

Su voz tenía un deje de desprecio.

—¿Y vos qué habríais hecho? —preguntó Isabella con calma.

No podía reconocer que de hecho sí se había desmayado cuando Nicolai más la necesitaba.

Francesca tuvo la cortesía de parecer avergonzada.

—Yo también me habría desmayado —confesó, y le lanzó su mirada traviesa, asegurando con ello el perdón instantáneo—. ¿Por qué vos no os desmayasteis?

—Sabía que *don* DeMarco vendría. El león no quería matarnos, pero había algo mal. Algo… —dijo sin acabar la frase, pues no fue capaz de expresar con palabras lo que había intuido en el león.

Francesca respiró hondo y miró alrededor con inquietud.

—Es el mal —susurró como si las paredes pudieran oír.

Isabella alzó la cabeza y la miró sorprendida y aliviada.

—¿Vos también lo sentís? —dijo bajando instintivamente la voz.

Francesca asintió.

—En realidad los demás no saben qué es, pero en ocasiones pueden sentirlo. Por eso os han alojado en estos aposentos. Porque no puede entrar aquí. Esta habitación está protegida. Es muy poderoso, Isabella, y os odia. Quería avisaros, pero pensé que no me creeríais. Vos lo despertasteis cuando entrasteis en el valle.

Isabella sintió que un escalofrío le recorría la espalda. Ella misma había sentido aquella alteración cuando llegó al valle, a pesar del miedo por el *don* y la tormenta. Francesca decía la verdad.

—¿Cómo es que esta habitación está protegida?

Algo en su interior se había quedado muy quieto. Casi tenía miedo de oír la respuesta, tenía miedo de que fuera lo que ella ya sospechaba.

—Este ala estaba en el *palazzo* original. Estos eran los aposentos de Sophia. ¿Veis las tallas? El *don* las hizo crear para ella. Esa cosa no puede entrar aquí. Es el único lugar donde estáis realmente a salvo. Creo que esa entidad tuvo algo que ver con vuestro accidente, cuando estuvisteis a punto de caer desde el balcón.

Isabella a punto estuvo de lanzar un respingo, pero mantuvo la voz tranquila.

—¿Cómo os habéis enterado de eso? Pensé que nadie lo sabía.

—Yo me entero de cosas que los demás no saben. Si se dice, yo me entero. Creo que esa cosa ha preparado más de un accidente para acabar con vos.

Bajo las colchas, Isabella sintió que se estremecía y su sangre se convertía en hielo.

—¿Qué es?

Los luminosos ojos de Francesca se llenaron de lágrimas.

—No lo sé, pero vos sois su enemiga. Por favor, tened cuidado. No soporto pensar que podría dañaros como a… —pero un pequeño sollozo la obligó a dejar la frase a medias.

La joven bajó del lecho de un salto y corrió hacia la entrada secreta, cubriéndose la boca con una mano.

—¡Francesca, no os vayáis! No pretendía preocuparos. Por favor, *piccola*, no estéis triste. Pensad en lo bien que lo pasaremos cuando Lucca venga. Podréis ayudarme a animarle. Está muy enfermo y necesitará mucho descanso y entretenimiento.

Isabella apartó las mantas, con la intención de tranquilizar a Francesca, pero la joven ya había desaparecido, tan rápido, con tanto sigilo, que ni siquiera la había visto colarse por la abertura de la pared. Entonces suspiró. La habitación de Sophia. Pues claro. ¿Qué podía haber más apropiado que asignarle a ella los aposentos de Sophia? ¿O más atemorizador? ¿Qué decía la maldición? Que la historia se repetiría una y otra vez. El esposo de Sophia la amaba al principio, pero al final le falló y la condenó a morir. Nicolai creía que como DeMarco, él era parte de la terrible maldición y que acabaría destruyéndola.

¿Y qué hay de Francesca? ¿Cómo había podido enterarse del accidente si nadie había hablado? Tenía acceso a los aposentos de Isabella. Y era una voz de mujer la que la había llamado para que la siguiera por las escaleras de los sirvientes. No, Francesca no podía ser un enemigo. Isabella cerró los ojos. No quería pensar esas cosas, no quería recelar de ella.

Finalmente se durmió, pero soñó con lobos e inmensos leones. Con cadenas que sonaban y lamentos de fantasmas. Cantos. En un lenguaje que no entendía. Soñó que Nicolai la besaba, la abrazaba, y sus facciones fieras se suavizaban por el amor. El sueño era tan vívido que notó su sabor, y aquel olor agreste. Y de pronto se apartaba, con sus ojos como llamas de un rojo dorado, y la arrastraba hasta un prado con expresión diabólica. La ataba a una estaca y encendía una hoguera mientras unas figuras oscuras bailaban en círculo a su alrededor. Los lobos observaban con mirada hambrienta, los leones rugían su aprobación. Ella oía risas agudas, de mujeres que bailaban alegremente con faldas vaporosas, mientras suplicaba clemencia. Francesca estaba allí, sonriendo con serenidad, bailando con los brazos en alto como si tuviera un acompañante. Y entonces el fuego desaparecía y ella aparecía arrodillada con la cabeza inclinada, dando las gracias porque estaba viva. Una sombra cayó sobre ella. El capitán Bartolmei le sonrió, mientras Theresa y Violante cantaban en voz baja y Francesca batía palmas complacida. Sin dejar de sonreír, el capitán levantó su espada y la dejó caer sobre su cuello.

Isabella gritó aterrorizada y el sonido la hizo despertar agitando los brazos con frenesí, mientras una mano trataba de sujetarla.

—Chis, *piccola*, nadie te va a hacer daño. Solo ha sido una pesadilla.

La voz era cálida y tranquilizadora.

No estaba sola en la cama. Notó que había otro cuerpo abrazado al suyo. Solo les separaba la gruesa colcha. El fuego se había consumido hacía rato y no quedaba ni un ascua encendida, pero no importaba. Nicolai DeMarco. Isabella habría reconocido su olor, su esencia en cualquier lugar, por muy oscura que fuera la noche. Su voz tan característica, grave, una combinación de fuego y amenaza.

Giró la cabeza lentamente, con cuidado. La de Nicolai estaba pegada a la suya. Trató de controlar su corazón desbocado.

—¿Qué estás haciendo aquí, *signor* DeMarco?

Y ella misma se dio cuenta de que sus palabras sonaban entrecortadas.

—Me gusta observarte cuando duermes —replicó él con suavidad, impenitente. Rodeó su rostro con las manos en la oscuridad—. Vengo cada noche a tus aposentos y me siento y te veo dormir plácidamente. Me encanta verte dormir. Hasta ahora no habías tenido ninguna pesadilla. —Su voz estaba llena de remordimiento—. He sido yo, Isabella, yo te he hecho esto, y lo siento, no tendría que haberte expuesto a un peligro tan grande.

—Sueño con frecuencia. —Ella volvió a cerrar los ojos, sintiéndose extrañamente segura ahora que sabía que él estaba allí. Respiró hondo y sus pulmones se llenaron con el aroma masculino y salvaje de Nicolai. La pesadilla la había alterado, pero él pertenecía a la noche y ella sabía que la protegería como nadie. Tal vez él temía hacerle daño, pero ella se sentía a salvo entre sus brazos—. ¿No temes que entre Sarina y te encuentre aquí? —dijo con su voz juguetona.

Él acercó la cabeza para besarla en la sien, rozando con su aliento cálido su oreja.

—Tengo intención de tratarte honorablemente, por muy difícil que me resulte. —Su voz tierna tenía un cierto matiz de desprecio. La rodeó con un brazo—. Vuelve a dormir. Me hace muy feliz verte tan relajada.

—¿Por qué no estás durmiendo? —preguntó ella medio dormida.

Nicolai sintió que su cuerpo se empalmaba por el deseo, cuando en realidad solo había ido allí para estar con ella.

—Yo no duermo por la noche —dijo en voz baja, enredando sus dedos en los cabellos de Isabella. Cerró los ojos ante el recuerdo de su propia pesadilla, que afloró de pronto a su mente, como si su corazón necesitara que compartiera sus terrores de niño con ella—. Nunca.

Como si estuviera leyendo su pensamiento, Isabella se abrazó a él con gesto protector. Su mano salió de debajo de la colcha para acariciarle la mejilla, las cicatrices de la infancia.

—Puedes dormir aquí, Nicolai. Yo velaré por ti.

Y lo dijo tan bajo que a duras penas pudo oír las palabras.

Pero por dentro se deshizo. Hacía años que nadie pensaba en protegerle o se preocupaba por él o le reconfortaba. Ella le estaba cambiando sin habérselo propuesto. Hundió el rostro en sus cabellos, cerró los ojos y aspiró con fuerza. Isabella le había dicho que él era el aire que impulsaba su cuerpo, la alegría de su corazón. Bien, pues ella era el aire que impulsaba el cuerpo de él. Era su alma.

Don Nicolai DeMarco la rodeó con gesto posesivo con los brazos y cerró los ojos, y se adormeció mientras escuchaba la respiración de su alma gemela. Y allí, en la oscuridad, en brazos de una mujer dormida, encontró la paz.

Capítulo *11*

*S*ignor DeMarco, ¿qué estáis haciendo en esa cama?

Sarina estaba horrorizada y su voz sonó muy aguda. La mujer cerró de un portazo, tapando la vista a las miradas curiosas y perturbando el sueño de Isabella.

Ella abrió los ojos con desgana, sintiéndose totalmente relajada y calentita.

—¿Es necesario que me despertéis tan temprano?

Gimió y trató de perderse en la almohada. Y se dio cuenta de que era musculosa y cálida, y que bajo su cabeza oía los latidos regulares de un corazón. Al instante sus ojos se abrieron y miraron perplejos a *don* DeMarco.

Estaba tumbado a su lado, y la rodeaba con firmeza con un brazo. Se inclinó para besarla en el hueco entre las clavículas.

—*Grazie, cara mia*. En mi vida había dormido más tranquilo.

Y se levantó con aquellos movimientos suyos tan fluidos, mientras Isabella le miraba boquiabierta. Sus cabellos estaban desordenados, medio sueltos del cordón de cuero con el que los había sujetado la noche antes. No hizo ningún esfuerzo por recomponerlos, y a Isabella le pareció que aquello le hacía aún más atractivo. El *don* no parecía arrepentido por su comportamiento impropio.

Lo aferró de la mano.

—Toma el té conmigo.

El aspaviento de Sarina al oír aquello hubiera debido hacer que los dos pestañearan.

—De ningún modo tomará el té en vuestros aposentos.

Y tras decir eso, la mujer se santiguó y se besó el pulgar.

—Aquí no. —Isabella no apartaba sus ojos de Nicolai—. En el comedor. Donde todos puedan vernos.

—El *don* debe salir de aquí inmediatamente. Y no por la puerta. Nadie debe verle salir de vuestros aposentos. —Sarina se retorcía las manos con nerviosismo—. Traeré al cura. Debéis pedirle que celebre la ceremonia enseguida.

—Yo hablaré con él, Sarina —dijo Nicolai muy tranquilo, mientras contemplaba las facciones de Isabella—. Y no la riñáis. La culpa es solo mía. Entré sin que ella lo supiera. —Su voz tenía un tono ligeramente autoritario. Su mirada se desplazó a Sarina, volvió a Isabella—. Estaré encantado de compartir el té contigo, *bellezza*.

La había llamado guapa, y sin embargo aquel comentario no reflejaba lo absolutamente prendado que estaba de ella. La tomó de la mano, deslizando sus dedos por su cuerpo en una reposada inspección de su piel, y entonces se la llevó con la palma abierta a los labios y dio un beso en el centro exacto.

Isabella se quedó mirando embobada a aquel hombre que había reclamado su lealtad al salvar a su hermano y le había robado el corazón con su orgullo implacable y su ternura. La dejaba sin respiración. En su mirada parecía haber un millar de secretos, oscuras sombras, emociones turbulentas. Cuando la miraba de ese modo, lo deseaba tanto, tanto...

Don DeMarco se movió por la habitación, con paso fluido y poderoso. Las dos mujeres lo vieron desaparecer por el pasadizo secreto.

—Le he visto —dijo Sarina con asombro—. No le estabais tocando y sin embargo le he visto. Como hombre, Isabella.

—Es un hombre —dijo ella muy tranquila mientras se echaba encima la bata.

Tenía el cuerpo dolorido, pero no hizo caso de las protestas de sus músculos y se dirigió a la pequeña alcoba para asearse y vestirse. Cuanto menos llamara la atención de Sarina sobre sus aventuras de la noche pasada, mejor.

—Vos no sabéis lo que eso significa después de todos estos años —susurró el ama de llaves.

De pronto, como si las piernas ya no pudieran sostenerla, la mujer se sentó en la cama y se cubrió el rostro con las manos. Y lloró desconsoladamente, mientras sus hombros estrechos se sacudían.

Al ver que lloraba, Isabella acudió a su lado y la abrazó.

—¿Qué tenéis, Sarina? Decidme. ¿Es Betto otra vez? Podemos encontrar una curandera para él. He oído que hay muchas que entienden de hierbas.

Sarina meneó la cabeza.

—Es *don* DeMarco. Yo lo cuidé de pequeño, tan guapo, con sus cabellos salvajes y sus ojos risueños. Le quería como a un hijo. —Se enjugó las lágrimas que rodaban por su rostro—. Aquel día, aquel terrible día, cuando volvió del patio cubierto de sangre y con el rostro desgarrado... —Volvió a hundir el rostro entre las manos en un nuevo acceso de llanto. Pasaron varios minutos antes de que se serenara lo bastante para levantar la cabeza y mirar a Isabella—. Su padre le amaba, ¿sabéis? Le amaba más que a nada en el mundo. Sé que quería evitarle la vergüenza y el dolor, porque sospechaba lo que iba a pasar. Y trató de matarlo, pero no por odio sino por amor. El amor puede ser algo terrible. —Miró a Isabella—. Desde ese día, jamás he visto a Nicolai como hombre, no estando solo.

—Sarina. —Isabella aspiró con fuerza y dejó escapar el aire y se obligó a preguntar algo que era mejor callar—. Su padre creía que algún día Nicolai mataría a su propia esposa. Estaba tan convencido de ello que pensó en matarlo para evitar que pasara. Sé que Nicolai teme que pase. Vos le conocéis, conocéis su verdadera naturaleza, y le amáis. ¿Qué pensáis?

Sarina suspiró con suavidad, dejando caer los hombros con gesto derrotado. Parecía mayor, consumida y cansada.

—Perdonadme, Isabella. Os he cobrado mucho afecto. No está bien que quisiera arriesgar vuestra vida por nosotros. Ninguno de nosotros hubiera debido aceptarlo. —Dejó caer la cabeza—. Aquella primera noche, la noche que llegasteis, ¿recordáis el grito que oísteis, cuando los leones rugían?

Isabella le dio la espalda, con un estremecimiento. Quería saberlo. Desde aquella misma noche había querido saber qué había pasado. Ahora no estaba tan segura. Se apartó de Sarina.

—Nicolai tuvo una reunión con sus hombres de confianza, Sergio Drannacia, Rolando Bartolmei, Betto y otro hombre llamado Guido.

Isabella retrocedió otro paso, meneando la cabeza.

—Debéis saberlo —insistió la mujer cansada—. Es necesario que lo sepáis. Nicolai amaba a Guido y confiaba en él, igual que confía en sus capitanes. Los tres eran amigos de la infancia. Esa noche hubo una terrible discusión. Guido quería que os despachara, pero Nicolai se negó. Nadie sabe exactamente qué pasó…. si fue Nicolai o algún otro león el que lo mató, pero Guido quedó destrozado. La discusión fue extraña. Nunca antes se habían levantado la voz, nunca se habían dicho cosas tan crueles, pero aquella noche Guido dijo cosas terribles.

—Sarina suspiró levemente—. Betto se quedó muy preocupado por lo que oyó. Me dijo que a duras penas reconocía a Guido. El hombre era un mujeriego, y con frecuencia cometía indiscreciones con las doncellas, pero no era alguien propenso a levantar la voz. Al final todos acabaron a gritos. Nicolai le dijo a Guido que se fuera a dar un paseo. La última vez que vieron a Nicolai aquella noche estaba saliendo del *palazzo*. Y cuando Betto volvió a verlo, lo encontró inclinado sobre el cuerpo de Guido, cubierto de sangre. Tenía la apariencia de un león, con su gran melena, pero era Nicolai. Para nosotros es inconfundible.

Isabella juntó los dedos a la espalda para no echarse a temblar delante del ama de llaves. Su corazón latía asustado. No podía moverse, no podía respirar.

Sarina corrió a tranquilizarla, pero ella meneó la cabeza y se apartó, tratando desesperadamente de recuperar la compostura. Pensó en Nicolai, en sus manos gentiles, su sonrisa. Sus ojos. En lo absolutamente solo que se sentía en aquel *castello* de leyendas retorcidas. Y ella sabía muy bien lo que el aislamiento puede hacer sobre el alma.

Entonces alzó el mentón y se volvió de nuevo hacia el ama de llaves.

—Soy dueña de mi propio destino, Sarina. Acepté el acuerdo voluntariamente. Si cambiara de opinión, estoy segura de que *don* De-

Marco me permitiría marcharme. No soy una prisionera, no hay sacrificio.

—Ahora estáis atrapada. No tenéis forma de salir de aquí —comentó Sarina con pesar.

Isabella esperó muy quieta mientras su corazón marcaba el rápido compás del miedo. Nicolai había pasado de ser ese niño guapo que traía alegría a su pueblo a ser un hombre poderoso, peligroso y misterioso, con una sonrisa pecaminosa y la promesa del placer erótico en sus ojos brillantes. Su corazón estaba atrapado en aquel valle, y había entregado su lealtad a un hombre que había aceptado apostar por la vida de un desconocido. Ella cumplía sus promesas. Su palabra era su vida. No estaba dispuesta a aceptar que era otra cosa lo que la retenía allí; porque eso habría sido un desastre. Además, era dueña de su propio destino.

—Nicolai no me hará daño, Sarina —dijo con firmeza.

Su corazón así lo creía, pero su mente se empeñaba en recordarle obstinadamente las garras que se habían clavado en su hombro como agujas. Por un terrible momento, las heridas palpitaron a modo de recordatorio. ¿Había matado Nicolai a su amigo? ¿A un hombre que confiaba en él y le servía? ¿Era eso posible?

Sarina se acercó al guardarropa.

—Si habéis de reuniros con él para el té, debéis apresuraros. Poneos algo bonito, os sentiréis más segura.

Abrió entonces las puertas del guardarropa y, antes de que pudiera evitarlo, lanzó un grito.

—¿Qué pasa? —preguntó Isabella, mientras se cerraba la bata, y entonces corrió junto a Sarina y se quedó mirando horrorizada el suelo del guardarropa.

La casaca del capitán Bartolmei estaba allí, tan destrozada que casi era irreconocible. Los grandes desgarrones la habían reducido a unos simples harapos. En el suelo de madera había señales de zarpazos, profundos y furiosos, marcados allí hasta el fin de los tiempos. Junto a los restos de la casaca del capitán estaba el vestido que Isabella había usado la noche anterior, también estaba hecho jirones, y sus restos se mezclaban con los de la casaca del capitán.

—Isabella. —Sarina susurró su nombre aterrada—. Debemos sacaros de este valle. Tiene que haber una forma.

Ella le pasó el brazo por los hombros para reconfortarla.

—Debemos prepararme para el té. No quiero hacer esperar a *don* DeMarco. Betto debe quemar la casaca y el vestido.

Echaba de menos a Lucca, pero no estaba segura de querer explicar el legado de Nicolai ni siquiera a su amado hermano.

—Isabella —volvió a protestar Sarina.

—No digáis nada. No se lo contéis a nadie. Dejad que lo piense.

Y habló con su tono más autoritario, con la esperanza de atajar con ello las objeciones del ama de llaves.

Mientras Sarina le arreglaba los cabellos con manos temblorosas, Isabella trató de pensar por qué se sentía tan dividida. ¿Es posible que se hubiera enamorado de Nicolai? ¿Que se hubiera enamorado tanto que estuviera dispuesta a arriesgar su vida? Le había dicho que cambiaría su vida por la de su hermano y era cierto. Pero ¿por qué esa lealtad inquebrantable hacia Nicolai, por qué esa necesidad de quedarse y curar esa mirada de soledad infinita de sus ojos?

Se estremeció, con el corazón desbocado ante la idea de que un león de mirada llameante la despedazara. Nicolai temía que eso pasara. Se lo había dicho. Lo veía en las sombras de sus ojos. En sus pesadillas. Y lo había temido desde el principio, cuando le preguntó si cambiaría su vida por la de Lucca.

Entonces cerró los ojos con fuerza un instante, tratando de aplacar sus nervios y refrenar su corazón. Lucca siempre le decía que pensara bien las cosas y, sin embargo, sentía un extraño zumbido en los oídos y su cabeza era un caos.

—Quiero estar especialmente hermosa, Sarina. —Necesitaba la seguridad que le daría sentirse hermosa—. Tomaremos el té en el comedor oficial, no en sus aposentos.

Isabella misma no habría sabido decir si era porque temía estar a solas con él o porque quería que su gente le viera comportándose de un modo normal. De pronto, le parecía más importante que nunca que Nicolai comiera ante los demás como haría un caballero.

Sarina asintió.

—Creo que ya es hora.

Ella se echó un último vistazo en el espejo para comprobar su aspecto. Satisfecha al ver que el terror no se reflejaba en su rostro, respiró hondo, salió con decisión de sus aposentos y bajó la escalera de caracol. El vestido se ceñía a su figura, y el suave material caía en pliegues y susurraba con exuberancia a su paso. Llevaba los cabellos recogidos en un intrincado diseño de trenzas, que le daban una elegancia de la que con frecuencia carecía por su escasa estatura. Nada en su apariencia delataba la fuerza con que latía su corazón o el sabor que notaba en la boca por el pánico. Caminó con la cabeza bien alta, con aire regio, como habría hecho cualquier miembro de la *aristocrazia*, una mujer nacida con una riqueza y una posición.

A lo largo del corredor las velas nuevas ardían en sus soportes y realzaban las figuras de leones con sus dientes y sus garras. Los ojos mortecinos y fríos de las tallas la miraban, como si siguieran cada uno de sus movimientos. Isabella era plenamente consciente de las alas de aquellas criaturas acuclilladas, de la plétora de garras que se desplegaban en su dirección. Y, mientras avanzaba al encuentro de su amado, se dio cuenta de que sus sentidos estaban atentos al más leve movimiento.

Don DeMarco ya estaba en el comedor, andando inquieto arriba y abajo. Ella se detuvo a la entrada para deleitarse en su visión. Era alto y fuerte, de hombros anchos y porte erguido. Sus largos cabellos estaban recogidos en una semblanza de orden, sujetos por la nuca. No parecía un asesino. Se le veía guapo y apuesto, un hombre nacido para mandar. Vio que su cabeza se alzaba como si hubiera captado su olor en el aire. Y se volvió lentamente, mirándola poco a poco de arriba abajo. El deseo saltó en lo más profundo de sus ojos. Descarnado. Intenso. Voraz. Por ella. Y solo por ella.

Aquella forma de mirarla la sacudía. Como si fuera la única mujer en el mundo. Como si la vida no tuviera sentido sin ella.

Fue a recibirla y la tomó de la mano.

—Isabella, tu belleza me deja sin respiración.

Una sonrisa curvó los labios carnosos de ella.

—Sin duda me haces sentir muy hermosa, Nicolai.

Nicolai la acompañó hasta una pequeña mesita, sin hacer caso de la larga mesa preparada ya con la exquisita porcelana y la cubertería.

—Prefiero que podamos hablar normalmente y no tener que andar gritando de un lado al otro de la mesa para oír lo que decimos. Los criados se molestarán, pero si se ponen pesados les rugiré —propuso.

En aquellos momentos, lo último que esperaba encontrar en Nicolai era humor. Una risa fugaz escapó de sus labios y, sin embargo, ese ánimo juguetón no logró disipar el recelo de su mirada.

—Un arma muy útil. No se me había ocurrido. —Y dicho esto se inclinó hacia él y bajó la voz, decidida a tratarlo como a su prometido—. ¿Alguna vez lo has hecho solo para ver qué pasa?

Él le sonrió, con una expresión espontánea e infantil que dispersó las sombras de sus ojos.

—Cuando era niño no siempre podía resistirme. Pobre Betto… cuando intentaba hacerme entrar para acostarme por las noches, me escondía entre las sombras y rugía muy bajito.

Y meneó la cabeza ante el recuerdo de las locuras de su infancia al tiempo que apartaba una silla para que Isabella se sentara.

La risa de Isabella brotó, suave y contagiosa, y viajó directa a su corazón. Sus ojos volvían a brillar, aceptándolo, atreviéndose a bromear con él, atreviéndose a compartir sus escapadas de juventud e incluso las habilidades que le hacían distinto a los demás. No recordaba que su padre hubiera hablado jamás con él de su don. Y ciertamente, a nadie se le habría ocurrido bromear sobre el tema.

Brigita entró en la estancia, con la vista gacha y los hombros caídos, como si fuera al encuentro de su destino. Sirvió la comida arrastrando los pies, poniendo mucho cuidado en no rozar al *don*.

—Buenos días, Brigita —dijo Isabella con alegría, decidida a superar con éxito aquella comida—. ¿Estás bien?

Brigita hizo una reverencia, y casi se le cae una bandeja.

—Sí, *grazie, signorina* Vernaducci.

Su mirada díscola se fue hacia el *don* sin poder evitarlo, y sus ojos se abrieron desmesuradamente. Empezó a retroceder, sin dejar de mirarlo, y salió de la estancia.

Isabella se echó de nuevo a reír.

—Creo que eres demasiado guapo, Nicolai. Tu pueblo no puede evitar mirarte mudo de asombro.

—¿Por qué no puedo tener el mismo efecto en ti?

Ella lo estudió con los ojos entornados.

—Lo tienes, *signore*. —Y sus pestañas descendieron con recato mientras el rubor le cubría el rostro. Ay, *madonna*, sí que tenía ese efecto en ella. La casaca del capitan Bartolmei hecha trizas sobre su vestido no significaba nada cuando Nicolai le sonreía. Isabella se frotó las sienes. ¿Tan débil de espíritu era que la sonrisa de un hombre podía robarle su inteligencia, su sentido común?

—¿Qué tienes, *piccola*? —preguntó él suavemente, y la tomó de la mano. Su pulgar acarició la sensible piel de la muñeca, su pulso acelerado—. En tus ojos veo sombras que no estaban ahí cuando has despertado.

—Mi vida ha cambiado en tan poco tiempo, Nicolai. Me siento inquieta y confundida. Ojalá estuviera aquí mi hermano.

—Me tienes a mí, Isabella. No estás sola.

—Lo sé. —Le dedicó una leve sonrisa y apartó la mano para dar un sorbo a su té—. Solo son nervios.

—No te pongas nerviosa aún, ya he hablado con el cura. No quería dar a Sarina más motivos para regañarnos. Celebrará la ceremonia en dos semanas. Siento que no pueda asistir ningún emisario, lo mereces, pero es mejor que nos casemos cuanto antes.

—Eso no me preocupa. De todos modos tampoco quería tener a toda esa gente mirando. Creo que una ceremonia discreta será perfecta. Pero Lucca se sentirá decepcionado si no puede asistir. —El corazón le latía tan deprisa que temió que él lo oyera—. Llegará muy pronto, Nicolai.

Isabella misma no sabía si realmente quería esperar a que Lucca estuviera allí para celebrar la ceremonia o solo era una excusa para posponer lo inevitable. Cuando estaba con Nicolai se sentía extrañamente hechizada, desbordada por la atracción que sentía por él, por la necesidad que él sentía por ella.

Él se llevó con cuidado la taza a los labios, mientras sus ojos ambarinos la miraban con intensidad. Hacía años que no compartía una comida con otro ser humano. Tendría que aprender modales de nuevo.

Podía leer cada pensamiento, cada expresión en el rostro de Isabella. El miedo se había colado en su relación, y no tenía forma de cambiar eso.

Ella percibió el ligero temblor de la mano de Nicolai, las sombras repentinas en sus ojos y, a pesar del miedo, su corazón se compadeció.

—Nicolai —dijo con suavidad—. Sé que tienes miedo por mí. Dime por qué tienes tanto miedo. Si eres capaz de controlar a un león, ¿por qué habrías de temer por mí?

Él apartó la mirada, y a ella el corazón le dio un vuelco. Se puso a estudiar su plato, pues no estaba segura de poder aparentar calma mientras le revelaba sus temores más íntimos. Sintió que por dentro empezaba a temblar, y esos temblores amenazaban con extenderse a sus extremidades, así que se apresuró a ocultar las manos sobre el regazo, bajo la mesa.

—Prefiero ahorrarte los detalles —ofreció él educadamente.

Isabella alzó el mentón, tratando de reunir hasta el último gramo de valor.

—No creo que a tu *madre* le ayudara mucho que le ahorrarais los detalles. Prefiero saberlo todo.

Nicolai dejó la taza con cuidado sobre la mesa; tenía miedo de estrujarla. En ese instante uno de los criados entró por la puerta con cara de asombro, pero se retiró enseguida al ver la mirada fiera y furiosa que el *don* le lanzó por la interrupción.

—Mis ancestros han vivido con este don, o maldición, como prefieras, desde hace generaciones. Pero hay una pequeña diferencia. —Suspiró con suavidad, pasándose la mano por los cabellos, de forma que se soltaron del cordón y cayeron en torno a su rostro y sus hombros como la melena salvaje de un león—. Cuando era un bebé, yo oía y entendía a los leones. Podía gatear hasta ellos, incluso acurrucarme a su lado y dormir con ellos. Que yo sepa, jamás había pasado. La capacidad de mis antepasados de controlar y entender a los leones siempre aparecía más tarde.

Isabella se pasó la punta de la lengua por los labios de pronto resecos.

—¿Cuánto más tarde?

Se clavó las uñas en las palmas.

—Bastante después de haberse convertido en hombres. —La miró entonces, con sus ojos ambarinos llenos de dolor—. Yo adoraba a los leones, y mi capacidad de comunicarme con ellos. Era parte de mí. Nunca pensé que fuera algo malo. No hasta que la gente empezó a ver a *mio padre* como la bestia. Se negaban a mirarle directamente.

Estiró el brazo sobre la mesa, como si necesitara aferrarse a la suya mientras todos aquellos recuerdos lo asaltaban.

Ella, incapaz de resistirse a aquella súplica silenciosa, apoyó su mano en la de él, consciente de la diferencia de tamaño, de lo grande y fuerte que era. Los dedos de Nicolai se cerraron sobre su mano y, mientras hablaba, no dejó de acariciar sus nudillos con gesto ausente con el pulgar.

—No era más que un niño cuando me pasó a mí. ¿Es que no ves lo que eso significa? En mí es más fuerte. Más de lo que lo ha sido en ninguno de mis antepasados. Si me concentro, puedo mantener la ilusión del hombre durante un rato, pero mi yo salvaje siempre se levanta, y cuando intento controlar mi apariencia, no me puedo comunicar con los leones.

Isabella dejó escapar el aliento muy despacio.

—Nicolai, la ilusión no es el hombre, es la bestia. Eres un hombre, no un león. Y si no puedes comunicarte con los leones es porque estás concentrado en tu apariencia, no porque te hayas convertido en algo que no eres.

—¿De verdad lo crees, cuando *mio padre* persiguió a *mia madre* como si no fuera más que un cervatillo en un bosque?

Apartó la mano con brusquedad, con la expresión ensombrecida por la emoción, mientras las llamas saltaban a sus ojos brillantes, y al hacerlo, Isabella notó un arañazo.

Trató de ocultar la mano enseguida bajo la mesa, pero él frunció los labios con gesto ominoso y la cogió de la muñeca con violencia, obligándola a exponerla para su inspección. Por un momento las llamas ardieron con fiereza en una conflagración rojiza. Nicolai se llevó el dorso de su mano a la boca. Isabella notaba el calor de su aliento, el roce de sus labios perfectamente esculpidos, el tacto rasposo y tranquilizador de su lengua de terciopelo.

De pronto la soltó y se levantó tan bruscamente de la silla que a punto estuvo de derribarla. Se apartó de ella con las facciones duras como la piedra, y sin embargo sus ojos estaban llenos de dolor. Parecía desesperadamente solo.

—Nicolai —protestó ella, sintiendo que la pena por aquel hombre la desbordaba. Lo quería tanto, y sentía tanta pena por aquella pesadilla privada, la pesadilla de saber que podía ser responsable de la muerte de alguien a quien amaba. De su muerte.

—Si no me conmovieras como me conmueves, Isabella —siseó con tono acusador—, si no te hubieras colado en mi corazón y mi alma, si no te hubieras ligado tan estrechamente a mí, no habría ningún riesgo. No amar es seguro. No siento, y conservo el control. Y tú me has arrebatado eso.

—¿Y quieres pasarte la vida sin preocuparte por nadie, sin amar? —Y le miró alzando el mentón mientras las nubes de tormenta se congregaban en su mirada—. Si esa es la vida que deseas, entonces habrás de buscar otra esposa. Tú me obligaste a decidir y acepté el riesgo. ¿Cómo te atreves a quedarte ahí plantado y decirme que lo que quieres es una vida vacía? —Isabella se puso en pie, enfrentándose a él abiertamente, sin preocuparse porque las manos le temblaran. Que viera que tenía miedo, sí, al menos era una emoción sincera—. No quiero llevar una vida vacía, y estar siempre abrumada por el miedo y el pesar.

Y le dio la espalda, temiendo que su mal genio la dominara. Que su lengua díscola arruinara lo que tanto le había costado construir entre ambos. Tenía que pensar en Lucca, que estaría allá afuera, perdido en algún lugar de la espesura, enfermo y necesitado de un lugar donde recuperarse y pasar el invierno.

—No te he rechazado, *signorina* Vernaducci —le informó *don* DeMarco, con una voz grave como un latigazo de amenaza y autoridad—. Y, sin embargo, prácticamente me acabas de llamar cobarde.

Un rugido bajo y amenazador empezó a sonar en su garganta, y el corazón de Isabella empezó a latir desbocado.

Estaba tiesa de la indignación, pero no pensaba darse la vuelta para mirarle. Y desde luego no pensaba retirar sus acusaciones. ¿Cómo se atrevía a utilizar su posición como *don* para controlar su comportamiento? Sentía una ira tan intensa que de buena gana le habría arrojado los platos a la cabeza.

—No creo que tus sentimientos sean mérito mío, *signore*. Son responsabilidad tuya y nada tienen que ver conmigo.

Nicolai la había herido con su ira retorcida. Podía notárselo en la voz. Había vuelto el rostro hacia otro lado, pero sabía que aquello se vería con tanta claridad como el día en su expresión. Él volvió a pasarse la mano por el pelo. Le daban ganas de cogerla en brazos y abrazarla. De ofrecerle protección, seguridad.

—Isabella ¿no has escuchado mis palabras? O quizás es que no me has entendido. Ninguno de mis antepasados ha sentido la fuerza de la bestia, la llamada, a una edad tan temprana como yo. No había peligro mientras estuviera solo, mientras conservara el control. Pero te quiero. Por ti siento todo cuanto un hombre puede sentir por una mujer... más incluso. Mis emociones son intensas y anulan mi control.

Las palabras de Nicolai hicieron aparecer en la mente de Isabella el recuerdo de la casaca destrozada del capitán Bartolmei.

—¿Celos, Nicolai? ¿Te sientes celoso? —le preguntó con voz tranquila, mientras seguía dándole la espalda.

—*Dio!* Sí, estoy celoso. Oigo tu risa, veo la forma en que te siguen los ojos de los hombres por todas partes. Hasta estoy celoso de las sombras cuando tocan tu cuerpo. He vivido solo desde que cumplí los doce estíos, Isabella. Apartado de los demás. Y acepté mi vida y mis obligaciones para con mi gente. Traté de evitar que vinieras. —Por un instante cerró los ojos y se pasó la mano con hastío por el rostro—. Lo supe. Desde el momento en que oí tu nombre. Supe lo que me harías, y lo has hecho. Has encontrado la forma de llegar a mí, y ahora no puedo echarte.

Isabella se volvió entonces, con los ojos arrasados en lágrimas.

—Entonces tendrás que reconciliarte con lo que somos. Tienes que creer en lo que somos como pareja. No en ti. En nosotros.

Nicolai avanzó un paso hacia ella, pero se detuvo bruscamente, cerrando las manos en apretados puños, pues oyó los pasos de un criado que se acercaba a la puerta.

—No deseo hacerte daño —dijo en voz baja, una caricia tan poderosa que ella notó que su estómago se sacudía en respuesta.

—Entonces cree en nosotros o deja que me vaya.

Era una decisión sencilla.

—*Don* DeMarco, los mensajeros han regresado, desean una audiencia inmediatamente —le informó Betto.

Por la mirada gacha del anciano, Isabella supo que no podía ver a Nicolai en su verdadera forma. Hizo una reverencia ante el *don*.

—*Grazie* por tomar el té conmigo, *signore*. Ha sido… —Sus pestañas bajaron con recato—. Interesante.

Nicolai meneó la cabeza y le dio la espalda. No podía, o no deseaba, tener que enfrentarse a su ira.

—Te veré después, Isabella.

Aquello era una advertencia, ni más ni menos. Nicolai echó a andar hacia la puerta y pasó junto a ella, pero de pronto se detuvo y tras sujetarla por la muñeca, la acercó a él y le habló al oído.

—Jamás te dejaré marchar, Isabella. Jamás.

La soltó bruscamente y se fue.

A ella le dieron ganas de ponerse a patalear como una criatura. Pero en vez de eso aspiró con fuerza y dejó escapar el aire con suavidad mientras se restregaba la muñeca.

—¿Cómo os sentís, Betto?

—Mucho mejor, *signorina*. —Parecía desconcertado—. Aún no comprendo qué pudo pasarme. Fue como si estuviera atrapado en un sueño. Me oía a mí mismo cuando le decía esas cosas terribles al pobre crío, y sentía rabia por dentro, pero era como si todo aquello no fuera real. No podía parar, ni controlarme, hasta que todos empezaron a decir esas cosas tan bonitas sobre mí. Lo cierto es que me aterraba ver que no tenía control sobre mis actos.

—¿Os había sucedido algo así antes, ha vuelto a pasaros?

Isabella apoyó una mano sobre el brazo de Betto con gesto tranquilizador.

—Cuando era joven, en una ocasión vi que le pasaba a uno de los leñadores. Estuvo a punto de matar a *mio padre*. Estaban riendo como amigos y al momento siguiente casi se matan. Jamás había oído a ninguno de los dos decir cosas tan terribles. —Se rascó la cabeza—. Es curioso. No había vuelto a pensar en ello desde hacía tiempo. Fue justo después de que la *madre* de Nicolai llegara al *palazzo*.

—Pero a vos no os ha pasado nada más.

Él meneó la cabeza y se santiguó, en un gesto que recordaba bastante al de su esposa.

Sarina entró en ese momento con aire algo apresurado.

—Lamento haber dejado a Brigita encargada de servir la comida. ¿Ha roto algo o ha molestado a Nicolai?

Y pareció asustarse cuando vio la comida sin tocar en la mesa.

Betto le dio unas palmaditas en el hombro y dejó solas a las dos mujeres.

—Me alegro de que no mandaseis a Alberita —dijo Isabella—. Sarina, quisiera ir a la cocina para hablar con la cocinera. ¿Podéis mostrarme el camino?

Sarina pareció desconcertada.

—¿No ha sido la comida de vuestro agrado?

—Al contrario. Todo estaba perfecto. Quería darle las gracias personalmente.

—Pero… —Sarina vaciló sin saber muy bien qué hacer—. En realidad no habéis comido nada, ninguno de los dos. —Al ver la expresión obstinada de Isabella, suspiró, sin entender nada—. Transmitiré vuestro agradecimiento a la cocinera.

—No deseo ofender a la cocinera. La comida era excelente —insistió—. Digáis lo que digáis, si ve que hemos devuelto la comida sin tocar, se sentirá mortificada. Deseo agradecerle personalmente su esfuerzo.

—Isabella, su trabajo es cocinar —comentó Sarina siguiéndola fuera de la estancia.

Se suponía que los *aristocratici* no bajaban corriendo a la cocina para aliviar los sentimientos heridos de la cocinera. No estaba bien.

—Me ha parecido que Betto tiene buen aspecto —comentó Isabella alegremente, cambiando de tema.

Sarina asintió, aún con el ceño fruncido.

—Dice que no sabe qué pasó. Es curioso, pero estos días un par de personas han tenido también un comportamiento extraño. La cocinera es una de ellas. Le lanzó un cuchillo al mozo que la ayuda porque no preparó la leña para el fuego lo bastante rápido. Jamás había hecho nada parecido.

—¿Y eso ha sido recientemente?

—Justo después de llegar vos. No se lo dije a nadie, ni siquiera a Betto, porque sabía que la pobre mujer estaba tan preocupada por… cosas.

—¿Qué cosas? —la azuzó Isabella.

Acababan de llegar al pie de la escalera y Sarina miró alrededor antes de echar a andar por el pasillo en dirección a la cocina.

—Pillaron a su esposo con una de las doncellas. Estaban en el granero. Janetta está casada con uno de los mozos de cuadra, y siempre han sido muy felices. Nunca había mirado a otros hombres. Nunca ha sido de las que flirtean, ni siquiera de joven, y Eduardo, el marido de la cocinera, es un hombre serio. No es alguien a quien una espere ver tonteando con otras.

—Es terrible. —Isabella suspiró—. ¿Negó Eduardo lo sucedido? —preguntó bajando la voz, como había hecho Sarina, pues no deseaba que nadie les oyera.

La cocina era una estancia grande y despejada con ollas y cazos, largas mesas y armarios por todas partes, y con una chimenea enorme.

Había mucha actividad, pero el lugar no resultaba en modo alguno caótico, como si cada uno supiera cuál era su sitio y se limitara a hacer su trabajo. Isabella se subió ligeramente las faldas cuando pasaron ante el fuego, no quería que las cenizas se le cogieran a los bajos del vestido. Se inclinó hacia Sarina para oír el resto de la historia.

De pronto, inesperadamente, una llamarada saltó de la chimenea sobre las dos mujeres. El sonido fue ensordecedor, como un trueno, un rugido de odio y desdén. El calor era intenso, y envolvió a Isabella, chamuscando su piel. La llamarada, con una luz blanca y deslumbrante, estalló ante sus ojos y por un momento la cegó. Las llamas lamieron las faldas de su vestido y subieron con rapidez por aquel material.

Al punto empezaron a llover cubos de agua desde los dos lados, y las llamas quedaron reducidas tan deprisa que no hubo tiempo de que la lastimaran. Quedó empapada, asustada, con el vestido ennegrecido y lleno de agujeros. El olor de la tela quemada era abrumador. No podía moverse, no podía hablar, estaba tan perpleja que por un momento ni siquiera oyó los gritos a su alrededor.

—¿Os habéis quemado, Isabella? —Sarina la sujetó por el hombro y la sacudió ligeramente—. Sentaos, *bambina*, antes de que os desmayéis.

El ama de llaves se puso a examinarla allí mismo, en la cocina, ante la mirada de asombro de los criados.

En ese momento, la cocinera golpeó a un anciano arrugado en las orejas y le gritó con rudeza, con el rostro tan deformado por el miedo que casi parecía demoníaco. El hombre temblaba visiblemente, sus rodillas chocaban. Isabella se obligó a apartar el terrible zumbido que oía en su cabeza para concentrarse en lo que decían.

—Las he visto cuando se acercaban, cocinera, es verdad —confesó el anciano—. No sé cómo ha podido pasar. Lo juro, no recuerdo haber utilizado el fuelle para avivar las llamas. Mis manos estaban sobre él, pero no lo he hecho. Jamás pondría en peligro a Sarina ni a la *signorina*. —Parecía que estaba a punto de echarse a llorar—. No lo haría.

—Has estado a punto de matarlas —le acusó la mujer—. Te he visto, he visto cómo avivabas deliberadamente el fuego para que las llamas saltaran.

El hombre meneaba la cabeza negando las acusaciones y, con manos inestables, buscó una silla a su espalda.

—Por un momento me parecieron criaturas espantosas. —Se restregó el rostro, y luego lo hundió entre las manos—. Pero ¿qué estoy diciendo? Sentía tanto odio y tanta rabia... No podía contenerme. Estaba horrorizado. He sido yo. Yo lo he hecho. *Dio!* Que la gran *madonna* me salve de la ira del *don*. Me mandará matar, me mandará lejos. Pero es lo que merezco.

Isabella hizo un esfuerzo por sobreponerse al susto. Los criados murmuraban furiosos, miraban al anciano con una inquina peligrosa. Y ella ya había visto antes esa expresión. Respiró hondo y alzó una mano para indicar a los presentes que callaran. Le costó controlar los temblores, pero lo hizo.

—Soy Isabella Vernaducci. Dígame su nombre, *signore*.

Mantuvo un tono afable.

Una cascada de lágrimas recibió aquella pregunta tan sencilla, el anciano suplicaba perdón. Para su horror, se arrojó a sus pies y trató de abrazarse a sus piernas.

—Estoy segura de que no lo ha hecho a propósito —se apresuró a decir Isabella.

El pánico empezaba a hacer mella en ella y ansiaba la tranquilidad de sus aposentos. Su vestido estaba arruinado, su rostro y su cuerpo cubiertos de hollín, pero no podía dejar a aquel hombre solo frente a la ira de la multitud. Sujetó la mano de Sarina con fuerza y contempló aquel mar de rostros.

—Estoy segura de que todos conocéis a este hombre. ¿Es la clase de persona que haría daño a dos mujeres porque sí? —Su mirada se posó sobre la cocinera—. Sin duda, usted más que ninguna otra persona sabe que aquí ha pasado algo muy distinto —dijo y la miró sin pestañear.

La cocinera bajó la vista y asintió con pesar.

—Ya nada tiene sentido. —La cocinera dio unas palmaditas en el hombro del anciano—. No sé qué ha pasado hoy, pero yo sentí lo mismo.

Isabella asintió.

—Aquí hay unas fuerzas en acción que no comprendo, pero este pobre hombre no tiene nada que ver, no más que la cocinera cuando le sucedió esto mismo. Tenemos que velar los unos por los otros. Cuando veáis que algo anda mal, tratad de ayudar y venid en mi busca, buscad a Sarina, a Betto. Estemos juntos en esto. —Se obligó a sonreír—. Creo que necesitamos a Alberita y el agua bendita.

Algunos de los criados consiguieron sonreír. Isabella se sentía cansada y agotada, ya no podía ofrecer más. Y tuvo que apoyarse en el ama de llaves mientras se dirigían hacia la escalera.

—Se lo diréis a Nicolai, ¿verdad? —preguntó con recelo.

Sarina la sujetó pasándole el brazo por la cintura.

—Sí, debe saberlo. Ha sido muy bonito por vuestra parte, Isabella. Todos estaban tan furiosos que podían haberle atacado.

—¿Estáis herida?

Isabella trataba de no llorar. El día no había empezado bien y le aterraba pensar que quizás acabaría mal.

—Estoy bien. Vos estabais entre las llamas y yo.

Betto apareció en ese momento, nervioso y algo resollante, un claro indicio de que el rumor se había extendido ya por el *castello*. Sarina meneó la cabeza con rapidez en un gesto de aviso y el hombre se detuvo, mirando su vestido arruinado.

Capítulo *12*

Los baños, en las profundidades del *palazzo*, estaban llenos de vapor. Isabella se sintió agradecida por la humedad y el vapor que ascendía desde la superficie. En el último momento, justo antes de entrar en sus aposentos, se había mirado las manos y vio horrorizada que estaban cubiertas de hollín y mugre. Los temblores casi la habían hecho caer de rodillas. Y, de pronto, sintió que tenía que eliminar hasta el último indicio de aquel incidente, que aquello era lo más importante del mundo. Sarina no discutió cuando le suplicó que la llevara al baño de hermosos azulejos.

Isabella dejó caer su vestido arruinado en el suelo pulido de mármol y bajó poco a poco los escalones, dejando que el agua lamiera su cuerpo. En algunos puntos la piel le quemaba, pero el agua resultaba deliciosamente relajante. Se sumergió en el agua y dejó de resistirse por fin a aquellos fuertes temblores. Al instante Sarina se puso a la tarea de deshacer el intrincado trenzado de sus cabellos.

La puerta se abrió de golpe y *don* DeMarco entró. Se le veía poderoso, furioso, embargado por turbulentas emociones. Al principio no habló. Se limitó a recorrer la habitación de arriba abajo, con largas zancadas que delataban su profunda agitación y un rugido bajo y amenazador brotando de su garganta.

Intimidada por el malhumor apenas contenido del *don*, Isabella miró a Sarina buscando su apoyo, pero el ama de llaves parecía más asustada que ella. Por su mirada gacha supo que no podía ver a Nicolai en su verdadera forma.

Este dejó de andar y concentró toda la fuerza de sus ojos ambarinos sobre ella.

—Dejadnos, Sarina.

Era una orden, y su tono no admitía discusión.

El ama de llaves le oprimió el hombro en un gesto silencioso de camaradería y dejó caer los cabellos de su joven pupila, con la esperanza de que los largos mechones cubrirían de alguna manera su desnudez. Se retiró sin una palabra. Nicolai fue tras ella y cerró la pesada puerta e Isabella quedó encerrada en la habitación con él.

Entonces contó los latidos de su corazón e, incapaz de seguir conteniendo el suspense, se sumergió bajo el agua para limpiarse el hollín del rostro y eliminar el olor a humo de sus cabellos. Hubiera querido escapar, desaparecer. Cuando emergió a la superficie para respirar, Nicolai estaba en el escalón más alto, con aspecto salvaje e indómito, poderoso. A ella la dejó sin respiración.

Nicolai caminó sobre las baldosas, con el rostro ensombrecido por sus peligrosos pensamientos y el torbellino interior que lo sacudía. Avanzó hasta el agua, hasta el lugar donde yacía su vestido, sigiloso como un león. La miró una vez y después se acuclilló junto al vestido y, tras levantarlo con dos dedos, contempló los manchurrones negros y los agujeros. Se enderezó con un movimiento fluido y grácil. Animal. Dejó caer la prenda al suelo, tragando audiblemente, y volvió su mirada intensa hacia ella.

—Ven aquí.

Isabella pestañeó. Era lo último que hubiera esperado que le dijera. Un escalofrío le recorrió la espalda a pesar del calor del agua. Su pulso se aceleró y, pese a todo lo que había sucedido desde que llegó a *palazzo*, notó el sabor del deseo en la boca. Brotó de un lugar muy bajo y se encharcó como el agua, con un calor tan intenso que dolía. Se cubrió los pechos con los brazos y lo miró.

—No llevo nada puesto, Nicolai.

Su intención era sonar desafiante, o apaciguadora. Lo que fuera menos aquello, aquel tono receloso y aquella ronquera que convirtió su voz en una tentación.

Un músculo se movió en la mandíbula de Nicolai. Sus ojos se volvieron más ardientes, más vivos.

—No es una petición, Isabella. Quiero ver hasta el último palmo de tu cuerpo. *Necesito* verlo. Ven aquí ahora.

Estudió sus facciones. Estaba infinitamente cansada de sentir miedo. De afrontar situaciones desconocidas.

—¿Y si no obedezco? —preguntó con suavidad, sin importarle lo que él pudiera pensar, sin importarle que fuera uno de los *dons* más importantes del país, sin importarle que pronto hubiera de convertirse en su esposo—. Vete, *don* DeMarco. No puedo hacer esto ahora.

Los ojos le escocían, pero no pensaba llorar, no, no lo haría.

—Isabella.

Nicolai susurró su nombre. Nada más. Solo el nombre. Y brotó como un anhelo. Terrible. Hambriento. Cargado de necesidad y miedo por ella.

El corazón de Isabella se encogió y su cuerpo se puso tenso. Todo lo que había de femenino en ella anhelaba el contacto físico.

—No me hagas esto, Nicolai —suplicó en voz baja, apelando a su cordura, su misericordia—. Solo quiero irme a casa.

Pero ella no tenía casa. No tenía tierras. La vida que conocía ya no existía. No le quedaba nada salvo un amor acuciante que algún día la destruiría.

La mirada de él la devoraba. Ardiente. Posesiva. La mirada implacable de un predador. La línea inflexible de su boca se suavizó y su expresión pasó de la preocupación al consuelo.

—Estás en casa, *bellezza*.

El roce de los ojos de Isabella era casi tan poderoso como el de sus dedos. Si es que eso era posible; el cuerpo de Nicolai se empalmó aún más.

—¿Tienes miedo de acercarte a mí? —preguntó suave, amable, con un matiz de vulnerabilidad en la voz.

¿Qué importancia tenía la propiedad cuando veía una tristeza tan grande en los ojos de Isabella? ¿Cuando la desconfianza la abatía? ¿Cuando su aspecto era tan sensual que sentía que el cuerpo le iba a estallar en llamas?

Y fue aquella pequeña brecha, aquel matiz de vulnerabilidad, lo que lo cambió todo para ella. Allí estaba, tan alto y fuerte, con un poder casi ilimitado, y sin embargo temía que no lo quisiera con su terrible legado. ¿Qué mujer en su sano juicio le habría querido? La estaba seduciendo con su voz. Con su mirada ardiente, con la oscura intensidad de sus emociones, con su soledad y su increíble valor ante la inmensidad de sus responsabilidades. ¿Quién podía amarle sino ella? ¿Quién podía aliviar el dolor que veía en las profundidades de su mirada? Sus ojos se pasearon deliberadamente por el cuerpo de aquel hombre, deteniéndose en la abultada zona de los pantalones que evidenciaba su excitación. ¿Quién iba a aliviar el sufrimiento de su cuerpo cuando ninguna mujer podía reunir el valor para mirarle y ver más allá de los estragos que había causado en él una antigua y retorcida maldición?

Isabella alzó el mentón y le mantuvo la mirada. Hubiera podido pasarse la vida mirando aquellos ojos. Y se permitió sentirse hechizada, cautivada.

—En absoluto, *signore*. ¿Por qué habría de temerte? Los Vernaducci somos más fuertes que ninguna maldición.

Se puso bien derecha y ladeó la cabeza para sujetarse los cabellos. Tardó unos instantes en escurrir el agua de aquella espesa mata. Pero en ningún momento apartó la mirada de él, porque necesitaba su fuerza, su reacción. Entonces avanzó lentamente hacia los escalones, sintiendo la caricia del agua en cada palmo de su cuerpo. Se deslizaba sobre su piel, sedosa y líquida, acariciando sus pechos y su vientre, hasta que sintió que la necesidad la desbordaba. Deliberadamente, con gesto provocativo, arrastró los pies y salió muy despacio, y acudió a él envuelta en vapor y un remolino de agua.

Nicolai supo que había cometido un terrible error en el momento en que la vio dar el primer paso hacia él. La visión de aquella mujer hizo que las rodillas le flaquearan y el corazón se desbocara en su pecho. La erección le hacía sentirse duro y le dolía. El deseo lo devoraba, pero eso no importaba. Nada importaría hasta que hubiera examinado cada palmo del cuerpo de Isabella y se hubiera asegurado de que no había sufrido ningún mal.

Casi se le había parado el corazón cuando le informaron del accidente. Se le formó un nudo en la garganta y por un momento no pudo respirar. No pudo pensar. En ese instante la bestia afloró inesperadamente y tuvo ganas de matar. Mutilar, despedazar, destrozarlo todo. A todos. La intensidad de sus emociones le aterraba.

Atrajo a Isabella hacia sí, pegándola contra su cuerpo, y hundió el rostro en la espesa mata de sus cabellos mojados, y al hacerlo sus ropas se mojaron, pero no importaba. La abrazó con fuerza, tratando de apaciguar su corazón, tratando de volver a respirar. Cuando los temblores remitieron y se sintió más estable, la apartó un poco e inició una exhaustiva inspección de su cuerpo. Muy suavemente la hizo volverse y pasó la larga soga de cabellos por encima del hombro para dejar al descubierto la espalda. Las marcas de las garras del halcón estaban empezando a cicatrizar. Las manos de Nicolai se deslizaron sobre ellas con reverencia, necesitaba el contacto de aquella piel. Y la sostuvo con firmeza por los hombros para que no se moviera cuando se inclinó para probar su sabor. Su lengua encontró las furiosas y descarnadas marcas del coraje y lamieron las gotas de agua.

Isabella se mordió el labio inferior y cerró los ojos ante las sensaciones que la boca de Nicolai despertaba, mientras él seguía ociosamente los contornos de su espalda hasta sus nalgas. Sus manos se apoyaron sobre ellas, clavándose en la carne, y luego se deslizaron sobre las caderas para buscar las estrechas costillas. La apretó contra su cuerpo, y notó claramente la erección contra su piel desnuda, separada de ella tan solo por los pantalones.

—Isabella. —Nicolai susurró el nombre en el hueco de su hombro. Sus dientes juguetearon con suavidad sobre su cuello, mientras las manos sostenían los pechos y los pulgares acariciaban los pezones—. Voy a hacerte mía. Esta vez no puedo parar. —Besó el arañazo de la sien. Su lengua se deslizó sobre las marcas de punción de su hombro, dejando a su paso un dulce dolor—. Necesito tenerte.

—Ya soy tuya —susurró ella, y era cierto.

Pertenecía a Nicolai DeMarco.

Él le volvió la cara, quería ver su expresión. Le rodeó el rostro con las manos e inclinó la cabeza sobre ella. La boca de Isabella era tan dulce y complaciente, que se abrió para que su lengua pudiera jugar. El fuego lo devoraba, fiero e intenso, y se dio cuenta de que estaba asaltando su boca en lugar de ir despacio como pretendía. Tuvo que hacer un esfuerzo para suavizar el beso y no devorarla. Cuando levantó la cabeza, vio que ella le miraba, divertida, tan confiada que él cayó de rodillas con un gemido y la rodeó con los brazos por la cintura para apoyar el rostro marcado contra su vientre. Contra el lugar donde crecería el hijo de ambos.

Aquel pensamiento despertó una nueva oleada de amor, abrumadora, intensa. Su mente corría desbocada por el deseo, por la necesidad de hundir su cuerpo en lo más profundo de su ser y fundirse con ella. La deseaba con tanta fuerza que temblaba. Sus manos siguieron la curva de sus pantorrillas, las rodillas, los muslos.

Un sonido brotó de los labios de Isabella. Su cuerpo se sacudía.

—No creo que pueda hacer esto.

—Necesito más —susurró él, y deslizó una mano entre sus muslos, acariciando. El leve gemido de ella hizo que Nicolai se sacudiera de arriba abajo. Oprimió sus partes con la palma de la mano y notó que se humedecía, y sonrió complacido ante aquella clara muestra de excitación. Se inclinó entonces y la probó, acariciando con la lengua allí donde habían estado las manos, decidido a lograr que lo quisiera, que lo aceptara, que no sintiera nada más que placer.

—¿Qué estás haciendo? —jadeó ella mientras lo aferraba por los cabellos.

Tenía miedo de que las piernas le fallaran, pero no quería que parara. Nunca.

La lengua de Nicolai volvió a acariciar.

—Sabes como la miel caliente —musitó mientras se dejaba llevar y la sujetaba contra su cuerpo, probándola, extasiado por la forma en que se aferraba a él y su cuerpo se sacudía y temblaba—. Podría pasarme la vida lamiéndote —susurró, restregando la boca contra su vientre antes de ponerse en pie—. Voy a llevarte ahora mismo a mis aposentos.

Y la cogió en brazos, de modo que sus pechos rozaron su torso.

Isabella le rodeó el cuello con los brazos.

—A los míos, por favor, Nicolai. Allí estaremos seguros. No tendré miedo.

Lo deseaba tanto que casi no podía respirar, y cuando él inclinó la cabeza para dar un lametón a su pezón, sintió otra nueva descarga de humedad que se escurría entre sus piernas invitándolo a entrar.

Nicolai no estaba seguro de poder caminar, pero no pensaba tomar la virginidad de Isabella sobre el suelo como un mozo calenturiento e inconsciente. Mientras avanzaba por el pasadizo secreto, tuvo que parar en varias ocasiones para besarla. Y, cuando ya estaban cerca de sus aposentos, la dejó sobre el suelo y la pegó contra la pared y tomó su boca mientras sus manos recorrían todo su cuerpo.

A Isabella aquella boca se le antojaba un misterio delicioso, un lugar de belleza erótica. Nicolai la arrastraba a un mundo desconocido en el que su cuerpo ardía deliciosamente, y lo deseaba con toda su alma, deseaba sentirlo y probarlo. Jamás se cansaría de aquel cuerpo, de aquellos besos. Con gran atrevimiento, deslizó sus manos bajo la túnica para acariciar el pecho. La piel estaba caliente. Y no pudo resistirse a pasar la mano sobre el grueso bulto de sus pantalones.

Nicolai a punto estuvo de estallar. Recuperó el sentido con su boca en el pecho de Isabella y sus dedos hundidos en su cuerpo. Estaba tratando de quitarse los pantalones, y la frustración lo devolvió de golpe a la realidad. Respiró hondo, la respiró a ella, y una vez más la atrajo hacia sí. Se estaba ofreciendo a él sin reservas, y no pensaba rechazar aquel tesoro.

Nicolai la llevó al interior de los aposentos y la dejó sobre el lecho. Sin poder apartar los ojos de ella, se quitó la túnica y la dejó caer al suelo. Isabella estaba tan hermosa allí, completamente desnuda, siguiendo con sus ojos cada movimiento… Entonces se sentó en el borde de la cama para quitarse las botas y no pudo resistirse al pecho que veía más cerca. Se inclinó para chuparlo y dejó que su lengua jugueteara con el pezón, rozando levemente con los dientes, hasta que ella se estremeció de placer y sus piernas se agitaron con desasosiego.

Su vientre era suave pero firme, y la mujer se sacudió cuando él deslizó la mano más abajo.

—Confía en mí, Isabella —suplicó—. Deja que yo cuide de ti.

—Entonces desnúdate —dijo ella tratando de recuperar el aliento—. Quiero mirarte como tú me miras a mí.

Estaban en pleno día, y hubiera debido sentirse avergonzada, pero Nicolai ocupaba todos sus sentidos hasta tal punto que solo él existía. Todo cuanto hacía, allí donde él tocaba o lamía, le hacían sentir desbordada de placer y anhelo. Ya no podía reconocer su cuerpo, todo él sufría, ansiaba salir. Se sentía caliente, febril, y necesitaba algo. Necesitaba el cuerpo de Nicolai.

Él arrojó las botas a un lado con descuido y se puso de pie para quitarse los pantalones. E Isabella se encontró contemplando con cierta aprensión la gruesa erección que se elevaba entre sus piernas. Nicolai sonrió al ver la cara ceñuda con que miraba.

—Creo que tal vez seas demasiado grande para mí —dijo con voz baja.

—Eso es imposible. Estás hecha para mí. —No permitiría que tuviera miedo de hacer el amor con él. Había muchas razones legítimas para que Isabella le tuviera miedo, pero su tamaño no era una de ellas—. Me aseguraré de que tu cuerpo está preparado. Confía en mí.

Ella estiró el brazo para rodear con los dedos el pene. Y cuando sintió que él se estremecía de placer, deslizó la yema del pulgar sobre la punta suave para ver su reacción. Su vientre se sacudió con fuerza, contrayendo cada músculo por la expectativa.

—Más tarde, *cara*, lo juro, hay muchas formas de darnos placer el uno al otro, pero ahora mismo te deseo demasiado. Necesito asegurarme de que estás preparada.

—Me siento preparada —dijo ella mientras Nicolai se arrodillaba entre sus piernas y le separaba al hacerlo los muslos. Isabella se sentía preparada para estallar.

—Los dos hemos pensado antes que estabas preparada, *cara mia*, pero me precipité. —Introdujo lentamente el dedo entre las vulvas apretadas. Ella dejó escapar un jadeo y a punto estuvo de caerse de la cama—. Es algo parecido, *cara*, solo que más, ¿te acuerdas? No hay por qué tener miedo. —Se inclinó para besar su vientre al tiempo que retiraba el dedo—. Ahora voy a dilatarte un poquito, pero tendría que provocarte placer, no dolor.

Introdujo dos dedos muy despacio, escrutando su rostro en busca de señales de dolor.

Los músculos de Isabella se cerraron y apretaron en torno a los dedos y él los metió más adentro, en una caricia más extensa que la hizo gritar. Cuando los sacó, Isabella protestó.

—Nicolai —dijo con un leve tono de reprimenda que hizo que él sonriera y meneara la cabeza.

—Todavía no, *cara*. Uno más. Quiero asegurarme de que esta vez no sientes más que placer conmigo.

Así que introdujo tres dedos, más despacio, con más cuidado. Y la obsequió con una caricia más extensa. Se sintió complacido cuando vio que ella empujaba con las caderas para acompasarse a su mano.

—Ah, eso es, eso es lo que quería. —Y se inclinó para besarla de nuevo al tiempo que se colocaba entre sus piernas—. Cuando empiece a moverme dentro de ti, así es como debes moverte para que el placer sea más intenso.

Isabella notó que apretaba contra la entrada y esperó sin aliento mientras él empezaba a empujar. Nicolai fue despacio, sin apartar sus ojos ambarinos de su rostro. El placer que le producía sentir cómo la dilataba, cómo se unían, mientras sus músculos se tensaban y apretaban en torno a él, era tan intenso que casi no podía soportarlo.

El cuerpo de Nicolai se estremecía en respuesta a aquel tormento exquisito. Estaba excitada y caliente, estaba más que preparada. Cuando topó con la barrera, se detuvo. La cogió de las manos, se las sujetó por encima de la cabeza y se inclinó para chuparle los pezones. Le besó la garganta.

—*Ti amo*, Isabella —susurró—. Te quiero —dijo y empujó.

Isabella dio un respingo, y sus dedos se cerraron con fuerza en torno a los de él. Y se miraron durante un largo momento, sin dejar de sonreír.

—Ya está hecho, *bellezza*. —Volvió a besarla—. Ahora soy todo tuyo. Todo entero. —Y empujó más adentro—. Eso es, todo. —Nicolai empujó y empujó, otro par de centímetros más adentro, e Isabella gritó, con un sonido que quedó amortiguado contra el cuello de él. Él mismo quería gritar. La sentía como una feroz vaina que sujetaba y jugaba y le estaba haciendo enloquecer—. Ya casi estamos, solo un poco más, y todo yo estaré... en el lugar al que pertenezco —dijo, y en ese instante le soltó las manos y la sujetó por las caderas.

Isabella se estremecía de placer mientras él entraba y salía, moviéndose dentro de ella, fuera, despacio al principio, luego deprisa, más deprisa, más adentro, con golpes duros que la dejaban sin respiración y hacían que sus sentidos pidieran más a gritos, siempre más. Isabella sentía el ritmo al que se movía Nicolai y su cuerpo empezaba a acompasarse al de él, que apretaba la mandíbula por la presión cada vez mayor.

Él quería que aquello durara para siempre, un éxtasis para los dos. Y en su interior era cada vez más intenso, salvaje y primitivo. Su mujer. Su hembra. El rugido se hizo más fuerte en su cabeza. La sujetó con más fuerza por las caderas, empujándola contra su cuerpo mientras empujaba cada vez más fuerte, tan adentro que deseaba encontrar su alma. Ningún otro hombre la conocería de ese modo, ninguno la tendría, ninguno le daría un hijo. Y se abrió paso en su interior, como el fuego más ardiente que jamás hubiera conocido. Su cuerpo se estremeció, se puso tenso, se endureció con un único objetivo.

Isabella lo observaba con atención cuando todo él empezó a empujar frenéticamente. Al momento las ondas empezaron a extenderse, abrazándola, envolviéndola, hasta que la hicieron gritar de placer. Pero no se detenía, él seguía arrastrándola una y otra vez haciendo que aquel momento de éxtasis pareciera interminable. No sabía qué esperaba, y ahora lo único que podía hacer era aferrarse a sus brazos y tratar de conservar la cordura mientras su cuerpo cobraba vida propia.

Nicolai echó la cabeza hacia atrás, con la mata de pelo alrededor de su cabeza como un halo. Mientras derramaba su semilla dentro de ella, ardiente y furiosa, empujando con las caderas para que llegara muy dentro, el rugido se hizo más profundo en su cabeza y brotó desgarrando su garganta.

Isabella lo miró asustada. El ámbar de sus ojos era rojo como el fuego, como si en su cuerpo se hubiera iniciado un fuego de verdad y las llamas bailaran en su mirada. Las manos se cerraron sobre sus caderas, los dedos se clavaron en su carne.

—Isabella. —Fue un gemido bajo y ronco de derrota, de miedo—. Corre. Sal de aquí mientras puedas. —Había desesperación en su voz, pero no la dejó ir, la tenía atrapada bajo su cuerpo. Sus caderas aún empujaban, los músculos de ella seguían cerrándose y apretando. Entonces sintió una punzada de dolor en la cadera, como una aguja.

Lo miró directamente a los ojos en un intento por retenerlo.

—Nicolai —le dijo con suavidad—. Te quiero. Por ti mismo. No como el *don*. No como el hombre poderoso que ha salvado a *mio fratello*. Te quiero por ti mismo. Bésame. Necesito que me beses.

No se atrevía a apartar los ojos de él, no podía arriesgarse a permitir que la ilusión tomara el mando, ahora no. No mientras estaban haciendo el amor.

Hubo un silencio mientras él la miraba. Isabella permaneció en calma, esperando. Observando. Sus manos frotaban los brazos de él arriba y abajo. Podía sentir los músculos fuertes y duros bajo la piel. Piel, no pelaje. Las llamas retrocedieron, y la aguja poco a poco salió de su carne. Su cuerpo seguía aprisionándola, mientras sus músculos seguían cerrándose en pequeñas sacudidas que no dejaban de sucederse.

Él inclinó la cabeza y buscó su boca, la besó con ternura.

—¿Te he hecho daño?

Tenía miedo de mirarla, miedo de que viera las lágrimas en sus ojos. ¿Cómo podría volver a confiar en sí mismo? Sabía que la querría una y otra vez, y cada vez que la tomara se convertiría en una dolorosa experiencia de autocontrol. Tarde o temprano perdería la batalla y sería Isabella quien lo pagaría.

—Sabes que no. —Y sus labios subieron dándole besos por el mentón hasta la comisura de la boca—. ¿Siempre es así?

Los cabellos de Nicolai rozaban su piel sensible y por dentro sus músculos reaccionaron volviendo a contraerse, enviando una nueva oleada de placer por todo su cuerpo. Una intensa sensación de alivio la invadió. Ahora estaba segura de que encontrarían la forma de vencer la maldición. Evidentemente, Nicolai tenía aquello grabado a fuego en su interior, estaba convencido de que algún día mataría a la mujer que amara, y ella temía que eso lo derrotara antes de que pudieran siquiera intentarlo.

—Lo has visto, ¿verdad? —Su mano se deslizó sobre la cadera de Isabella y volvió con una pequeña mancha de sangre—. Me has visto como el león.

—No, Nicolai, no lo he visto. Te he visto a ti, solo a ti —dijo Isabella, y lo abrazó con fuerza, mientras sus corazones latían frenéticamente a la par. Él, sintiendo que necesitaba consuelo, apoyó la cabeza sobre los pechos de ella y enredó los dedos en sus cabellos.

—Pero has sentido la presencia del león —dijo con tristeza—. Sé que lo has hecho. Sé que le has oído.

El pezón era una tentación demasiado grande y lo tomó con la boca, y jugueteó y acarició con la lengua. De nuevo se sintió recompensado cuando el cuerpo de Isabella se estremeció de placer, y apretó y se sacudió en torno al suyo. Le besó el pecho y se quedó relajado y dejó que la serenidad y la paz de ella penetraran en su mente para poder pensar con claridad.

—Nada de todo esto importa, lo único que importa es que estamos juntos —contestó ella con suavidad.

Nicolai alzó el rostro y la miró.

—No voy a casarme contigo.

Sus ojos la miraron llameantes, y su pelo cayó sobre los pechos sensibilizados de Isabella, convirtiendo sus pezones en duros picos.

Ella se puso rígida. Nicolai estaba desnudo sobre ella, cubriéndola como un manto, sus cuerpos entrelazados, sus brazos la sujetaban. Acababan de estar juntos como marido y mujer, y sin embargo había elegido precisamente ese momento para anunciar que había vuelto a cambiar de opinión. Ella trató de pensar que era por su inexperiencia, porque le había entregado su virginidad sin estar casados.

—Por favor, quítate de encima —dijo muy educada, aunque le daban ganas de abofetear su hermoso rostro.

El hecho de que a pesar de todo siguiera encontrándolo guapo le indignaba todavía más.

—Perdona. ¿Peso mucho? —Desplazó su peso enseguida, y dejó solo un brazo alrededor de su cintura y una pierna echada con descuido sobre los muslos. Su aliento cálido caía sobre el pecho de Isabella—. No sé cómo no se me ha ocurrido antes.

—No se te ha ocurrido antes —señaló ella secamente, y le dio un empujón—. Tengo que levantarme. Sarina debe de estar preguntándose dónde estoy. Espero que la inspección de mi cuerpo haya resultado satisfactoria.

—Isabella —dijo él, y se sentó—. ¿Qué pasa? —Se restregó el puente de la nariz, confundido por su reacción—. Serás mi querida —dijo para tranquilizarla—. Nunca renunciaré a ti. Si es necesario buscaré otra esposa, pero tú te quedarás aquí y vivirás conmigo.

Ella alzó el mentón. Rodó hacia el otro lado de la cama y se sentó en el borde. Vio las sábanas manchadas, la prueba de su pérdida de la inocencia, y eso aumentó su ira.

—Supongo que me lo merezco, *signor* DeMarco, y por supuesto, tu voluntad es una orden. Y ahora ¿tendrías la decencia de dejarme sola, por favor? «Buscará otra esposa. Y se atreve a decirlo cuando aún tengo el cuerpo entumecido por la invasión.»

—Isabella, es la única forma de vencer a la maldición. ¿No lo ves? —dijo, y estiró el brazo para tocarla, pero ella se levantó de la cama y cogió su bata con una mirada tormentosa en sus ojos oscuros.

—*Don* DeMarco, te estoy pidiendo que te vayas de mi habitación. He accedido a servirte en la forma que elijas a cambio de la vida de mi hermano Lucca. Si quieres que sea tu querida, lo seré. Pero ahora te pido que salgas de mis aposentos antes de que pierda los nervios y te tire algo a la cabeza.

Y se sintió orgullosa por haber sido capaz de decirlo con voz educada.

—Estás enfadada.

—Qué listo. ¡Fuera!

Y lo dijo enfatizando bien la palabra por si acaso estaba impedido de algún modo. Quizás eso es lo que les pasaba a los hombres cuando se acostaban con una mujer. Que perdían el sentido y se convertían en unos perfectos idiotas.

—Te estoy protegiendo, Isabella —señaló él con tono razonable mientras recogía toda la ropa—. Tienes que entenderlo. No tenemos elección.

—Te he pedido educadamente que salgas de mis aposentos. —Isabella adoptó su tono más altivo—. A menos que no tenga derechos en nuestra relación siempre cambiante, creo que no es mucho pedir que respetes mi intimidad.

—Necesito que entiendas que tengo razón en esto —dijo Nicolai exasperado—. *Dio*, Isabella, podía haberte matado. Y si te conviertes en mi esposa, algún día lo haré.

—Ah, sí, otra vez con eso. Un simple pinchazo es como una puñalada. Y diría que esta vez las puñaladas las has asestado en mi corazón.

Él respiró hondo y meneó la cabeza.

—Esta vez hemos tenido suerte. Sentí que se estaba apoderando de mí. Casi no he podido controlar a la bestia con unas emociones tan intensas. No me arriesgaré a casarme contigo y dejar que la bestia te tome, ni siquiera para aplacar tus sentimientos heridos. El sentido de la propiedad no significa nada ante la posibilidad de perderte.

—El sentido de la propiedad significa mucho para *mio fratello*, *signore*, y para mi buen nombre. Soy una Vernaducci, y al menos nosotros no faltamos a nuestra palabra.

Y lo miró por encima del hombro, una Vernaducci hasta la médula. Fue hasta la puerta y la abrió de golpe, a pesar de que él aún estaba desnudo.

—¡Isabella!

Perplejo, Nicolai cogió sus ropas con una mano, las botas con la otra, y corrió hacia la entrada secreta.

Sin hacerle caso, ella llamó a la campanilla para que viniera el servicio. Se negó en redondo a mirar a Nicolai mientras escapaba por el pasadizo, y siguió mirando con decisión desde la puerta, esperando que alguien acudiera a su llamada.

Alberita llegó sin aliento. Hizo tres reverencias.

—*Signorina?*

—Por favor, dile a Sarina que la necesito inmediatamente. Y por favor, no me hagas más reverencias.

—Sí, *signorina* —dijo la criada sin dejar de hacer reverencias.

Se dio la vuelta y echó a correr pasillo abajo.

Isabella no se apartó de la puerta, y esperó, dando golpecitos en el suelo con el pie por la impaciencia. La rabia, la indignación. Sarina llegó a toda prisa y ella la cogió de la mano y la arrastró dentro. Cerró la puerta con firmeza y se apoyó contra ella. Los temblores le venían de dentro y se estaban extendiendo por todo su cuerpo.

Sarina desvió la mirada de su rostro pálido a la cama deshecha y vio las sábanas manchadas. Volvió a mirar a Isabella.

—He de deshacerme de las pruebas enseguida.

—No es necesario. —Isabella agitó una mano y trató de mantener un tono uniforme, aunque la voz le temblaba alarmantemente—. Ya no soy su prometida. Me ha informado de que en lo sucesivo seré su querida, y que mandará a buscar a otra esposa.

Para su horror, la voz se le quebró y se le escapó un sollozo.

Sarina estaba anonadada.

—Eso no es posible. Vos sois la elegida. Los leones lo saben. Ellos siempre lo saben. Isabella... —empezó a decir mientras sus ojos volvían a la sábana manchada.

Isabella se cubrió el rostro, avergonzada por llorar en presencia de una sirvienta, pero no pudo contener aquel mar de lágrimas. Se consoló pensando que en la casa de DeMarco el servicio era diferente y todos se comportaban como una familia.

Sarina corrió a su lado, tragándose sus sermones, y rodeó con los brazos a la joven con expresión compasiva. Isabella apoyó la cabeza contra su hombro y se aferró a ella. Sarina se puso a darle palmaditas en la espalda, sin dejar de cloquear y proferir sonidos tranquilizadores.

—No puede haberlo dicho en serio. No debía de pensar con claridad.

—Tendría que haberos hecho caso.

—Si Nicolai piensa que os está protegiendo, no cambia nada. ¿Le habríais dicho que no de haberos propuesto que fuerais su querida en vez de su esposa desde el principio?

Isabella meneó la cabeza.

—No. —Tenía que ser sincera consigo misma y con Sarina. Se habría convertido en su querida si esos hubieran sido los términos de su acuerdo, pero jamás se habría permitido sentirse tan atraída por él. Al menos eso esperaba. Una esposa siempre podía encontrar la forma de librarse de una querida—. Habría hecho lo que fuera por salvar a Lucca. Y lo haré, pero ahora es diferente, Sarina. —Volvió a menear la cabeza y dejó el consuelo de los brazos del ama de llaves para sentarse en el borde de la cama y examinar las pruebas del pecado—. Todo ha cambiado.

—Porque le amáis — dijo Sarina como una declaración.

Isabella asintió con tristeza.

—Y ahora él está decidido a embrutecer lo que tenemos. No tengo más remedio que aceptar lo que decrete. Pero me resultará muy difícil perdonarle. Y no sé qué haré cuando mande a buscar otra esposa. —Las sienes le palpitaban, y se las restregó con gesto ausente—. ¿Por qué no se limitó a elegir a una mujer del valle?

—Ningún DeMarco elige mujer en el valle. —Sarina parecía un tanto perpleja—. No se hace. ¿Y qué *famiglia* se arriesgaría a algo semejante?

—Por supuesto, no cuando piensan que el novio va a comerse a la novia. —Hizo un pequeño esfuerzo por hacer un chiste, pero sus palabras sonaron amargas—. Mejor traer una joven que no sepa nada, que no pueda escapar y a la que su *famiglia* venda a cambio de algo. —Cuadró los hombros—. Al menos yo he elegido mi destino, Sarina. Vine aquí voluntariamente y él me dijo lo que podía esperar.

Miró con pesar a su alrededor, a la plétora de ángeles alados y cruces.

—Se suponía que aquí estaría a salvo. Pensé que de alguna manera ella me protegería si estaba en esta habitación.

—Estoy segura de que la *madonna* os protege —le aseguró Sarina.

—Quizás es así —concedió Isabella—, pues sigo viva a pesar de la maldición. Pero pensaba en Sophia. Esta era su habitación. A veces siento su presencia. Debe de ser terrible para ella ver lo que han acarreado sus palabras. Ojalá pudiera ayudarla. Debe de haber sufrido terriblemente.

—Sois una mujer inusual —dijo Sarina con sinceridad—. Si *don* DeMarco es tan necio como para permitir que os escapéis entre sus dedos, entonces es que no os merece.

Una sonrisa fugaz apareció en los labios de Isabella.

—No creo que tenga pensado dejarme ir a ningún sitio. Simplemente, no se casará conmigo. Viviré como su querida y elegirá otra esposa.

—La maldición recae en Nicolai como heredero de DeMarco, no sobre su esposa. Vos sois la mujer que los leones han aceptado, no importa cuántas esposas tome, ni cuántas veces declare que no os ama, no puede engañar a su destino —dijo Sarina con sabiduría.

De pronto Isabella se apoyó contra la anciana y le rodeó el cuello con los brazos, y apoyó la cabeza sobre su hombro. Sarina no pudo resistir aquella súplica silenciosa y la abrazó con fuerza.

—Creo que tenéis razón —dijo Isabella—. Lo intuyo. Nicolai no derrotará a la maldición con engaños. —Dio un suspiro—. No he podido convencerle. Cree que me está protegiendo. Pero lo cierto es que hará que todo sea mucho más complicado para mí. —Entonces se permitió unos minutos de consuelo antes de levantarse con decisión—. Ahora apreciaría mucho vuestra ayuda, Sarina. Mis cabellos son una ruina. ¿Podríais ayudarme otra vez?

De inmediato el ama de llaves se puso a trabajar. Le eligió un nuevo vestido y le cepilló los cabellos con esmero ante el fuego antes de volver a arreglarlos. Isabella alzó el mentón y se volvió para mirar a la anciana.

—¿Qué os parece?

—Creo que servirá —dijo ella con suavidad.

Capítulo *13*

Isabella pasó el resto de la mañana leyendo en la biblioteca. Hubiera debido estar familiarizándose con las normas de *palazzo*, con el lugar, pero necesitaba pasar un rato a solas, lejos de las miradas curiosas.

Betto asomó la cabeza y la llamó.

—*Don* DeMarco dice que debéis presentaros ante él enseguida.

Poniendo mucho cuidado, Isabella dejó el libro a un lado y se levantó con elegancia, y siguió a Betto por largos corredores y amplias escaleras, sin prisas, obligando al anciano a detenerse en repetidas ocasiones para esperarla. Fue él quien tuvo que llamar a la puerta del santuario privado del *don*, puesto que ella se negó en redondo a hacerlo.

Nicolai la llamó.

Isabella se quedó junto a la entrada, con la cabeza bien alta.

—Creo que me has llamado —dijo con su voz más altanera.

Y no apartó los ojos del halcón que estaba en su percha en uno de los recovecos de la habitación. No se atrevía a mirarle, no quería sentir esa extraña debilidad en la zona del corazón, ni el cosquilleo que le recorría el cuerpo.

—Siéntate, Isabella. Tenemos muchas cosas de que hablar.

Ella lo miró alzando el mentón.

—Prefiero quedarme de pie, *don* DeMarco, no creo que tengamos mucho que decirnos.

Él suspiró con fuerza, clavando sus relucientes ojos ambarinos en ella.

—Te estás mostrando bastante combativa, cuando lo único que te he pedido es que te sientes para que pueda darte noticias sobre *tuo fratello*.

Aquel hombre la hacía sentirse infantil y tonta, y un tanto avergonzada. No era culpa suya si ella se encendía cada vez que lo miraba. Si tras la posesión, su cuerpo ya no parecía pertenecerle a ella sino a él. Sentir aquel anhelo tan grande era terrible, y sin embargo en aquellos momentos él la miraba con sus extraños ojos y una máscara de indiferencia. La quería como su querida, no como esposa. Su padre le había advertido que jamás se entregara a un hombre si no era a través del matrimonio, pero una vez más ella había actuado a su antojo y había sucedido lo peor. Agachó la cabeza para que él no pudiera leer aquellos pensamientos humillantes y se sentó con gran dignidad en la silla de respaldo alto que estaba más alejada del fuego.

—*Scusi, signor* DeMarco. Por favor, cuéntame las noticias sobre *mio fratello*, estoy impaciente por su llegada.

Isabella sonaba tan derrotada que a Nicolai casi se le partió el corazón. Se la veía sola y vulnerable en aquella silla tan grande. Quería consolarla con toda su alma, pero no podía responder de sus actos si volvía a tenerla tan cerca.

—Me temo que las noticias no son buenas, *cara mia*. Lucca está muy enfermo y han tenido que detenerse. La escolta del *don* ha enviado un mensaje informando de que está descansando para que pueda continuar con el viaje.

Los ojos oscuros de Isabella se abrieron con desmesura por la sorpresa y el miedo. La compasión que notaba en la voz de Nicolai la estaba desarmando.

—¿Los hombres del *don* le escoltan?

—Rivellio insistió. Desea ayudarme en todo lo posible —dijo Nicolai secamente—. Sospecho que en realidad lo que desea es poder echar un vistazo al valle con la esperanza de apoderarse de él mediante algún subterfugio o batalla.

—Es muy probable que maten a Lucca. *Don* Rivellio detesta a *mio fratello*. No le interesa que siga con vida. Debo ir en su busca inmediatamente, *signor* DeMarco. Por favor, ordena que preparen mi yegua, y mientras yo prepararé un ligero equipaje.

Nicolai estaba meneando la cabeza.

—Sabes que eso no es posible, Isabella. He enviado a algunos de mis mejores hombres para que se aseguren de que Lucca está lo bastante recuperado para viajar y lo escolten hasta aquí en cuanto su salud lo permita. Los hombres de Rivellio no osarían traerme a un hombre muerto.

Isabella se levantó y empezó a andar arriba y abajo con nerviosismo sobre el suelo reluciente. El halcón agitó las alas en señal de advertencia, pero ella le lanzó una mirada feroz y el pájaro volvió a su sitio dócilmente.

Nicolai la observaba, admirándose del apasionamiento que veía en ella... tanto que su bonita figura apenas podía contenerlo. Su propio cuerpo se excitó una vez más con el implacable dolor del deseo. Del hambre. Poseerla quizá no sería suficiente. Devorarla quizá no sería suficiente. Isabella era fuego y coraje, el epítome de todo lo que él habría querido ser. Era una llama viva, y hacer el amor con ella era un viaje interminable al éxtasis erótico. Le daban ganas de agarrarla allí mismo y tomar su boca.

Entonces se detuvo ante él, echando la cabeza hacia atrás para poder mirarle. Aquel movimiento dejó al descubierto la vulnerable línea de su garganta. Sus grandes ojos llameaban por la ira, y sus manos formaban puños apretados.

—Quizá me malinterpretas, *signore*, no te he pedido una escolta. Soy consciente de que necesitas a tu gente aquí. Soy bien capaz de encontrar yo solita el camino hasta *mio fratello*. —Estaba haciendo un esfuerzo por hablar con educación, pero su respiración era agitada, e incluso su boca sensual daba muestras de nerviosismo—. No quiero arriesgarme tratándose de la vida de mi hermano. Prefiero asegurarme personalmente de que los hombres del *don* no le hacen daño en ningún sentido.

Era tan hermosa que a Nicolai le daban ganas de arrastrarla a su lado y devorar su boca perfecta y temblorosa, de atrapar su cuerpo bajo el suyo y hundirse muy dentro de ella, en un lugar de calor candente.

Aquella mujer le hacía enloquecer, y eso era algo que un DeMarco no podía permitirse. Podía sentir su naturaleza animal despertando, llamándole, exigiendo que la abrazara, que tomara lo que era suyo y la defendiera de sus enemigos. Así que decidió ser prudente y se retiró a las sombras. ¿Realmente era tan animal que no podía controlar sus pasiones cuando ella estaba cerca? Se sentía el cuerpo rígido y estaba totalmente empalmado por lo mucho que la deseaba. Incluso en aquel momento, mientras le daba aquellas noticias tan preocupantes, solo podía pensar en los placeres de su cuerpo. Le asustaba ver la rapidez con que la bestia estaba haciéndose con el control.

—No te he malinterpretado, Isabella. —La voz brotó como un gruñido bajo y ronco que le salía de muy al fondo de la garganta—. Tengo muchos enemigos a los que les gustaría poner sus manos sobre ti, entre ellos Rivellio. En este valle estás protegida, no te marcharás.

Ella arqueó las cejas.

—¡Eso es ridículo! Ya no soy tu prometida. Solo tienes que anunciarlo al mundo y la amenaza desaparecerá. En cualquier caso, es evidente que corro mas peligro aquí que en ningún otro sitio… tú mismo lo dijiste, Nicolai. No voy a huir. Estaré de vuelta enseguida. Sabes bien que debo ir en busca de Lucca.

—Y tú sabes que no puedo permitirlo.

Su voz era un ronroneo suave y amenazador.

Con cualquier otra persona, esa generosa nota en su voz hubiera sido advertencia suficiente. Pero los ojos de Isabella mostraban los indicios de una tormenta inminente.

—¿No puedes o no quieres, Nicolai?

—Si lo deseas, mandaré al capitán Bartolmei con los hombres que escoltan a nuestra curandera. Él se encargará personalmente de comprobar que tu hermano está preparado para viajar y lo escoltará hasta aquí lo antes posible —añadió, tratando de apaciguarla.

—Entonces estaré totalmente a salvo si viajo con el capitán —comentó ella desafiante.

Él esbozó una mueca. Casi gruñó. Pero ni siquiera eso daba una muestra de la intensidad de sus emociones. Otro sonido brotó de su garganta, esta vez más alto. Un rugido que resonó por la habitación, un estallido de ira que hizo sacudirse aquel ala entera del *palazzo*. Al oírlo, el halcón se puso a batir las alas asustado y los leones que había cerca contestaron con otros rugidos, como si el *don* fuera uno de ellos. Desde las sombras sus ojos ambarinos brillaban con unas llamas misteriosas. Tenía los cabellos desordenados porque continuamente se pasaba la mano por ellos. Le caían sobre el rostro, largos y salvajes, y le bajaban por la espalda. Nicolai, que temía parecerse más que nunca a la bestia, reculó más hacia las sombras.

Su estómago se sacudía ante la sola idea de que Isabella pudiera viajar durante días y noches en la compañía de Rolando Bartolmei. Por muy amigos de la infancia que fueran, él no quería que ella buscara solaz en los brazos de ningún hombre. Ni siquiera de modo inocente. Si su hermano no sobrevivía, se sentiría afectada y sería perfectamente natural que Bartolmei la consolara.

Isabella se dio la vuelta, inquieta y enérgica, con sus ojos furiosos y llameantes. Y avanzó hacia él con gesto amenazador cuando reculó para refugiarse en las sombras.

—No me gruñas, Nicolai DeMarco, y ni se te ocurra rugirme. Tengo todo el derecho del mundo a estar enfadada contigo y tu dictadura. No tienes ningún motivo para estar furioso. Pienso ir en busca de *mio fratello* y asegurarme de que su salud mejora. Tengo mi propia yegua, y no necesito ni a tu capitán ni tu permiso.

—No me amenaces, Isabella. —La voz era baja, controlada. Tuvo buen cuidado de tener las manos quietas, aunque el olor de Isabella le estaba jugando malas pasadas a su cuerpo—. La curandera traerá a tu hermano hasta aquí vivo lo antes posible, y no se hable más.

Los celos, y una emoción fea y no deseada, se estaban adueñando de él. Si Rolando le traía a su amado hermano sano y salvo, ¿le estaría Isabella agradecida y lo miraría con afecto? Nicolai se avergonzaba de sus pensamientos, de su incapacidad para controlar sus emociones. Siempre había sido tan disciplinado.

A Isabella el aliento se le atragantó de pura indignación. Con tres zancadas acortó la distancia que les separaba, sin pensar esta vez si estaría siendo demasiado despiadada. La ira chisporroteaba por la habitación, fiera y apasionada.

—No me puedo creer que me ordenes que me quede.

La idea era tan espantosa que de hecho le golpeó con el puño en el estómago. Y se puso más furiosa si cabe cuando vio que él ni siquiera pestañeaba y en cambio a ella le dolían los nudillos. Retiró la mano y lo miró furibunda.

Una leve sonrisa suavizó la dura línea de la boca del *don*. La sujetó por la muñeca y se llevó su mano dolorida al corazón. Y, como no podía ser de otro modo, también se la llevó a los labios y rozó los nudillos con el calor reparador de su lengua.

Sin duda Isabella era todo coraje y fuego; cualquier otra mujer se hubiera desmayado por las cosas terribles que conllevaba su posición. Pero ella no, con su mirada tormentosa y su boca apasionada.

—No tienes el sentido común de temerme, ¿verdad? —observó.

Él tenía miedo suficiente por los dos. Había visto las pruebas de la maldición con sus propios ojos. Había sentido crecer en su interior la excitación salvaje, había notado su sabor ardiente en la boca.

—Tengo miedo, Nicolai —admitió Isabella—. Pero no de ti. Temo por ti. Por mí. No soy una necia. Y soy perfectamente consciente de que esto podría acabar muy mal. Pero ya estamos metidos. Estoy en el valle. Te he conocido, y los acontecimientos se están desplegando ante nosotros por sí solos. ¿Se detendrá todo esto si me escondo bajo una cama como una niña? ¿De qué serviría, Nicolai? Quiero vivir mi vida, por corta que pueda ser, sin esconderme de nadie.

Su mano acarició las cicatrices de su rostro, mientras sentía que su corazón se suavizaba y se fundía ante su expresión.

—Isabella —susurró él con la garganta tan tomada por la emoción que casi no podía ni respirar—. No hay otra mujer como tú.

Sacrificarla por su pueblo, por su valle, era algo terrible. Entendía muy bien cómo debió de sentirse su padre. El vacío. El autodesprecio. La desesperación. Nicolai había rezado y había hecho encender muchas velas a la *madonna*. Y a pesar de todo, el peligro la rodeaba cada vez que se movía.

—Te quiero, Isabella —dijo con la voz teñida de necesidad—. Que Dios me ayude, pero te quiero una vez y otra vez, cuando lo que tendría que hacer es encerrarte en algún lugar muy lejos de mí.

Ella lo miró, y aquello solo bastó para desarmarla. El deseo ardía en sus ojos. La avidez. El ansia. El amor. Un amor descarnado, sin diluir. Ardiente y vivo.

Con un gemido, Nicolai se inclinó y tomó su boca. Dominante. Como un macho. Exigiendo una respuesta. Devorándola. No tenía suficiente, necesitaba estar más y más cerca.

A pesar de todo, Isabella respondió al beso, empapándose de él. Un fuego parecía dominarla, fuera de control, una tempestad tan intensa que la arrastró y ya no pudo pensar, solo había sensaciones. Sus brazos, por voluntad propia, le rodearon el cuello y sus dedos se enredaron en su pelo. Lo quería tanto, deseaba tanto su boca, deseaba tanto que la tomara, que se sentía débil.

Los labios de Nicolai abandonaron su boca para descender por el mentón, por el cuello y la columna de la garganta, dejando un rastro de llamas allá donde su lengua tocaba y acariciaba. No había ningún cordoncillo que pudiera soltar en el escote, así que tuvo que conformarse con buscar los pechos por encima de la tela, lleno de frustración. Su boca era caliente y húmeda, y mordía con tanta fuerza que la tela le rozaba los pezones y los convirtió en duros picos de deseo. Su cuerpo se deshacía de deseo. Nicolai la hizo inclinarse hacia delante sobre su brazo para poder sacar los pechos por encima del escote. El borde de la prenda los sujetó como si fueran manos, expuestos para su inspección.

—Eres tan hermosa.

Ella notaba el aliento caliente de él contra su piel anhelante.

El cuerpo de Isabella se sacudía y sentía como si un líquido ardiente se estuviera encharcando en su vientre y le pidiera a gritos que lo aliviara. Las manos de Nicolai la tocaban, los pulgares jugueteaban y la hacían enloquecer, su boca fuerte y caliente insistía, hasta que se aferró a su pelo, porque quería más. Ella trató de explorar también, tirándole de la camisa y los pantalones, pero cuando él le subió los bajos del vestido, sintió que las piernas no podrían aguantarla.

—Llevas demasiada ropa —le musitó con voz pastosa.

—Tú también —contestó ella sin aliento.

Pero él ya se estaba desvistiendo, y de un tirón arrancó la prenda interior de Isabella para dejar la piel al descubierto. Y entonces se puso a besarla de nuevo y anuló su capacidad de pensar, llevando aquella tormenta a un nuevo nivel, deslizando su mano bajo la falda hasta los muslos, restregándola entre las piernas para palpar aquella humedad que lo llamaba.

—Me gusta tocarte. —Nicolai la hizo tenderse en el suelo, sobre la gruesa alfombra que había ante la inmensa chimenea—. Ya estás preparada. Esté donde esté, te miro y pienso si tu cuerpo estará preparado. Si bastará con una mirada para hacer esto. —Su dedo se metió bien adentro, se movió, acarició—. Yo solo tengo que mirarte, pensar en ti, y mi cuerpo responde. —Se colocó entre sus piernas, la sujetó por las caderas y la desplazó para que la gruesa erección quedara ante la entrada—. Estoy tan duro que me duele, *cara*. Necesito entrar.

Isabella dio un respingo cuando él empujó, atravesando y distendiendo sus vulvas apretadas. Él también profirió un sonido, a medio camino entre un gruñido y un gemido de placer. Se detuvo, apretando los dientes, esperando a que el cuerpo de ella se amoldara a su tamaño, a que se sintiera más cómoda ante aquella invasión antes de entrar más dentro. Estaba tan insoportablemente caliente que no sabía si podría controlarse lo suficiente para darle placer también.

—Más, Nicolai —suplicó Isabella—. Lo quiero todo, todo.

Él la sujetó con fuerza por las caderas y empezó a moverse, empujando con movimientos lentos y profundos. Quería entrar en el refugio que le ofrecía, ese paraíso que aún no había podido conocer en profundidad. Sumergió su cuerpo en el de ella, viendo cómo se movían en armonía, deseando poder quedarse en él para siempre. El suelo no cedía como un colchón, y pudo llenarla por entero, haciendo que su cuerpo se sacudiera con cada arremetida y sus pechos se movieran seductoramente y sus ojos se enturbiaran.

No hubo pensamientos oscuros, solo el éxtasis del cuerpo de Isabella, el placer que le hacía sentir. Nicolai entraba y salía, metiéndose muy dentro, sintiendo los músculos del cuerpo de ella cuando se cerraban en torno a él, las ondas de placer que se extendían por su interior, hasta que le alcanzaron también a él y fue como si el cuerpo de Isabella estuviera apretando para hacer salir su semilla. Y la semilla brotó, salió como un chorro caliente de deseo, un compromiso, amor.

Entonces se inclinó hacia delante y tomó un pecho en la caverna ardiente de su boca. La abrazó con fuerza, mientras se estremecía de placer, muy dentro de ella, con la boca en su pecho, al tiempo que las ondas la dominaban y le hacían gritar su nombre, y sus dedos se cerraban con fuerza sobre su pelo.

En ese momento, entre el latir acelerado de su corazón y el fuego que dominaba su cuerpo, Nicolai pudo sentir que su parte salvaje despertaba, sentía que la bestia deseaba montarla una y otra vez, para asegurarse de que ningún otro la tocaba, ningún otro le daba un hijo. Sus pensamientos eran cofusos y primarios, una vena fiera y posesiva que sacudía su alma hasta sus mismos cimientos. Y prácticamente se apartó de ella de un salto por el miedo, para replegarse a las sombras como el animal que era.

Un momento su cuerpo la cubría en un intercambio fiero y apasionado, y al siguiente estaba retorciéndose para alejarse como si no soportara mirarla. Isabella no le miró, no quería ver si el león estaba llameando en sus ojos. No quería saber si estaba en el límite de lo que podía controlar. Quería más. Mucho, mucho más. Quería que la abrazara con fuerza, que la acunara en sus brazos y le susurrara cuánto la quería.

Cerró los ojos ante aquellas lágrimas inútiles que le escocían. No podía culparle; en cada ocasión se había ofrecido a él de buena gana. Y volvería a hacerlo. Cómo iba a negarlo cuando su cuerpo seguía sacudiéndose y anhelando el de él. Se subió el vestido para cubrirse los pechos, y su piel sensibilizada respondió al contacto con la tela. Se sentó con cuidado, y evitó mirar al rincón donde oía su respiración agitada mientras trataba de recuperar el control.

Al instante, notó un filo de peligro en la estancia. Y esta vez no tenía que ver con la extraña entidad, sino con la maldición. El vello del cuerpo se le erizó y un escalofrío la recorrió. Nicolai la observaba desde las sombras. No sabía si lo hacía como león o como hombre, y por primera vez tuvo miedo de descubrirlo. Enseguida rodó y se puso de rodillas para levantarse.

Notó entonces un movimiento, un susurro, un aliento caliente contra su cuello. Nicolai estaba allí; notó el roce de su pelo sobre su brazo y su espalda.

—No te muevas —le advirtió.

Su voz sonaba rara, pastosa.

—Nicolai.

Sabía que su miedo se interponía entre los dos, que Nicolai podía olerlo. Oírlo.

—Chis. No te muevas. —Sus manos siguieron la forma de sus nalgas desnudas—. Aún no hemos acabado.

Isabella casi dio un salto del susto. Su corazón empezó a latir lleno de terror y entonces cogió un ritmo fuerte, rápido. Las manos, no garras, tocaban su cuerpo. Era Nicolai. Cierto que estaría debatiéndose consigo mismo, pero era él quien estaba con ella.

Esas manos masajearon la carne prieta de sus nalgas, y se deslizaron para buscar la entrada húmeda. Entró en ella con los dedos, llevándola una vez más a un estado de excitación intensa y haciendo que gimiera y pronunciara su nombre.

—*Dio, cara*, esto es peligroso —susurró—. Muy peligroso.

Pero no se detuvo, y metió los dedos más adentro, hasta que ella se movió contra él con un ligero sollozo.

Y entonces la sujetó por las caderas y la penetró otra vez, con fuerza, llenándola con su miembro, distendiéndola, provocando una fricción casi insoportable para los dos. Ya se había derramado dentro de ella una vez y eso le daba más control. Pero podía sentir su lado salvaje haciéndose más fuerte con cada golpe. Sus venas ardían; su estómago también. Trató de vaciar su mente, buscar solo el placer, sin pensar en nada, sin miedos, solo el placer erótico.

Isabella sentía el cuerpo de Nicolai sobre ella, abrazándola, sus brazos fuertes, los músculos tensos, su cuerpo entrando y saliendo de ella. Y lo tenía tan adentro que el placer era cada vez mayor, hasta que sintió que la ahogaba, que estaba forzando cada célula de su ser al límite y empezó a estremecerse. Era como si su cuerpo ya no fuera suyo, como si Nicolai pudiera enseñarle y jugar con él a su antojo, como si no fuera más que un instrumento, y la hizo fragmentarse y estallar y disolverse. Y entonces ya no quedó ninguna parte de su ser que no estuviera ardiendo y girando fuera de control.

Acto seguido, sintió que él se hinchaba, cada vez más duro, con una fricción tan intensa que casi era insoportable. Y esa fricción los hizo caer a los dos por un precipicio y quedar suspendidos en el espacio. En su mente sintió un estallido de color, por su sangre se sucedían las descargas. Nicolai se desplomó sobre ella, haciéndola caer al suelo, y los dos quedarón tendidos, enlazados, demasiado exhaustos para moverse. Durante un rato permanecieron inmóviles, con el corazón acelerado, tan sofocados que se formaron gotas de sudor entre sus cuerpos. Pero ninguno tenía fuerzas para apartarse del fuego.

Los cabellos salvajes de Nicolai estaban por todas partes, sus ropas desarregladas, y sus brazos y sus piernas enlazados. Isabella volvió la cabeza.

—¿Qué me has hecho? No puedo moverme.

—Yo tampoco —dijo él, ronroneando de satisfacción—. Incluso si la bestia ha intentado aflorar, no ha podido. —Y se movió lo justo para besarla en la nuca—. Creo que a partir de ahora vas a tener que pasarte los días y las noches haciendo el amor conmigo.

—Moriremos.

—No se me ocurre una forma mejor de irse —señaló él, y su mano acarició sus nalgas desnudas, provocando una nueva sacudida que le recorrió a ella todo el cuerpo.

Su risa quedó amortiguada por la alfombra. Cerró los ojos y se relajó mientras oía el ritmo regular del corazón de Nicolai. No había sentido tanta paz, ni tenido la sensación tan intensa de estar en el lugar al que pertenecía desde que perdió su casa. Con Nicolai todo estaba bien.

—¿En qué piensas? —preguntó él algo brusco.

—Mi sitio está aquí contigo. Pienso que esto está bien, que es lo que ha de ser. Soy feliz contigo. —Suspiró levemente—. Añoro a Lucca y mi casa, pero quiero estar aquí contigo. Mi casa siempre fue un lugar alegre… siempre y cuando no me interpusiera en el camino de *mio padre.* —Hablaba con franqueza—. Le amaba, pero era un hombre distante y desaprobaba mi comportamiento. Nunca me sentí como algo valioso para él.

La tristeza de su voz se retorció en las tripas de Nicolai como un cuchillo. Rodó sobre el suelo, arrastrándola con él, y se sentó contra la pared con ella en el regazo, protegiéndola con sus brazos.

—Creo que eras más valiosa de lo que tu padre podía imaginar. Tuviste el valor de venir hasta aquí cuando la mayoría de hombres se niegan a entrar en el valle. —La besó en la coronilla—. Has salvado la vida de tu hermano, Isabella.

—Eso espero. Espero que pueda llegar hasta aquí y se recupere del todo. —Había una sombra en sus ojos—. Pero entonces tendrá que afrontar lo que nosotros no queremos afrontar. Que hay un león que trata de derrotarnos a cada paso del camino.

—Un león no —protestó él—. Una maldición. Un león es una bestia inteligente, no necesariamente mala, pero que actúa por instinto.

Por sus palabras, Isabella supo que en parte Nicolai se veía a sí mismo como una bestia. La esperanza que había empezado a brotar en su interior se extinguió en silencio. Un escalofrío la recorrió.

—Como tus instintos, que algún día harán que me mates.

Él la abrazó, la sujetó con fuerza con gesto protector, apartando unos mechones sueltos de su rostro.

—Encontraremos la forma, Isabella. No me dejes. Encontraremos la forma. Te lo prometo. Esta vez la bestia ha estado cerca. Pero no ha vencido.

Isabella pensó que se equivocaba, pero no dijo nada. La bestia ya había ganado. Nicolai la aceptaba como parte de sí mismo. Siempre había aceptado su legado, siempre había sabido que tomaría una esposa que le daría un heredero. Que le daría un nuevo guardián para los leones del valle. Y que algo desencadenaría la reacción que haría que el león la matara. No creía que el amor y la fuerza de los dos juntos pudiera superar a la bestia, la maldición.

Por un instante cerró los ojos y se apoyó contra la calidez del cuerpo de Nicolai. Contra su fuerza. Por primera vez se sentía casi derrotada. Por primera vez creía que tal vez la mataría.

De pronto sintió la necesidad de apartarse de él, del *palazzo*, donde todo llevaba siempre a él. Necesitaba a su hermano. Necesitaba volver a una vida normal. No podía permitir que la desesperación la venciera.

—Tienes obligaciones que cumplir, Nicolai, y yo necesito aire fresco. Desde que llegué no he visto a mi yegua. Creo que saldré a montar un rato.

Él se movió inquieto, un hombre poderoso con demasiado saber en sus ojos ambarinos.

—Sacarla a cabalgar antes de que se la enseñe a tolerar el olor de los leones sería peligroso, *cara*, y necesitarás una escolta si quieres moverte por el valle y las montañas. Sin embargo, estoy seguro de que tu yegua agradecerá que la visites en los establos. Están dentro de las murallas del *castello*, y eso significa que estarás totalmente a salvo.

Totalmente a salvo. Nunca volvería a estar a salvo. Pero estaba demasiado cansada para discutir, demasiado cansada para hacer nada que no fuera levantarse con desaliento y tratar de arreglarse las ropas. No fue capaz de mirarlo mientras estaba junto al fuego tratando de reparar el daño a su peinado. Oyó que también él se vestía, dando una semblanza de orden a su melena. Cuando su aspecto fue lo bastante aceptable para que los demás pudieran verla sin especular o hacer comentarios, se dio la vuelta para irse.

Nicolai la alcanzó en la puerta, temiendo de pronto que se apartara de su lado, temiendo haberla perdido. Sujetó su rostro entre las manos y la besó con fuerza, la besó hasta que ella respondió al beso y se derrumbó contra él totalmente derrotada. Cuando salió, se quedó mucho rato apoyado contra la puerta, con el corazón golpeando su pecho por el miedo y el aliento ahogado en su garganta.

Ella corrió a sus aposentos para cambiarse de ropa. Su aspecto seguía revelando demasiado sobre lo que acababa de suceder, aunque temió que su mirada revelara mucho más. Cuando decidió que había encontrado un atuendo que no levantaría sospechas —su traje de montar—, se dirigió al piso inferior para buscar a Betto. Él le indicó enseguida cómo llegar a los establos. El hombre se ofreció a acompañarla, pero Isabella declinó educadamente su ofrecimiento, pues deseaba estar a solas para poder pensar y aclararse las ideas. Aquel oscuro destino empezaba a pesarle sobre los hombros y necesitaba espacio para respirar.

Entonces aspiró el aire fresco y frío, y dio gracias por poder estar fuera. Los establos estaban dentro de las murallas del *castello*, pero a cierta distancia del edificio principal. Isabella se arrebujó bien en su capa y salió al camino que llevaba al pueblo, hollado por sirvientes y soldados, y lo siguió hasta que se apartó de la dirección que ella quería tomar. La idea de bajar al pueblo la atraía, y a pesar de todo giró en dirección a los establos. Hacía mucho que no se ocupaba de su yegua. El sendero que llevaba a los establos estaba pisoteado por muchos pies, pero no era tan ancho o cómodo como el que llevaba al pueblo, y por más cuidado que ponía, sus pies no dejaban de hundirse en la nieve.

Antes de entrar en los establos, vio a unos hombres que guiaban a sus corceles arriba y abajo por los campos. Cada animal llevaba un paño atado alrededor de los ojos y los cascos. Algunos se movían nerviosos, otros sacudían la cabeza de forma espasmódica. Los hombres los tranquilizaban, hablándoles en voz baja, dándoles palmaditas mientras caminaban de un lado a otro y rodeaban los prados una y otra vez.

Ella se acercó intrigada, procurando no ponerse por medio. Alguien gritó, agitando una mano, y señaló a un joven caballo que reculaba y bufaba. Era evidente que su cuidador tenía problemas para ayudarle a controlar sus miedos. Ante la orden, el soldado sujetó con firmeza las riendas y obligó al animal a detenerse, y se puso a hablarle con tono tranquilizador. Isabella vio que era Sergio Drannacia quien dirigía aquella actividad.

Esperó en los márgenes del prado hasta que Drannacia la vio. Al instante, el rostro del hombre se iluminó. Dijo algo al hombre que tenía a su lado y se dirigió hacia el lugar donde ella esperaba.

Al ver que se acercaba, Isabella sonrió y lo saludó con la mano.

—¡Sergio! ¿Qué hacéis con los caballos? ¿Por qué llevan los pies cubiertos y les vendáis los ojos de ese modo?

El hombre se acercó con rapidez. El bonito uniforme resaltaba su aspecto juvenil y atractivo.

—¡Isabella, qué agradable sorpresa! —Con una sonrisa radiante, tomó su mano y se la llevó a sus labios galantes—. ¿Qué estáis haciendo aquí fuera?

Ella retiró la mano y lo rodeó para ver a los caballos moviéndose o cabalgando por el campo.

—Quería ver a mi yegua. Betto me asegura que está bien atendida, pero la echo de menos. Lucca, *mio fratello*, me la regaló, y ahora mismo es lo único que me queda de *mia famiglia* —dijo con voz pesarosa mientras contemplaba los campos.

—Venid a ver —la invitó Sergio, tomándola del codo para acompañarla—. Estamos adiestrando a los caballos para la batalla. No podemos permitir que una mujer bonita se sienta triste en un día como este.

—¿No están ya adiestrados? Estaban preparados cuando tratamos de salir del valle, ¿no es así?

Él se encogió de hombros.

—Fue una mala experiencia para ellos. Tratamos de criarlos rodeados por el olor y los sonidos de los leones para tener siempre ventaja cuando nos atacan. Se requiere mucha paciencia por nuestra parte y mucho valor por parte de los caballos. Los leones son sus enemigos naturales, los ven como una presa. El incidente cerca del paso nos ha hecho volver atrás con los caballos, porque uno de los leones se comportó de manera hostil. No sé si os disteis cuenta, pero aunque estaban nerviosos, los animales mantuvieron la calma durante todo el camino hacia el paso, a pesar de que los leones se desplazaban a nuestro ritmo fuera de la vista.

—Pero les entró el pánico.

—No hasta que los leones no empezaron a comportarse como si estuvieran cazando en grupo. Los caballos tienen la suficiente experiencia para saber que nos estaban avisando de que retrocediéramos. Por eso es imperativo que volvamos a enseñarles a viajar sin alterarse por la proximidad de los leones.

—¿Y los paños de los pies?

—Es para que no hagan ruido. Curtimos y estiramos pieles expresamente para esto. Corren tiempos inciertos, y nuestro valle tiene comida y tesoros en abundancia. Aunque los precipicios y el estrecho paso nos protegen, son muchos los que miran nuestro valle con avidez. Por eso nos entrenamos continuamente. Hasta ahora hemos expulsado con éxito a todos nuestros enemigos, pero sabemos que no dejarán de intentar tomar nuestras tierras.

—¿Os preocupa algo en particular? —De pronto Isabella sintió una presión en el pecho; al instante lo supo. Había demasiados caballos allí para que se tratase de un simple ejercicio—. ¿Todo esto es porque *don* Rivellio ha enviado a sus hombres para traer al valle a *mio fratello*? ¿Está el *castello* en peligro por nuestra culpa?

Él le sonrió con afabilidad, la sonrisa superior de un hombre destinada a tranquilizarla.

—Ningún enemigo cruzará el paso para entrar en el valle y vivirá para contarlo. Serán enterrados aquí, ninguno podrá regresar. Así alimentamos la leyenda.

Isabella entendía la sabiduría de aquel proceder. Ella misma se había criado escuchando historias sobre el valle de los DeMarco. Nadie sabía si dar crédito a los rumores, pero el poder de lo desconocido daba al *don* y a sus soldados una enorme ventaja. La mayoría de ejércitos temían incluso intentarlo.

—¿Y no van más lentos con esa cosa en las patas?

Él meneó la cabeza.

—También les adiestramos para que se habitúen a llevar los paños y se sientan cómodos con ellos. —Le hizo darse la vuelta y se inclinó sobre ella para señalarle el extremo más alejado del campo—. Aquellos son los caballos más jóvenes e inexpertos. Como podéis ver lo están pasando bastante mal. Algunos no dejan de trastabillar. Las anteojeras son para evitar que se nieguen a avanzar cuando vean leones.

—No veo ningún león —dijo ella, mirando alrededor.

Su corazón se había acelerado al oír aquello. Seguramente ella jamás se acostumbraría a ver a aquellas bestias de cerca.

—Están lo bastante próximos para que los caballos noten su olor, pero no dejaremos que se acerquen más hasta que los caballos jóvenes se habitúen un poco —explicó.

—¿Cómo controláis a los leones? ¿Cómo evitáis que ataquen a hombres y caballos? Sin duda sentirán la inclinación de comerse a los adiestradores.

Isabella se estremeció y se puso a restregarse los brazos, reviviendo la terrorífica sensación de tener a una de aquellas bestias tan cerca, con los ojos clavados en ella.

—*Don* DeMarco los controla. El comportamiento de los leones es responsabilidad suya.

Qué responsabilidad tan enorme. Y qué terrible equivocarse aunque fuera solo una vez y tener que vivir con ello. Un paso en falso y un amigo podía tener una muerte espantosa.

Un grito distrajo en ese instante sus pensamientos.

—¡Capitán Drannacia!

Era Alberita, que trataba de llamar su atención agitando las manos. La joven se levantó las faldas y corrió hacia ellos, como un destello de color, con los cabellos volando desordenados.

Isabella oyó el suspiro involuntario de exasperación del capitán, y vio que por su rostro pasaba fugazmente una expresión de impaciencia. Sin embargo, cuando la joven se acercó, le dedicó una sonrisa radiante y sus ojos hicieron un rápido recorrido por sus curvas generosas y los pechos que subían y bajaban con rapidez bajo la fina blusa.

—¿Qué pasa, Alberita? —preguntó con amabilidad.

Al parecer el hecho de que hubiera recordado su nombre, la reconociera, y la mirara con aprobación la dejó sin aliento e hizo que se quedara embobada mirándolo con absoluta devoción.

De nuevo vio Isabella que estaba en la naturaleza de Sergio responder galantemente a las mujeres fueran de la condición que fueran y fuera cual fuera el interés que tenía por ellas. Dedicaba la misma sonrisa a todas, si bien su mirada no las seguía como seguía a su mujer.

—Betto me ha pedido que le entregue esta misiva de *don* DeMarco. —Alberita hizo una reverencia ante Isabella y cuadró los hombros con aire de importancia—. Lo siento, *signorina*, pero es un secreto, es solo para el capitán.

Y dicho esto, sacó un pequeño pedazo de pergamino de los pliegues de sus faldas y estiró el brazo para entregárselo, pero enseguida lo retiró, como si no soportara la idea de separarse de él, y luego casi se lo arrojó. El pergamino se separó de sus dedos antes de que el capitán pudiera cogerlo y una ráfaga de viento lo hizo volar.

Alberita chilló horrorizada, con un sonido agudo que hirió los oídos de Isabella, saltó y chocó con el capitán, que acababa de girarse en un intento por atrapar la obstinada misiva. El hombre la sujetó del brazo para sostenerla y, mientras, Isabella saltó sobre el pergamino volador, que fue a posarse sobre un arbusto cercano.

—*Signorina!* —Alberita se retorcía las manos, claramente trastornada—. ¡Es secreto! ¡Lleva el sello de los DeMarco!

—Lo llevo a la espalda, así que no puedo mirarlo —le aseguró Isabella—. Capitán —continuó muy sobria, buscando la mirada del capitán con la risa en los ojos—, tendréis que rodearme para coger vuestra misiva prófuga, puesto que debe de ser de gran importancia. *Grazie*, Alberita, le hablaré a *don* DeMarco de tu lealtad y el servicio realizado. Corre a buscar a Betto y dile que has cumplido tu misión. La carta está a buen recaudo en las manos del capitán Drannacia y todo está bien.

Sergio, con un súbito ataque de tos, les dio cortésmente la espalda mientras sus hombros se sacudían. Alberita se inclinó e hizo unas reverencias, caminando hacia atrás, hasta que dio un traspiés por lo irregular del suelo. Y entonces se cogió las faldas y corrió hacia el enorme *palazzo*.

Isabella esperó hasta que la joven estuvo a suficiente distancia para no oírla y entonces le dio una palmada a Sergio en la espalda.

—Ya estamos a salvo, capitán. Ahora ya no podrá derribarle, ni bañarle con agua bendita ni atacarle con una escoba.

Sergio la sujetó por los hombros, y reía tan fuerte que Isabella temió que Alberita lo oyera mientras corría hacia el *castello*.

—¿Agua bendita? ¿Una escoba? No sé de qué estáis hablando, pero no me cabe duda de que esa mozuela tiene algo que ver.

—Ella nunca camina, va corriendo a todas partes. Pero es muy entusiasta con su trabajo —se sintió obligada a decir Isabella. En ese momento su mirada se desvió hacia las almenas y vio la figura de Nicolai observándolos desde allí—. *Don* DeMarco debe de estar contento con los ejercicios de entrenamiento de hoy. ¿Siempre tiene que estar presente, con leones o sin ellos?

Y levantó la mano para saludar a Nicolai, pero, o bien no la vio, o simplemente, no respondió.

El capitán Drannacia apartó las manos de sus hombros en el instante en que Isabella llamó la atención sobre su *don*. Se puso rígido, casi en guardia.

—No está observando los entrenamientos, Isabella —dijo pensativo, y se apartó para poner distancia entre los dos.

Abrió el pergamino sellado y examinó el contenido con la mandíbula apretada.

—Esta misiva nada tiene que ver con ningún secreto de estado ¿me equivoco, capitán Drannacia? —preguntó Isabella con voz queda.

—No, *signorina*.

Isabella volvió a mirar hacia las almenas. Nicolai parecía una figura solitaria, con sus largos cabellos al viento, un poderoso *don* apartado de su pueblo.

—¿Le veis como el hombre que es, capitán? —preguntó.

—En estos momentos lo veo como un peligroso predador —replicó él con gentileza—. Lo cierto es que últimamente veo más al hombre que a la bestia, *signorina*. Pero creo que esta vez desea que vea a la bestia. Como una advertencia, tal vez.

Isabella frunció los labios.

—Me cansa la forma que los hombres tienen de pensar. Sus celos desafortunados e impropios.

Y miró con expresión furibunda a las almenas, cuando en cualquier otro momento su corazón se hubiera compadecido por la soledad de Nicolai.

—¿Os cansan también los celos impropios de las mujeres?

Algo en su voz hizo que Isabella se pusiera en alerta y, al volverse, vio a Violante a lo lejos. La mujer los observaba con expresión ligeramente ceñuda y mirada recelosa. En cuanto vio que se volvían hacia ella, echó a andar para acercarse, con una cesta al brazo. A Isabella le dio pena. Sus pasos denotaban una total falta de seguridad.

Isabella la saludó.

—¡Cuánto me alegro de que hayáis venido! ¡Estaba deseando volver a veros!

—Violante. —Sergio pronunció el nombre de su esposa con ternura, y su mirada se iluminó al verla acercarse—. ¿Qué me has preparado para hoy? —Cogió la cesta con una mano y con la otra sujetó a su mujer por la cintura y la acercó a él—. Está muy lejos para que vengas sola sin escolta —dijo como si hubieran discutido aquel tema muchas veces.

—Tienes que comer —dijo ella indecisa—. Isabella, no esperaba encontraros aquí.

Ella se encogió de hombros.

—La verdad es que necesitaba aire fresco. Quería bajar al pueblo, pero Nicolai insistió en que esperara a tener una escolta.

—Estaré encantanda de ir con vos mañana si os parece bien —se ofreció Violante.

—Me encantaría. —A pesar de lo educados que se estaban mostrando los dos, Isabella se dio perfecta cuenta de que querían estar a solas—. Ahora me retiraré, pero espero vuestra visita mañana.

Y levantó la vista una vez más hacia las almenas antes de dirigirse de vuelta a los establos.

Capítulo 14

Isabella se sentía un tanto mustia cuando Sarina anunció que Violante había llegado y la esperaba en la biblioteca. Como de costumbre, había pasado la mañana tratando de familiarizarse con el *palazzo*. Parecía una tarea inmensa. A cada esquina que doblaba esperaban más y más habitaciones, algunas de las cuales llevaban años sin usarse, y nuevos tesoros, esculturas y obras de arte, a los que no podía sino mirar boquiabierta. *Don* DeMarco era rico más allá de lo imaginable. Si *don* Rivellio tenía ni una ligera idea de lo que valían realmente aquellas tierras y propiedades, sin duda estaría buscando la forma de poner sus avariciosas manos en ellas.

No dejaba de pensar en aquel despreciable hombre que había condenado a muerte a su hermano. Sabía que siempre sería su enemigo mortal, y no cejaría hasta acabar con Lucca. Su hermano tendría que pasar el resto de su vida guardándose las espaldas, pensando siempre cuándo iba a aparecer alguno de los asesinos de Rivellio. Lo que más la inquietaba era la idea de que los hombres que viajaban con él tuvieran orden de matarlo en cuanto estuvieran en las tierras de DeMarco, con alguna hierba venenosa tal vez.

La noche antes, ella esperaba que Francesca la visitaría, pero había esperado en vano y finalmente se durmió. Despertó en numerosas ocasiones, pensando que Nicolai había entrado en la habitación, pero si estaba allí, se había limitado a observarla desde las sombras.

—Si no desea recibir visitas —dijo Sarina con mirada compasiva—, puedo despachar a la *signora* Drannacia.

Isabella meneó la cabeza enérgicamente.

—No, una visita es justo lo que necesito para animarme. Me envió un aviso diciendo que me acompañaría al pueblo y, si quedaba tiempo, a alguno de los numerosos *villaggi*. Creo que el aire fresco me hará bien. Ha dejado de nevar y ha salido el sol. Será agradable estar al aire libre.

Violante se puso en pie cuando Isabella entró en la estancia.

—Hace un día estupendo —dijo—. Espero no haberos hecho esperar. Sergio necesitaba su comida y prefiero llevársela yo misma.

La mujer se ruborizó ligeramente y se dio unos toquecitos en los cabellos como si estuvieran desordenados por algún revolcón reciente.

—En absoluto, Violante. Aprecio que deseéis cuidar de vuestro esposo. Es un hombre agradable, y tiene suerte de tener una esposa tan atenta —dijo, y pestañeó tratando de controlar unas lágrimas que afloraron de forma inesperada a sus ojos.

¿Por qué no había acudido a su lado Nicolai por la noche? ¿Por qué no la había abrazado? Necesitaba desesperadamente su apoyo.

—Parecéis triste, Isabella. —Violante apoyó su mano enguantada sobre el brazo de Isabella—. Sé que aún no somos amigas, pero podéis contarme lo que os preocupa.

Isabella se obligó a sonreír.

—*Grazie*, no me vendría mal una amiga. —Y pasó un dedo sobre la superficie lisa y pulida de una mesa—. Es *mio fratello*, Lucca. Venía de camino hacia aquí, y pensé que llegaría pronto, pero parece que está mucho más enfermo de lo que pensábamos. No puedo ir en su busca, y ni siquiera tengo forma de enviarle una misiva.

La tristeza estaba haciendo mella en ella, la soledad, y era áspera y profunda. Les dio la espalda a las otras mujeres y se quedó mirando con aire ausente una pintura de la pared.

—¿Podéis leer? —La voz de Violante parecía admirada, incluso había en ella una cierta envidia—. ¿Podéis escribir? *Mia madre* pensaba que una mujer no tiene necesidad de conocer tales cosas. —Suspiró—. Sergio lee con frecuencia, y a menudo lee en voz alta para mí, pero un día, estaba muy molesto conmigo y me dijo que le habría gustado que supiera leer para poder enseñar a nuestros hijos. —Su expresión reflejaba un profundo pesar—. Por el momento soy una decepción para él. No hay *bambini*, y no sé leer.

Se obligó a reír, sin ganas.

—Tendréis un *bambino*, Violante —dijo Isabella en un esfuerzo por consolarla—. ¿Habéis hablado con vuestra curandera? Sé que la nuestra siempre daba consejos a las mujeres del *villaggio* cuando querían tener un *bambino*.

—*Grazie*, Isabella, espero que tengáis razón. Pero temo que soy demasiado vieja.

Volvió la cabeza hacia otro lado, pero no antes de que Isabella viera las lágrimas brillando en sus ojos.

—¡Violante! —Isabella estaba sorprendida—. No sois tan vieja. Dudo que tengáis más que un par de años más que yo. Sin duda no sois tan vieja como para no poder tener un *bambino*. Hablad con vuestra curandera, y si eso no ayuda, mandaré llamar a la mía para ver si tiene algún consejo.

—¿Haríais eso por mí?

La voz de Violante temblaba.

—Por supuesto. Me encantaría que fuéramos amigas y que nuestros *bambini* jugaran juntos. Venid, os mostraré qué sencillo es hacer marcas en una página. Escribiré vuestro nombre.

Isabella abrió el gran escritorio y rebuscó hasta que dio con la pequeña cajita que contenía tinta y una pluma.

Violante se acercó y se puso a observar cómo hacía cuidadosamente unas marcas fluidas sobre un pedazo de pergamino.

La mujer aspiró con fuerza.

—¿Esa soy yo? ¿Es mi nombre?

Isabella asintió.

—¿A que es bonito? Recuerdo la primera vez que Lucca me mostró mi nombre.

Y escribió su nombre al pie del pergamino con una filigrana. Lo estudió por un instante con mirada crítica.

—¿Qué le diríais a vuestro hermano en la carta si tuvierais que escribirle? —preguntó Violante con curiosidad—. ¿Cómo lo escribiríais?

Isabella alisó el pergamino con la yema del dedo.

—Escribiría su nombre aquí, justo debajo de donde está el vuestro. —Escribió el nombre, y añadió un par de líneas más—. Aquí dice que le echo de menos y que me gustaría que pudiera apresurarse y reunirse conmigo. En realidad no escribo bien todas las letras. No practico mucho. Si os fijáis hay sitios donde el trazo vacila.

Sopló sobre la tinta húmeda para secarla, satisfecha por haber encontrado una forma de iniciar una amistad con la esposa de Sergio Drannacia.

—Parecen muchas marcas para las palabras que habéis dicho —comentó Violante.

Isabella tragó con dificultad.

—He añadido que le quiero... una necedad, desde luego, puesto que nunca verá esta carta.

—Dijisteis que vuestro hermano estaba retenido en los calabozos de *don* Rivellio —recordó Violante—. Me alegra que lo hayan liberado. A Theresa le desagrada profundamente. El *don* tiene reputación de ser una persona muy difícil.

—Una palabra demasiado amable para describirle, *signora* Drannacia —dijo Isabella secamente—. ¿Y cómo es que la *signora* Bartolmei ha tenido tratos con *don* Rivellio?

Isabella sentía curiosidad, a pesar de lo mucho que detestaba los cotilleos.

—Llamadme Violante, por favor —imploró la mujer de más edad—. Evidentemente, Theresa es prima de *don* DeMarco. Se crió en una granja, lejos del *palazzo*, pero es una *aristocratica*. —Había un deje de envidia, de frustración en su voz—. Se casó con Rolando Bartolmei, quien, al igual que Sergio, es de buena cuna. Y como es natural, ella y los de su estirpe siempre son invitados a las celebraciones de otras casas importantes.

Isabella se sentó a la mesa y estudió el rostro de Violante. La combinación de celos y alivio que veía en ella casi resultaba cómica. Pero la expresión de la mujer era grave.

—En una ocasión, Theresa y Rolando llevaron con ellos a Chanise, la hermana menor de Theresa, a un festival. *Don* Rivellio estaba allí. Y estuvo particularmente atento con la joven, aunque contaba solo once estíos.

A Isabella el corazón le dio un vuelco. Cruzó las manos sobre el regazo para no delatar su agitación. Un miedo infantil acababa de estallar en su estómago y se estaba extendiendo con rapidez.

—Según cuenta Theresa, el *don* se mostró galante y encantador. Todos estaban impresionados por sus atenciones. Chanise estaba prendada. Pero desapareció. Theresa y Rolando se pusieron frenéticos y la buscaron por todas partes, en vano. —Violante suspiró—. Chanise era una niña muy bonita, todos la querían. Recuerdo que yo siempre pensaba lo mucho que me habría gustado tener una *bambina* como ella.

Isabella se restregó las sienes, que de pronto le palpitaban.

—¿La encontraron?

Violante asintió.

—Mucho tiempo después, *don* Rivellio mandó un mensaje diciendo que aquel día Chanise se había escondido en su carruaje y había insistido en quedarse con él. Tenía un *bambino*, pero estaba muy enferma. La gente de este valle enferma si pasa demasiado tiempo lejos de aquí. Si no vuelven, se marchitan y mueren. Theresa y Rolando la trajeron de vuelta. No habla. Con nadie. —Violante suspiró con suavidad—. Yo voy a verla con frecuencia. Pero no me habla. Mira al suelo. Tiene marcas en los tobillos y las muñecas. Y Theresa me ha dicho que tiene marcas de latigazos en la espalda. El *bambino* es al único al que responde. Creo que de no ser por él ya se habría quitado la vida. Rolando y Theresa detestan a *don* Rivellio, y no les culpo.

—¿Sabe esto *don* DeMarco?

Por supuesto que lo sabía. Él siempre sabía todo cuanto sucedía dentro y fuera de su valle. Isabella no acertaba a imaginar que Nicolai pudiera dejar pasar semejante atrocidad. No creía ni por un momento que la niña se hubiera ido voluntariamente con *don* Rivellio.

—Él lo dispuso para que Chanise pudiera salir y negoció su liberación con *don* Rivellio cuando el hombre decidió que no quería dejar que se fueran. Dijo que no estaba seguro, pero que el *bambino* quizá fuera suyo. —Violante se sorbió los mocos con muy poca elegancia—. Si Chanise estuvo alguna vez con otros hombres, sin duda fue porque el *don* la entregó a ellos. *Don* DeMarco pagó mucho dinero para recuperarla... al menos eso dicen. Theresa nunca habla de ello. Creo que se siente culpable porque cedió a las súplicas de su hermana para que la llevara al festival. —Violante meneó la cabeza—. Lo cierto es que nadie podía resistirse a Chanise. Era como el destello del sol sobre el agua. Theresa ya nunca habla de aquello, pero la tristeza y la culpa siempre la acompañarán, y no lo merece.

—Vos también estáis triste —comentó Isabella—. Debéis de sentiros muy próxima a Theresa y su *famiglia*.

—Basta ya de cosas tristes. He venido a animaros. —Violante se puso en pie con determinación y miró a su alrededor buscando sus guantes—. Si queréis que veamos algo creo que deberíamos irnos ya. Oscurece muy pronto en las montañas.

Isabella también se levantó y se puso los guantes distraída. Junto con la historia de Violante sobre la depravación de *don* Rivellio, había llegado de nuevo la sensación del mal. Se había colado en la habitación, oscura y maligna, como si el solo nombre de Rivellio sirviera para convocar lo que estaba retorcido. Ella se estremeció y miró alrededor, deseando poder salir al exterior, donde pudiera ver si se acercaba algún ser extraño. A veces tenía la sensación de que estaba rodeada de enemigos.

Violante temblaba visiblemente, como si también ella hubiera quedado afectada por el influjo del nombre de Rivellio. En sus prisas por salir de la estancia, la mujer hizo caer un grueso volumen del borde de un estante, que aterrizó con un fuerte golpe en el suelo. Violante se puso lívida y lanzó un chillido de disgusto.

—A mí me ha pasado en más de una ocasión —se apresuró a comentar Isabella, pues sabía hasta qué punto le mortificaba a Violante el más mínimo desliz social.

Se inclinó para recoger el grueso volumen, pero pesaba más de lo que esperaba y también se le cayó de las manos para volver a aterrizar en el suelo con un golpe sordo. Entonces rió con suavidad, deseando disipar la tensión, pero la sentía enroscándose en su estómago con persistencia.

Y fue con mucho gusto que siguió a Violante hasta el exterior del *castello*, al aire frío y vivificante. Isabella respiró hondo. El viento soplaba entre los árboles y las hojas lanzaban hermosos destellos de plata. Las ramas se mecían suavemente. El mundo parecía un lugar deslumbrante en plata y blanco. Siguieron el hollado camino que llevaba desde el *castello*, una fortaleza casi inexpugnable, hasta el exterior de las murallas y bajaba después al pueblo con sus casas y comercios. El mercado era un lugar familiar para ella... los olores y objetos, los puestos, los escalones estrechos y los pequeños patios donde la gente se reunía para charlar e intercambiar sus productos. Las hileras de edificios se extendían en todas direcciones, dando forma a una comunidad de personas que trabajaban y vivían en el *castello* o cerca de él.

Isabella miró con aire melancólico a unos niños que jugaban a tirarse bolas de nieve. Ella nunca había hecho nada semejante, y parecía divertido. Se detuvo a mirar.

—Donde yo me crié no teníamos nieve. ¿Vos jugabais así cuando erais niña, Violante?

—A veces. Aunque normalmente *mia madre* no me dejaba salir a jugar con los otros niños. Para ella era importante elegir a mis amigas.

También ella observaba a los niños con expresión de anhelo.

Isabella miró con atención alrededor para asegurarse de que no había ningún adulto mirando. Luego se agachó, recogió un poco de nieve y se puso a darle forma y a compactarla como había visto hacer a los niños.

Violante retrocedió meneando la cabeza en señal de advertencia.

—¡No os atreveréis! No somos precisamente unas mocosas para andar jugando de esta guisa.

—¿Y por qué dejar que solo ellos se diviertan? —le preguntó con una sonrisa traviesa.

Una bola de nieve impactó contra su nuca y se deshizo sobre su vestido. Ella chilló y se dio la vuelta, pensando que habían sido los niños. Y se encontró mirando a Theresa, que estaba riendo a escasos metros y ya se había agachado para recoger más nieve. Parecía muy desinhibida, y recogía la nieve con movimientos rápidos y eficientes.

Isabella se apresuró a arrojar su bola a Theresa, y reía tan fuerte que a punto estuvo de resbalar y caer. Justo en ese momento Theresa se incorporó y la bola le acertó en el hombro y le dejó la manga cubierta de hielo. Le arrojó su bola compactada a Isabella, quien saltó hacia un lado al tiempo que se agachaba para coger más nieve.

Violante gritó cuando la nieve le estalló contra el hombro y el cuello. Trastabilló al retroceder y cayó sobre el suelo nevado.

—¡Oh! —exclamó, farfullando, como si no acabara de decidir si tenía que reír, o ponerse furiosa o llorar.

Theresa e Isabella se habían enzarzado en una guerra a muerte y las bolas de nieve volaban entre las dos. Violante hizo varias con decisión y se las arrojó con una puntería inesperada.

Las dos trataron de contraatacar, cogiendo la nieve con sus manos enguantadas y arrojándola contra Violante, con una risa espontánea y desinhibida que el viento arrastraba.

—¿Qué está pasando aquí, damas?

Escucharon una voz grave, masculina, divertida.

—¡Theresa! —dijo la voz pronunciando el nombre con un evidente tono de desaprobación, perplejo y abochornado.

—¿Violante?

La tercera voz parecía más perpleja que abochornada.

Las tres mujeres se detuvieron al instante y se volvieron a mirar. La risa de Violante y Theresa desapareció, sustituida por el pánico y la vergüenza. Los ojos de Isabella miraron al *don* rebosantes y algo traviesos.

Sergio Drannacia y Rolando Bartolmei se quedaron mirando boquiabiertos a sus esposas.

Nicolai fue el primero en hablar.

—¿Señoras? —dijo, y se inclinó cortésmente, aunque no consiguió eliminar el tono divertido de su voz.

—Una batalla, *signore* —repuso Isabella, apretando con fuerza la nieve que tenía en la mano—. Creo que ha sido un desafortunado error que hayas llegado con tus capitanes en este momento. —Y sin dudarlo le arrojó el misil directamente—. Podrías resultar herido en el fragor de la batalla.

Nicolai interceptó el proyectil en vuelo, evitando con ello que le acertara en la cabeza. Sin hacer caso de la expresión de sus compañeros, se inclinó para coger unos puñados de nieve.

—Acabas de cometer un grave error, *signorina*. Nadie puede superarme en este tipo de enfrentamiento —declaró.

Isabella tomó la mano de Violante y empezó a retroceder, riendo. Esta se agarró de Theresa, que permaneció mirando rígidamente al suelo.

—Permitid que discrepe, *don* DeMarco —dijo Sergio cogiendo una bola de nieve—. Si no recuerdo mal, *yo* era el campeón.

Le lanzó a Nicolai dos bolas que le acertaron de lleno y acto seguido tiró un tercer proyectil juguetonamente a su esposa.

Violante se levantó las faldas para correr, pero los cristales de hielo le acertaron en el hombro antes de que tuviera tiempo de huir. Sin vacilar se agachó para coger unos puñados de nieve y se los arrojó a su esposo al tiempo que retrocedía.

Isabella acertó a Rolando en toda la frente y casi se muere de la risa cuando le vio la cara. Nicolai aprovechó la coyuntura y arrojó sobre ella una lluvia de bolas hasta que quedó casi cubierta por la nieve.

Rolando se puso a reír y también se inclinó para convertir la nieve en armas y le arrojó un par a Isabella, que reía con tanto ímpetu que no pudo contestar al ataque.

—¡Theresa, ayuda! —suplicó Isabella cuando Nicolai se arrojó sobre ella. Violante tenía las manos ocupadas defendiéndose de su esposo.

Los ruegos de Isabella hicieron reaccionar a Theresa, que demostró ser la mejor en la guerra, rápida y certera. A Isabella le encantaba el sonido de la risa de Nicolai. Y lo mejor de todo, que los otros lo estuvieran viendo como lo veía ella. Como un hombre. Se le veía joven y despreocupado en el fragor del combate. Y le encantó el contacto de sus manos sobre su cintura cuando se lanzó sobre ella y cayeron sobre la nieve. Notó el roce de sus labios sobre sus cabellos en cuanto la besó en la sien antes de lanzar una andanada de bolas de nieve contra Rolando y Sergio.

Pero el juego acabó, los hombres ayudaron a las mujeres a salir de la nieve y todos se pusieron a sacudirse las ropas. Los niños se habían congregado a su alrededor para animarlos, y la mayoría miraban asombrados a *don* DeMarco, felices de poder verlo por allí.

Nicolai sacudió la nieve de los cabellos y los hombros de Isabella, y su mano se demoró un instante en la nuca. Se la veía feliz, sus ojos chispeaban de alegría. Y todo él parecía derretirse como sucedía siempre cuando la tenía cerca. Isabella. Su mundo.

—¿Adónde ibais, Isabella? —preguntó, escrutando con mirada inquieta a la multitud, como si temiera que algo o alguien pudiera hacerle daño—. No se me ha informado de que salías.

—Eso es terrible. —Isabella estiró el brazo y le sacudió un poco de nieve de su melena salvaje con los dedos enguantados—. Tendrías que hablar muy seriamente con tus espías. No están haciendo bien su trabajo.

Tenía el vestido mojado y a pesar de la capa, estaba empezando a temblar.

Nicolai la sujetó con fuerza por el mentón y la obligó a mirarle.

—Necesitas entrar en calor. Vuelve al *palazzo* —ordenó.

—Tienes unos ojos realmente bonitos. —Y le dedicó una sonrisa descarada—. Poco comunes.

Le encantaba aquel color, dorado con el iris casi translúcido, y las pestañas largas, casi femeninas.

—Veo que no mentías cuando dijiste que no entiendes el significado de la palabra obedecer. Ni siquiera obedeces los dictados de tu *don*. —Y se inclinó de modo que sus labios rozaron su oreja, y su cuerpo también, y eso hizo que Isabella empezara a sentir pequeñas descargas extenderse por sus venas—. No pienses ni por un momento que me vas a engatusar con tu palabrería.

—Eso jamás, *signore*. Ni se me pasaría por la imaginación. —Su boca se curvó en una sonrisa tentadora—. Sin duda tendrán mucho que hacer, caballeros, por tanto, les excusaremos y dejaremos que se vayan a cumplir con asuntos más serios.

Nicolai no pudo resistirse a sus labios sonrientes. Se limitó a inclinar la cabeza y a unir sus bocas. Y así, sin más, creó la magia, avivando un fuego a partir de unas ascuas que se extendió por las venas de Isabella e hizo que su cuerpo respondiera empezando a palpitar y estremecerse. La energía chisporroteaba en torno a los dos, el aire parecía vivo. Nicolai levantó la cabeza lentamente, a desgana, sin pensar en las risitas de los niños y los cuatro adultos que le miraban perplejos. Le sujetó el rostro con las manos y la besó en la punta de la nariz.

—Oscurece pronto en las montañas. No te retrases.

Isabella asintió, un tanto divertida, llevándose la mano a los labios, donde aún podía sentir a Nicolai, notar su sabor.

Él dio unas palmas y los niños se dispersaron asustados. Sergio y Rolando lo siguieron hacia el denso bosque. Ella se quedó mirando cómo se alejaban.

Violante y Theresa le sonreían. El cuerpo de Isabella ardía de necesidad, con aquel ansia que ya empezaba a ser algo familiar para ella. Finalmente miró pestañeando a las dos mujeres, como si no esperara verlas allí plantadas.

—¿Qué? —preguntó.

Pero ya sabía el qué. Nicolai había sacudido su mundo, había hecho que estallara en llamas, y ya nunca volvería a ser igual, nunca.

—¿Cómo es que podía verle? —preguntó Theresa asombrada.

Isabella se llevó una mano al estómago.

—Es un hombre, Theresa, ¿por qué no ibais a verle? —Se sentía rara, temblorosa. Aquella sensación inquietante volvió a invadirla. Se arrebujó más en la capa—. Siempre tendríais que verle como un hombre.

—No pretendía ofenderos —contestó Theresa algo tiesa—. Me ha sorprendido, nada más. Rara vez se muestra en público.

—Espero que podré cambiar eso —dijo Isabella con una leve sonrisa, tratando de recuperar la camaradería del juego.

Se daba cuenta de que las palabras que había dicho a Theresa habían sonado algo bruscas, y sabía que allí nadie miraba nunca a Nicolai por miedo a ver la ilusión del león. Ella no pretendía ser brusca, pero se sentía inquieta. Le molestaba que nadie pareciera reparar en la soledad de su existencia, y sabía que el hecho de que todos lo trataran de aquella forma seguramente contribuía a alimentar la ilusión.

—El juego ha sido divertido —dijo Violante—, pero hace frío. —Y se restregó enérgicamente los brazos para entrar en calor—. No me lo podía creer cuando Sergio se ha puesto a arrojarnos bolas de nieve. —Se tocó los cabellos en un intento por arreglarse, consciente de que debía de parecer desaliñada—. Imagino que no debo de estar muy guapa tan despeinada. —Y escrutó las figuras de Isabella y Theresa con expresión de envidia, mientras la risa desaparecía de sus ojos—. Theresa, el pelo se os ha soltado por un lado, y estáis muy roja. Creo que es imposible que tengamos tan buen aspecto como Isabella.

—Pero si estoy hecha un desastre —dijo ella mirando su vestido y su capa.

Se le estaba haciendo un nudo en el estómago; apretó los dientes.

—He visto que Rolando disfrutaba más del juego cuando jugaba con vos, Isabella —siguió diciendo Violante—. Si no le hubieseis arrojado una bola, sin duda habría dado a la pobre Theresa otro sermón sobre cómo comportarse.

—Bueno, no hay duda de que ella es la mejor en la guerra. —Isabella le sonrió con decisión—. Siempre da en el blanco.

—Tengo dos hermanos menores —confesó Theresa—. He practicado mucho. Debo irme. He venido a visitar a una amiga, pero ahora debo irme.

Levantó una mano y se alejó por el camino que llevaba a las hileras de edificios.

Isabella la observó hasta que desapareció de su vista.

—No sabía que tenía dos hermanos. Nunca lo había dicho.

—Están bajo la dirección de Rolando —dijo Violante—. Theresa tiene suerte de que su *famiglia* esté tan unida. Siempre había pensado que educarse en una granja no haría fácil integrarse en la corte, pero la *famiglia* de Theresa lo hace de manera espontánea.

La voz de Violante parecía tan triste que Isabella le pasó un brazo por la cintura y la abrazó suavemente mientras empezaban a andar.

—No creo que ninguna de nosotras tenga vuestra gracia y prestancia, Violante. Yo me crié dirigiendo el *palazzo* de *mia famiglia* y sigo sin poder mostrarme tan segura y elegante como vos. Siempre hago y digo las cosas equivocadas.

Violante bajó la vista a sus guantes mojados.

—He visto la forma en que *don* DeMarco os abraza y os besa. Vi el amor en su rostro. Vos tenéis algo que yo jamás tendré.

Isabella dejó de caminar para mirarla.

—He visto cómo os mira vuestro marido —dijo con suavidad—. No tenéis motivos para pensar que le importa ninguna mujer que no seáis vos.

Violante se llevó una mano temblorosa a los labios, pestañeando con rapidez en un intento por contener las lágrimas.

—*Grazie*, Isabella. Sois una buena amiga.

—Yo solo digo lo que veo.

—Solo quiero que estéis preparada, Isabella. Nicolai es un hombre poderoso, un hombre al que las otras mujeres querrán. En cuanto lo vean, empezarán a mirarlo con los ojos de la lujuria y la avaricia. No podréis saber quién es vuestra amiga y quién vuestra enemiga. Y los hombres pueden ser muy débiles cuando las mujeres se les tiran a los brazos.

—¿Os ha pasado eso a vos?

No podía conciliar la imagen del hombre que había visto jugando alegremente en la nieve con la de alguien capaz de engañar a su esposa.

Violante se encogió de hombros.

—Veo cómo las mujeres flirtean con él. Y piensan que estoy vieja y estropeada.

—Poco importa lo que piensen las otras mujeres —dijo Isabella con suavidad—, lo que importa es lo que piense vuestro esposo. Y él os mira con los ojos del amor. Debéis entender que sois muy hermosa. —Isabella intuía que Violante empezaba a sentirse incómoda con aquellas confesiones, así que buscó una distracción—. ¡Oh, mirad! El mercado.

Violante volvió su atención a las mercancías, agradecida. Corrieron hacia las largas hileras de puestos, sin dejar de exclamarse por los diferentes tesoros que encontraban.

A Isabella la gente de aquellas tierras le parecía agradable y servicial. Todos se apiñaban a su alrededor, querían conocerla. Violante no se alejó, siempre agradable y amistosa, pero trató de dejar que tuviera su espacio y pudiera moverse libremente por los diferentes puestos y tenderetes. Y entonces vio una caja tallada del tamaño perfecto para unas fruslerías que había comprado, pero cuando estaba a punto de cogerla, otra mujer se la quitó ante sus narices para examinarla.

Isabella meneó la cabeza porque vio que empezaban a discutir. Sabía que la otra mujer no conseguiría la caja si Violante la quería. Podía ser muy tenaz.

Un destello de color llamó su atención y al mirar vio a una mujer con una melena negra y suelta que desaparecía por una esquina. Se movía como Francesca, y era de su misma estatura y constitución. Y pocas mujeres salían con el pelo suelto. El color de su vestido también era inusual: un estallido de azul púrpura que ya había visto antes. Así que corrió, convencida de que era Francesca, y al doblar la esquina se encontró en un estrecho callejón. No se veía a nadie. Apretó el paso y se asomó a varias callejas que llevaban a pequeños patios y a un entramado de calles que recorrían el pueblo. Tras buscar durante varios minutos, Isabella suspiró y se volvió para regresar al mercado. Nadie sabía desaparecer tan deprisa como Francesca.

Una larga hilera de edificios grandes llamó su atención. Eran bonitos, y tenían las inevitables tallas de leones. Se acercó lentamente, estudiando las diferentes representaciones de la bestia. Le resultaban fascinantes. Fuera cual fuera su forma, había algo en sus ojos que llamaba la atención. Parecían vivos, como si la observaran desde todas direcciones. Se volvió primero hacia un lado, luego hacia el otro, pero los ojos siempre la vigilaban.

A pesar de que los edificios bloqueaban el viento, se estremeció, y se arrebujó en la capa. Se estaba haciendo tarde, y se sentía inexplicablemente fatigada. Las sombras empezaban a alargarse y la multitud de escaleras y callejones se tiñeron de gris. De pronto fue consciente del silencio, y un escalofrío le recorrió la columna. Entonces se volvió para dirigirse hacia el mercado. Resbaló sobre un fragmento de hielo y al caer se golpeó la espalda contra la esquina de un edificio. Las heridas de las garras del halcón estaban cicatrizando, pero en aquel momento empezaron a doler y trajeron a su memoria el atemorizador encuentro. Se sentó con cuidado, mirando alrededor, deseando poder estar ya bajo techado.

Tuvo que intentarlo varias veces antes de poder levantarse sobre el camino helado. Conforme las sombras crecían, las temperaturas empezaron a caer y el frío se intensificó. El sendero relucía por el hielo. Lo más prudente sería buscar un camino menos resbaladizo. Isabella tomó un pasaje estrecho y empinado sin escaleras y empezó a bajar. Esperaba que conduciría directamente al mercado que había en el centro del pueblo, pero en vez de eso acabó en otro patio. Había algunas esculturas, pero no se veía a nadie.

Por eso se quedó unos momentos indecisa. Si tenía que buscar el camino de vuelta al mercado a través de aquel laberinto de callejas y edificios desconocidos, seguramente ya habría oscurecido cuando consiguiera llegar. Lo mejor era regresar directamente al *palazzo*. Estaba mucho más alto que el pueblo, lo único que tenía que hacer era subir. No tenía pérdida. Estaba segura de que Violante se dirigiría hacia allí en cuanto viera que se había perdido.

Lucca se hubiera reído de ella por perderse. No era algo que le sucediera a menudo y, sin embargo, por segunda vez en pocos días, se había desorientado. Como si deliberadamente las cosas hubieran cambiado de sitio. Aquella idea le parecía espeluznante y le hizo sentir de nuevo que la observaban. Trató de no dejarse llevar por la imaginación. Los edificios no podían moverse. Pero claro, los hombres no se convierten en leones.

La sensación de que la observaban persistía. Miró alrededor. En el patio había una enorme estatua de un león. Parecía estar observándola, pero aquello no explicaba la intensa sensación de maldad que percibía. De pronto empezó a seguir un estrecho sendero que llevaba hacia arriba. No entendía por qué no se veía a nadie. ¿Se metía la gente en sus casas cuando el sol se ponía para evitar desastres con algún león descarriado? De nuevo un escalofrío le recorrió la espalda.

Y en ese instante lo oyó. Muy bajo. Apenas discernible. Una especie de resoplido. El susurro del pelo de un animal contra algo sólido. Isabella apretó el paso, arrebujándose en la capa, con el corazón latiendo a toda velocidad. Notaba su presencia. Sabía que la acechaba, que estaba siguiendo su rastro. Que se movía deliberadamente despacio para aterrorizarla.

¿Nicolai? ¿Haría algo así para darle una lección? ¿Se estaba cumpliendo la maldición porque ya habían estado juntos? La había visto desde las almenas cuando estaba hablando con Sergio. Incluso había enviado al capitán una misiva advirtiéndole que se alejara de ella. Estaba segura de que había entrado en su habitación la noche antes. De que algo había entrado en su habitación. Volvió a estremecerse y se restregó los brazos para darse calor. Había sentido unos ojos que la miraban por la noche. Hubiera debido sentir también los brazos de Nicolai, pero no fue así. ¿Estaba lo bastante celoso para acecharla, darle caza y devorarla?

Se quedó muy quieta, avergonzándose de sí misma. Reconocía el sutil flujo de poder dirigido contra ella. Alimentando sus dudas, sus miedos. Si ella no creía en Nicolai, en su fuerza, nadie lo haría. No podía pensar que era Nicolai. No cedería a la maldición. Ni permitiría que aquella entidad influyera en ella. Y, sin embargo, sabía que corría un grave peligro.

Isabella se aferró a la atadura de su capa como si ya sintiera al león clavando los dientes en su garganta. Oyó ese peculiar gruñido que suelen hacer los leones. Definitivamente, una bestia la estaba siguiendo. Dobló una esquina y casi se le para el corazón. Por un momento tuvo la certeza de que había llegado a un callejón sin salida. Una hilera de edificios le cerraban el paso.

—Nicolai —susurró. Un talismán—. Nicolai —dijo más fuerte al tiempo que corría hacia dos de los edificios que parecían casas—. ¡Nicolai!

Lo llamó tan fuerte como pudo, con la voz llorosa, mientras corría a la puerta de la casa más cercana y empezaba a aporrearla. El león volvió a rugir. Estaba mucho más cerca. Y no había nadie en la casa. Entonces sintió la oleada triunfal en el aire. Del mal. No estaba sola con el león. La entidad estaba allí. Real. Destilando malicia. Y llenó la pequeña zona entre las casas con una atmósfera densa y venenosa.

—¡Isabella! —Era la voz de Nicolai, y el alivio hizo que se sintiera débil y se dejara caer sobre los escalones del edificio—. Contéstame.

La voz hablaba con pánico.

—Aquí, Nicolai, estoy aquí. —Y sabía que él notaría el miedo y el alivio en su voz—. ¡Corre! Hay un león.

En ese instante lo vio, vio la figura oculta entre las sombras. Los ojos brillaban con un desprecio fiero y rojo por ella. Lo miró, hechizada por aquel odio tan grande. La criatura se agazapó y la observó con inquina.

—Isabella, si algo o alguien se atreve a hacerte daño, nadie, nada estará a salvo en este valle —oyó que prometía Nicolai.

Ella oía el sonido amortiguado de los cascos de su caballo mientras seguía el rastro a través del laberinto de callejas. Su voz sonaba crispada, como si hubiera tratado de controlar a la bestia y hubiera encontrado resistencia.

Isabella trataba de ver al león, pero estaba oculto entre las sombras. Solo los ojos se veían con claridad, mirándola con aquel brillo maligno. La fiera parecía consciente de la llegada inminente de Nicolai y gruñó una vez, dejando al descubierto los colmillos blancos en la oscuridad. De pronto se giró con rapidez y desapareció entre los edificios.

Nicolai apareció al galope por la esquina y tuvo que refrenar al caballo para que no la arrollara. Se había bajado de la silla antes incluso de parar. Su rostro estaba pálido, sus cabellos desordenados. La cogió entre sus brazos y la abrazó con fuerza.

—Tendré que llevarte atada a mi lado.

Era una promesa, ni más ni menos.

Sostuvo su rostro entre las manos y la obligó a levantar la cabeza para buscar su boca y la besó. El miedo los convirtió en un solo ser.

Sus manos la tocaban, recorrían cada palmo de su cuerpo, tratando de asegurarse de que estaba entera. Cuando entre los leones corrió la voz de que su mujer estaba siendo perseguida, por un momento había sentido que le faltaba el aliento.

—Isabella, esto no puede seguir así. Tienes que parar. Me vas a volver loco con tu desobediencia. —La sujetó por los brazos y la sacudió—. Estás en peligro. ¿Por qué no quieres entenderlo? Yo soy un peligro para ti, este valle, todo el mundo. Eres tan temeraria, tan obstinada. Parece que no sabes vivir sin provocar problemas ni un momento.

Volvió a sacudirla y una vez más bloqueó todo cuanto no fuera él con su figura, buscando su boca con un sentimiento entre la ira y el terror.

Y entonces los dos perdieron el control y empezaron a besarse con frenesí, a tironear de las ropas del otro, tratando de llegar a la piel, ajenos a la oscuridad, al frío, a la animosidad del león que la había estado acechando. Quería el solaz y el calor del cuerpo de Nicolai, quería unir su cuerpo al de él. Quería que la llenara por completo para que en su mente no hubiera nada que no fuera él y el placer que le hacía sentir.

Nicolai la hizo adentrarse en las sombras y la empujó contra la pared del edificio que había al fondo del patio. Su boca era ardiente y dominante, una respuesta salvaje a su miedo. Tironeó del cordón de su escote y lo soltó para poder bajarlo y dejar los pechos expuestos a la exploración.

Ella deslizó una pierna contra la suya, casi tan enfervorecida como él, apretando con fuerza contra su erección, restregando su cuerpo contra el suyo. No estaba bien que estuviera en la calle con sus pechos descubiertos y, sin embargo, le encantaba, le encantaba ver cómo él la miraba. Sus pezones se pusieron duros por el frío y gritó cuando se los tomó con las manos y se inclinó para chuparlos. Su boca la estaba haciendo enloquecer, y se sentía tan débil que tuvo que agarrarse bien fuerte y cerrar la pierna en torno a su cintura para que sus cuerpos quedaran mejor alineados y acompasados.

—Hace demasiado frío aquí fuera para ti —susurró Nicolai mientras sus dientes rozaban los pezones y su lengua le acariciaba los pechos.

Su boca, caliente y húmeda, la estaba marcando, reclamándola como algo suyo.

—Entonces caliéntame, Nicolai, dame calor aquí, ahora.

—Tendrá que ser rápido, *piccola*. ¿Seguro que estás preparada? No quiero hacerte daño. —Pero se puso a la tarea de comprobarlo por sí mismo, deslizando su mano por el muslo para buscar la entrada húmeda, y le metió los dedos sin dejar de empujarla contra la pared—. Quiero asegurarme, *cara* —dijo, apoyándola en un saliente y subiéndole las faldas hasta la cintura.

Se pasó las dos piernas por encima de los hombros.

—¡Nicolai! —gimoteó Isabella aferrándolo con fuerza por el pelo para aguantarse cuando él le acarició el clítoris con el pulgar.

Él agachó la cabeza y sustituyó la mano por la boca, y empezó a dar profundos lametones con la lengua. Su cuerpo había enloquecido, se sacudía sobre él, fragmentándose, hasta el punto de que no dejaba de rogarle que parara aunque seguía aferrándose a su cabeza para que no se apartara. Nicolai sintió cuándo llegaba al orgasmo, una y otra vez, y entonces levantó la cabeza sabiendo que ya estaba lista para él.

—Tendrás que ayudarme. Esta noche hace frío y eso puede mermar las capacidades de un hombre —dijo al tiempo que la bajaba hasta el suelo.

Se estaba soltando los pantalones, con el cuerpo totalmente caliente y duro.

—Dime, Nicolai —le suplicó—. Ahora mismo te quiero tanto.

—Caliéntame ahora tú. Tómame con tu boca, Isabella. —Y guió su cabeza—. Sujétame con tus manos y oprime con suavidad, pero con firmeza. *Dio!* —Y jadeó cuando la boca inexperta de Isabella lo poseyó, caliente, ingenua, voluntariosa. La guió lo mejor que pudo, aunque a duras penas podía soportar las oleadas de placer que lo recorrían. Sus manos buscaron la parte posterior de la cabeza de ella mientras empujaba sin poder contenerse con las caderas.

La veía a través de los ojos entornados y no dejaba de maravillarse por su habilidad de satisfacerle en todo. Amaba su cuerpo, su mente, y ahora incluso su boca no tenía precio. Antes de ponerse en evidencia, la obligó a levantarse, y la aupó con los brazos para apoyarla contra la pared.

—Sujétate a mi cuerpo con las piernas.

Isabella se apartó las faldas y cruzó los tobillos a su espalda. Podía sentirlo pegado con fuerza contra ella. Poco a poco su cuerpo bajó para acomodarse al pene de él, centímetro a delicioso centímetro, en una agonía de placer. Al principio Nicolai la dejó dirigir, mirando su rostro, contemplando su expresión soñadora y sofocada cuando empezó a moverse, a montarlo. Era fuerte, y tenía músculos firmes y prietos. Y empezó despacio, disfrutando por la forma en que podía levantar las caderas y apretar los músculos para darle a él más y más placer.

—Te gusta esto, ¿verdad? —le susurró.

Nicolai asintió, sin poder hablar, mientras la sujetaba con fuerza por las caderas. Empezó a empujar con fuerza hacia arriba y le hizo bajar el cuerpo sobre el suyo. Ella jadeó, aferrándose a sus hombros, clavando los dedos en su carne. Y él hizo lo que ella necesitaba más que nada…, ahuyentó cualquier pensamiento negativo, hasta que la única realidad que existió fue él, su cuerpo tomando el de ella con largas y duras caricias, clavándose más adentro mientras ella se aferraba a él y apretaba y apretaba y apretaba hasta que llegó al clímax, volando muy alto, remontando, y estalló en un frenesí de pura euforia. Y así fue como se corrieron juntos en la oscuridad, rodeados de peligros, con la nieve en el suelo y en medio del pueblo. Se corrieron juntos llenos de fuego y pasión.

Capítulo 15

Isabella yacía bajo la colcha, agradecida por el calor de la chimenea. Confería a la habitación una sensación de seguridad. Observó cómo Nicolai encendía las velas de la repisa, cómo los músculos se movían y se flexionaban bajo la camisa. No se había dado cuenta del frío que tenía hasta que se puso la ropa de dormir. Y, sabiendo que Nicolai tenía intención de compartir sus aposentos, se había ataviado con prendas íntimas y había descubierto que no servían para dar calor. El encaje se ceñía a sus pechos y abrazaba su cintura y caderas, pegándose pecaminosamente a cada curva. A punto estuvo de cambiarlo por una prenda más abrigada, pero resultaba demasiado sensual para resistirse.

Por primera vez se sentía confusa, incluso abochornada, por desear mostrarse abiertamente seductora ante él. Se había asustado tanto cuando se dio cuenta de que la acechaba un león. Y luego, cuando lo vio y comprendió que él no era el predador, se había sentido tan aliviada. Y entonces… Se mordió el labio inferior y hundió el rostro en la almohada de plumón. Había perdido por completo el control, porque lo deseaba con cada fibra de su ser, deseaba que la poseyera y ahuyentara cualquier pensamiento y quedaran solo sensaciones. Y las cosas que habían hecho juntos… Se preguntó si aquello significaba que estaba perdida sin remedio. Ojalá su madre hubiera estado viva para darle consejo. No tenía nadie a quien recurrir. Nadie excepto al *don*.

Nicolai había encendido el fuego él mismo, había ordenado que trajeran té caliente y unas galletas, y había mandado llamar a sus sirvientes más leales, Betto y Sarina. Les dio instrucciones muy claras: Isabella tenía que estar acompañada en todo momento cuando se moviera por el *palazzo*. Esto tendría que haberla molestado, pero le hizo sentirse querida. Por supuesto, él se había retirado a sus aposentos, pero volvió utilizando el pasadizo secreto en cuanto el *castello* quedó tranquilo para la noche.

Contempló su rostro pálido, miró las sombras que aquel valle, su pueblo, incluso él, habían grabado en las profundidades de sus ojos. No pudo contenerse, necesitaba tocarla, así que le echó los cabellos hacia atrás con dedos suaves.

—Sé que ha sido un día muy duro. Solo quiero abrazarte, *piccola*, abrazarte y reconfortarte.

Ella se volvió para tumbarse sobre la espalda y mirar aquel rostro amado, empapándose de cada detalle, cada rasgo. Le encantaba mirarle. Sus cabellos salvajes y los ojos tan poco comunes. Los hombros anchos, el cuerpo alto y musculoso. Incluso las cicatrices del rostro parecían parte de él, y le daban un aura misteriosa y peligrosa.

Era increíblemente fuerte y, sin embargo, sus manos podían tocarla con una delicadeza inusitada. Sus ojos podían arder con la llama fiera del deseo, o mirarla fríos como el hielo y, entonces, de pronto, una expresión descarnada de necesidad se volvía a colar en ellos. Todo en él exudaba seguridad, era un hombre nacido para mandar, y aun así en aquellos momentos la vulnerabilidad parecía grabada en cada línea de su rostro. Podía desarmarla totalmente con una sola mirada; otra mirada, y le hacía estallar en un arrebato de mal genio. Nicolai DeMarco necesitaba una mujer que le amara. Y que Dios la ayudara, ella lo hacía.

No podía resistirse. No podía resistirse a aquel anhelo que veía en sus ojos por ella, aquella necesidad tan primaria. Una parte de ella quería esconderse, huir de todo lo que había sucedido entre ellos. Otra, en cambio, necesitaba consuelo, quería que la abrazara y la tuviera muy cerca de sí. Isabella no decía nada, se limitó a observar cómo Nicolai se desvestía con decisión, en modo alguno incómodo por su desnudez.

Las normas de la propiedad dictaban que apartara la vista, no hubiera debido mirarle deseándolo tan abiertamente, pero era imposible, y en su interior volvía a sentir aquel cosquilleo y el calor que se extendía por todo su cuerpo.

Entonces levantó la colcha y se metió en la cama con ella.

—Sé que estás cansada, *cara mia*. Te lo noto en la mirada, y quiero que duermas. Solo quiero abrazarte. Eres tan suave y cálida, y me gusta tanto tenerte entre mis brazos.

Su voz era como el susurro de un hechicero en su oído. Su aliento una cálida tentación. La acercó a sí y la encajó en la curva de su cuerpo. Un gesto demasiado íntimo, a la luz de las velas, con el recuerdo de los recientes momentos de pasión compartida aún ardiendo en su mente.

Isabella cerró los ojos para no verle, pero era imposible no percibir aquel olor a hombre, la sensación de sus duros músculos grabados sobre su cuerpo. Los brazos de Nicolai rodearon su cintura y se cerraron por debajo de sus pechos. Ella era dolorosamente consciente de los movimientos de aquellos dedos que buscaban la piel bajo el encaje. Su piel estaba caliente y se sentía los pechos llenos y doloridos.

Durante un rato permanecieron así, en silencio, con el sonido chisporroteante del fuego y las figuras que el parpadeo de las llamas de las velas arrojaba sobre la pared. Y ella, sintiéndose protegida y valorada, se arrebujó más contra aquella sólida figura.

Nicolai pegó los labios contra su nuca y sintió que tenía una erección. Dejó que pasara y se limitó a saborear aquella necesidad que sentía, decidido a dejar que descansara. Podía tomarla una y otra vez. Compartir su lecho. Su cuerpo. Sus pensamientos. Su corazón y su alma. Pero por el momento tocarla sería suficiente. Probar su sabor. Saber que estaba en el lecho junto a él, que el cuerpo de ella lo deseaba con la misma ansia que él sentía por ella. Deslizó una mano sobre el pecho para sentir su calor. Una piel suave llenaba su mano. Ociosamente acarició con el pulgar el pezón a través del delicado encaje.

Isabella se agitó inquieta.

—¿Cómo se supone que voy a dormir?

La voz era suave, sensual, y tenía un toque de humor.

Él alzó la cabeza para hocicar el valle entre sus pechos y deslizó la lengua sobre la piel, apartando con cuidado el encaje.

—Duerme y sueña conmigo. Llévame contigo allá donde vayas, *bellezza*. Llévate la sensación de mis manos y mi boca sobre ti para que nadie pueda perturbar tus sueños.

Su boca rozó un pezón, una vez, dos, mientras su mano amasaba con exquisita delicadeza. Bajó la cabeza y lo tomó con su boca caliente.

Un latigazo de calor la sacudió, y movió las piernas inquieta. Sus brazos rodearon la cabeza de Nicolai para mantenerlo allí. Él chupó y deslizó una mano por su espalda para empujarla contra su dolorosa erección, apretando. Y mientras chupaba el pecho con más fuerza, la mano bajó más y subió el borde de su prenda interior por encima del triángulo de rizos apretados.

El cuerpo de Isabella se sacudía, y aquel dulce mal se convirtió en una necesidad apremiante. Movió las caderas, pero la mano que él tenía sobre su vello húmedo la obligó a quedarse quieta.

—Deja que pase, poco a poco, *piccola*. No hay necesidad de correr. Deja que pase.

Rodeó el pezón con la lengua y volvió a chupar.

Isabella era dolorosamente consciente de los movimientos de la mano que se deslizaba sobre su cuerpo, dentro de su cuerpo, siguiendo el ritmo de su boca. Los dedos eran sabios, acariciaban, desaparecían en su interior para distenderla, exploraban, volvían a buscar sus muslos. Su cuerpo se estremecía de placer. Casi era más de lo que podía soportar.

De pronto Nicolai levantó la cabeza de la tentación de sus pechos. Ella oyó el gruñido ronco de un león que pasaba muy cerca. Vio que él volvía la cabeza hacia un lado, luego al otro, como si escuchara. La cascada sedosa de sus cabellos caía rozando su piel, haciendo que las llamaradas corrieran por sus terminaciones nerviosas. Y se estremeció bajo aquel nuevo asalto. Tenía los dedos dentro de ella y daba pequeñas caricias, de modo que las ondas de fuego parecían desbordarla.

Nicolai pegó su frente a la de ella.

—Lo siento, solo quería abrazarte, no volver a excitarte. Te lo prometo, volveré. —A desgana, retiró los dedos de su interior—. Se acercan intrusos al paso. Debo irme.

El cuerpo de Isabella anhelaba satisfacerse, pero asintió, consciente de la angustia de los ojos de Nicolai, de que quería abrazarla y reconfortarla, de que su intención había sido amarla poco a poco y a conciencia.

—Ve allá donde te necesiten, Nicolai.

Ella le necesitaba. Pero cerró los puños a los lados del cuerpo y mantuvo el rostro cuidadosamente inexpresivo.

Nicolai volvió a besarla, y se vistió a desgana con movimientos rápidos y fluidos.

—Volveré, Isabella. —Vaciló un instante, buscando algo que decir para consolarla por su marcha, pero no se le ocurrió nada. Gracias a la *madonna* que no se puso a llorar ni a suplicar; eso le hubiera puesto malo. Pero se la veía tan sola y vulnerable que por dentro le carcomía—. *Ti amo.*

Las palabras brotaron antes de que pudiera detenerlas, directas de su alma. Se volvió y abandonó la habitación por el pasadizo secreto, porque no deseaba mancillar su reputación ni aun cuando los leones le llamaban.

Con un gemido, Isabella hundió el rostro en la almohada y respiró. Tenía el cuerpo en llamas, se sentía el corazón herido y la confusión reinaba en su mente. Pero le había dicho que la amaba. Así que se arropó con esas palabras, con el sonido de su voz, como una armadura para protegerse de sus propios temores.

Un sonido la alertó y miró hacia el pasadizo con el ceño fruncido, consciente de que Nicolai no podía haber vuelto tan pronto.

Francesca asomó la cabeza, con una ceja arqueada y su sonrisa traviesa.

—Pensé que nunca se iría. He estado esperando en el pasadizo, temblando. Hace mucho frío aquí. He tenido que esconderme en una esquina cuando ha salido. Estaba esperando para poder hablar con vos. —Bajo la luz parpadeante del fuego, parecía una joven vidente niña mujer. Caminó de puntillas hasta el centro de la habitación—. ¿Adónde ha ido?

—Creo que ha oído a alguien merodeando y ha ido a echar un vistazo —dijo Isabella improvisando, convencida de que Nicolai no querría que dijera a nadie adónde iba de verdad. Se sentó, cubriéndose con la colcha, con una sonrisa en el rostro—. Desaparecéis tan rápido, Francesca, y nunca puedo encontraros.

—Habéis tenido compañía —señaló Francesca—. A partir de ahora tendré que escuchar con cuidado o de lo contrario un día me pillará aquí con vos.

—Os he añorado. Hoy he salido y he tenido mi primera batalla de bolas de nieve. En el pueblo. Y ayer estuve viendo cómo adiestraban a los caballos. —Dio unos tirones distraídos a la colcha—. Y un león me ha perseguido.

—¿Cómo? —Francesca se giró. Sus ojos oscuros chispeaban con una furia inesperada. Isabella jamás había visto ni un destello de ira en la joven—. Eso no es posible. Los leones saben que sois la elegida.

—Pues al menos uno de ellos no me quiere aquí —dijo ella con ironía.

Una expresión furiosa atravesó el rostro de Francesca, pero desapareció enseguida, se desvaneció como si no hubiera sido más que una ilusión. Le sonrió.

—Habéis estado con él, ¿verdad? ¿Cómo es? Había pensado seducir a alguno de los visitantes, a alguno joven y guapo que no se lo diga a nadie y se vaya pronto, solo para saber cómo es, pero la idea de que alguien me toque tan íntimamente siempre me ha inquietado. ¿Duele? ¿Os gusta que os toque? ¿Vale la pena dejar que un dictador tome las riendas de vuestra vida?

Aquello hubiera debido violentarla. Francesca hacía preguntas del todo impropias.

—Nicolai no es mi dictador, Francesca. Qué cosas decís.

—Lo será. Todos los esposos mandan sobre sus esposas. Y una vez que se han acostado con ellos, las esposas se vuelven tontas y celosas y no dejan de revolotear en torno al marido para mantener a las otras mujeres alejadas. El marido puede acostarse con otras mujeres, pero si la esposa lo hace, será golpeada o decapitada. Y al final la esposa se convierte en una bobalicona. ¿De veras vale ese precio tan alto acostarse con un hombre?

—Tenéis una imagen terrible del matrimonio, y dudo que la mayoría de las mujeres sean tan extremadamente celosas.

Francesca se encogió de hombros y sonrió.

—Violante está celosa de cualquier mujer que mire a Sergio, pero lo cierto es que no es la única. Observo a la gente, Isabella. Vos preferís ver solo el lado bueno de las personas, y no hacéis caso de lo malo. A la mayoría de las mujeres no les gusta que otras miren a sus esposos. Rolando jamás mira a otras y, sin embargo, Theresa es muy celosa. Está convencida de que se ha buscado a otra.

Isabella levantó la vista.

—¿Cómo sabéis eso?

—Sus hermanos estaban hablando de ello. No me vieron. Pararon para comer junto a las cascadas y yo me escondí. Creo que la encontraron llorando hace unos días y les confesó sus temores. Ellos dijeron que no podía ser, pues pasan mucho tiempo con él, pero ella parecía muy convencida. —Francesca meneó la cabeza, haciendo volar sus cabellos—. Si yo tuviera un hombre, jamás me preocuparía por semejantes necedades. Si de verdad quería a otra, dejaría que se fuera con ella, pero no volvería a entrar en mi lecho. —Se miró las uñas—. ¿Qué sentido tiene estar con un hombre y no disfrutar nunca porque siempre estás enfadada o dolida? Creo que es una simpleza. Theresa Bartolmei es una simplona.

—Vos no creéis que Rolando tiene a otra mujer ¿no es cierto?

La expresión de Francesca era ligeramente altanera, aristocrática, superior. E Isabella se descubrió sonriendo, pues reconocía en ella los rasgos de los DeMarco. ¿Sería una de las primas de Nicolai, como Theresa? Era tan etérea e imaginativa. Había algo mágico en ella. Se sentía a gusto en su presencia.

—Veo y oigo todo tipo de cosas. Si fuera así yo lo sabría. Se preocupa por nada.

—¿Y Sergio? —preguntó Isabella con curiosidad, aunque sabía que no estaba bien cotillear.

Francesca meneó la cabeza.

—Mira, nada más. Creo que mataría por Violante. Pero ella es demasiado tonta para verlo. Lo digo en serio; las mujeres pierden la chaveta cuando se casan. No me gustaría cambiar lo que soy por ningún hombre.

—No todas tienen vuestra seguridad —señaló Isabella—. A veces se os ve tan segura que dais miedo. ¿Por qué nunca os veo durante el día?

Francesca rió alegremente.

—No quiero que me impongan tareas, ni tener que vestirme adecuadamente. Prefiero poder ir a donde quiero. La gente piensa que estoy «ida». —Sus ojos oscuros bailaban—. Y esa reputación me da mucha libertad.

—¿Por qué piensan eso? —preguntó Isabella.

La risa desapareció del rostro de Francesca, se puso en pie de un salto y empezó a andar arriba y abajo por la habitación.

—Somos amigas, ¿verdad?

—Sí, me gusta pensar que somos muy buenas amigas —le contestó ella.

Francesca se detuvo a escasa distancia y la miró fijamente.

—Puedo hablar con los otros. Lo hago continuamente.

Isabella se daba perfecta cuenta de lo nerviosa que estaba la joven, así que se tomó su tiempo y eligió las palabras con cuidado.

—¿Los otros? No estoy segura de entenderos.

—Ya sabéis. —Se retorció los dedos—. Los que hacen los ruidos por la noche. Están atrapados en el valle y no podrán marcharse hasta que les liberéis.

Isabella pestañeó.

—¿Yo? Venid aquí, *piccola*. Sentaos aquí conmigo y explicadme eso. —Dio unas palmaditas en la cama—. No quiero que desaparezcáis. Os vais demasiado rápido y no pienso ponerme a perseguiros por el pasadizo secreto.

Francesca rió.

—Jamás me atraparíais.

—Lo sé, y ya he tenido suficientes desventuras para toda la vida, así que, por favor, quedaos y hablad conmigo. ¿Quiénes son los otros?

—Espíritus. Estarán atrapados aquí hasta que los dejéis libres. Aquellos que viven en el valle no pueden pasar lejos mucho tiempo sin consumirse. Incluso sus espíritus vuelven aquí y tendrán que quedarse hasta que la amada de alguno de los DeMarco nos libere a todos de la maldición.

Sin duda Francesca creía lo que estaba diciendo.

—Así pues, ¿creéis la historia que me contó Sarina, la historia de Sophia y la maldición sobre la *famiglia* DeMarco y el valle?

Francesca la miró fijamente.

—¿Vos no, Isabella? Vos veis a Nicolai como un hombre, pero sabéis bien que en el valle casi todos le ven como la bestia. Y ¿cómo explicáis que pueda comunicarse con los leones si la leyenda no es cierta? Sabéis que es verdad. Y estáis destinada a ser la esposa de *don* DeMarco. Cada hombre, mujer y niño de este valle conoce la maldición y sabe que vos sois nuestra única salvación. Si fracasáis… —dijo estremeciéndose.

Isabella se pasó las manos por el pelo y se frotó las sienes agitada.

—Decís que podéis hablar con los otros. ¿También podéis verles, Francesca?

—No de la misma forma en que os veo a vos. Básicamente, lo que hago es hablar con ellos.

La voz de Francesca parecía un tanto desafiante, como si esperara que Isabella tratara de disuadirla de aquellas ideas fantásticas.

—¿Habéis hablado alguna vez con Sophia?

Francesca pareció sobresaltarse.

—No estaréis pensando en hablar con ella, ¿verdad? Nadie ha osado nunca hacerlo. Ella sabe cosas que nadie más conoce. Es una mujer poderosa.

—Espíritu, Francesca —señaló Isabella—. Este ya no es su sitio y sin duda deseará tener descanso. ¿No se os ha ocurrido pensar lo terrible que debe de ser para ella ver cómo la historia se repite una y otra vez y no poder hacer nada para parar esto? Por lo que Sarina me contó, Sophia amaba a su esposo y a su pueblo. Esto no será fácil para ella.

Francesca se apartó del lecho, meneando la cabeza y retorciéndose las manos.

—No podéis estar pensando en hablar con ella. Yo jamás me lo habría planteado.

—¿Ha hecho algo para asustaros? —le preguntó ella con delicadeza.

La joven bajó la voz hasta un susurro.

—Los otros le tienen miedo. Nunca se acercan, no hablan con ella. La odian por lo que hizo.

—Bueno, no creo que haya nada malo en preguntar. ¿Podríais intentarlo? ¿Podríais al menos pedirle que hable conmigo a través vuestro? —Isabella apartó la colcha y cogió a toda prisa su bata para cubrir su escandaloso atuendo—. Hacedlo por mí, Francesca. Tal vez sea la única forma de salvar mi vida.

Francesca vaciló por un largo y tenso momento, luego asintió.

—Lo intentaré por vos. Pero es posible que no conteste. Ellos no son como nosotros, y el tiempo es distinto en su mundo. Pero lo intentaré esta noche.

—Ya que me he puesto, querría pediros otro favor. *Mio fratello* es todo lo que tengo y sé que vos sabéis cosas, cosas que quizá ni una curandera conoce. Lucca llegará pronto, y necesitaré alguien que me ayude a cuidarle. Yo no puedo estar siempre con él y Sarina tiene demasiadas responsabilidades. No conozco a nadie aquí. Por favor, decidme que lo haréis. Y si algo me sucediera, prometedme que cuidaréis de él.

Francesca se mordió el labio pensativa, cambiando con ello la imagen impetuosa que Isabella tenía de ella. Estaba claro que no daría su palabra a la ligera.

—Imagino que cuidar de un hombre podría ser divertido. Es cierto que sé cosas que podrían ayudarle… si me gusta.

Ella la miró con firmeza. Francesca hizo rodar los ojos y se rió.

—De acuerdo, os ayudaré a cuidarle, Isabella. Pero estoy segura de que Sarina y Nicolai no aprobarán vuestra decisión.

—La decisión es mía, no de ellos.

E Isabella alzó el mentón en un gesto claramente desafiante.

Francesca rió.

—Creen que estoy tocada por la locura, y sin embargo vos estáis considerando poner la vida de vuestro hermano en mis manos. Es extraordinario.

Isabella extendió las manos hacia el fuego moribundo para ahuyentar un escalofrío que de pronto le subió por la espalda.

—¿Por qué iban a pensar que estáis loca? Dudo que nosotras dos seamos las únicas que oyen los lamentos por la noche.

—Todos oyen los lamentos. Los otros quieren que los oigan. Al principio era una broma, lo hacían cuando se aburrían, pero creo que quieren que todos recuerden que están en el valle, tan irremisiblemente atrapados como podamos estarlo nosotros.

Había algo indefinido en el rostro de Francesca, en su mirada despierta, en su boca y su mentón, que la hechizaban. Mientras las sombras crecían en la habitación, trató de pensar qué había en ella que se le escapaba.

—¿Qué estás haciendo aquí?

La pregunta fue brusca, acusatoria, un ronroneo de amenaza.

Las dos mujeres se volvieron para mirar a Nicolai, que en ese momento entró con su habitual sigilo desde el pasadizo secreto. Avanzó por la habitación y se situó a modo de protección entre ellas. Había algo atemorizador en su postura, en el gesto de su boca.

Francesca retrocedió tratando visiblemente de apaciguarlo.

—Solo estábamos hablando, Nicolai, nada más.

Isabella hizo ademán de rodear la figura de Nicolai, movida por la repentina necesidad de apoyar a la joven, pero los largos dedos de Nicolai la sujetaron por la muñeca y la obligaron a permanecer junto a él.

—¿Solo hablando, Francesca?

Su tono era de incredulidad.

Francesca se puso muy derecha.

—Es evidente que no me crees, así que me retiraré. Buenas noches, Isabella. —Y se dirigió hacia la entrada del pasadizo—. Por lo que se refiere a tiranos y dictadores, tenéis a mi hermano para comprobar mis palabras.

—No te he dado permiso para que te vayas, Francesca —le espetó Nicolai con los dientes apretados—. Vuelve aquí enseguida.

Isabella miró a ambos, perpleja por no haber sido capaz de adivinar cuál era el parentesco que los unía pese a haber reparado en el parecido.

Francesca volvió muy despacio, con expresión malhumorada.

—No tengo ganas de interrogatorios, Nicolai.

—Francesca —dijo Isabella con expresión dolida—, ¿por qué no me habíais dicho que sois la hermana de Nicolai?

Él la atrajo al refugio de su ancho hombro sujetándola por la mano.

—¿A qué juegas ahora, Francesca? ¿Por qué has seguido a Isabella y la has asustado esta tarde en el pueblo?

Isabella dio un respingo y habría protestado de no ser porque los dedos de Nicolai se cerraron con más fuerza en torno a los suyos a modo de advertencia.

Francesca parecía aburrida, y lanzó un suspiro exagerado mientras daba golpecitos en el suelo con el pie.

—Dime, por favor, ¿por qué iba a perder el tiempo con semejante tontería? Tú solo ya la asustas bastante por los dos.

Y evitó mirar a Isabella.

—Entonces, ¿te atreves a negarlo? —Un rugido resonó en su garganta, una clara amenaza—. ¿Es que crees que no reconozco el olor de la sangre DeMarco? La estuviste acechando por las calles y la asustaste solo para divertirte. ¿De verdad creías que podías hacer algo así y quedar impune?

El color abandonó el rostro de Isabella, que se quedó mirando fijamente a aquella mujer por la que tanto afecto había llegado a sentir, aquella mujer a la que llamaba amiga. Era una traición dolorosa, inesperada e inquietantemente siniestra.

Al final, Francesca apartó la mirada de su hermano para mirarla a ella.

—Niego rotundamente tu estúpida acusación. Busca a tus enemigos en otro sitio. Yo solo he intentado protegerla. En cambio tú parece que estás demasiado ocupado planificando batallas para protegerla como es debido. —Su tono era acusador—. Tal vez Sophia la protege en esta habitación de la entidad que amenaza este valle. Isabella la despertó, no me digas que no lo has notado, y debería estar vigilada en todo momento. Y, sin embargo, insistes en dejarla sola.

—Nadie aquí osaría desafiarme salvo tú, Francesca.

Ella entrecerró los ojos y alzó el mentón.

—Eso que dices es pura arrogancia. Tú no escuchas nuestra historia, no reconoces a los ancianos, porque te gusta creer que lo controlas todo en el valle, pero los dos sabemos que no es así.

—Reconocí el olor de nuestra sangre en el pueblo, Francesca.

El tono tan bajo y frío con que Nicolai pronunció aquellas acusaciones a su hermana le intimidaron mucho más que su ira manifiesta.

—Francesca ¿vos también podéis convertiros en la bestia?

Estaba tratando de asimilar aquello, y recordó de pronto la voz femenina que la había guiado hasta el balcón donde a punto estuvo de morir.

—Por supuesto, soy una DeMarco. ¿Por qué no iba a poder convertirme en león? Es un derecho de nacimiento y una maldición. No dejéis que os engañe, Isabella. Él acepta su legado lo mismo que yo. ¿Cómo creéis que nuestro valle y nuestro pueblo se mantienen a salvo de los extranjeros? —Señaló con el gesto a su hermano y miró con frialdad las pálidas facciones de Isabella—. Decidme, ¿qué es una vida, la vida de una mujer, una extranjera, en comparación con poder gobernar todo esto?

Y abrió los brazos para abarcar con el gesto el valle entero.

—Ya basta, Francesca. Ahora déjanos. Quiero verte esta tarde en mis aposentos.

Aquella orden sonó como un latigazo.

—¿Cómo? —Francesca alzó una ceja, desafiante hasta el final—. ¿No buscarás una torre para tu hermana loca, Nicolai? Qué detalle. —Y lanzó una ojeada a Isabella—. Mirad bien dónde están vuestros enemigos. Es mi consejo. Porque están por todas partes.

La chica giró en redondo y desapareció por el pasadizo.

Isabella gimió levemente y se cubrió el rostro con las manos.

—Vete, Nicolai. Vete, no quiero verte a ti tampoco.

—Esta vez no, *cara mia* —dijo con ternura—. No me obligarás a marcharme.

Aunque ella se resistía, Nicolai tomó su cuerpo reacio y la abrazó con fuerza, acariciando sus cabellos, oprimiendo su rostro contra su pecho mientras lloraba.

Isabella ni siquiera sabía por qué lloraba, o por quién. Simplemente, lloraba. ¿Cómo podía encontrar consuelo en los brazos de ese hombre cuando él era la mayor amenaza de todas? Francesca había dado en el blanco con su flecha envenenada. ¿Qué es una vida, la vida de una mujer, una extranjera, en comparación con poder gobernar todo esto? Las palabras resonaban en su mente. Ella había ofrecido su vida a cambio de la de su hermano… y Nicolai necesitaba un heredero.

Él la cogió en brazos y la acunó contra su pecho. Su ridículo plan de mantenerla a salvo convirtiéndola en su querida era absurdo. Los leones sabían que ella era su verdadera esposa. La maldición seguía su camino. La entidad había despertado con su llegada, igual que había sucedido con la llegada de su madre.

Nicolai suspiró levemente, se sentó en una silla y restregó el mentón sobre su coronilla.

—No es cierto, lo sabes, ¿verdad? Lo que Francesca ha dicho. No hice un trato contigo pensando en cambiar tu vida por la de Lucca. Traté de evitar que vinieras. Había oído hablar de ti muchas veces, de tu coraje y tu pasión por la vida. Sabía cómo serías. —Sus dedos acariciaron su piel, siguieron la línea de su boca—. Francesca no está del todo cuerda, Isabella. Es muy salvaje, siempre lo ha sido, y nadie aquí ha tenido el valor de obligarla a entrar en vereda.

—¿Por qué no me hablaste de ella?

Su voz sonaba triste, vulnerable. Hundió el rostro contra su cuello y con sus lágrimas mojó su piel y desgarró su corazón.

—Francesca es diferente. Nadie habla de ella. Del mismo modo que no hablan de su *don* ni de la forma en que lo ven, tampoco hablan de mi hermana y su extraño comportamiento. Tendría que habértelo dicho, pero no podía. Pensé que ya tenías bastante con un prometido que es una bestia la mayor parte del tiempo. No quería que también tuvieras que preocuparte por una hermana medio loca.

Ella alzó el rostro para examinar sus ojos dorados, con las pestañas pegadas por las lágrimas.

—*Signore*, tú ya no eres mi prometido —dijo con tono altivo—. Y he estado hablando con Francesca casi cada noche desde que llegué, y sin embargo no he visto en ella ningún indicio de locura. Es diferente, es joven y es evidente que necesita que alguien la oriente, pero ¿qué te hace pensar que está loca? ¿Su capacidad de hablar con los «otros»? Porque sinceramente, Nicolai, no creo que resulte más difícil creer eso que el hecho de que tú te muestres como la bestia.

El movimiento de las caderas de Isabella sobre su regazo provocó un impulso y su cuerpo se empalmó a pesar de su determinación de comportarse.

—Deja de moverte, *bellezza*. No estás precisamente a salvo conmigo si lo único que nos separa es ese vestido.

Notó la reacción del cuerpo de Nicolai, notó que se ponía duro y apretaba con fuerza contra sus nalgas. Su corazón se aceleró, el aliento le raspaba en los pulmones. Una vez más, el deseo empezó a acumularse abajo, con un dolor sordo que hizo que sus pechos, pegados con fuerza contra los fuertes músculos de él, cosquillearan por la anticipación. Apartó la mirada de los ojos hambrientos de Nicolai con determinación.

—Tendrías que haberme hablado de Francesca, Nicolai.

La mano de él empezó a trazar pequeños círculos sobre la base de su espalda.

—Sí, tendría que haberlo hecho, *cara*, pero jamás se me habría ocurrido que pudiera ser un peligro para ti. —El fuego llameaba entre los dos, ardiendo a través del encaje de sus prendas íntimas—. Francesca solo era una niña, tenía cinco años cuando *mia madre* murió.

La mano descendió hasta las nalgas, y sus dedos le masajearon la carne.

—Ella también estaba allí ¿verdad? —adivinó Isabella, y su corazón sintió pena por la joven—. Ella lo vio, vio cómo su *padre* mataba a su *madre*.

Y abrazó a Nicolai con fuerza, sintiendo de nuevo el fuerte deseo de consolarlo, de aliviar el terrible recuerdo de aquella tarde. Sus brazos le rodearon el cuello, los dedos se enredaron en la espesa seda de sus cabellos.

Nicolai asintió.

—Fue Francesca quien convocó a los leones para que me salvaran. Y ella cambió del mismo modo que yo. —Se tocó las cicatrices irregulares del rostro—. A ella la marcó en el costado, donde no se puede ver. Durante años no habló, no lloró, no emitió ni un solo sonido. Nunca se acercaba a nadie, ni siquiera a mí. Se sentaba en la misma habitación que yo, pero no me dejaba tocarla.

El dolor teñía sus palabras. Su mano subió por la espalda para detenerse de nuevo en la nuca.

—¿Y crees que es porque teme que la mates igual que tu *padre* mató a tu *madre*? —Isabella trataba de reconfortarlo—. No entiendes a Francesca en absoluto, Nicolai. Te ama más que a nada en el mundo. Se le nota en la voz cuando habla de ti. Si hizo lo que dices y me siguió, no es porque quisiera hacerte daño…, ni a mí. Habíamos estado hablando de celos; quizás estaba tratando de decirme algo.

Nicolai le besó los párpados y sus labios se deslizaron sobre la sien y descendieron por la mejilla hasta la comisura de la boca.

—¿Y de qué iba a estar celosa? Ella nunca ha querido su posición en la casa. Tiene tantas ganas de dirigir el *palazzo* o ayudar a Sarina con las responsabilidades cotidianas como de convertirse en soldado. Incluso se negó a considerar el matrimonio. Es muy salvaje, y sé que tendría que haber puesto fin a todo esto hace tiempo.

Nicolai no dejaba de mordisquearle suavemente la barbilla y aquello hacía que sus pensamientos se dispersaran. Se sentía los pezones duros como piedras y los pechos doloridos. La lengua lanzó una caricia y la llamarada se extendió veloz por sus terminaciones nerviosas. Entonces movió su cuerpo sinuosamente, incitándolo a apretar más fuerte contra ella. Su boca se deslizó muy despacio por la delicada columna del cuello, la garganta.

—No tienes ni idea de lo que es para mí tocarte, Isabella, poder perderme en tu cuerpo. Y saber que puedo proporcionarte tanto placer a cambio.

Le bajó la bata de los hombros y deslizó los dedos sobre el encaje de la prenda de dormir para bajarla hasta la cintura.

Isabella notó la mirada de Nicolai sobre sus pechos, y su cuerpo respondió con una oleada de calor. No la tocó, se limitó a mirarla, a ver cómo su pecho subía y bajaba con la respiración.

—Eres tan hermosa.

Bajó la cabeza y chupó aquella piel anhelante.

Isabella se sentía a punto de estallar, sus muslos estaban mojados, notaba pequeñas sacudidas en su cuerpo. Las manos de Nicolai la aferraron por la cintura para echarla hacia atrás cuando se agachó para poder coger mejor el pecho con la boca. Ella cerró los ojos y echó la cabeza hacia atrás, y se dejó llevar. Podía sentirlo, tan duro y caliente contra sus nalgas que pensó que los dos iban a estallar en llamas.

Cuando dejó sus pechos para subir a besos por el cuello, Isabella se levantó con cuidado y le quitó valientemente la camisa de los hombros. Él contuvo la respiración y se echó hacia atrás para que pudiera desabrocharle los pantalones. Y el contacto de aquellos dedos sobre su piel hizo que sintiera como un latigazo que le recorrió todo el cuerpo y lo sacudió hasta lo más hondo. Levantó las caderas cuando ella metió los pulgares en la cinturilla del pantalón y los bajó hasta las botas. Nicolai se inclinó, con cierto dolor, y se quitó las botas para poder desprenderse de la ropa.

Cuando ella quiso volver a la cama, él la tomó de la mano y la retuvo ante él. Se sentó de nuevo en la silla y la acercó.

—Separa las piernas, *cara* —dijo, y metió las manos entre sus muslos para animarla a hacer lo que decía.

El color le subió a ella al rostro, pero separó obedientemente las piernas. Nicolai observó la forma en que el fuego arrojaba hermosas sombras sobre su cuerpo. Su erección era una lanza dura y gruesa, con la punta brillante, palpitando por la anticipación. Frotó con los dedos el vello púbico de Isabella, y comprobó que ya estaba mojada y lista para él.

—Te dejé deseando tomarme, ¿verdad? —musitó, escrutando su rostro mientras sus dedos se deslizaban a su interior.

El placer la hacía aún más hermosa, le daba un brillo especial a sus ojos oscuros. Nicolai metió los dedos más adentro, quería que se quemara por dentro, que aquella noche fuera algo memorable para los dos. Con la otra mano acariciaba la curva de sus nalgas, animándola a moverse, a buscar un ritmo con él. Y entonces Isabella empezó a jadear, mientras su cuerpo se cerraba con fuerza sobre sus dedos, apretando, haciendo que la erección de él se hiciera más intensa.

Deliberadamente Nicolai se llevó los dedos a la boca para probar su sabor. La mano que acariciaba las nalgas la acercó y la obligó a sentarse a horcajadas sobre él.

—Quiero que me montes, *cara*, igual que montas ese caballo tuyo, solo que yo estaré muy dentro de ti y cada vez que deslices tu cuerpo sobre el mío… —dejó la frase perversamente sin acabar y la sujetó con fuerza por las caderas para situar el cuerpo de ella justo sobre el suyo.

Y la hizo bajar muy despacio, hasta que el grueso nudo de su erección quedó empujando contra la entrada mojada y caliente de ella.

Los ojos de Isabella se abrieron con asombro. La estaba abriendo, atravesándola, con un cuerpo tan duro y grueso que la dejó sin respiración. Ella vaciló y dejó escapar un jadeo cuando la penetró, esperando sin aliento a que su cuerpo se ajustara al tamaño de él. Poco a poco, centímetro a centímetro, Isabella bajó, llevándolo más y más adentro en su interior.

Ella estaba excitada y caliente, y la sentía en torno a su erección como una funda de seda. Se aposentó en su regazo, moviéndose ligeramente para estar cómoda, y aquel movimiento fue como una nueva llamarada de fuego en las venas de Nicolai. Él se inclinó buscando su boca, para degustar su placer, para alimentarlo. Cuando empezó a moverse, el aire escapó de sus pulmones y se quedó tratando de respirar, de recuperar el control. Esta vez quería hacer las cosas despacio, con mimo, quería una unión que ella recordara con reverencia, pero no estaba seguro de que su cuerpo pudiera sentir su éxtasis sin estallar en llamas.

Isabella descubrió que podía experimentar. Se tomó su tiempo para saber qué le gustaba más, y empezó con movimientos lentos y lánguidos, apretando los músculos y observando el rostro de Nicolai mientras se deslizaba hacia abajo, luego arriba, rompiendo casi el contacto, volviendo a bajar, de modo que la llenaba por completo. Podía sentir la reacción del cuerpo de Nicolai, el temblor de sus músculos, los estremecimientos de placer, veía los ojos llenos de deseo.

Entonces él profirió un único sonido cuando Isabella empezó a coger el ritmo, moviendo las caderas más deprisa, creando una fricción intensa que le dejó a él la frente cubierta de gotas de sudor y a ella un brillo sobre los pechos, que saltaban arriba y abajo frenéticamente. Sus manos la aferraron por la cintura y empezó a moverse con ella, empujando hacia arriba para clavarse más adentro cuando bajaba su cuerpo sobre él, dejándolos a los dos sin aliento. Cada vez estaba más excitado, lo llenaba todo, y no dejaba de dilatarla incluso mientras su cuerpo apretaba y se sacudía, arrastrándolos a los dos a una vorágine de colores y llamaradas. Y volaron en perfecta armonía, estremeciéndose con un placer tan intenso que Isabella no supo dónde empezaba él y dónde acababa ella.

Y entonces se agarraron muy fuerte el uno al otro, sin poder respirar, sin poder moverse. Ella apoyó la cabeza en su hombro, mientras permanecían enlazados y la tierra se sacudía y la habitación giraba a su alrededor. Sus corazones latían desbocados, la piel húmeda y caliente, tan sensible que si alguno de los dos se movía, hacía brotar ondas de placer que los recorrían a los dos.

Entonces cerró los ojos y saboreó aquel instante, en brazos de Nicolai, con su cuerpo muy dentro. Se sentía incorpórea, como si flotara, y las ondas de placer la recorrían. Cuando notó que Nicolai se movía, cerró los brazos con más fuerza.

—No te muevas —susurró—. No quiero que se acabe aún. —En su mente no había temor, ni pesar. No había ninguna sensación de traición, ni de peligro. Cuando estaban solos, cuando él tocaba su cuerpo, todo parecía perfecto. Simplemente, quería quedarse donde estaba, unida a él, consumiéndose en el mismo fuego. Sin pensar en nada. En paz.

—Creo que podré llegar a la cama contigo sin soltarte —dijo Nicolai, deslizando sus manos con largas caricias por su espalda y por la curva de sus caderas—. Agárrate a mi cuello.

—No quiero levantarme —protestó ella, con voz ronca y saciada.

—No tienes que hacerlo. Rodéame la cintura con las piernas.

Y con una fuerza inmensa, se levantó de la silla y fue hasta la cama, con Isabella encima. Aquel movimiento hizo que el cuerpo de ella llegara de nuevo casi al límite, apretando con fuerza una vez más, sacudiéndose por el calor y las sensaciones.

Nicolai se tumbó encima, rodeándola con los brazos, besándole el rostro, la garganta. Su voz tierna, amorosa, susurrante, la llevó a un lugar a medio camino entre el sueño y la realidad. Y soñó con él, soñó que se movía en su interior, explorando con su boca y con sus manos cada centímetro de su cuerpo, una y otra vez, recorriendo su cuerpo con la boca, para que su sueño fuera un mar lleno de imágenes eróticas y ondas de amor y lujuria.

Capítulo 16

Muy por delante de los soldados que escoltaban a Lucca Vernaducci al paso, el *castello* recibió el aviso de que se dirigían hacia allí. Al instante se despachó una partida de guardias a caballo para que fueran a su encuentro y llevaran a los hombres de *don* Rivellio sanos y salvos hasta el valle. No debía escucharse ni un murmullo, ni un susurro, nada que hiciera pensar en los leones. El *palazzo* bullía de actividad. En las cocinas, los sirvientes trabajaban sin descanso en la preparación de comidas, y los barracones para los visitantes estaban siendo acondicionados y limpiados adecuadamente.

Nicolai, que sabía cómo corrían los rumores por el castillo, era consciente que Isabella habría sido informada de estos acontecimientos en el momento en que abriera los ojos. Entró en sus aposentos y la encontró ya ataviada para salir a caballo al encuentro de su hermano. Le dedicó una sonrisa radiante, y a punto estuvo de derribarlo cuando se arrojó a sus brazos.

—¡Ya he oído la noticia! ¡Voy a reunirme con Lucca! He pedido a Betto que ensille a mi yegua.

Nicolai le sujetó el rostro entre las manos con una delicadeza exquisita.

—Espera una hora más. Sé que estás impaciente por verle, pero no es seguro. Los que están con él son los hombres de Rivellio. Si los soldados solo fueran una escolta, se habrían retirado en el momento en que avistaron el paso. He sido informado de que una partida más importante de soldados se está reuniendo a unos kilómetros de allí, y otra se está acercando por el acceso a los barrancos.

Los ojos de Isabella se abrieron exageradamente.

—¿Sabías que Rivellio estaba utilizando a Lucca para poder acceder al valle? ¿Y aún así se lo has permitido?

—Por supuesto. Era la única forma de asegurarme de que *tuo fratello* estuviera de verdad a salvo. En el momento en que hubiera dejado de serle útil, *don* Rivellio se hubiera deshecho de él.

—Pensé que dejarías entrar a algún espía, no a un ejército entero —dijo ella asustada.

—Un ejército no puede cruzar el paso sin que yo lo sepa. Y una vez esté dentro, quedará atrapado.

—¿Son seguros los barrancos? No pueden invadirnos desde ese lado, ¿verdad?

Ahora se retorcía las manos con tal agitación que Nicolai las cubrió con sus largos dedos y rozó los nudillos en un gesto tranquilizador.

—Imagino que ya tienen un espía en el valle, de lo contrario no habrían intentado llegar por ahí. Hay una entrada, un túnel que discurre entre las montañas. Es un auténtico laberinto, pero si tienen un aliado, es probable que tengan un mapa.

—Si tienen un espía, entonces seguramente conocen la existencia de los leones y vendrán preparados —señaló Isabella con nerviosismo.

Estaba frunciendo el ceño, con una expresión tan aprensiva que Nicolai pasó el pulgar por la línea que quedaba entre sus oscuras cejas.

—Nadie puede prepararse para el encuentro con un león, y menos en el fragor de la batalla. —Su voz era suave—. *Don* Rivellio se imagina que puede colarse en mis dominios. —En sus ojos había un brillo predatorio—. Yo me preocuparé por *don* Rivellio y sus intenciones, tú concéntrate en recibir adecuadamente a *tuo fratello*. Ahora está a salvo, aunque muy enfermo. Me han avisado de que estés preparada, porque físicamente lo vas a encontrar muy cambiado. Pero está vivo, y por tanto hay esperanza para él. Yo me ocuparé de *don* Rivellio y sus planes de invasión.

De hecho, sonaba como si lo estuviera deseando e Isabella le dedicó una sonrisa apaciguadora.

Él estiró el brazo ociosamente y la sujetó por la nuca.

—Debo pedirte que permanezcas dentro de los límites del *castello*. Insisto en que me des tu palabra.

Ella asintió.

—Por supuesto, Nicolai. Pero quisiera subir a las almenas para mirar y esperar allí la llegada de Lucca.

—No podré acompañarte, mi presencia es necesaria para controlar a los leones cuando llegan extranjeros, pero no te asomes demasiado.

Inclinó la cabeza y la besó. Despacio, suave, pausado, con un beso que derrochaba calor y expectación. Su lengua se deslizó por el labio inferior, probando, animando, hasta que ella le abrió la boca.

Ella se estremeció de placer, un placer que brotaba de su abdomen y se extendía, como un fuego líquido que ardía muy lento. Él levantó la cabeza con desgana y miró con evidente satisfacción a sus ojos entornados.

—Lo digo en serio, *cara*. No más accidentes. Ahora debo concentrar mi atención en el *don* y sus planes.

—Tendré cuidado —prometió Isabella con aire solemne, aunque le resultaba difícil respirar porque él parecía haberse llevado todo el aire.

Nicolai se inclinó para dar un último beso, y entonces se dio la vuelta y se fue. Isabella lo vio marchar, pensando que sin duda era un hombre nacido para gobernar, nacido para la batalla. Sobre sus anchos hombros recaían el poder y la responsabilidad. En el momento en que oyó el nombre de *don* Rivellio, un escalofrío le había bajado por la espalda, pero Nicolai hacía que se sintiera segura. Parecía tan seguro de sí mismo que rayaba casi la arrogancia, y le permitió sentirse lo bastante confiada para volver a sonreír, feliz ante la perspectiva del encuentro inminente con su hermano.

Entonces corrió a las almenas, vagamente consciente de la presencia de los dos hombres que la seguían. Estuvo andando arriba y abajo con impaciencia. Había momentos en que se detenía lo suficiente para mirar valle abajo, rezando a la *madonna* para ver algún indicio de los jinetes. Pero se sentía demasiado agitada para quedarse quieta.

Un jinete solitario apareció en la distancia. Isabella trató de identificarlo mientras lo veía acercarse. El caballo avanzaba veloz, cubriendo una gran distancia con cada zancada, y el jinete iba agachado sobre el cuello del animal. A ella el aliento se le atascó en la garganta por la emoción. Era el jinete que enviaban para avisar de la llegada del grupo. Corrió por las arcadas avisando a los guardias y a todos los que esperaban. Hubo una gran conmoción, y todos se apresuraron a ultimar los preparativos para la llegada de los visitantes.

Acto seguido corrió escaleras abajo, por el *castello*, sin preocuparse por la propiedad, con el corazón desbordante de felicidad por la llegada de su hermano. Apenas podía contener la emoción, y las lágrimas de alegría brillaban en sus ojos. Se dirigió hacia el patio, sin salir de los límites del *castello*, consciente de la promesa que había hecho a Nicolai. Y entonces los vio, una larga fila de soldados, unas parihuelas y una guardia de cuatro hombres a cada lado.

Se llevó el puño a la boca y hubo de contenerse para no correr hacia ellos. Sarina acudió a su lado para darle ánimo.

La escasa distancia que separaba al grupo de la muralla se le hizo eterna, pero se mantuvo firme, y vio que los hombres de Rivellio miraban escrutando el interior. Iban a ser alojados lejos del *castello*, en unos barracones habilitados para los soldados que los visitaban.

Cuando la partida de hombres pasó bajo las arcadas, ella corrió junto a su hermano y a punto estuvo de derribar a los guardias que lo custodiaban. Lucca trató de levantarse e Isabella lo abrazó con fuerza, horrorizada por lo delgado que estaba. Sus cabellos oscuros estaban salpicados de blanco, su rostro arrugado y pálido, la piel húmeda por el sudor frío de las fiebres.

—*Ti amo*, Lucca. *Ti amo*. Pensé que no volvería a verte —susurró contra su oído, con la garganta cerrada por las lágrimas.

El cuerpo de su hermano temblaba, pero sus brazos la rodeaban con fuerza, y había hundido el rostro en sus cabellos.

—Isabella —dijo.

Nada más. Pero ella oyó la voz entrecortada, el amor en su tono, y no necesitó más…; todos los peligros que había tenido que afrontar habían valido la pena.

Un acceso de tos lo sacudió e Isabella se apartó para mirarlo. Vio que los ojos le lloraban y lo abrazó con delicadeza antes de ayudarlo a recostarse de nuevo.

—Por favor, trátenlo con cuidado —indicó a los guardias. Y entonces se volvió hacia el ama de llaves—. Quiero que lo instalen en una habitación cercana a la mía, Sarina.

Isabella sujetó con fuerza la mano de su hermano y él respondió haciendo otro tanto.

—*Don* DeMarco ha dispuesto que se instale en la habitación contigua a la vuestra —coincidió el ama de llaves dándole unas suaves palmaditas—. Todo está preparado.

Ella caminó junto a la camilla, con lágrimas en los ojos, con los dedos enlazados a los de su hermano.

La habitación a donde lo llevaron era más masculina que la suya. Un fuego ardía en la chimenea y unas velas relajantes y aromáticas perfumaban los aposentos.

Dos de los hombres ayudaron a Lucca a acostarse con cuidado. El movimiento hizo que tosiera de nuevo, sujetándose el pecho como si tuviera un fuerte dolor. Ella miró muy nerviosa a Sarina, temiendo que pudiera perder a su hermano ahora que por fin lo había recuperado.

Hacía casi dos años que no lo veía. Dos años desde que la había ayudado a montar en su caballo y huir con las joyas de su madre y los pocos tesoros que pudieron reunir. Le habían avisado que los hombres de Rivellio venían a por él, que el poderoso *don* pretendía robarles las tierras, hacer asesinar o arrestar a Lucca, y llevarse a Isabella. Lucca la mandó a una ciudad cercana, donde unos amigos la cuidaron mientras a él lo perseguían. En cuanto supo de su captura, Isabella había iniciado su aventura tratando de hallar la forma de llegar a las tierras de *don* DeMarco, pues sabía que era la única persona con el suficiente poder para ayudarles.

Entonces esperó a que los guardias salieran y cerraran la puerta y se dejó caer de rodillas junto al lecho. Lucca la abrazó y apoyó la cabeza en su hombro, llorando abiertamente. Ella lo sujetó con fuerza mientras las lágrimas rodaban por su rostro. Jamás en toda su vida había visto llorar a su hermano.

Fue Lucca quien primero se recompuso.

—¿Cómo has logrado esto, Isabella? —Su voz era baja y ronca, los dedos apretaban su brazo con fuerza, como si no soportara la idea de perder el contacto—. Cuando vinieron a por mí pensé que me ejecutarían. No dijeron nada. Y vi a *don* Rivellio contemplando mi marcha desde las almenas. Con una mueca burlona. Pensé que se trataría de alguna estratagema. —La acercó más a él—. ¿Estás segura de que DeMarco no está confabulado con Rivellio?

—¡No! ¡Nunca! —A Isabella le horrorizaba que su hermano hubiera podido llegar a semejante conclusión—. Nicolai jamás haría algo así. Desprecia a *don* Rivellio. Aquí estás a salvo. De verdad. —Y acarició la maraña de sus cabellos. Estaba tan delgado, se le marcaban todos los huesos, y su piel macilenta colgaba sobre el cuerpo como una prenda que se ha quedado grande. A Isabella se le partía el corazón—. Ahora lo que tienes que hacer es comer y dormir y ponerte fuerte. Le debes tu vida a *don* DeMarco, tu vida y tu lealtad. Es maravilloso, de verdad Lucca, es un hombre bueno de verdad.

Lucca se recostó en la cama, sintiendo que las fuerzas le abandonaban.

—Entonces, ¿los rumores sobre él no son ciertos? —Sus párpados se entornaron, a pesar del esfuerzo enorme que estaba haciendo para no dejar de mirar a su hermana. Tenía miedo de cerrar los ojos y despertar después y descubrir que todo había sido un sueño—. ¿Recuerdas las historias que solía contarte sobre los DeMarco para asustarte? ¿Solo eran rumores? —Cerró los ojos, vencido por el agotamiento—. Te debo la vida, hermanita. Mi lealtad es para ti.

Isabella le acarició el pelo como si fuera un niño.

—Sarina te traerá algo caliente, Lucca. Si pudieras mantenerte despierto. —No quería que se durmiera, quería abrazarlo. Se inclinó sobre él—. No te vayas, Lucca, lucha por tu vida. Te necesito. Te necesito aquí conmigo, en este mundo. Sé que estás cansado, pero aquí estás a salvo. Lo único que tienes que hacer es descansar.

Por un momento sus dedos se cerraron en torno a los de ella, pero estaba demasiado cansado para abrir los ojos o hacer nada para tranquilizarla. Ella se quedó arrodillada a su lado, contemplando aquella respiración rasposa, y un nuevo acceso de tos que lo sacudía antes de que volviera a quedar tranquilo.

Isabella se sintió agradecida cuando Sarina entró y se hizo cargo de la situación, y colocó varios almohadones en la espalda de Lucca para que pudiera sentarse sin esfuerzo y respirar mejor. Le indicó que le ayudara cuando le puso una taza de hierbas calientes ante los labios. El joven bebió, pero ni siquiera intentó sujetar la taza, sus brazos siguieron flácidos a los lados. En el instante en que retiraron la taza de su boca, ya se había dormido.

Isabella sujetó la mano de Sarina.

—¿Qué dice la curandera? Está muy mal ¿verdad?

—La *madonna* velará por él. —La voz de Sarina estaba cuajada de compasión—. Con un poco de ayuda de nuestra parte.

Y le dio unas palmaditas en el hombro.

El ama de llaves salió de la estancia y cerró la puerta. Ella se quedó a solas con su hermano, y se arrodilló cerca del lecho para velar por él. Para mirarle. Para empaparse de él. Y no dejó de mirarlo, pues temía que si cerraba los ojos desaparecería.

—¿Isabella? —La voz suave hizo que se pusiera tensa—. Por favor, Isabella, antes de odiarme, escuchadme.

Isabella se volvió a mirar a Francesca, que estaba en pie en la habitación. Parecía indecisa, incluso nerviosa; no veía en ella la seguridad a la que la tenía acostumbrada.

—No estoy enfadada, Francesca. —Con un suspiro, ocultó la mano de su hermano bajo la colcha y se puso en pie para mirar a la hermana del *don*—. Me siento un poco herida y decepcionada. Pensé que éramos amigas. Y os cogí un gran afecto. Por eso me ha dolido tanto vuestro engaño.

Francesca asintió.

—Lo sé. Sé que lo que hice está mal. Tendría que haberos dicho desde el principio quién soy. Pero no quería tener que admitir que soy la hermana loca del *don*. —Bajó la vista a sus manos—. No me conocíais. No sabíais nada de mí. Y cuando aparecí en vuestra habitación, me aceptasteis sin reservas. —Se frotó el puente de la nariz, un gesto que curiosamente le recordó a su hermano—. A vuestro lado podía ser quien yo quisiera, no la hermana medio loca del *don*. Ya estaba harta de ese papel, pero no tenía forma de cambiarlo, hasta que llegasteis al valle.

Isabella veía el profundo pesar de los ojos de la joven y le fue imposible no compadecerse de ella.

—Sois la única amiga que he tenido, la única persona que jamás me ha hablado como si lo que digo le importara. —Francesca cruzó la habitación para mirar al hombre que yacía en el lecho con la respiración dificultosa y entrecortada—. Incluso confiabais lo suficiente en mí para pedirme que cuidara de vuestro hermano. No quiero perder vuestra amistad. Lo he pensado mucho, y mi orgullo no vale tanto como para eso. —Se arrodilló junto al lecho—. No hice lo que Nicolai dijo. No sé por qué me acusa, pero no lo hice. Jamás os haría daño. Pero no espero que pongáis mi palabra por delante de la de Nicolai.

Isabella pensó unos instantes.

—¿Es posible que no lo recordéis? ¿Sois realmente consciente de lo que hacéis cuando sois la bestia? Quizá sin saberlo no deseáis compartir a vuestro hermano con nadie. Es todo cuanto tenéis. Del mismo modo que Lucca es todo lo que yo tengo.

Su voz era amable, compasiva. Se arrodilló junto a Francesca y tocó los cabellos de su hermano.

Francesca meneó la cabeza con gesto obstinado, con un destello de negación en el rostro. Pero cuando abrió la boca para protestar vaciló, y su rostro adoptó una expresión horrorizada.

—No lo sé, Isabella —susurró—. La verdad es que no lo sé. Pero no lo creo. Me encanta teneros aquí. Necesito teneros aquí. —Su expresión desafiante se deshizo y ocultó el rostro entre las manos—. Si realmente lo hice, si os estuve acechando como dice Nicolai, entonces tenéis que marcharos enseguida. Estaba convencida de que a vuestro lado Nicolai conseguiría liberar el valle. Pero en mí la bestia no es tan fuerte; las voces solo son susurros, y el cambio rara vez se manifiesta. Nicolai es diferente, en él la bestia es mucho más poderosa.

A Isabella ver sacudirse los hombros de aquella joven por el llanto le resultaba intolerable. La rodeó con los brazos.

—Francesca, no podéis estar segura. Quizá no fuisteis vos. Un león solitario me estuvo acechando en el valle, y también aquí en el *castello*. Y en ambas ocasiones sentí la presencia de la entidad.

Francesca se puso tensa, y al instante se derrumbó contra sus brazos. Y lloró, lloró como si se le estuviera partiendo el corazón. Por encima de la cabeza de la joven, Isabella vio que su hermano se movía, sus pestañas se agitaban y se abrían, con expresión preocupada. Ella meneó la cabeza indicando con el gesto que no dijera nada, y él volvió a cerrar los ojos sin protestar. Sin dejar de abrazar a Francesca y acariciar sus cabellos, lo vio sumirse de nuevo en un sueño agitado.

—Chis, no pasa nada, *piccola* —dijo al ver que el llanto de Francesca no remitía—. Todo irá bien.

—¿Por qué me habló Nicolai de ese modo? Parecía tan frío. —Y alzó su rostro arrasado en lágrimas para mirarla—. Sé que cree que estoy loca, pero pensar que querría veros muerta...

Y dejó la frase a medias con expresión desdichada.

—Lo siento, Francesca —musitó Isabella—. Sé que no quería haceros daño. Creo que Nicolai tiene miedo de lo que él mismo podría hacerme. Le está consumiendo, y eso hace que quiera sobreprotegerme.

—Lo veo cada noche —dijo ella lanzando una mirada fugaz al lecho para asegurarse de que Lucca seguía dormido—. Una y otra vez, veo a *mio padre* despedazando a *mia madre*. Había tanta sangre. Era como si en el patio hubiera un lago rojo.

Los sollozos volvieron a sacudirla.

Isabella la abrazó con más fuerza, consciente de que en aquellos momentos Francesca era la niña de cinco años que revivía un horror que cambiaría su vida para siempre.

—Estaba petrificada. No podía dejar de mirar. *Mio padre* volvió la cabeza y miró a Nicolai. Yo sabía que también lo mataría. Pero a mí no me miró, no me había visto. *Mio padre* siempre me llevaba arriba y abajo por el *palazzo* haciéndome girar y girar en sus brazos. —Entonces se llevó la mano a la boca para contener un nuevo sollozo que brotó de lo más profundo de su ser, descorazonador, doloroso, desgarrador—. Le quería tanto, pero no podía permitir que se llevara a Nicolai. —Los ojos oscuros miraron a Isabella buscando perdón—. Lo entendéis, ¿verdad? No podía permitirlo.

—Os estoy agradecida, y estoy segura de que vuestro *padre* también. Hicisteis lo único que se podía hacer. Ningún niño tendría que enfrentarse jamás a una decisión semejante. Nicolai tampoco duerme por las noches. No olvida, y se culpa por no haber salvado a vuestra *madre*.

—Pero ¿cómo habría podido salvarla? —protestó Francesca.

—¿Y cómo podíais vos no haber salvado a vuestro hermano? —Isabella la besó en la coronilla—. Arreglaremos esto, *piccola*. Pero basta ya de lágrimas.

Francesca le dedicó una sonrisa lánguida.

—No recuerdo haber llorado nunca.

Isabella rió con suavidad.

—Lo hacéis todo muy sentido —comentó—. Por cierto, este es *mio fratello*, Lucca.

Agradecida, Francesca volvió su atención al hombre. Seguía dormido, y su aspecto era joven y vulnerable; las arrugas que le marcaban el rostro parecían algo suavizadas. Sin pararse a pensar acarició el mechón blanco entre los cabellos oscuros.

—Ha sufrido mucho, ¿verdad? Ese despreciable *don* Rivellio hizo que le torturaran.

Isabella aspiró con fuerza. Por supuesto que le habían torturado. Rivellio no habría dejado pasar la ocasión de infligir el máximo dolor posible a un Vernaducci. Ella no se había permitido pensar demasiado en las atrocidades que su hermano habría sufrido a manos del *don*. Asintió, al tiempo que estiraba el cuerpo para tocar su brazo, su rostro, solo para asegurarse de que seguía con ellas.

—¿Aún me confiaríais el cuidado de vuestro hermano? —Los dedos de Francesca acariciaron el mechón blanco—. Os lo juro. Le cuidaré.

Y se quedó muy tiesa, esperando impaciente la respuesta.

Isabella no cometió el error de vacilar. Cada fibra de su ser era consciente de la enorme fragilidad de aquella joven, y sabía que una palabra en falso la destrozaría.

—Con todo mi corazón, os estaría muy agradecida si me ayudáis a devolverle la salud o hacer de sus últimos días algo más llevadero.

Francesca apretó aquella boca suya tan DeMarco con obstinación.

—No serán sus últimos días —prometió—. No permitiré que nada le pase.

—Está en manos de la *madonna* —recordó Isabella, para sí misma y para Francesca.

La joven volvió a abrazarla.

—Tengo que irme. Estoy espantosa, y no deseo que la primera vez que vuestro *fratello* me vea tenga que esconderse por el susto debajo de la colcha.

—Dudo que eso vaya a pasar... *tu sei bella* —dijo Isabella al tiempo que se inclinaba para besarla en la mejilla—. Pero comprendo la necesidad de estar hermosa cuando una ve por primera vez a un hombre atractivo.

Y volvió a tocar el brazo de su hermano, pues necesitaba asegurarse continuamente de que seguía allí con ella.

—Vivirá —le prometió Francesca.

Y dicho esto se levantó de un brinco y se retiró al pasadizo secreto, y con su marcha se hizo el silencio en la estancia.

Una risa suave brotó de debajo de la colcha.

—Sigues siendo la misma, hermanita, tu corazón compasivo es inconfundible. —La voz de Lucca parecía lánguida, distante, como si las hierbas del té le hubieran hecho adormecerse—. Sus lágrimas eran sinceras. Me ha conmovido tanto que me han dado ganas de abrazarla. ¿Quién es?

—Francesca es la hermana menor de *don* DeMarco. Pensé que dormías.

Isabella trató de recordar lo que se había dicho. No quería que Lucca se inquietara por su relación con Nicolai.

—Estaba dormitando, y la mayor parte de lo que he oído no tenía sentido. Creo que estaba mezclando los sueños con la realidad, pero alguien tendría que cuidar de ella. Ninguna mujer tendría que sobrellevar un dolor tan grande.

—Duerme, *mio fratello*, aquí estás a salvo, y nadie hay más feliz que *tua sorella*.

Isabella lo besó en la sien y le apartó unos mechones del rostro, feliz por poder sentarse a su lado y ver por sí misma que estaba vivo. Al cabo de un rato, apoyó la cabeza sobre la colcha y, sin soltar en ningún momento la mano de su hermano, se permitió dormir.

Casi se muere del susto cuando una mano la sujetó por el hombro. Nicolai. Reconocía su piel. Su olor. El calor de su cuerpo. Se agachó para besarla en la coronilla a modo de saludo. Y acarició sus cabellos.

—La curandera dice que Lucca necesita muchos cuidados. Más de los que puedas darle tú sola. Sarina te ayudará. Pero necesitarás otra persona que se quede con él por la noche. —Su voz denotaba una cierta autoridad. La levantó con los brazos para llevarla al refugio de su cuerpo alto y musculoso—. Sé que querrías quedarte día y noche con él para asegurarte de su recuperación, pero acabarías enfermando, y tu hermano nunca lo aceptaría. Sabes que tengo razón, Isabella.

Ella estaba demasiado agradecida para enfadarse porque Nicolai dictara los términos en que había de llevarse la recuperación de su hermano.

—He pedido ayuda a una amiga. Ella pasará las noches velando por él. —Isabella rodeó la cintura de Nicolai con los brazos—. *Grazie*, Nicolai, no sé cómo darte las gracias por lo que has hecho. No sé cómo pagártelo.

Y apoyó la cabeza contra su pecho, contra el latido regular de su corazón. El amor despertó entonces y la abrumó de tal modo que casi se sintió débil. En ese momento supo que lo amaba sin reservas, incondicionalmente, totalmente.

—Lucca es mi única familia ahora, y tú me lo has devuelto.

Y ladeó la cabeza para mirar al *don*, aquel hombre al que amaba más de lo que habría creído posible. Un hombre que creía que algún día la destruiría.

Los brazos de Nicolai la abrazaron con más fuerza.

—Tienes a alguien más, *cara mia*. No lo olvides.

Su voz era una especie de ronroneo profundo y suave que pareció empaparla hasta el alma y el corazón.

La intensidad de sus sentimientos por él la desconcertaba. Miró a aquellos ojos de extraño color, hechizada, atrapada por la intensidad de lo que veía en ellos. Sus palabras trajeron a su mente la imagen de sus manos sobre su cuerpo, su boca tomando posesión de la suya. Más que eso, las palabras le devolvieron la sensación de tenerlo abrazándola con fuerza mientras los dos se quedaban dormidos. Con Nicolai tenía una extraña sensación de paz, de que todo estaba bien. Estaban hechos para estar juntos, enlazados y volando muy alto o, simplemente, tendidos juntos descansando.

Nicolai se retiró enseguida a las sombras cuando oyó que llamaban a la puerta. Le sonrió y le indicó que abriera. Ella lo hizo con cautela y pidió a los hombres que estaban allí que hablaran en voz baja.

—¿Qué pasa? —preguntó a los dos sirvientes a los que Betto había ordenado que la protegieran en el *palazzo*—. Sin duda, puedo estar a solas con *mio fratello*.

—*Signorina*, Sarina necesita ayuda en la cocina. Con tantos soldados que alimentar y vigilar le faltan manos. Pero Betto dice que debemos quedarnos para vigilarla.

Isabella miró a *don* DeMarco esperando su permiso y él alzó una ceja aristocrática y al instante la agasajó con aquella sonrisa traviesa que siempre le llegaba al corazón. Ella se volvió hacia los guardias.

—Estaré segura con *mio fratello* en esta habitación. Id a ayudar a Sarina y volved. No pasará nada, lo prometo.

—Pero, *signorina* —protestó uno de ellos, visiblemente dividido.

Ella le sonrió para tranquilizarlo.

—Dudo que ningún león pueda entrar si la puerta está bien cerrada. Avisadme cuando estéis de vuelta.

Y cerró la puerta para no alargar la conversación.

Nicolai la cogió y la arrastró con él a las sombras.

—Pero resulta que el león ya está en la habitación contigo —susurró contra su oído. Su lengua se deslizó por su cuello, haciendo que un estremecimiento de calor subiera a su vientre—. No estarías segura si tuviera tiempo. Pero los leones están inquietos y mantenerlos tranquilos me exige toda mi energía. Me sentiré satisfecho cuando la trampa salte y nuestro conejo, *don* Rivellio, quede atrapado.

—Ve, entonces. Yo me quedaré aquí con Lucca y me aseguraré de que duerme sin molestias.

Isabella empujó a Nicolai hacia el pasadizo.

Él le sujetó el rostro entre las manos y la besó con tanta fuerza que la dejó sin aliento.

Isabella buscó la labor de costura que Sarina había tenido el detalle de dejar para ella, pero no podía concentrarse. Se saltó varios puntos antes de volver a serenarse. Y entonces oyó que llamaban otra vez a la puerta. Llamaron tan flojo que apenas lo oyó.

—¿*Signorina* Vernaducci? —Brigita se estaba retorciendo las manos, incluso mientras hacía sus reverencias—. No encuentro a Betto ni a Sarina y hay un problema. ¿Podríais venir?

—Por supuesto, pero necesito una doncella que se quede junto a *mio fratello*. Por favor, traed a alguien enseguida. La *signorina* DeMarco llegará enseguida, pero alguien debe quedarse con él mientras tanto.

Los ojos de Brigita se abrieron por la sorpresa. Su rostro palideció.

—¿La *signorina* DeMarco?

—No hará falta ninguna doncella —anunció Francesca saliendo de las sombras. Era evidente que había entrado por el pasadizo—. No hace falta que corráis, Isabella. Cuidaré de él.

Y miró a la joven criada de arriba abajo con expresión altiva.

—Gracias, Francesca —dijo ella con evidente alivio.

—¿Qué pasa? —preguntó mientras seguía por los pasillos a la criada, que cada vez caminaba más deprisa, con los hombros rígidos en una pose silenciosa de desaprobación.

—Una mujer ha venido de una de las granjas. Su marido murió hace unos días de fiebres, y tiene cuatro *bambini*. El mayor tan solo cuenta nueve estíos. Su granero se quemó, un accidente. Y nos pide suministros para poder sobrevivir hasta que pueda tener nuevas cosechas. No sé cómo podrá hacer tal cosa sin un hombre —añadió algo sombría.

—¿Ha llegado esto a conocimiento de *don* DeMarco? La mujer necesitará que la ayuden.

Isabella ya estaba pensando las cosas que aquella mujer necesitaría para su familia.

—Está ocupado con los hombres de *don* Rivellio, Betto está en los barracones y Sarina está en la cocina ayudando a la cocinera a preparar comida para todos. No sabía qué hacer —se lamentó la joven—. ¿La ayudará usted, verdad, *signorina*? No podía despacharla.

—Por supuesto que no —se apresuró a decir.

Brigita la llevó a una pequeña estancia junto a la entrada para el servicio. El rostro de la viuda aún delataba claramente que estaba en estado de *shock*. Se la veía delgada, cansada, sin esperanza. En cuanto la vio entrar hizo una reverencia y se echó a llorar.

—Necesito ver al *don, signorina*. No tengo comida para mis *bambini*. Soy la *signora* Bertroni. Tiene que ayudarme. ¡Tiene que hacerlo!

Y se aferró a Isabella llorando cada vez más fuerte.

—Brigita, té, pronto, y, por favor, pide a la cocinera que ponga también unas galletas con miel. Que Sarina te dé las llaves del granero y envíe a dos criados para que se reúnan allí con nosotras en unos minutos.

Isabella ayudó a la mujer a sentarse.

Brigita hizo una rápida reverencia y se alejó a toda prisa. Ella se quedó expresando sus condolencias y consolando a la mujer hasta que la joven regresó con el té.

—Ya está, *signora* Bertroni. Ahora debemos ponernos manos a la obra si queremos salvar la granja para sus hijos. Enjúguese esas lágrimas y empecemos a planificar su futuro.

Las palabras y el tono tranquilo de Isabella hicieron que la mujer dejara de llorar desconsoladamente.

—¿Dónde está su hijo mayor? ¿Es lo bastante mayor para ayudarla?

—Está esperando fuera con los pequeños.

—Brigita se ocupará de los niños y, mientras, usted y el mayor vendrán conmigo al granero a por las provisiones. Tengo a dos hombres esperando para ayudarnos a cargar su carromato. Cuando llegue el momento, mandaré a su granja hombres que la ayudarán a plantar las cosechas, y su hijo puede ayudarles y aprender.

—*Grazie, grazie, signorina.*

En sus prisas por solucionar aquello, Isabella no se paró a coger una capa antes de salir al exterior.

Unas nubes grises empezaban a cubrir el cielo y proyectaban oscuras sombras sobre el paisaje. El viento agitaba su fino vestido, le agitaba los cabellos, le entumecía los dedos.

El granero estaba a cierta distancia del *palazzo*, pero dentro de las murallas. Entonces miró a su alrededor buscando a sus dos guardias y recordó que los había mandado a ayudar a Sarina. Brigita no la había acompañado, así que no tenía a quien mandar a la cocina a por sus guardias o su capa. Con un suspiro, se resignó a pasar frío y al sermón que *don* DeMarco le daría cuando sus guardias le informaran de que no estaba donde había dicho que estaría.

El granero era inmenso, un edificio grande e imponente que se elevaba muy por encima de la muralla. Los dos sirvientes ya estaban esperando cuando ella y la *signora* Bertroni llegaron a toda prisa.

Tardaron un rato en encontrar las antorchas y las lámparas que necesitaban para iluminar adecuadamente el cavernoso almacén y poder así encontrar las provisiones. Luego indicó a los dos hombres y al hijo mayor de la *signora* Bertroni que sacaran grano y frutos secos en cantidad suficiente para que la familia pudiera pasar la estación fría. Y anotó con detalle cada producto en un pergamino para entregárselo a *don* De-Marco. La tarea le llevó más tiempo del que esperaba y ya había caído la noche cuando terminaron de cargar el carromato.

Isabella se dio cuenta del frío que tenía cuando volvió para apagar las antorchas. Y entonces se coló allí. Lenta. Insidiosa. La terrible y desazonadora certeza de que no estaba sola. Miró a su alrededor con cuidado, pero sabía que la entidad la había encontrado.

No le parecía bien dejar que la viuda y sus hijos se fueran solos sin una escolta, porque el viento soplaba con fuerza y el carromato iba muy cargado. Y temía por ellos en la oscuridad, sabiendo como sabía que la entidad malévola estaba esperando para atacar.

—Es mejor que vayáis con la *signora* Bertroni —dijo a los dos sirvientes—. Escoltad el carromato hasta la granja, descargadlo y si es necesario quedaos allí esta noche e informad cuando regreséis por la mañana.

Una expresión disgustada cruzó el rostro del más joven.

—Tengo una casa a donde ir. Una mujer que me espera. Es tarde y hace frío. Que vaya Carlie.

Y señaló al otro hombre con el pulgar.

—Iréis los dos —dijo ella obstinada, con expresión de *aristocrati-ca*—. No podéis permitir que esta mujer y sus hijos viajen sin escolta en la oscuridad. No se hable más.

El hombre la miró enfadado, con sus ojos negros llenos de furia contenida. Por un momento su boca se movió como si estuviera a punto de protestar, pero apretó los labios con rabia y pasó junto a ella, tan cerca que la golpeó con fuerza y la hizo tambalearse. Y siguió andando sin disculparse ni mirar atrás.

Isabella se lo quedó mirando y pensó si no habría puesto a la viuda en peligro al proporcionarle un escolta tan brusco y poco dispuesto. Temblando incontrolablemente, apagó las luces que faltaban a toda prisa, salvo la linterna que necesitaba para regresar al *castello*.

Por la puerta abierta podía ver que había bajado la niebla. Era una niebla espesa, y remolineaba como un sudario blanquecino en la oscuridad.

—Justo lo que me faltaba —musitó en voz alta, mientras se palpaba el bolsillo buscando la llave de la despensa. No estaba allí.

Sostuvo la linterna en alto para mirar por el suelo, tratando de localizar el lugar exacto donde el sirviente había chocado con ella. La llave debía de habérsele caído del bolsillo con el golpe.

Y en ese instante, oyó una sarta de insultos que venían de la entrada, palabras llenas de resentimiento, atemorizadoras. A Isabella le dio un vuelco el corazón y al volverse vio al joven sirviente, con el rostro deformado por la maldad, cerrando la pesada puerta.

—¡No!

Corrió hacia él, con el corazón desbocado de miedo. La puerta se cerró, y quedó aislada del mundo exterior, encerrada en el enorme granero, sin una fuente de calor ni capa.

Capítulo 17

Después de dejar la linterna con cuidado en el suelo, Isabella empujó la puerta en un intento por abrir. Cerrada. Pero el misterio de la llave desaparecida estaba resuelto. El sirviente debía de ser un hábil ratero y se la había sustraído cuando chocó con ella. Se quedó muy quieta, temblando por el frío, consciente de que su calzado estaba mojado y los dedos se le estaban helando. Por un momento apoyó la cabeza contra la puerta y cerró los ojos con desánimo. La linterna trazaba un débil círculo de luz a su alrededor, pero apenas iluminaba unos pocos centímetros más allá de los bajos de su vestido.

Le daba miedo adentrarse en el granero. Quería estar junto a la puerta para poder gritar pidiendo ayuda si alguien pasaba por allí. El frío se le había metido en los huesos y no podía dejar de temblar convulsivamente. Restregarse los brazos con las manos creaba una ilusión de calor, pero poco más. Golpeó el suelo con los pies, caminó adelante y atrás, sacudió los brazos, pero lo cierto es que tenía tantísimo frío en los dedos de los pies que sintió que se le iban a partir.

Se negaba a considerar la idea de que podía morir de frío. Nicolai iría a buscarla. En cuanto descubriera a su hermano con Francesca, en cuanto viera que su cama estaba vacía, removería cielo y tierra para encontrarla, y la encontraría. Trató de aferrarse a esa certeza.

Evitó deliberadamente mirar a las fauces negras y vacías del edificio a oscuras. Ahora resultaba perturbador, como si cientos de ojos la miraran desde allí dentro. Cada vez que su mirada se desviaba involuntariamente en aquella dirección, veía sombras que se movían y tenía que apartar la mirada. Y aquel silencio infinito que la rodeaba le resultaba insoportable, le hacía ser demasiado consciente del sonido de sus dientes al castañetear y de lo sola que estaba.

Un sonido llamó su atención y su corazón dejó de moverse. Se volvió para mirar a la oscuridad. El sonido se repitió. Carreras de piececitos minúsculos. Ahora su corazón empezó a latir aterrorizado. Movió la mano poco a poco hacia la linterna. Cuando sus dedos se cerraron en torno a ella, la levantó en alto para que el círculo de luz se hiciera más amplio.

Y entonces las vio, un destello de cuerpecitos peludos que corrían por los anaqueles. Su cuerpo entero se estremeció de terror. Detestaba a las ratas. Podía ver sus ojos redondos mirándola. Lo normal hubiera sido que huyeran de la luz y, sin embargo, seguían corriendo hacia ella.

Isabella se dio cuenta de que estaban asustadas, que huían de un predador. Y por más miedo que le dieran las ratas, le daba mucho más miedo lo que sea que las estaba asustando. Las ratas pasaron corriendo en torno a sus pies, buscando un agujero que ella no podía ver. Chilló cuando las notó escurriéndose entre sus pies en su éxodo apresurado. Aferró la linterna con fuerza y miró al interior cavernoso del granero, tratando de penetrar en aquel velo de oscuridad y ver qué había hecho huir a las ratas.

Y entonces se le ocurrió. Por más que detestara a aquellas criaturas, para tratarse de un almacén con grano y comida había visto muy pocas. Y tendría que haber muchas, muchas más. ¿Dónde estaban? Levantó más la luz, con la boca seca de miedo. ¿Por qué no había más ratas y ratones? ¿Dónde podían estar? ¿Qué podía asustarlas más que la linterna, que un humano?

Un gato aulló. Con un chillido agudo no muy distinto al de una mujer aterrada. Otro gato respondió. Y otro. Tantos que Isabella temió que el edificio estuviera invadido por los felinos. Era tan insoportable que se cubrió una oreja con la mano libre en un intento por ahogar aquellos sonidos estridentes que cada vez sonaban más fuertes. Al hacerlo la linterna se agitó precariamente, y eso hizo que la llama parpadeara y chisporroteara, y contuviera el aliento, aterrorizada ante la idea de que la llama se apagara. Mientras estabilizaba con cuidado la luz, los gatos empezaron a pelearse, arañándose entre ellos, en medio de un griterío de animales hambrientos desesperados por comer.

Los gatos aullaban, con los ojos brillantes en la oscuridad. Uno saltó a los anaqueles por encima de su cabeza, bufando y dando zarpazos al aire.

Isabella se pegó contra la puerta, aterrorizada, tratando de apartarse del animal. El gato le gruñó, con las orejas planas contra la cabeza, enseñando sus uñas largas y los dientes afilados como agujas. Aunque resultaba lastimosamente pequeño en comparación con un león, seguía siendo peligroso. El gato bufó, con mirada fiera. Sin previo aviso, saltó en el aire, con las garras extendidas hacia su rostro. Ella chilló y sacudió la linterna ante el animal, y le acertó de lleno, arrojándolo lejos. Por un terrible momento, la luz se oscureció, parpadeó, la cera líquida salpicó el suelo, y contuvo el aliento, rezando, hasta que la llama se estabilizó.

El gato chilló y aterrizó sobre las patas, y se volvió para bufarle agachando el cuerpo sin dejar de mirarla. Los otros gatos también bufaban y chillaban, formaban un griterío espantoso. Isabella no se atrevía a apartar los ojos del animal que la rondaba. Era pequeño, pero se le veía furioso y hambriento. Podía hacer mucho daño. Sabía que si se quedaba donde estaba, replegada contra la puerta, otros se unirían al ataque. Tratando de hacer acopio de valor, empezó a moverse muy lentamente hacia la antorcha más cercana

Al notar que se movía, los gatos parecieron alterarse y empezaron a dar zarpazos al aire, escupiendo, bufando, con el pelo de la espalda y la cola erizado. Algunos se atacaban entre ellos. Dos saltaron desde un anaquel y aterrizaron a sus pies. Uno la atacó, dando un zarpazo sobre sus pies, antes de salir huyendo. Cuando estiró el brazo para coger la antorcha sujeta al anaquel, otro de los gatos le propinó un zarpazo que le desgarró la tela de la manga y le dejó un buen arañazo.

Isabella encendió la antorcha con la llama de la linterna y la sostuvo en alto. Al instante los gatos protestaron con sus chillidos agudos y la mayoría desaparecieron en la oscuridad. Pero unos pocos más atrevidos avanzaron hacia ella, bufando con gesto desafiante. Entonces agitó la antorcha en un semicírculo ante ella al tiempo que reculaba hacia la puerta. Tras repetir esta acción varias veces, incluso los más agresivos retrocedieron. Hasta que no dejó la linterna en el suelo, no se dio cuenta de que aún estaba gritando.

Acto seguido, se apoyó contra la puerta y se dejó caer lentamente hasta quedar sentada en el suelo, cubriéndose la boca con una mano, avergonzada por su incapacidad de mantener la calma. Nunca hay que perder el control. Y se repitió estas palabras una y otra vez, como las hubiera dicho su padre. Se acurrucó, en silencio, temblando de frío, con las manos y los pies helados. Sosteniendo la antorcha como un arma, aterrada ante la idea de que pudiera consumirse antes de que Nicolai la encontrara.

En realidad no tenía ni idea del tiempo que pasó allí; tenía la sensación de que llevaba toda la noche. La llama de la linterna había quedado reducida a un punto no mayor que una uña, y chisporroteaba. La antorcha ya no era más que un ascua. De vez en cuando algún gato se aventuraba a acercarse, pero en su mayor parte se mantuvieron a una distancia respetuosa del círculo de luz. Cuando la puerta finalmente empezó a abrirse, estaba demasiado asustada y tenía demasiado frío para moverse.

—¿*Signorina* Vernaducci? —La alta figura del capitán Bartolmei ocupaba la entrada, y sus ojos se entrecerraron tratando de localizarla.

Isabella alzó la cabeza, temiendo que aquello fuera una alucinación. Tenía los músculos agarrotados, y no fue capaz de reunir la fuerza suficiente para ponerse en pie.

El capitán Bartolmei profirió una imprecación cuando su luz la iluminó. Entró enseguida y se agachó junto a ella.

—Todo el mundo os busca. *Don* DeMarco ha enviado una partida de hombres a la granja para buscar a la mujer a quien Brigita dice que ayudasteis. El *don* os está buscando en el bosque, y hay otro grupo peinando el pueblo.

Ella se limitó a mirarle, temiendo que le pidiera que se levantara. Le resultaba físicamente imposible.

—Estáis helada, *signorina*.

El capitán Bartolmei se quitó la casaca y se la pasó por encima de los hombros, y la acercó a su cuerpo para darle calor.

—Parece que estoy acaparando vuestras casacas, *signore* —dijo Isabella haciendo un débil esfuerzo por bromear, pero los temblores no cesaron.

Bartolmei tuvo que cogerla en brazos, un momento de lo más impropio y humillante en su joven vida. Lo único que consiguió hacer fue rodearle el cuello con los brazos para agarrarse.

—¡La he encontrado! —gritó el capitán Bartolmei—. Encended las hogueras de aviso en las almenas. La *signorina* Vernaducci ha sido encontrada.

Isabella oyó el grito que pasaba de hombre a hombre, avisando a los que la buscaban, y alertando a los sirvientes para que estuvieran preparados para su llegada. La voz se corrió deprisa, como un reguero de rumores. Rolando Bartolmei avanzó sobre el suelo nevado e irregular, con ella en brazos y la linterna sacudiéndose violentamente en su mano.

Se acercaban ya a la entrada del inmenso *palazzo*. Blancos jirones de vaho salían de sus bocas. La niebla remolineaba en torno a sus pies. Sin previo aviso, un enorme león saltó sobre el escalón más alto, con sus melena salvaje, los ojos de un rojo furioso en la noche, gruñendo. Rolando se detuvo en seco, bajó lentamente a Isabella y la arrojó a su espalda, aunque de poco serviría si el animal se decidía a atacar.

—Pensaba que todos los leones estarían fuera de la vista por si los hombres de *don* Rivellio salían a curiosear —susurró Isabella al oído de Rolando.

Estaba agarrada a él, porque se sentía las piernas demasiado débiles para poder sostenerse por sí misma.

—Sin duda es una forma más rápida de desplazarse —respondió el capitán, pues había reconocido claramente al animal.

Isabella miró desde detrás del hombro, pero el león dio otro salto gigantesco y desapareció entre la niebla.

—Ya es seguro —dijo a duras penas, por la fuerza con que sus dientes castañeteaban.

Rolando volvió a cogerla en brazos y a punto estuvo de chocar con *don* DeMarco. Allí estaba, ante ellos, alto y poderoso, con expresión sombría. Nicolai estiró el brazo y sin decir palabra tomó a Isabella de brazos del capitán y la atrajo a la protección de su pecho. La casaca del capitán cayó al suelo.

Isabella vio fugazmente a Theresa y Violante juntas, cogidas de las manos, observando la escena mientras Nicolai se la llevaba al interior del *palazzo*. Theresa cogió a su marido del brazo. Y Violante se agachó para recoger su casaca de la nieve, y se la entregó a Sergio para que la devolviera a Rolando.

Isabella se acurrucó más contra Nicolai en un intento futil por entrar en calor. Hundió el rostro contra su cuello. Él la llevó con rapidez por el *castello*, directa a sus aposentos. Sarina les estaba esperando, retorciéndose las manos, con expresión visiblemente preocupada.

—Está helada, Sarina. Hay que hacerla entrar en calor enseguida.

La voz de Nicolai sonaba tensa y contenida, pero un ligero temblor le recorría el cuerpo, el único indicio de las emociones volcánicas que rugían en su estómago.

—¡Está herida! —exclamó Sarina.

—Lo primero es conseguir que entre en calor —insistió él—. Los baños subterráneos estarán demasiado calientes.

—He pedido que preparen la bañera pequeña. Están calentando el agua.

Sarina y Nicolai hablaban como si ella no estuviera presente, pero no tenía suficiente energía para sentirse ofendida. Estaba tan, tan cansada. Ella solo quería dormir.

Nicolai miró su rostro arrasado por las lágrimas. Solo con pensar en lo que podía haber pasado si no la hubieran encontrado le hacía enlocequecer, le volvía la sangre en hielo. Las preguntas se agolpaban en su mente, pero guardó silencio. Jamás había visto a Isabella con un aspecto tan frágil, tan vulnerable. Sus brazos la rodearon, y la atrajo hacia sí.

Llamaron a la puerta y Francesca entró presta.

—Sarina, he mandado llamar a la curandera. —Se volvió hacia su hermano—. Yo cuidaré de Isabella mientras buscas al responsable de esto, Nicolai. Te mandaré a buscar en cuanto esté acostada.

Él vaciló, porque por primera vez no sabía qué hacer. Sus ojos no se apartaron de su hermana.

Ella le mantuvo la mirada.

—La cuidaré personalmente, *mio fratello*. No me apartaré de su lado hasta que vuelvas. Te doy mi palabra de honor, la palabra de una DeMarco. Déjanosla a nosotras, Nicolai.

No quería separarse de Isabella, ni siquiera unos minutos. Pero necesitaba saber lo que había pasado. Sus hombres le traerían a la viuda y a los dos criados de la cocina. Entonces agachó la cabeza para besarle la sien.

—Pongo mi corazón en tus manos, Francesca —dijo con suavidad, con un rugido de amenaza en la voz.

—Lo sé —repuso ella.

Nicolai dejó a Isabella a desgana en el lecho. La curandera había entrado en la habitación, y él se quedó un momento mirando a las tres mujeres.

—Aseguraos de que se recupera pronto.

Notaba un algo desconocido cogido a su garganta y, cuando se dio la vuelta, cerró los puños con fuerza. Aquello tenía que acabarse. Tenía que acabarse. Ya era bastante malo que Isabella tuviera que tener miedo de él, pero la frecuencia con que se producían aquellos accidentes olía a conspiración.

Francesca cerró la puerta y se volvió hacia la curandera.

—Decidnos qué debemos hacer.

Las tres mujeres la desnudaron y la metieron en la bañera. Incluso aquel agua tibia le dolía, y la joven gritó y trató de escabullirse mientras le frotaban con suavidad el cuerpo y devolvían la vida a sus miembros. La curandera le curó el arañazo mientras Sarina pedía más agua caliente para el baño. Las lágrimas empezaron a rodar por su rostro conforme su cuerpo empezaba a entrar en calor. Los temblores persistían, y en lo más hondo de su mirada podían verse aún los reductos del horror. Francesca la mecía con suavidad mientras la curandera le hacía tomar un té caliente.

Cuando finalmente estuvo vestida con su camisón más abrigado e instalada bajo las colchas, Francesca se sentó a su lado y le acarició los cabellos.

Esperó hasta que la curandera y Sarina salieron de la estancia y se llevaron sus potingues.

—Me habéis asustado, *sorella mia*. —Se inclinó más cerca y le susurró palabras de ánimo—. He estado velando a vuestro *fratello* por vos. Ahora duerme plácidamente. Nicolai os ama con toda su alma. Os habéis convertido en su vida. Su corazón. —Tomó la mano de Isabella y se acercó aún más—. Sois mi única amiga. La única que puede salvarme del lugar oscuro y vacío donde he pasado toda mi vida. No quiero seguir viviendo allí, Isabella. Quedaos con nosotros. Quedaos con *mio fratello*. Quedaos conmigo. Vivimos en un mundo que no podéis comprender, pero necesitamos vuestro coraje.

Sus dedos se cerraron en torno a los de Francesca un instante, después volvieron a quedar flácidos. La joven suspiró y le metió la mano bajo las colchas. Nicolai esperaba impaciente, y a punto estuvo de rugirle a su hermana cuando entró en la habitación como el león inquieto que era.

—Deja que duerma, Nicolai —le aconsejó su hermana—. ¿Qué has descubierto?

—Mis hombres ya vienen de camino con la viuda y los sirvientes. Tendremos una respuesta cuando lleguen.

Rozó los cabellos de Isabella en una suave caricia, y se puso a andar arriba y abajo otra vez.

—Los gatos la atacaron. Tiene profundos arañazos en el brazo. —Francesca aspiró con fuerza al ver la expresión asesina de su hermano y trató de explicarse—. Los gatos se refugian en el granero para evitar que se los coman los leones. Y controlan a los ratones. Los necesitamos, Nicolai. No puedes destruirlos. Las pobres criaturas tienen hambre. Solo estaban defendiendo su territorio. No tienen ningún otro sitio a donde ir. Todos lo sabemos. —Sus palabras quedaron en el aire. Miró a su hermano a los ojos—. Nicolai —dijo, pronunciando su nombre con incredulidad.

Las llamas ardían en la mirada de Nicolai, unas llamas rojizas que reflejaban su enorme agitación interior. Le mantuvo la mirada.

—¿No seguirás pensando que quiero hacerle daño?

La expresión de su rostro, de sus ojos, era de dolor.

—No sé qué pensar, solo sé que su vida está en peligro por algo muy distinto a lo que llevo dentro de mí.

—¿Y qué ganaría yo con su muerte? ¿Qué motivo puedo tener? Yo precisamente soy la persona en quien más deberías confiar en relación con la vida de Isabella. La única. Eres *mio fratello*. Mi lealtad siempre ha sido tuya. —Alzó el mentón—. Ella me ha encomendado una tarea. Y yo le he dado mi palabra de honor y tengo intención de mantenerla. Si me disculpas…

Y dicho esto cuadró los hombros y se dirigió hacia la puerta.

Nicolai se pasó una mano inquieta por su espesa mata de cabellos.

—Francesca. —Su voz hizo que se detuviera, pero no se volvió hacia él—. Ni siquiera confío en mí mismo —confesó en voz baja.

Ella asintió, mirando con pesar por encima del hombro.

—Haces bien. Tú eres más peligroso para ella que ningún traidor que pueda vivir en nuestras tierras. Los dos lo sabemos. Y ella también. La diferencia es que Isabella está dispuesta a darnos una oportunidad, a vivir con nosotros, a construir una vida para ella y cuantos la rodean. Nosotros elegimos mantenernos al margen, dejar que la vida y el amor pasaran de largo. Sin Isabella, ninguno de los dos tiene ninguna posibilidad de vivir.

—Y con nosotros —contestó él—, ¿qué posibilidad tiene ella de vivir?

Francesca se encogió de hombros.

—Como ha sucedido con todas las esposas anteriores, la bestia esperará hasta que se haya asegurado un heredero. Aún tiene unos años, Nicolai. Hazla feliz. Haz que su sacrificio haya servido de algo. O decídete y rompe la maldición.

—Hablas como si tuviera elección. —Sus manos se cerraron en puños y era tal la intensidad de sus emociones que se hizo sangre en las palmas con las uñas—. ¿Cómo? —Había ira en su voz, desesperanza—. ¿Sabe alguien cómo puede hacerse eso?

Francesca meneó la cabeza.

—Yo solo sé que puede hacerse.

Cuando su hermana salió, Nicolai se puso a andar arriba y abajo, intranquilo, sin hacer ruido, pensando furiosamente. Desde el instante en que Isabella había llegado al valle, alguien había estado tratando de matarla. Tenía que encontrar al traidor y matarlo..., o traidora.

Isabella se movió, y las sombras enturbiaron la paz de su expresión. Al instante él acudió a su lado y se tumbó junto a ella en la cama. La acercó a él y la pegó a su corazón rodeándola con los brazos. Y apoyó el mentón sobre su cabeza, sin dejar de moverlo, en un gesto tranquilizador. Aunque no estaba muy seguro de si estaba tranquilizándola a ella o a sí mismo.

—¿Nicolai? —susurró Isabella algo indecisa, atrapada entre un sueño y una pesadilla.

—Estoy aquí, *cara mia* —le aseguró. La intensidad de sus emociones era tal que sintió que los ojos se le llenaban de lágrimas y las palabras se le atragantaban—. Piensa solo en la felicidad, Isabella. *Tuo fratello* está a salvo dentro de los muros del *palazzo*. Tú estás segura en tus aposentos, y estoy contigo. —Le dio una serie de besos en el cuello. Suaves, tiernos—. *Ti amo*, y te juro que encontraré la forma de que estés segura.

—Nicolai, cuando estás conmigo me siento segura —musitó Isabella—. Me gustaría que tú te sintieras igual cuando estás conmigo —añadió con pesar—. Quiero que encuentres la paz. Acepta lo que eres. Mi corazón. En eso te has convertido. Eres mi corazón. —Sus pestañas aletearon, su boca se curvó—. Quédate a mi lado y deja que lo demás suceda como tenga que suceder.

—No puedo protegerte del traidor que hay en la casa —dijo él desesperado—. ¿Cómo voy a protegerte de lo que soy?

Ella restregó la cara contra su pecho.

—No necesito protegerme de un hombre que me ama. Jamás lo necesitaré. —Su voz sonaba somnolienta, seductora, tan suave que se coló por su piel y envolvió su corazón—. Estoy tan cansada, Nicolai.

¿Podemos hablar después? He visto a Theresa y Violante. Cuida de ellas también. Tendría que haberlas avisado.

Nicolai miró su rostro, sus pestañas como dos gruesas medias lunas. Aquella mujer llevaba el deber grabado a fuego en su mente.

—Los capitanes y sus esposas pasarán la noche aquí, en el *palazzo*. Mi intención es averiguar qué ha pasado exactamente. —La besó en la sien—. Ahora duerme, *piccola*. Descansa, y ten por seguro que los demás están a salvo.

Mientras la veía dormir, se dio cuenta de que no se oían cadenas ni lamentos por los corredores. Incluso los fantasmas y los espíritus parecían reacios a perturbar el sueño de Isabella. Cuando estuvo seguro de que dormía, la dejó para conducir sus investigaciones.

Sin embargo, ella no durmió mucho. Las pesadillas la asaltaban y acabaron por despertarla a pesar del agotamiento. Necesitaba compañía. Necesitaba ver a su hermano.

Abrió la puerta de la habitación de Lucca y vio con sorpresa que Francesca se apartaba de un salto del lecho, con las mejillas arreboladas. Sus ojos brillaban. Ella miró a su hermano, y miró a la hermana del *don*.

—¿Va todo bien? ¿Lucca está bien?

—Está bastante bien —le aseguró Francesca andando con nerviosismo a cierta distancia del lecho.

—*Grazie*, Francesca. Aprecio de verdad que veles por él esta noche. Tiene mucho mejor aspecto. —Y acarició las ondas de pelo que enmarcaban el rostro de Lucca—. ¿Ha descansado?

—Eh, que estoy aquí, Isabella —le recordó él—. No hables como si fuera un *bambino* que no se entera de nada.

—Os comportáis como un *bambino* —comentó Francesca con tono acusador—. Se niega a tomar su medicina si no le enumero primero todas las hierbas que hay en la mezcla. —E hizo rodar los ojos—. No tiene ni idea de las aplicaciones que tienen las distintas plantas, y sin embargo insiste en poner a prueba mis conocimientos —explicó, mirándolo con expresión furiosa.

Lucca tomó la mano de Isabella. Su aspecto era absolutamente patético.

—¿Quién es esta *bambina* que has puesto a cuidarme? Tiene una sed de poder insaciable.

—*Bambina?* —le espetó Francesca con mirada iracunda—. Vos sois el *bambino*, que parece que tenéis miedo de cualquier brebaje y pomada. Creéis que podéis cuestionar mi autoridad porque sois un hombre, pero lo cierto es que estáis débil como un bebé y sin mi ayuda ni siquiera sois capaz de sostener una taza entre las manos.

Lucca meneó la cabeza y miró a Isabella.

—Le gusta rodearme con los brazos, y utiliza mi enfermedad como excusa para estar cerca de mí. —Encogió los hombros con indiferencia—. Pero ya estoy acostumbrado a recibir las atenciones de las mujeres. Puedo soportarlo.

Francesca aspiró con fuerza.

—¡Vos... bestia arrogante! Si os habéis creído que vuestras estúpidas fantasías os ayudarán a deshaceros de mí, estáis muy equivocado. Y tampoco me dejaré alterar por vuestro mal carácter. He dado a vuestra *sorella* mi palabra de que os cuidaría y la palabra de una De-Marco es oro.

Lucca arqueó una ceja con arrogancia ante la expresión furiosa de Francesca.

—En vez de parlotear y parlotear inútilmente, podríais ayudarme a incorporarme.

Francesca maldijo por lo bajo.

—Os ayudaré a incorporaros enseguida, pero es bien posible que acabéis en el suelo.

La mirada risueña de Lucca evaluó su figura.

—¿Una cosilla escuchimizada como vos? Dudo que podáis ayudarme. Isabella es más corpulenta. Creo que la necesito a ella.

—Deja de meterte con ella, Lucca —le ordenó Isabella tratando de no sonreír ante aquella prueba irrefutable de que su hermano volvía a ser él mismo—. Es su forma de mostrar su agradecimiento —le dijo a Francesca, que parecía a punto de saltar sobre su hermano y atacarlo.

Isabella se acercó para ayudar a Lucca.

—No os atreveréis —dijo la joven con voz cortante—. Es mi responsabilidad ocuparme de él, seré yo quien ayude a incorporarse a Su

Majestad. —Y sonrió a Isabella con fingida dulzura—. Supongo que no os importará si le tapo la boca con una mordaza para que deje de hablar, ¿verdad?

Y lo sujetó del brazo para ayudarle a incorporarse.

Al instante el cuerpo de Lucca se sacudió por un acceso de tos. Él volvió la cabeza hacia el otro lado y agitó la mano para despedir a Francesca. Ella no hizo caso y sujetó un pañuelo contra su boca. Y se puso a darle palmadas en la espalda, provocando con ello nuevos accesos, hasta que escupió en el pañuelo.

Francesca asintió con gesto de aprobación.

—La curandera ha dicho que tenéis que sacarlo todo, solo entonces podréis recuperaros.

Lucca la miró furioso.

—¿No sabéis cuándo hay que respetar la intimidad de un hombre, mujer?

Ella arqueó una ceja.

—Bueno, al menos ya soy una mujer. Algo es algo. Tenéis que tomar más caldo. No podréis recuperaros si no coméis bien.

Isabella miró al uno y miró al otro.

—Habláis como si fuerais adversarios.

Ella quería que se gustaran. Francesca ya casi era como una hermana para ella. Y Lucca era su familia. Tenía que gustarle su hermano.

Francesca le sonrió.

—Pasamos la mayor parte del tiempo hablando de cosas agradables —le aseguró—. Pero ahora mismo está un poco irritable. Y eso hace que se muestre un poco gruñón. —Y agitó una mano con gesto despreocupado—. No tiene importancia.

Lucca miró a su cuidadora arqueando una ceja.

—Un Vernaducci nunca se muestra gruñón. Ni está irritable. A duras penas puedo llegar al excusado por mí mismo, y se niega, *se niega* a llamar a un sirviente masculino. Al paso que vamos, seguro que insistirá en ayudarme ella —soltó indignado.

Francesca trató de parecer indiferente.

—Si os avergüenza el aspecto que podáis tener, supongo que puedo daros algo para que os cubráis.

—¿Es que no tenéis vergüenza? —Lucca casi rugió. Y eso le provocó un nuevo acceso de tos. Francesca lo sostuvo obedientemente—. ¿Acaso pasáis vuestro tiempo mirando los cuerpos desnudos de los hombres? —Su mirada encendida hubiera debido disuadirla—. Pienso tener unas palabras con vuestro *fratello*. Va a tener que responder de muchas cosas.

La joven disimuló una risita cubriéndose la boca con la mano.

—No soy vuestra responsabilidad, *signore*.

—Lucca, te está tomando el pelo —le explicó Isabella ocultando también una sonrisa. Su hermano parecía débil y consumido, pero tenía una personalidad arrolladora y a Isabella le alegró ver que podía bromear a pesar de su estado—. Eres un paciente terrible.

—¿Isabella? —Sarina abrió la puerta tras llamar cortésmente—. *Don* DeMarco desea una audiencia inmediatamente en su ala de la casa. —E indicó a su joven pupila que saliera al pasillo, bajando la voz para que Lucca no oyera lo que decía—. Los sirvientes han llegado desde la granja junto con la viuda Bertroni.

Francesca la siguió al pasillo.

—Tiene al hombre que os encerró en el granero. Nicolai lo mandará ejecutar.

A Isabella el aliento se le atragantó en la garganta. Miró a su hermano a través de la puerta abierta. Lucca trató de incorporarse.

—¿Qué pasa, Isabella? ¿Algo va mal?

Ella meneó la cabeza.

—Debo acudir con el *don*. Tú descansa. Francesca te cuidará.

—No soy un *bambino*, Isabella —le espetó él con expresión rebelde—. No necesito una niñera.

Francesca adoptó su aire más altivo.

—Sí, sí la necesitáis. Solo que sois demasiado arrogante y testarudo para admitirlo. —Hizo un gesto con la mano—. No os preocupéis, Isabella. Diga lo que diga, pienso asegurarme de que se toma sus medicinas.

Y cerró la puerta con decisión.

Isabella se descubrió sonriendo a pesar de la gravedad de la situación. Siguió a Sarina por las escaleras de caracol hacia el ala del *palaz-*

zo reservada para *don* DeMarco. No tenía ni idea de lo que sentiría o pensaría cuando se encontrara ante la persona que la había encerrado con aquel frío glacial en un lugar lleno de gatos. Se había ido a la granja de la viuda y ni siquiera había avisado para que alguien fuera a sacarla de allí. Seguramente se le habría ocurrido la posibilidad de que no aguantaría toda la noche con aquel frío, y sin embargo no había regresado para liberarla.

Con cierta aprensión, entró en las habitaciones del *don*. Sus dos capitanes, Sergio Drannacia y Rolando Bartolmei, estaban allí, junto con los dos sirvientes de la cocina y la viuda. Isabella corrió al lado de Nicolai y tomó su mano mientras él la instalaba en una silla de respaldo alto. El miedo podía palparse en la estancia. La muerte. Era un olor feo y agrio, y le daba náuseas.

Notaba las manos de Nicolai sobre sus hombros, y a pesar de su agitación le dieron una sensación de seguridad. Cuando miró al hombre que la había encerrado en el granero, vio que sudaba copiosamente.

—Isabella, por favor, dinos qué pasó —la animó Nicolai con gentileza.

Ella levantó el brazo para enlazar sus dedos con los de él.

—¿Qué vas a hacer, Nicolai?

Su voz era firme, pero por dentro temblaba.

—Dinos lo que pasó y entonces decidiré lo que hay que hacer, *cara*, tal como he hecho durante casi toda mi vida —le aseguró.

—No entiendo qué significa todo esto —empezó a decir la viuda.

Don DeMarco profirió un sonido bajo y amenazador, atajando cualquier especulación posterior. Sus ojos ardían llenos de furia. Los sirvientes se encogieron visiblemente, la viuda se puso blanca.

—Brigita me pidió que ayudara a la *signora* Bertroni, porque su granero se había quemado y su esposo falleció hace poco —dijo Isabella—. La familia necesitaba ayuda para pasar el invierno. Tú estabas ocupado, también Betto y Sarina. La llevé al granero, que está dentro de las murallas del *castello*. —Miró a Nicolai—. No rompí mi promesa.

—Estamos aquí para encontrar al culpable de un intento de asesinato, *cara,* no para acusarte de nada. —Nicolai rozó su oreja con los labios. Quería que todos los presentes tuvieran muy claro que Isabella era su dama, su corazón y su vida. La *madonna* podía compadecerse cuanto quisiera del alma de quien tratara de hacerle daño; él no tendría piedad—. Continúa, Isabella. Dinos qué pasó.

—Dispuse que nos mandaran a dos sirvientes para que nos ayudaran. —Y señaló a los dos hombres—. Aquellos de allí. El carromato quedó muy cargado, y ya había caído la noche. Yo temía por la *signora* Bertroni y sus *bambini*. Y ordené a los dos hombres que escoltaran el carromato hasta la granja. —Señaló con el gesto al más anciano de los dos—. Él accedió sin protestar, pero ese otro —miró al más joven— se puso furioso. Y al pasar para salir me dio un golpe. Yo me quedé para apagar las antorchas. La puerta se cerró y alguien echó la llave. Debió de cogérmela del bolsillo.

Al oír sus palabras, las facciones de Nicolai se tornaron estudiadamente inexpresivas, solo sus ojos parecían vivos. Las llamas parecían haber desaparecido sustituidas por puro hielo. Y fue como si la habitación en pleno contuviera la respiración. La voz de Isabella apenas se oyó.

—Me encerró a propósito.

A pesar de su determinación de mantener la calma, se estremeció al recordarlo.

—¡No! ¡*Dio*, ayúdame! ¡No fui yo! ¡No sé qué pasó! ¡No lo sé! —exclamó el sirviente.

Y se levantó de un salto, pero Sergio lo sujetó por los hombros y le obligó a volver a sentarse.

—Yo no sabía lo que había hecho, *don* DeMarco —exclamó el sirviente de más edad, Carlie, visiblemente horrorizado—. La *signorina* nos ordenó que nos fuéramos y yo ya no supe nada más.

—Yo tampoco —apuntó la viuda retorciéndose las manos—. Que me parta un rayo si miento. Jamás la habría dejado allí. Ha sido como un ángel para mí. Un ángel. Debéis creerme, *don* DeMarco.

Rolando indicó a la viuda y al otro sirviente que lo siguieran.

—*Grazie* por su tiempo, *signora* Bertroni. Una escolta la llevará de vuelta a su casa.

E indicó a los guardias que esperaban fuera de la estancia que se los llevaran del ala del *don*.

Nicolai se plantó delante de la silla donde Isabella estaba sentada, tapando la imagen del sirviente, que no dejaba de gimotear. Se llevó su mano a los labios.

—Vuelve a tus aposentos, *piccola*, aquí ya hemos acabado.

Su voz era suave, incluso tierna, totalmente en contradicción con el hielo de sus ojos.

Isabella se estremeció.

—¿Qué vas a hacer?

—No te preocupes por eso, Isabella. No hay necesidad.

Y rozó con un beso la coronilla de su cabeza sedosa.

El sirviente se puso a gimotear, a suplicar. Isabella pestañeó. Cerró los dedos en torno a la muñeca de Nicolai.

—Pero yo soy parte de esto, Nicolai. No lo has oído todo. No estábamos solos en el granero. Noté la presencia de un mal. —Y lo dijo en un susurro, por miedo a que alguien pudiera oírlo—. Esto no ha acabado.

Nicolai se volvió para mirar al sirviente, con ojos fríos e indiferentes.

—Se ha acabado. Estoy mirando a un hombre muerto.

Su voz la dejó helada. El sirviente chilló y se puso a merced de Isabella, pidiendo su perdón, negando haber hecho nada de aquello conscientemente.

—Nicolai, por favor, escúchale —suplicó Isabella manteniéndole la mirada al *don*. Notaba aquella energía en la estancia, la sutil influencia del mal, alimentando la ira y el desprecio. Alimentando el miedo del sirviente y el de ella. Lanzó una ojeada a los dos capitanes, y vio que miraban al sirviente con el mismo desprecio que su *don*.

—Esto ya no te concierne, Isabella —dijo él, mirando por encima de su cabeza a la figura indefensa del sirviente, como un predador con la vista clavada en su presa.

—Pues yo quiero escuchar lo que tiene que decir —repuso ella con tono suave pero insistente. No podía permitir que la entidad la influyera, ni darle el poder para que dominara a los hombres.

—*Grazie, grazie!* —exclamó el sirviente—. No sé qué me pasó, *signorina*. Estaba pensando en el viaje y en cómo descargaríamos las provisiones cuando llegáramos a la granja, si era mejor esperar a la mañana o hacerlo en cuanto llegáramos. Y de pronto me sentí tan furioso que no podía pensar. La cabeza me dolía y oí un zumbido. No recuerdo haberos quitado la llave. Sé que lo hice porque yo la tenía, pero no recuerdo haberla cogido. Me senté en el carromato y me dolía tanto la cabeza que me mareé. Carlie lo puede decir, me bajé y vomité. —Sus ojos la miraban suplicantes—. Lo cierto es que no recuerdo haberos encerrado. Solo sé que por un momento cerrar aquella puerta y echar la llave me pareció lo más importante del mundo.

—Sabías que ella estaba dentro —dijo Nicolai con un rugido amenazador—. La encerraste para que muriera de frío o la mataran los gatos.

—*Signorina*, juro que no sé lo que me pasó. Salvadme. No dejéis que me maten.

Isabella se volvió hacia Nicolai.

—Quiero hablar contigo a solas. Aquí hay mucho más en juego que lo que vemos a simple vista. Por favor, confía en mí.

—Lleváoslo —ordenó Nicolai.

Sus dos capitanes parecieron a punto de protestar, pero hicieron lo que él les ordenó. No fueron precisamente amables con el sirviente.

Nicolai se puso a andar arriba y abajo.

—No puedes pedirme que deje marchar a ese hombre.

—Por favor, Nicolai. Creo que la leyenda del valle es cierta. Creo que cuando empezaron a manipular la magia, se convirtió en algo retorcido y que una cosa muy mala quedó libre aquí. Creo que se alimenta de la debilidad. De nuestros defectos. Se alimenta de la ira y los celos. De nuestros miedos. Desde que llegué ha habido muchos incidentes, y todos los implicados dicen lo mismo. No saben lo que les pasó, aunque se comportaron de un modo muy distinto al normal.

Un rugido resonó en el fondo de la garganta de Nicolai.

—Quieres que le deje marcharse —repitió él con un destello amenazador en la mirada.

Ella asintió.

—Eso es exactamente. Creo que hay una entidad suelta en el valle, y ella es la responsable, no ese pobre hombre.

—Si esa cosa puede influir en lo que hace un hombre y empujarle a arriesgar tu vida, entonces ese hombre tiene una enfermedad.

—Nicolai —susurró ella, una dulce persuasión.

Él musitó por lo bajo, con ojos llameantes.

—Por ti, *cara mia,* solo por ti. Pero creo que ese hombre ha perdido su derecho a vivir. Tendría que expulsarlo del valle.

Ella se acercó a su lado y se puso de puntillas para besar su mandíbula apretada.

—Le devolverás su trabajo. Lo mandarás a su casa. Tu misericordia multiplicará por diez la lealtad que siente por ti.

—Querrás decir tu misericordia —la corrigió él—. Para mí es hombre muerto. —Y al ver que ella seguía mirándolo fijamente, suspiró—. Como desees, Isabella. Daré la orden.

—*Grazie, amore mio.*

Volvió a besarle, sonriendo, y le dejó dando paseos arriba y abajo.

Capítulo *18*

Sarina estaba en la habitación de Lucca, trajinando y cloqueando a su alrededor. Lucca, con expresión desesperada, hizo una señal a Francesca a espaldas del ama de llaves esperando claramente que lo salvara. Francesca e Isabella se miraron y cruzaron una sonrisa de complicidad.

—Sarina —dijo Isabella con su voz más dulce—, Francesca y yo tenemos un pequeño recado que hacer. Por favor, cuida de *mio fratello* hasta que regresemos.

—Estamos en plena noche —siseó el hermano entre dientes—. Ninguna de las dos tendría que ir a ningún sitio sin escolta.

—No nos pasará nada —le aseguró Francesca con una sonrisa radiante—. Utilizaremos los pasadizos. Sarina os cuidará maravillosamente en nuestra ausencia.

—¡Isabella, te prohíbo que hagas disparates! ¿Es que has perdido el sentido de la propiedad?

Un nuevo acceso de tos lo sacudió.

Las tres mujeres corrieron a ayudarle, pero él se apoyó en Francesca, pues se había habituado a la firmeza de su brazo contra su espalda y al cuadrado de tela que le ponía siempre en la mano. Debilitado como estaba, la tos le hizo doblarse exageradamente y se aferró con fuerza al brazo de la joven para evitar que se moviera.

Cuando el acceso pasó, Lucca la miró.

—Como bien veis os necesito aquí conmigo.

—Tratad de dormir —replicó ella con dulzura dándole unas palmaditas en el hombro—. Estaré de vuelta antes de que os deis cuenta.

—Tendría que hablar con vuestro *fratello* —le espetó disgustado—. Y tú, Isabella, creo que tienes muchas cosas que explicarme. Francesca me ha hablado de tu compromiso.

Isabella se rió con suavidad y besó a su hermano en la coronilla.

—Es demasiado tarde para que te preocupes por si hago disparates. Llegué a este lugar por mis propios medios. Creo que *don* DeMarco también desea hablar contigo sobre mi rebeldía.

Los ojos oscuros de Lucca llamearon, revelando por un instante su naturaleza orgullosa y arrogante.

—Si realmente pretende hablar conmigo sobre tu comportamiento, quizá también podrá explicarme por qué su hermana entra sin escolta en los aposentos de un hombre.

—Eso sí que me gustaría oírlo —dijo Francesca al tiempo que tomaba a Isabella de la mano—. No le hagáis caso cuando parlotee, Sarina. Es la enfermedad.

Isabella y Francesca escaparon al pasadizo. En el momento en que la puerta secreta se cerró, las dos se echaron a reír.

—Es muy exigente pero también muy dulce, Isabella. Dice que le gusta mi pelo. —Francesca le dio unos toquecitos a sus cabellos recogidos—. Le pedí a Sarina que me lo arreglara.

La vela que Francesca sostenía se estaba acabando. Levantó la llama para encender una antorcha. Y mientras corrían por el estrecho pasadizo, la luz saltaba y bailaba.

—Normalmente Lucca no es tan exigente, Francesca. No sé por qué está tan pesado con vos o por qué os toma tanto el pelo. —Isabella se frotó las sienes—. Espero que no diga en serio lo de hablar con Nicolai. No deberíamos dejar que los dos hablen nunca.

Por un momento Francesca pareció vulnerable.

—Nadie me ha hablado nunca como Lucca. Parece tan interesado por mi vida y mis opiniones… Una vez, cuando le estaba citando unas palabras de *mio fratello*, se impacientó y me pidió que le dijera lo que yo pensaba. Nadie me ha pedido nunca mi opinión, solo vos y vuestro *fratello*.

Isabella le sonrió con afecto. Estudió aquel rostro juvenil y su vulnerabilidad le pareció conmovedora. No podía imaginarse que la bestia se impusiera jamás a Francesca. O que la joven hubiera tratado de arrastrarla a la muerte en un balcón resbaladizo o que la hubiera acechado por las callejas del pueblo. Suspiró con suavidad. Pero, si Francesca no había sido, eso solo dejaba a Nicolai.

—Lucca cree que una mujer debe decir siempre lo que piensa, y sin embargo es extremadamente protector. Bien podría hablar con *don* De-Marco.

—No podía dormir y me ha contado historias fascinantes. Me encanta su voz. Y me han encantado sus historias. —Agachó la cabeza—. Espero que no os importe que le haya hablado de vuestro compromiso. Le aseguré que Nicolai os ama.

—¿Y qué dijo?

Isabella se aferró del brazo de Francesca cuando iniciaron su descenso a las entrañas del *palazzo*. Había estado posponiendo aquella conversación con su hermano, porque sabía que acabaría por descubrir cómo había sucedido.

Francesca se miró las manos.

—Pareció complacido. Nicolai parece un buen partido, pero no me he atrevido a hablarle de los leones. Quería hacerlo. No quería mentirle. Cuando me mira, me dan ganas de contárselo todo. —Suspiró y se alisó el vestido—. Me dice cosas muy bonitas.

—Me alegro de que no haya sido muy difícil con vos. Os debo tanto. Debe de resultaros difícil pasar tanto tiempo encerrada siendo como sois tan amante de la libertad. —Miró a la joven—. Vuestro vestido es hermoso. ¿Ha reparado Lucca en él?

Su hermano siempre se fijaba en los detalles.

—¿Os gusta? —preguntó Francesca con recato, complacida al ver que Isabella se fijaba—. Sarina siempre insiste en que utilice los vestidos que Nicolai manda hacer para mí. Aunque normalmente los regalo a otras jóvenes que sí están deseando ponérselos. A Lucca le ha parecido favorecedor. —Meneó la cabeza—. Él sabe que algo está mal. Le dije que durmiera, pero quería saber por qué estoy triste.

—Encontraremos la forma de decirle la verdad.

—¿Qué verdad? ¿Que soy la hermana medio loca de Nicolai y que de vez en cuando me convierto en la bestia? —La voz le temblaba—. Me gusta de verdad. No sé por qué, pero no quiero que piense mal de mí.

Isabella le lanzó una ojeada.

—Lucca no tiene ningún motivo para pensar mal de vos.

Pero Francesca estaba pendiente de otra cosa. Su mano sujetó con fuerza la muñeca de Isabella. Acababan de entrar en una pequeña estancia en los sótanos del *castello*. Estaba vacía, pelada, era un lugar desolador, casi feo, muy distinto de las otras estancias que ella había visto allí.

Isabella se estremeció por el frío.

—¿Qué sitio es este?

—Es donde enterraron a Sophia, aquí, bajo tierra.

Francesca hablaba con reverencia, y señaló la cruz tallada en la lápida de mármol sobre el suelo.

—Pero aquí no hay nada —protestó Isabella—. Tendría que haber velas o algo que sirviera para honrar su memoria. No era culpable de los crímenes de los que la acusaron. ¿Por qué nadie se ocupa de cuidar su lugar de descanso?

Francesca parecía perpleja.

—Por la maldición, por supuesto.

—Pero, si por aquel entonces la entidad ya estaba suelta en el valle, alimentándose de las debilidades de las personas, ¿no creéis que en aquel instante, cuando sus amigos la traicionaron, cuando su propio esposo la traicionó, también pudo alimentar su ira natural? —Isabella se encogió de hombros—. Pienso en ella a menudo, y le deseo lo mejor. Debió de pasar por algo terrible. De verdad espero que por fin esté con su esposo y haya encontrado algo de felicidad.

—Todos la desprecian… me refiero a los otros. La culpan por haber quedado atrapados en el valle. Ninguno se acerca a ella. No sé nada de su esposo.

Francesca profirió un leve sonido de advertencia y volvió la cabeza hacia un lado, al tiempo que cerraba los ojos.

—Está aquí con nosotras. —Por un momento guardó silencio, atenta a unos susurros que Isabella no aspiraba a oír—. Os da las gracias por vuestra generosidad y vuestros pensamientos bondadosos. Os avisa de un gran peligro, una traición. —Francesca enlazó sus dedos con fuerza con los de Isabella como si de alguna manera pudiera aferrarse a ella y evitar los malos augurios, las ominosas advertencias—. El mal despertó cuando llegasteis al valle, y sois su mayor adversaria. Se está cebando con Nicolai. —Francesca pareció perpleja—. Conmigo y con todo aquel a quien puede usar para dañaros.

—Por favor, decidle que siento todo el dolor y la angustia que sufre. Que espero poder liberarla. Y si no lo consigo, estoy deseando conocerla en el más allá.

Isabella sintió que su corazón latía con violencia ante la idea de su propia muerte.

—Puede oíros, Isabella, pero no puede ayudaros. Los que están atrapados en el valle no pueden ayudar a los vivos. Dice que solo puede recordaros que ella, que era fuerte y amaba a su esposo, cayó víctima de la entidad. Tenéis una doble tarea. Y lamenta todo el dolor que ha causado. —Los ojos se le llenaron de lágrimas—. Está llorando. Alexander, su esposo, está sufriendo el tormento eterno, no puede llegar a ella, ni ella llegar a él.

—Nicolai es un buen hombre, digno de ser salvado. Haré lo que pueda. Es todo cuanto puedo hacer —dijo Isabella con suavidad.

Francesca dejó escapar un suspiro de alivio.

—Se ha ido. Ya no puedo sentirla. —El frío se le había metido en las venas—. Vámonos, deprisa.

Isabella permitió que Francesca la arrastrara por la maraña de corredores, sin fijarse realmente por dónde iban. Sophia le había advertido sobre unos peligros que ella sabía desde el principio que estaban ahí. No podía abandonar a Nicolai y a su gente. Había llegado a sentir un gran apego por todos ellos. Restregándose los brazos para darse calor, apartó de su mente la idea de Nicolai y la bestia. Estaba decidida a pensar en él solo como hombre. Alguien tenía que verle solo como hombre.

Durante la mayor parte de su vida, la existencia de Nicolai había girado en torno a su legado, al aislamiento y a la mirada gacha de los suyos. Si otra cosa no, ella podía darle el regalo de hacerlo humano. Y mientras estuviera con ella, lo cuidaría. De pronto se dio cuenta de que Francesca estaba muy callada. Y al mirarla vio su expresión de miedo.

—¿Qué pasa?

—¿No habéis oído lo que ha dicho? Que la entidad también se está cebando en mí. Os ha advertido sobre traición y peligro. Era yo la bestia que os seguía por el pueblo. Nicolai me olió. ¿Qué vamos a hacer, Isabella? Ni siquiera recuerdo que haya podido haceros daño. O Nicolai.

Isabella se detuvo y abrazó a Francesca.

—Sophia no ha dicho que fuerais la bestia. Ya sabíamos que había una posibilidad de traición y peligro. Encontraremos una solución juntos. Vos, Nicolai y yo. Solo tenemos que velar los unos por los otros, estar preparados cuando la entidad trate de alimentar nuestras flaquezas.

Francesca asintió en silencio, aunque por su cara parecía que estaba a punto de echarse a llorar. Respiró hondo y buscó el panel que abría la puerta secreta a los aposentos de Lucca. Apagaron la antorcha antes de entrar.

Pero no era Sarina a quien encontraron esperándolas. *Don* DeMarco andaba arriba y abajo, dando grandes zancadas, con su paso silencioso y fluido. Se volvió en cuanto entraron, con sus ojos ambarinos ardiendo de furia. Y se movió tan deprisa que, cuando la sujetó por la muñeca y delante mismo de su hermano la atrajo hacia sí, Isabella se sobresaltó.

—¿Dónde has estado? ¿No crees que esta noche ya he tenido que preocuparme bastante por ti para que volvieras a desaparecer?

Su voz suave era tan amenazadora que Isabella se estremeció. Miró a su hermano y vio que observaba con expresión especulativa y sabia. Lucca y Nicolai se volvieron a la vez hacia Francesca.

Ella alzó el mentón.

—Mis movimientos no son de la incumbencia de nadie. Y desde luego, no estoy acostumbrada a que nadie cuestione mis actividades.

Trató de sonar altiva, pero la voz le temblaba un tanto.

—Creo que he sido demasiado permisivo contigo, Francesca —repuso Nicolai sin soltar a Isabella, que estaba deseando correr junto a su hermano—. Tu seguridad es de importancia capital. Hay enemigos en el valle, y tenemos un traidor entre nosotros. Debo insistir en que te conduzcas adecuadamente y seas más circunspecta. Soy *tuo fratello* y tu *don*. Y debes responder ante mí.

Francesca miró a Lucca furibunda.

—Esto es cosa vuestra. Seguro que le habéis dicho algo.

Lucca se recostó, enlazando las manos detrás de la cabeza, con expresión satisfecha.

—Hemos tenido una charla muy esclarecedora —confesó sin remordimientos.

Nicolai miró al rostro de Isabella.

—Tú y yo también tendremos una charla esclarecedora —dijo con expresión agria—, ahora mismo, solos los dos. Da las buenas noches, Isabella.

Era una orden.

Lucca se molestó visiblemente por el tono autoritario que el *don* usaba con su hermana, pero no dijo nada cuando ella se acercó y le besó en la coronilla.

—Buenas noches. Lucca, te veré por la mañana. Estoy muy feliz de que por fin estés aquí.

Los dedos de Nicolai se cerraron sobre su muñeca y la apartaron bruscamente del lecho. A duras penas podía contenerse, y la llevó a sus aposentos por el pasadizo secreto para no tener que dejarla delante de los criados y volver más tarde. La ira lo dominaba, y el miedo lo corroía de tal manera que pensó que iba a estallar. El fuego ardía en la chimenea, y una taza de té caliente esperaba en la mesita, cosa que indicaba claramente que Sarina había estado allí. Nicolai se acercó hasta la puerta para asegurarse de que estaba cerrada antes de volverse hacia Isabella.

Ella lo miró ladeando la cabeza.

—¿Es que tengo que informarte de cada movimiento?

Él dejó escapar el aliento en un único suspiro.

—Por supuesto que sí. No tienes ni idea de lo que significas para mí, ni de las cosas de las que he descubierto que soy capaz. *Dio*, Isabella, todo este tiempo que he perdido preocupándome por lo que haría con los años, cuando lo que tenía que hacer era acercarme a ti. Ligarte a mí en todas las formas posibles para que no haya dudas entre nosotros.

Ella arqueó una ceja.

—¿Dudas, Nicolai? ¿Y qué dudas tienes? ¿No serán sobre mi fidelidad, espero?

Él se pasó una mano por el pelo, dejándolo desordenado.

—Me han llegado algunos… rumores desagradables.

Ella lo miró, rígida de indignación.

—¿Y tú has creído ni por un momento esos rumores desagradables?

Isabella contuvo el aliento, esperando una respuesta, y necesitaba que esa respuesta fuera la correcta. Todo lo que tenía, lo que ella era, su corazón y su alma, estaban en su palabra de honor. Si Nicolai dudaba de eso, entonces es que no la conocía.

Muy lentamente, una sonrisa suavizó la dura línea de su boca.

—Me miras con tanta confianza, con tanta fe, que diré y haré lo correcto. Temo por ti, Isabella. Temo que allá donde vayas haya ojos que te miren con envidia, y que la maldición esté próxima a su culminación. Aquí hay mucho más en juego que el hecho de que yo pueda o no pueda controlar a la bestia. Tú misma lo dijiste. Cuando se trata de ti no confío en nadie.

Se acercó a su lado y le quitó las horquillas del pelo y vio cómo aquella melena caía como una cascada de seda, tupida y exuberante, hasta más abajo de la cintura.

—Francesca te ama, Nicolai. Ella no te traicionará.

—Jamás dudé que *mio padre* amaba a *mia madre*, Isabella, pero al final la traicionó.

Bajó la boca a sus labios, porque necesitaba probarla, necesitaba tenerla cerca de su corazón. Los labios eran cálidos, y se fundieron con los suyos. Su cuerpo se pegó al de él, suave y complaciente, amoldándose a su figura más sólida y musculosa.

Isabella levantó la cabeza para mirar sus extraños ojos ambarinos.

—Quizá fue ella quien le traicionó, Nicolai. No de cuerpo, pero sí de mente. Quizá no amaba lo que él era.

—Una bestia actúa por instinto, Isabella, no razona —le advirtió—. ¿Qué mujer hubiera podido amar esa parte de él?

—Nicolai, a veces una mujer también actúa por instinto. Si la bestia reside en ti, entonces es que es parte de ti. Y una mujer no elige lo que le gusta de un hombre. O lo ama o no lo ama.

Él le sujetó el rostro entre las manos.

—¿Y tú, lo amas todo de mí, *cara*, incluso mi lado salvaje?

Su aliento era una caricia y jugueteó sobre la piel de ella como el tacto de sus dedos. Isabella sintió un cosquilleo por dentro.

—Me gusta cada parte de ti —susurró ella con suavidad—. Tu voz, tu manera de reír, lo dulce que puedes ser. Me gusta la forma en que amas a tu pueblo, y cómo has dedicado tu vida a ellos.

—Y mi lado salvaje, tan hermoso… ¿también lo amas?

—Especialmente, *signore* —concedió ella.

Sus pulgares siguieron la línea del cuello, la garganta, se deslizaron sobre el borde del escote. Isabella se estremeció cuando las yemas rozaron su piel desnuda.

La mirada de Nicolai era seria, pensativa, un cenagal de amor y desesperación. La quería; el deseo ardía con fuerza en él. Él había vivido siempre con las consecuencias de su legado; ella no. Y, sin embargo, creía ver las cosas con mayor claridad.

—¿Tienes razón, *amore mio*? ¿He de poner mi fe en ti y confiar en que puedas asegurar nuestro futuro? No puedo renunciar a ti, no puedo volver atrás, por más que lo he intentado. Y tenerte como mi querida no cambiaría nada.

Ella meneó la cabeza.

—No, no lo haría.

Su voz era un susurro tembloroso.

Los dedos de Nicolai le estaban soltando el vestido, abriéndolo, dejando al descubierto sus pechos en las sombras del fuego. La luz y las sombras parecían acariciar sus curvas, y el roce de los dedos de Nicolai hizo brotar el calor en lo más hondo de su ser.

—Pero ¿qué podemos hacer sino vivir nuestras vidas?

Nicolai volvió a sujetarle el rostro entre las manos, con sus ojos ambarinos llenos de amor y ternura.

—Quiero hacer un voto. Te amaré con todo mi ser. Te daré tanta felicidad como pueda. Pero no puedo permitir que mueras. Tú eres más importante que yo. —Sus labios buscaron sus párpados, descendieron por la mejilla, hasta la comisura de la boca—. No protestes. Limítate a escuchar. He pensado mucho en esto. Tu vida está en peligro. Y lo has aceptado, estás dispuesta a darle una oportunidad a nuestro amor. Pero no podría vivir con tu muerte sobre mi conciencia. No puedo, Isabella.

Besó su boca, sus labios suaves y dóciles, sacando la fuerza de ella, haciendo suyo aquel coraje inagotable que Isabella parecía tener.

Cuando ella levantó la cabeza, su mirada ambarina se deslizó sobre sus facciones.

—El día que nuestro hijo nazca, un heredero para nuestro pueblo, cuando vea que la bestia se hace más fuerte en mí, me quitaré la vida.

Isabella gritó asombrada, a modo de protesta, pero los brazos de él la sujetaron pegándola con fuerza a su cuerpo y acallaron sus objeciones.

—Estoy poniendo toda mi fe y mi confianza en ti, toda, en que lo que propones es lo correcto para nosotros, pero tú tienes que concederme esto. Tienes que prometerme esto, darme tu palabra de honor, y es que educarás a nuestros hijos para que amen el valle, a los leones, su legado. No habrá remordimientos. Tu vida, nuestras vidas juntos lo valen.

Isabella le rodeó la cintura con el brazo, sin atreverse a hablar, temiendo decir las palabras equivocadas. Pero ¿qué podía decir? Notaba la determinación de su voz. Ella tenía que guiarlos a todos a través de la oscuridad hacia la luz. Tenía que haber una forma. Isabella estaba segura de que la clave estaba en ella. Y se negaba a perder a Nicolai.

—He estado tan solo, tan apartado de la vida. Y nunca he sido consciente de lo solo que estaba. Tú has llenado todo el vacío de mi vida, *cara mia*. Duermo contigo en mis brazos y no tengo pesadillas. Abro los ojos y estoy ansioso por ver pasar las horas, por oír tu risa, por ver cómo te mueves por mi casa. Tu sonrisa me enamora.

Isabella lo miró, con el amor en los ojos, en una aceptación completa. Nicolai volvió a besarla, permitiendo que la fiebre se encendiera, que su naturaleza posesiva y apasionada se adueñara una vez más de él.

Quería verla, allí, con la luz del fuego acariciando su cuerpo. Sus manos se desprendieron del vestido, que quedó hecho un montón en el suelo. No quería que nada se interpusiera en su camino, ni la más leve barrera. Cuando estuvo desnuda y lo único que la cubría era la cascada de sus cabellos, se apartó a cierta distancia.

Isabella estaba ante el fuego, y sus cabellos despedían reflejos azulados. Las sombras acariciaban sus senos, su vientre, sus piernas. Y veía la expresión de Nicolai, el deseo mezclado con el amor. Veía los pantalones que se tensaban para acomodarse a él. Le excitaba estar desnuda ante él mientras él estaba totalmente vestido. Sus pezones eran picos duros de deseo, y su cuerpo languidecía lleno de un dolor que ya conocía.

Nicolai la rodeó, sin tocarla, mirándola únicamente, empapándose de su imagen, devorándola con su mirada ardiente. Le indicó que se tumbara en la cama mientras él se acercaba a la mesita para coger la botella de vino que había encima.

Isabella cruzó la habitación, consciente de que los ojos de él la seguían, consciente del movimiento de sus caderas, de sus pechos. Y se tumbó, sintiéndose más sensual que nunca antes en su vida. Nicolai no la había tocado y, sin embargo, toda ella estaba viva y llena de una gran necesidad.

—Abre bien las piernas y flexiona las rodillas para que pueda verte, Isabella.

Ella lo miró, y vio el deseo grabado tan profundamente en su rostro. Le estaba dando placer, y aquello la excitaba tanto como a él. Hizo lo que le pedía, despacio, dejando que la luz parpadeante del fuego brillara entre sus piernas, dejando al descubierto la brillante invitación.

Nicolai dio un sorbo al vino, y dejó que bajara por su garganta. Era tan hermosa, tan de todo...

—Acaríciate los pechos. Quiero que conozcas tu cuerpo igual que lo conozco yo. Quiero que sepas lo perfecto que es. Desliza tu mano por tu vientre y mete los dedos dentro de ti.

Esperaba que ella protestara tímidamente, pero era una mujer valiente y deseaba darle placer tanto como recibirlo. Entonces se cubrió los pechos con las manos, rozando los pezones con los pulgares. Un jadeo brotó a su garganta.

A Nicolai también le costaba respirar. Su cuerpo se empalmó tanto que le dolía. Su mirada se desvió a las manos, a los senos firmes que desbordaban las palmas. Miró cómo los dedos se deslizaban lentamente sobre las curvas de su cuerpo, acariciando el vientre, la cadera, y se enredaban en los rizos apretados del pubis. Los pulmones a punto estuvieron de estallarle cuando vio desaparecer los dedos de Isabella en su interior como habían hecho tantas veces los suyos.

Ella tenía el rostro vuelto hacia él, sofocado por la pasión, y el placer realzaba su belleza. Y la miró hasta que empezó a jadear y su cuerpo temblaba y ya no pudo soportar estar más tiempo separado de ella. Se puso en pie, dejó el vaso de vino y empezó a quitarse la ropa.

Isabella se quedó tumbada, mirándole. Tenía el aspecto de un dios magnífico, con el fuego tocando cada línea y cada músculo de su cuerpo, y aquella erección que apuntaba con insistencia hacia ella. Nicolai estiró el brazo y la sujetó por la muñeca e introdujo los dedos en la caverna húmeda y caliente de su boca. El cuerpo entero de Isabella se sacudió.

—Nicolai —dijo ella suavemente, casi con reverencia.

Él se arrodilló en la cama entre sus piernas.

—No hay ninguna como tú, Isabella.

Y lo decía en serio. Su cabeza rugía, y tenía la mente embotada por el deseo. Sentía un dolor en todo el cuerpo que parecía que jamás podría saciar. Se sentía lleno, henchido, duro, con una necesidad apremiante. La sujetó por las caderas y empujó con fuerza, clavándose bien adentro con un único movimiento. Lo más importante del mundo era tomarla, poseerla, amarla hasta enloquecer.

Mientras él empujaba y guiaba sus caderas con las manos, no dejó de observar su rostro, el juego de las llamas sobre sus pechos. Y vio cómo sus cuerpos se unían en sincronía. Aquella funda caliente y apretada encajaba sobre él como si la hubieran hecho para eso. Ella ladeó las caderas para sujetarse mejor, ávida por tener cada centímetro, sin avergonzarse por demostrar abiertamente lo mucho que lo deseaba.

Y él empujó y empujó con fuerza, muy adentro, llevándola más y más lejos. Notó que el cuerpo de ella se tensaba y sacudía y se cerraba en torno al de él. Isabella gritó, clavando los dedos en sus brazos cuando se acercaba al clímax. Él no apartó la mirada de sus ojos, de mujer a hombre, de hombre a mujer, aunque su cuerpo sentía una lujuria primitiva que jamás había experimentado. Empujó con fuerza, golpe a golpe, manteniendo el placer de ella tan alto que lloraba, gritaba su nombre, suplicaba.

Y cuando llegó el momento, Nicolai se derramó en su interior, vaciándose por completo. Y se derrumbó sobre ella, besando sus pechos, chupando sus pezones, haciendo que su cuerpo siguiera experimentando las mismas sacudidas una y otra vez. Y así se quedaron, tumbados, juntos, con sus corazones latiendo con violencia, respirando agitadamente.

Cuando sintió que podía moverse, se echó a un lado para liberarla de su peso, y la hizo tenderse sobre el estómago. Deslizó los dedos por la curva de su espalda.

—¿Sabes lo que me parece más bonito? Pienso en ti continuamente, como eres, así. Siempre dispuesta a dejar que te ame de la forma que yo quiera. Pienso en cómo confías en mí cuando te tengo toda para mí.

—Siempre me das placer, Nicolai —dijo ella con suavidad.

Sus manos le estaban masajeando las nalgas, los muslos, acariciaban la base de la espalda. Isabella amaba cada lección que Nicolai llevaba a su lecho. Se sentía ociosa y satisfecha, tan saciada como pudiera esperarse, y sin embargo, cuando él agachó la cabeza para besar el lado del pecho y sus cabellos se derramaron sobre su cuerpo, sintió que se estremecía.

Nicolai notó el tono somnoliento de su voz. Una provocación a sus sentidos que acentuó el placer. Casi estaba ronroneando de gusto. Entonces se quedó a su lado, con la mano en su pecho, acariciando el pezón con el pulgar.

—Duerme un rato, *amore mio*. Necesitarás descansar. No he acabado aún esta noche.

Y era cierto. El cuerpo de Isabella era cálido y suave. Su confianza en él, la forma en que lo aceptaba, la forma tan desinteresada en que se ponía en sus manos, se estaba convirtiendo en algo que necesitaba tanto como el aire que respiraba.

Isabella se durmió con una sonrisa en los labios. Y en dos ocasiones despertó sintiendo los de Nicolai moviéndose sobre su cuerpo, sus manos que exploraban, memorizándola íntimamente, su cuerpo que la tomaba. No importaba cómo la tomara, deprisa y con fuerza o lento y tierno, siempre se aseguraba de que ella llegara a ese último momento de placer intenso y luego la besaba hasta que se dormía.

Cuando despertó por la mañana se sentía deliciosamente entumecida. Se sentía utilizada, feliz. Nicolai se había ido con sigilo, sin hacer ruido, sin molestarla, y los primeros rayos de sol empezaban a colarse por las ventanas de colores. Entonces se tomó su tiempo para vestirse, y tocó en varias ocasiones la almohada, donde la cabeza de él había descansado. Sus cuerpos habían estado enlazados toda la noche. Isabella sabía que aquello estaba bien, que era como tenía que ser. Su sitio estaba junto a él. Compartían algo profundo e íntimo por lo que valía la pena luchar.

Relevó a Francesca, que parecía cansada, pues había pasado la noche tratando de distraer a Lucca. Él había estado muy inquieto, tosía, a ratos desvariaba, o bromeaba con ella y le contaba historias. Isabella vio que Francesca remetía bien las colchas antes de salir para tomarse un merecido descanso. Y cuando se quedó sola, se sentó con su labor de costura. Le sirvieron el té y el desayuno allí. Y la mañana transcurrió sin contratiempos, hasta que su hermano despertó.

Él le sonrió, con sus ojos oscuros llenos de amor.

—Lo has logrado, Isabella. Me has salvado la vida. Un milagro. Pero ¿te he atado a un monstruo? ¿Cómo es este *don* que ha reclamado a mi hermana?

Isabella notó que el rubor le subía al rostro.

—Ya le has visto. Es maravilloso. —Cuando vio que seguía mirándola fijamente, suspiró. Nunca había sido capaz de engañarle—. Las historias son ciertas, Lucca. La leyenda, los leones, el hombre. Todo es verdad. Pero le amo, y quiero estar con él. Intenta protegerme, pero lo cierto es que aún no hemos descubierto la forma de vencer la maldición.

Y se lo contó todo, tal cual, hasta el último detalle, salvo el hecho de que ya se había acostado con el *don*.

Él se restregó las sienes, y en sus ojos oscuros se veía claramente el torbellino que sentía en su interior. Lucca jamás perdía el tiempo con lamentaciones, o con cosas que no podía cambiar.

—Si consigo preparar tu huida, ¿te irías?

Ella meneó la cabeza.

—Jamás.

—Ya me temía que dirías eso. —Una expresión admirada se coló en sus ojos—. Entonces creo que no tengo más remedio que ponerme bien y vigilarte. ¿Qué hay de Francesca? No me la imagino acechando para matarte. Se ha mostrado extraordinariamente atenta conmigo.

Isabella lo miró con agudeza. En su voz había un tono que jamás le había oído.

—Es una mujer notable, diferente, con unas cualidades extraordinarias. Sé amable con ella, Lucca. Cuando está contigo siempre tienes esa expresión de burla.

Él sonrió, impenitente.

—Muerde el anzuelo con tanta facilidad que no puedo resistirme. —Su sonrisa se desvaneció—. Ve con cuidado, Isabella, hasta que esté recuperado y pueda ayudarte. Si nos ponemos juntos en esto, encontraremos la manera de solucionarlo.

—No le dejaré —declaró ella con obstinación.

Francesca entró tras llamar con suavidad a la puerta.

—¿Cómo estáis esta mañana, Lucca? Me he levantado y he pensado que podía sentarme un rato a vuestro lado si os apetece tener compañía. Isabella ¿tenéis cosas que hacer?

Ella vio la sonrisa espontánea y cordial de su hermano. Se levantó con un ligero suspiro. Si decidía que quería a Francesca, Lucca no tenía tierras, no tenía nada que ofrecer, y ella llevaba el legado de los DeMarco en la sangre.

—*Grazie*, Francesca. —Besó a su hermano en la coronilla—. Creo que se siente mejor, así que cuidado con sus bromas. —Le apartó los cabellos del rostro a su hermano y le sonrió—. Y tú, compórtate.

Lucca la miró con una sonrisa de suficiencia y le llegó al corazón. A cada hora que pasaba se parecía más al de siempre.

Isabella se movió por el *castello* consciente de la presencia de los dos guardias que la seguían por orden de Nicolai. Procuró no hacer caso y se dirigió a la biblioteca, su santuario. Iba dando vueltas al asunto de Lucca y Francesca. Y estaba tan enfrascada en ello que al principio no se dio cuenta de que los sirvientes no dejaban de cuchichear entre ellos. Hablaban con voces quedas y agitadas.

Entonces se detuvo en medio del gran vestíbulo, temiendo de pronto que la batalla con *don* Rivellio ya hubiera empezado. Sin duda Nicolai se lo hubiera dicho, aunque había abandonado su lecho muy temprano. Se volvió con preocupación hacia el grupo más próximo de sirvientes, decidida a averiguar qué les había puesto tan nerviosos.

Los susurros cesaron en cuanto se acercó. De pronto parecía que todos tenían muchas cosas que hacer. Incluso Alberita estaba concentrada limpiando una mancha invisible en la reluciente mesa del comedor formal. No dejaba de mirarla disimuladamente y apartaba enseguida la mirada.

Isabella fue en busca de Betto, algo molesta. Lo encontró hablando en voz baja con otros dos hombres cerca de la entrada del pasadizo de los sirvientes. En cuanto la vieron dejaron de hablar y bajaron la vista al suelo.

—Betto —dijo ella—. Tenemos que hablar.

El hombre no pareció muy contento, pero se despidió obedientemente de sus acompañantes, quienes se retiraron a toda prisa.

—¿Qué sucede, *signorina*?

—Eso quería saber. ¿Qué sucede? El *palazzo* es un hervidero de chismes. Yo he estado cuidando de *mio fratello* y no sé qué ha pasado, pero es evidente que tiene que ver conmigo.

El hombre se aclaró la garganta.

—No puedo saber de qué hablan los sirvientes de la casa.

Ella le mantuvo la mirada.

—Prefiero saberlo por vos, Betto. Si es algo malo, prefiero saberlo por boca de alguien en quien confío.

El hombre dejó caer los hombros.

—Es mejor que lo sepáis por boca de *don* DeMarco. Dijo que si preguntabais debía llevaros ante su presencia.

Isabella se lo quedó mirando, mientras los pensamientos pasaban atropellados por su cabeza, hasta el punto de que temía moverse o hablar. No habría mandado a buscar otra esposa, ¿verdad? Los hombres de Rivellio estaban en el valle. Nicolai jamás la habría traicionado en una situación así. Sabía que estaba ocupado con sus capitanes, planificando la batalla. ¿Por qué mandarla llamar solo para contarle un chisme?

Siguió a Betto lentamente por las escaleras de caracol que subían al ala ocupada por el *don*. Al oír la orden brusca de él, entró en los aposentos algo inquieta. Al punto sus capitanes se excusaron. Ella se quedó en el otro extremo de la habitación.

Se miraron durante largo rato. Isabella no podía interpretar su expresión, lo cual resultaba un tanto extraño después de haber pasado la noche en sus brazos. Después de haberlo tenido tan dentro de ella. Después de haber estado abrazados, susurrándose al oído, compartiendo risas y planes. Nicolai casi parecía un extraño, con aquellos ojos ambarinos duros e inexpresivos. No se acercó a ella, no le sonrió.

—¿Qué pasa, Nicolai? —dijo con un tono deliberadamente informal, con la esperanza de que así rompería aquellas maneras tan frías.

—El sirviente, el que te encerró en el granero, está muerto —dijo secamente, sin ninguna inflexión en la voz.

Un estremecimiento le recorrió la espalda. La sangre se le heló en las venas. Pero no apartó la mirada.

—¿Cómo ha muerto, Nicolai?

La voz, ronca de la emoción, la traicionaba.

—Le han encontrado esta mañana, asesinado. Había señales de lucha. Alguien le asestó varias puñaladas.

Su voz seguía sin expresar nada.

Isabella esperó, sabía que había más. Los latidos de su corazón resonaban con fuerza en sus oídos. No conseguía conciliar la imagen del hombre amoroso con el que había estado con alguien capaz de un acto tan brutal. Y sin embargo, Nicolai había estado en numerosas batallas, había derrotado a muchos enemigos, era un *don* temido y respetado. Era capaz de ordenar una muerte y de matar él mismo.

—En la nieve había huellas de patas que rodeaban el cuerpo, aunque ahora todos los leones están ocultos. No había huellas humanas que se acercaran, solo las del león —dijo, sin apartar los ojos de su rostro, con la mirada fija de un predador concentrado en su presa.

—¿He de creer que mataste a ese hombre, Nicolai? Anoche estuviste conmigo.

Se sentía la garganta tomada, le faltaba el aire.

—La sangre era fresca. Lo mataron temprano esta mañana. Y yo te dejé mucho antes.

Isabella bajó los párpados para romper el contacto visual con aquella mirada de halcón. No se le escapaba nada; no podía ocultarle sus pensamientos. Leía en ella como si fuera un libro abierto. No sabía qué pensar. No sabía qué estaba tratando de decirle. Alzó el mentón.

—Me niego a creerlo, Nicolai. ¿Por qué ibas a matarle? Podías haber ordenado su muerte y nadie lo habría cuestionado.

Él se movió entonces y le dio la espalda con un movimiento fluido y felino, destilando poder y coordinación por todo su cuerpo. Sus cabellos oscuros le caían sobre la espalda, tan agrestes como su dueño.

—Yo despreciaba a ese hombre, Isabella. Quería verlo muerto. No solo eso. Quería verle sufrir. —Y lo confesó con una voz baja y persuasiva—. Dejé que se fuera porque tú me lo pediste, no porque estuviera de acuerdo. Quise saltar sobre él y despedazarlo en el momento en que lo trajeron a mi presencia por lo que te había hecho. Por las horas de miedo que te hizo pasar. Por el peligro en que te puso. Por su cobardía al no volver inmediatamente en cuanto se dio cuenta de que tenía la llave, si es que es cierto lo que dijo. Quería verle muerto.

—Que quisieras verle muerto no significa que le matases, Nicolai.

Él se dio la vuelta para mirarla, con aire amenazador y poderoso.

—No me importa si le maté —contestó, y aquellas palabras se le clavaron a Isabella en el corazón—. Lo que importa es que no lo recuerdo. Esta mañana salí y corrí. Dejé suelta a la bestia para que pudiera correr libre.

Ella se tomó un instante para recuperarse.

—¿Y por qué ibas a usar un cuchillo? Eso no tiene sentido. Si hubieras usado un cuchillo lo recordarías.

Él se encogió de hombros.

—Recuerdo que ayer cuando estaba en esta habitación y admitió que te había encerrado, tuve ganas de clavarle mi estilete en la garganta. —Sus ojos la miraron sin pestañear—. No pienso disculparme por lo que soy, Isabella. Y jamás me disculparé por querer destruir a un enemigo que intente apartarte de mi lado. Jamás me disculparé por lo que siento por ti. No solo estoy dispuesto a morir por ti, sino que también mataría por ti. Y no pienso disculparme tampoco por eso.

—Jamás te he pedido que lo hagas —replicó ella con voz serena, y dio gracias por lo que su padre le había enseñado, por tener la presencia de ánimo para mantener la compostura cuando cada una de aquellas revelaciones la había sacudido hasta el alma—. Si me disculpas, debo atender a *mio fratello*.

Nicolai se movió entonces, con pasos silenciosos, con sus ojos ambarinos llameando.

—Aún no, Isabella. No te vayas todavía. Quiero mirarte a los ojos y ver lo que he destruido entre nosotros.

Ella ladeó la cabeza y lo miró sin pestañear.

—No creo que puedas destruir nada entre nosotros. Te amo con todo mi corazón. Con toda mi alma. Confiesa todo lo que quieras, Nicolai, muéstrame tu peor cara, seguiré amándote. —Levantó el brazo, y sujetó su rostro entre las manos, y lo besó con fuerza. Lo miró con gesto apasionado—. Y que sepas esto, Nicolai DeMarco. Si sucede lo peor y la bestia se descontrola y me mata, jamás renegaré de lo que compartimos, de lo que somos juntos. Amo cada fibra de tu ser. Incluso esa parte de ti que podría destruirme.

Y cuando iba a volverse, él la abrazó con fuerza y bajó la cabeza para reclamar su boca. El amor lo desbordaba, casi lo ahogaba, casi lo desarmaba. Y ese amor se extendió por sus venas con la fuerza de una avalancha y lo sacudió en lo más hondo.

Capítulo 19

El sonido de alguien que llamaba a la puerta hizo que Isabella se sobre-saltara. Era fuerte, insistente, presagiaba malas noticias. Nicolai no dejó de sujetarla por la muñeca, pero se volvió hacia la puerta, con el rostro convertido una vez más en una máscara inexpresiva.

Los capitanes Bartolmei y Drannacia se apresuraron a entrar y saludaron con rapidez.

—Se está moviendo, *don* DeMarco. Uno de los pájaros ha regresado con la noticia. —Drannacia lanzó una ojeada a Isabella y se inclinó ante ella con expresión de disculpa—. Hemos preferido no esperar.

—*Grazie* —dijo Nicolai, y se inclinó sin prisas para tomar una vez más la boca de su amada—. No hay por qué preocuparse —susurró contra sus labios—. Regresaré en breve.

Isabella de pronto sintió que adoraba aquella faceta salvaje de Nicolai. La misma faceta que le permitiría defender el valle y derrotar a Rivellio. La que le mantendría con vida y permitiría que volviera a ella sano y salvo.

—Me disgustaré mucho, mucho, si recibes ni tan solo un arañazo de ese hombre deleznable —le amonestó, con una sonrisa estampada en el rostro a pesar de la presión que sentía en el pecho.

—Y yo me disgustaré mucho, mucho, si no te encuentro esperán-dome aquí cuando regrese. Nada de aventuras, *cara mia*.

Y deslizó el pulgar en una larga caricia sobre la sensible zona in-terior de la muñeca.

—Tengo muchas cosas que me ayudarán a estar ocupada —replicó ella—. Y lo agradezco. Theresa y Violante ya están aquí. Cuando empiece a llegar gente de las granjas y los *villaggi* necesitaré toda su ayuda.

Y se excusó, con el corazón latiendo al ritmo acelerado del miedo. Nicolai había conducido a sus soldados a la victoria en numerosas ocasiones; necesitaba creer que nada le sucedería. Cuando ya salía, oyó que Rolando Bartolmei hablaba. Algo en el tono acusatorio de su voz le llamó la atención e hizo que se demorara para escuchar lo que decía.

—Antes de que entremos en combate, *don* DeMarco, permitid que os pregunte, ¿he hecho algo para ofenderos o para que cuestionéis mi lealtad?

Hubo un breve silencio. Isabella podía imaginarse la cara de Nicolai, las cejas arqueadas, su expresión muda de censura.

—¿Por qué preguntáis tal cosa, Rolando?

—Esta mañana estaba patrullando, mucho antes de la salida del sol, y me siguieron. No llegué a ver al león, pero en la nieve las huellas seguían a mi montura allá a donde iba. No hay leones sueltos en estos momentos, y sin embargo esas mismas huellas se encontraron junto al cadáver esta mañana.

Isabella se cubrió la boca con una mano, y contuvo la respiración. El recuerdo de la casaca de Rolando Bartolmei hecha jirones volvió con toda su fuerza. Esperó para oír qué decía Nicolai. La respuesta tardó en llegar.

—No tengo ninguna razón para cuestionar vuestra lealtad, Rolando. Si tenéis vos alguna idea, hablad, así podremos zanjar el asunto.

—Siempre os he servido con lealtad. —Bartolmei hablaba con tono tenso e indignado—. Jamás os he dado motivos para que dudéis de mí.

—Ni yo a vos —replicó Nicolai con suavidad.

Isabella cerró los ojos un instante, con la esperanza de que Rolando percibiera la sinceridad en el tono de Nicolai. Pero tenía miedo de que no fuera así, tenía miedo de que la pequeña oleada de poder que sentía estuviera influyendo sutilmente en las emociones de los hombres. Poco podía hacer ella, salvo confiar en Nicolai y la lealtad de su pueblo. Entonces bajó lentamente por la larga escalera de caracol. Tenía trabajo que hacer. Llamó a su lado a Betto y a Sarina. Tenían que prepararse para cuando empezaran a llegar los que vivían fuera de la seguridad de las murallas del *castello*.

Theresa y Violante estaban por todas partes. Violante se hallaba en su elemento, dirigiendo los preparativos en relación con la comida y localizando suministros. Theresa trabajó ayudando a Isabella y a Violante, y siguió con eficiencia sus instrucciones para que todo se hiciera sin contratiempos.

Más tarde, se tomó un breve descanso en cuanto pudo y corrió a los aposentos de su hermano para ver cómo estaba y pedir disculpas a Francesca por dejarla sola tanto rato sin nadie que pudiera relevarla.

Cuando entró, Francesca levantó la vista con una sonrisa en los labios y le indicó con el gesto que no levantara la voz.

—Acaba de dormirse. Aún tiene mucha tos, pero la curandera ha estado aquí hace un momento y dice que lo ve mucho más fuerte. El sueño le irá bien. Tosía tanto que no ha podido dormir —dijo, y apartó unos cabellos del rostro de Lucca con delicadeza.

—Se lo conté todo, Francesca —confesó Isabella—. Tendría que haberos dicho que ya conoce el legado de los DeMarco.

Para su sorpresa, Francesca se sonrojó.

—Hemos hablado de ello. Es tan... —Y calló, pues no acertaba a encontrar las palabras—. Hemos hablado toda la noche. Podría estar escuchándolo toda la vida. La mayor parte del tiempo es divertido y me hace reír. Siempre dice cosas bonitas sobre mí. Y dijo que está convencido de que yo sería una baza muy valiosa para destruir la maldición. Creo que lo decía de verdad.

Miró a Isabella con ojos brillantes.

—Lucca rara vez se equivoca en sus juicios, Francesca. Yo también confío en que nos ayudaréis a destruir la maldición. —Le dio unas palmaditas en el brazo—. Pero no olvidéis que nosotros ya no tenemos tierras y por tanto Lucca no tiene nada que ofrecer a una esposa. Ciertamente, nada que pueda satisfacer a la hermana de un *don*.

Las elegantes cejas de Francesca se arquearon.

—Jamás he permitido que otros me dicten lo que he de hacer. No voy a empezar a hacerlo ahora. —De pronto pareció reparar en el poco habitual ajetreo que se oía desde el pasillo. Se quedó muy quieta, como si entendiera—. Ya ha empezado ¿verdad? Rivellio está invadiendo el valle.

Isabella se tragó su miedo y asintió.

—Nicolai ha salido a su encuentro.

—Sé que teméis por él, Isabella, pero es un maestro en el arte de la guerra. Planifica cada batalla cuidadosamente. Sus hombres le guardarán en todo momento las espaldas y si convoca a los leones, terminará pronto —le aseguró.

Un ligero toque en la puerta anunció la llegada de Theresa. Hizo una señal a Isabella para que saliera al pasillo.

—Id, Isabella. Yo cuidaré de Lucca —le aseguró Francesca.

Así que salió de la estancia para reunirse con Theresa.

—¿Qué sucede?

—Rolando ha enviado un mensaje pidiendo que enviemos vendas y ungüentos y también las mezclas para las cataplasmas. Desean atender a los heridos sobre el terreno y después enviarlos de vuelta al *castello*. La curandera se quedará aquí. Yo tengo cierto conocimiento sobre heridas, pero no suficiente. Sarina dijo que vos sí sabéis. ¿Podríais acompañarme?

Parecía muy nerviosa, y no dejaba de retorcerse las manos visiblemente agitada.

Isabella asintió sin dudar.

—He tratado heridas en numerosas ocasiones. Estoy segura de que podemos hacerlo, Theresa. —En las tierras de su padre, Isabella había trabajado en campamentos temporales para los heridos cuando hacía falta—. ¿Sabéis si hay ya muchos heridos? —dijo, tratando de no traslucir el miedo en su voz.

Theresa negó con la cabeza.

—Enviamos un mensajero, pero no ha regresado. He mandado ensillar caballos para nosotras. Los suministros están cargados en otro caballo. Espero haber hecho bien. Le habría pedido a Sarina que me acompañara, pues ella entiende de heridas, pero es demasiado mayor para una misión semejante. Pensé que sería mejor que fuéramos nosotras.

—Bien —concedió Isabella—. Avisaré para que nos releven lo antes posible. Me reuniré con vos en unos minutos.

Isabella corrió a sus aposentos para recoger su capa y sus guantes. Theresa se reunió con ella en la entrada lateral que quedaba más próxima a los establos. Un caballo percherón aguardaba atado junto a otras dos monturas.

El día estaba teñido de gris, la niebla resultaba casi impenetrable. El mundo parecía asediado, un velo oscuro cubría el *castello*. Los animales parecían nerviosos, movían los ojos inquietos, sacudían la cabeza, sus patas se movían con agitación a un lado y a otro. Isabella se detuvo, con la mano apoyada en el caballo. Su estómago estaba ligeramente revuelto, algo no iba bien.

—He olvidado algo, Theresa.

Lo dijo con voz tranquila. La oleada de poder, triunfal, se hizo más densa y la engulló. Y supo que era tarde. Demasiado tarde.

El golpe cayó con fuerza, secundado por un intenso odio. Ella cayó al suelo y se hizo la oscuridad.

Despertó cabeza abajo, sintiendo que su estómago se sacudía, con un fuerte dolor de cabeza. El caballo corría en medio de la niebla azuzado por Theresa. Llevaba las manos atadas y Theresa la obligaba a mantener la cabeza hacia abajo, y estaba tan mareada que vomitó dos veces antes de que Theresa detuviera al animal sudoroso y desmontara. Isabella se deslizó desde el lomo del animal y cayó al suelo, pues tenía las piernas demasiado flojas para que la sostuvieran. Con las manos atadas por delante, se limpió la boca como pudo mientras miraba a su alrededor con atención. Estaban en algún lugar muy cerca del paso.

Theresa andaba arriba y abajo, más furiosa a cada paso que daba. Se volvió para mirar a Isabella con saña.

—Seguro que no estaréis tan tranquila cuando llegue.

—Imagino que os referís a *don* Rivellio. —Isabella hablaba en voz baja—. Vos sois la traidora que le ha estado pasando información.

Theresa alzó el mentón, con un brillo peligroso en la mirada.

—Podéis decirme lo que os plazca. Sois el cebo perfecto para atraerlo al valle. Es tan cobarde…, enviar a sus hombres a una muerte segura. Pero a pesar de toda la información que le di no conseguí seducirlo para que entrara él mismo en el valle hasta que le prometí que os entregaría a vos. Sabe que si os captura, *don* DeMarco cambiará su vida por la vuestra.

Su voz tenía un matiz de desprecio.

—¿Y cómo puede saber tal cosa? —preguntó Isabella con suavidad.

Theresa se encogió de hombros.

—Haría lo que fuera para atraer a *don* Rivellio hasta aquí. Se cree que lo tiene todo planificado, pero no sabe nada de los leones. Sus hombres serán derrotados y yo le mataré a él personalmente —comentó con satisfacción—. Después de lo que le hizo a mi hermana merece morir. —Volvió la cabeza para mirarla—. Y vos merecéis morir por haberme robado a mi esposo.

Isabella se la quedó mirando perpleja. La cabeza le dolía tanto que por un instante pensó que no había oído bien. Pero prefirió no negar nada. Theresa no estaba en situación de atenerse a razones. Sabía que por más que defendiera su inocencia, no la creería. Lo único que conseguiría sería que se enfureciera más.

—Theresa ¿vos matasteis al criado que me encerró en el granero?

—No, no le maté —negó ella—. Me oyó cuando estaba pasando información a uno de los hombres de Rivellio. Ellos le mataron. Y no pude hacer nada. Pero no podía permitir que nadie se enterara, y por eso borré todas las huellas alrededor del cuerpo.

—Puedo entender que deseéis matar a *don* Rivellio, pero es imposible. Incluso si conseguís que venga, tendrá guardias que le protejan. ¿Cómo esperáis…?

Pero la frase quedó sin acabar, porque en su mente las piezas empezaron a encajar.

El vestido y la casaca hechos jirones en su armario. La voz de mujer que la llamaba y la llevó hasta el balcón. Una voz que recordaba a la de Francesca DeMarco. La mujer del mercado, con cabellos largos y negros, y los rasgos de los DeMarco. Como Francesca, solo que no era Francesca. El león que la siguió por las callejas y la observaba con ojos llenos de odio. Las huellas de león alrededor del cadáver del criado. El león acechando a Rolando. Francesca podía convertirse en la bestia. Y Theresa era prima de Nicolai y Francesca.

Isabella meneó la cabeza.

—Theresa, pensad bien lo que estáis haciendo.

—Estoy haciendo lo que tendría que haberse hecho cuando Rivellio se llevó a mi hermana pequeña contra su voluntad y la usó a su antojo. Nicolai hubiera debido asegurar su asesinato. —La voz de la mujer destilaba odio—. ¡Era una *bambina*! Rivellio la destruyó. Ahora no es más que una carcasa vacía. Y es terrible que ese hombre se haya salido con la suya.

—Él ordenó el asesinato de *mio padre* —dijo Isabella con suavidad—. Torturó a *mio fratello* y hubiera hecho que lo ejecutaran.

Levantó sus manos atadas y se apartó los cabellos que le caían sobre la cara. Cuando levantó la vista, su estómago se sacudió, su corazón empezó a latir a toda velocidad, y notó el sabor del miedo en la boca.

Entre la niebla podía distinguir a un grupo de soldados que avanzaban en formación cerrada en torno a una figura imponente.

—Huid, Theresa, aún estáis a tiempo —susurró Isabella sintiendo que la sangre abandonaba sus facciones.

Trató de ponerse en pie. Jamás se presentaría ante el enemigo acobardada y caída. Sin darse cuenta, se situó delante de la otra mujer, como si la protegiera.

—Aún no os han visto. Corred. Podéis escapar.

Isabella no apartaba la vista del hombre que cabalgaba en mitad del grupo. A ella le parecía un demonio. Era la viva imagen del mal, tan retorcido y perverso como la entidad que alimentaba el odio y los celos en el valle. Entonces sintió una oleada de frío, una extraña desorientación, en el instante en que aquella entidad malévola abrazó a *don* Rivellio y dejó a todos los demás, porque había encontrado una mente perversa a la que poder controlar.

Detrás de Isabella, Theresa gimió en voz baja.

—¿Qué he hecho? ¿Qué me ha pasado? Rolando no me perdonará.

Rodeó con los brazos a Isabella, y cortó con una hoja afilada las cuerdas. Y entonces le oprimió el estilete contra las palmas.

—Cuando deje salir a la bestia, corred, huid al bosque. Es todo lo que puedo ofreceros —dijo, y un sollozo brotó de sus labios, pero intentó contenerlo, tratando de no perder el control.

Los soldados las habían visto. Varios espolearon a sus caballos y cabalgaron hacia ellas. Isabella no se molestó en correr. Alzó el mentón y adoptó su expresión más altiva.

—Lo siento —susurró Theresa—. No teníais derecho a yacer con mi esposo, pero esto no está bien.

—Si morimos las dos aquí, Theresa, quiero que sepáis que Rolando jamás me ha dado muestras de querer que entre nosotros haya nada que no fuera simple cortesía —dijo Isabella con sinceridad.

Los soldados inspeccionaron la zona, sin acabar de fiarse de que las dos mujeres estuvieran solas tan lejos de la protección del *castello*. *Don* Rivellio estaba a horcajadas sobre su caballo, mirándola con ojos astutos y ávidos. La niebla se convirtió en una suave llovizna de aguanieve, las nubes ennegrecían el cielo sobre sus cabezas.

—No puedo hacerlo —musitó Theresa asustada—. No puedo sacar a la bestia. Lo he intentado, pero se ha ido.

El corazón de Isabella latía tan fuerte que rivalizaba con el zumbido de su cabeza. Sujetaba el estilete oculto entre las faldas.

—Parecéis un tanto gastada, *signorina* Vernaducci. —*Don* Rivellio le dedicó una sonrisa afectada y paseó su mirada lasciva abiertamente sobre su figura—. ¿*Don* DeMarco ha probado ya la mercancía? Detesto los segundos platos. —Entrecerró los ojos—. Si descubro que es así, os castigaré con dureza. Y eso puede ser delicioso… para mí.

A su alrededor, los guardias rieron, mirando con expresión lasciva a las dos mujeres. Isabella alzó el mentón un poco más. Mantenía a Theresa a su espalda, sujetándola con su mano libre. No le gustaba la expresión de *don* Rivellio.

A lo lejos, de algún lugar llegaron los gritos de hombres que estaban a las puertas de la muerte, gritos de terror. Los sonidos atravesaron aquella opresiva aguanieve e hicieron que todos los allí presentes se estremecieran. Los hombres se miraron entre ellos con una súbita sensación de inquietud. *Don* Rivellio sonrió complacido.

—Ese es el sonido de mis hombres matando a los pobres idiotas que hayan osado ponerse en mi camino. Mis hombres han tomado el valle. Y os tengo a vos, *signorina* Vernaducci, como siempre quise. Si DeMarco escapase, sin duda intentará rescataros y se pondrá en mis manos. Tengo unos maravillosos planes para vos.

El *don* se inclinó hacia delante sobre su caballo y la miró directamente a los ojos, con un destello de pura maldad.

—El dolor está muy próximo al placer, querida mía. Veremos si disfrutáis de mis divertimentos tanto como yo. —Su mirada se desvió entonces a Theresa—. Por lo que se refiere a vos.. me habéis servido bien. DeMarco nunca ha entendido cuál es el lugar de la mujer en una casa. Tendréis ocasión de aprenderlo en la mía. Tengo una habitación junto a las caballerizas donde se os desnudará y se os atará abierta de piernas para que mis soldados puedan hacer cuanto les plazca. Vuestra hermana aprendió la misma lección en esa habitación… siempre lloriqueando y suplicando que la dejáramos volver a casa. —Y rió, compartiendo la diversión con sus hombres—. Siempre disfrutan de los regalos que les concedo.

Isabella sintió que el miedo se mezclaba con la ira en sus venas, sintió el temblor que sacudía el cuerpo de Theresa. Le oprimió el brazo.

—No habléis. No hagáis ningún sonido. Nicolai está aquí. Mirad los caballos —susurró.

Y lo dijo tan flojo que Theresa a duras penas la oyó. Estaba tratando de sacar a la bestia de su interior, tratando de recuperar el odio y la ira, porque era ahora cuando lo necesitaba, ahora que tenía ante ella a la criatura repulsiva que había deshonrado y violado a su hermana y estaba amenazándola con su perversidad. Sí, los caballos empezaban a dar muestras de nerviosismo. Se movían inquietos, agitaban las cabezas, algunos retrocedían, hasta el punto de que unos cuantos soldados tuvieron que desmontar para tranquilizarlos.

Isabella se permitió mirar fugazmente a su alrededor. A través del aguanieve y la penumbra, veía el destello de ojos salvajes, oía el susurro de movimientos entre los árboles y las rocas. Había más de una bestia acechando a los soldados.

—Detesto este lugar —le espetó *don* Rivellio—. Coged a las mujeres y salgamos de aquí.

Mientras hablaba, la agitación de los caballos aumentó. Los animales se encabritaron y trataron de derribar a sus jinetes. Los soldados trataban de sostenerse sobre las sillas. Ninguno pudo obedecer las órdenes de *don* Rivellio.

El león salió de entre el velo de gris, inmenso, con casi tres metros de músculo sólido, y saltó directamente para golpear con fuerza el pecho del *don*. Los caballos relincharon aterrorizados. Los hombres gritaban, con los rostros blancos de miedo, mientras el mundo se convertía en una locura. El león no estaba solo, el grupo había rodeado la columna de soldados. La sangre salpicaba la nieve, los árboles, los arbustos.

Theresa derribó a Isabella al suelo y le cubrió la cabeza con los brazos para evitar que viera todo aquel horror.

—¡No miréis! ¡No miréis!

Ella tampoco miraba, pero no podía tapar aquellos espantosos sonidos. El crujir de huesos, la carne al separarse las extremidades. Y parecía no tener fin, los terribles gritos de los hombres moribundos, la respiración pesada de los leones, los rugidos que helaban la sangre, los relinchos de los caballos aterrorizados.

Theresa la sujetó contra el suelo, sacudiéndose con tanta fuerza como Isabella. Aquello parecía no tener fin. *Don* Rivellio aullaba de dolor, y sus gritos se mezclaban con el sonido de la carne al desgarrarse y de los grandes dientes machacando hueso y músculo. Finalmente, los aullidos cesaron y todo quedó extrañamente en silencio.

Isabella sintió que Theresa se apartaba, pero fue incapaz de moverse, no quería mirar. Se cubrió el rostro con las manos y se echó a llorar. Era Nicolai quien había hecho aquello. El ataque había sido planificado con precisión, los leones habían ocupado sus posiciones, habían emboscado a los soldados, hasta que se les indicó que atacaran de manera fulminante. Habían aniquilado prácticamente al enemigo. Aún se oían los sonidos de los leones comiendo. Los rugidos de advertencia resonaban en la noche y reverberaban por todo su cuerpo.

Su destino. Ese era su destino. Y ese pensamiento no deseado arraigó en su mente.

—Isabella.

Nicolai dijo su nombre como si le estuviera leyendo el pensamiento y quisiera negar la realidad.

Isabella sollozaba cuando él la levantó del suelo, con el rostro arrasado en lágrimas, manchado con salpicaduras de sangre. Sus cabellos estaban desordenados, y caían desde su complejo recogido sobre la espalda y alrededor del rostro. La abrazó con fuerza mientras miraba con expresión furibunda a Theresa.

—Por suerte, tenía a dos de mis guardias de más confianza vigilando a mi prometida. —Sus ojos ardían de ira—. Y oyeron hasta la última palabra. —Sus manos eran suaves sobre los cabellos de Isabella, totalmente en contradicción con la furia que sacudía las palabras con las que se estaba dirigiendo a su prima—. Llevadla al *castello*. Se la acusa de traición e intento de asesinato. Reunid el consejo inmediatamente. Capitán Bartolmei, si no podéis cumplir con vuestro cometido en este asunto, seréis excusado y podréis esperar el veredicto.

La voz de Nicolai sonó fría como el hielo.

Bartolmei ni tan siquiera dedicó una mirada a Theresa.

—Jamás he faltado a mi deber, *don* DeMarco. No será diferente ante la traición de mi esposa.

Isabella se agarró con fuerza a Nicolai, lo abrazó, y pudo notar aún el intenso olor a salvaje que emanaba de su piel y sus cabellos.

—Llévame a casa —suplicó, y se cubrió los oídos tratando desesperadamente de amortiguar el sonido de los leones devorando carne humana.

Cerraba los ojos con fuerza, y respiraba entrecortadamente a causa de los sollozos.

A su alrededor rugían el odio y la maldad, la sangre y la violencia. Jamás olvidaría aquellos sonidos, la muerte, los gritos, las súplicas de los soldados moribundos. El absoluto descontrol de aquella noche, de los leones, de *don* DeMarco, la perseguirían toda la vida.

—Isabella.

Y lo dijo con suavidad, susurrando contra su piel, llamándola de vuelta, sintiendo la necesidad de reconfortarla tanto como la sentía ella de que la reconfortara.

Nicolai la sujetó por el mentón, y le hizo ladear la cabeza para poder mirarla. Por encima del ojo tenía un chichón, un hilo de sangre, y la piel se estaba poniendo negra y azul. Las llamas saltaron a sus ojos. Retiró la sangre con el pulgar y volvió a pegarla contra su pecho para que no viera la furia asesina de sus ojos. Ella lo sentía temblar, sentía su cuerpo sólido y real, sentía el volcán que parecía a punto de entrar en erupción. Y, sin embargo, refrenaba aquella rabia con un control inflexible.

Isabella estaba en un estado de fragilidad demasiado grande para que Nicolai diera rienda suelta a su ira. Quería llevarla a la seguridad del *palazzo*, donde el horror de aquella noche se disipara. Subió a su prometida a lomos de su caballo, protegiéndola con su cuerpo y sus brazos. Hizo girar al caballo, sin dejar de restregar el mentón con gesto tranquilizador contra su cabeza, y dio por fin la espalda a aquel infierno de cuerpos y bestias que los devoraban. Ella lloraba en silencio contra su pecho y con sus lágrimas mojó su camisa y le partió el corazón. Aquel llanto hizo que aumentara en él el odio, la necesidad de vengarse de quien fuera, de lo que fuera que había provocado aquel dolor.

Sarina les estaba esperando cuando llegaron al *palazzo*. Rodeó a Isabella con los brazos como si fuera una niña y la llevó al santuario de sus aposentos, donde la esperaban un baño y un buen fuego. Dejó que su joven pupila llorara y derramara aquel mar de emociones. El té y el baño caliente la ayudaron a recuperarse para la siguiente prueba. Aún no se había acabado, y ella sabía que jamás se acabaría mientras no lograra derrotar a la entidad, su enemigo más poderoso.

—¿Se sabe si alguno de los hombres de Rivellio ha conseguido abandonar el valle? —consiguió preguntar mientras sorbía su té.

—Las patrullas han estado peinando el valle —contestó Sarina—. El paso y los túneles están vigilados. Es prácticamente imposible que nadie escape. Rivellio y sus hombres se convertirán en parte de la leyenda, como tantos otros invasores que jamás regresaron a sus tierras.

¿Quién sabría decir lo que les ha pasado? Y si alguien se decidiera a investigar, las pruebas habrán desaparecido.

Isabella se estremeció. Las manos le temblaban cuando quiso dejar la taza de té. Necesitaría de toda su fuerza, toda su determinación, si quería derrotar a su enemigo más hábil y perverso.

A pesar del miedo, hubiera querido hablar con Nicolai antes de entrar en la sala donde se estaba reuniendo el consejo, pero no fue a verla. Rivellio y sus hombres habían invadido el valle con el propósito de apropiarse de sus tierras. *Don* DeMarco tenía el deber de proteger a su pueblo y lo había hecho con el mínimo derramamiento de sangre para sus soldados. Se llevó una mano al estómago. A pesar de su experiencia, no estaba preparada para una matanza semejante. Aquello había sido una pesadilla. Lo cierto es que no estaba segura de poder olvidar lo que había visto y oído esa noche, y más sabiendo como sabía quién era la bestia que había dirigido la matanza.

Dio otro sorbo a su té mientras la realidad de la muerte de Rivellio empezaba a calar en su mente. El enemigo de los Vernaducci había muerto. Por un instante, sintió que la respiración se atascaba en su garganta. Nicolai tenía el poder de restituir el nombre de los Vernaducci. No tenía ninguna duda de que podía hacerlo, e incluso devolverles sus tierras. Eso facilitaría las cosas si Lucca y Francesca deseaban estar juntos. Dejó la taza en la bandeja con cuidado, sonriendo al pensar en la expresión del rostro de su hermano y la luz que veía en sus ojos cuando su mirada seguía a Francesca. Entre ellas dos, y con la ayuda de Nicolai, estaba convencida de que Lucca encontraría la felicidad que merecía.

Enseguida se vistió con cuidado para el juicio, asegurándose de que cada cabello estuviera en su sitio, de que sus ropas fueran regias y adecuadas. Sin embargo, nada pudo hacer para ocultar su palidez o el morado que afeaba un lado del rostro y el ojo. Tenía el estómago agitado, pero no pensaba escudarse en su malestar y esconderse en sus aposentos. Caminó por los pasillos en dirección a la torre donde se iba a celebrar el consejo. El juicio de Theresa. Sin mirar ni a derecha ni a izquierda, consciente de las miradas de los criados, que se santiguaban a su paso, o de la joven Alberita, que le salpicó agua bendita.

La sala estaba abarrotada. Había oficiales a quienes no conocía, a otros sí. El capitán Bartolmei estaba en pie con aire rígido a un lado. El capitán Drannacia estaba cerca de su esposa, Violante. Theresa se hallaba en el centro, ante *don* DeMarco. El *don* permanecía inmóvil, con gesto sombrío e implacable, y solo sus ojos parecían vivos, llenos de ira.

—Ahora que mi prometida, Isabella Vernaducci, ha llegado, podemos continuar. Acudisteis a mí con graves acusaciones sobre ella. Dijisteis que me había sido infiel y había tenido coito con mi fiel capitán —dijo Nicolai con voz neutra e inexpresiva, sin apartar su mirada ardiente de Isabella.

Isabella sintió aquellas palabras como un golpe, pero permaneció impasible, en silencio, y escuchó sin protestar.

—Habéis confesado que traicionasteis a vuestro pueblo y que seguisteis a la *signorina* Vernaducci y tratasteis de matarla. Habéis admitido que tenéis la habilidad de convertiros en la bestia como una DeMarco, y la habéis utilizado en vuestra guerra contra la *signorina* Vernaducci. ¿Cómo es que ocultasteis esta habilidad a vuestro *don* y a vuestro esposo?

Theresa respiró hondo. Estaba luchando por mucho más que su matrimonio, luchaba por su vida.

—La primera vez que la bestia me dominó fue unos meses después de regresar mi hermana. Estaba tan furiosa que no pude contenerme. Fui al bosque y grité. Y pasó. Yo no lo entendí. Pensé que había sido un sueño, un sueño nebuloso. No me pasó muchas veces, pero cuando pasaba era siempre porque estaba furiosa. —Theresa miró a *don* DeMarco, pero apartó la vista enseguida y sus ojos se desviaron hasta su marido. Se quedó muy quieta y su expresión se deshizo cuando vio que él se negaba a mirarla—. La segunda vez que pasó fue la primera noche que la *signorina* Vernaducci estuvo aquí. Yo había ido al *castello* a esperar a mi esposo…

—Continuad…

Era una orden, y Theresa tembló ante aquel tono.

—Guido estaba fuera, paseando, y me vio cerca de los establos. Y me dijo cosas. No callaba. Insistía en que yo le quería. —Las lágrimas brillaban en sus ojos—. Me rasgó el vestido y me arrojó al suelo. Tenía tanto miedo, estaba tan furiosa que… que pasó. No lo busqué. Y no supe que había pasado hasta más tarde.

—Sabíais que todos pensaban que yo le había matado —dijo Nicolai con voz suave e inculpatoria—. No dijisteis nada. ¿Y el criado? ¿También le matasteis vos?

Ella meneó la cabeza.

—No, fueron los hombres de Rivellio. La *signorina* Vernaducci os lo dirá. Ellos le mataron, no yo.

—Pero intentasteis matar a Isabella.

Nicolai era inflexible.

—¡No! —Theresa meneó la cabeza enérgicamente—. No lo sé. Creo que quería asustarla, pero la rabia se hizo cada vez mayor, hasta que al final lo que quería era que desapareciera. Y entonces vi que podía utilizarla para destruir a Rivellio. Éste me obligaba a espiar para él. No hubiera devuelto a mi hermana si no hubiese accedido a pasarle información sobre el valle. Habría hecho lo que fuera para recuperarla.

Un grito ahogado escapó de labios de Rolando Bartolmei.

—En realidad no podía contarle gran cosa —se apresuró a explicar—. No estaba espiando de verdad. Yo no sabía nada. Pero quería verle muerto. Quería que muriera. Tenía que haber sido castigado por lo que hizo. —Se retorció las manos—. Y sabía que podía atraerlo aquí, al valle. Que vendría a buscar a la *signorina* Vernaducci. Rivellio quería cambiar la vida de ella por la de *don* DeMarco. Estaba convencido de que podía utilizar al hermano para invadir el valle y derrotar a nuestros hombres. Y mi intención era matarle a él.

—Utilizando a Isabella.

Nicolai hablaba con voz acusatoria, amenazadora, en un claro presagio de muerte.

—Os traicionó con mi esposo. ¡Con mi Rolando! —gritó ella. Por un momento sus ojos llamearon llenos de rabia; luego, humillada y avergonzada, volvió a mirar al suelo.

—Y, por supuesto, tenéis pruebas de lo que decís.

De nuevo, una afirmación.

Theresa se estremeció. Asintió, y tras mirar fugazmente a su esposo, apartó la mirada.

En la sala todo estaba en silencio, un silencio expectante. Isabella se situó en el centro, tratando de mostrarse tan serena como podía, dando gracias por todo lo que su padre le había enseñado. Todos los ojos estaban puestos en ella. No pestañeó, al contrario, miró a su acusadora con calma.

—Mostradme la prueba de la infidelidad de mi prometida —dijo Nicolai muy suave—. La prueba de la traición de mi capitán.

Su voz era un ronroneo bajo de amenaza. Su tono hizo subir la tensión un poco más en la sala. Y tendió la mano.

Isabella pestañeó con rapidez, hechizada por la visión de la gran mano de Nicolai. Era una zarpa, cubierta de pelo, con sus uñas afiladas brillando como estiletes. Oyó que un jadeo colectivo de sorpresa recorría la estancia. Levantó los ojos para mirar a Nicolai, pero él miraba fijamente a Theresa, sin pestañear, como un predador ante su presa.

Theresa avanzó hacia el *don*, con la prueba de la traición de Isabella en su mano extendida. Se detuvo en seco, con el rostro pálido, la mano temblorosa. No importa cómo lo intentara, no podía seguir avanzando, no podía dar otro paso para poner la prueba condenatoria en la gran zarpa. Nicolai no se movió para coger el pedazo de pergamino. Siguió mirando fijamente a la esposa de Rolando Bartolmei, con los ojos llenos de llamas rojizas, desafiándola a poner la prueba en la zarpa.

Fue Isabella quien rompió el impás. Tomó la misiva de manos de Theresa y la puso en la palma abierta de Nicolai. Observó el rostro de su prometido mientras leía las palabras en voz alta.

—«Te echo de menos. Por favor, date prisa y reúnete conmigo. Ojalá te hubiera dicho la última vez que te vi lo mucho que te quiero.» Y está firmado «Isabella». —Levantó la vista del pergamino y la miró directamente—. ¿Escribiste tú esto, Isabella?

—Sí, por supuesto que lo hice —contestó ella sin vacilar en medio de la expectación general.

El silencio hizo que los nervios se tensaran tanto que casi chirriaban. Theresa trató de poner una expresión triunfal. Rolando parecía perplejo. Isabella solo tenía ojos para Nicolai. Escrutaba su rostro buscando algún indicio, lo que fuera, algo que le diera una idea de lo que pensaba. Él no dijo nada, se limitó a esperar.

Un sollozo escapó de los labios de Theresa. Se llevó un puño a la boca y apartó el rostro de su esposo, que volvió a negar con la cabeza.

—¿Dónde encontrasteis mi carta, *signora* Bartolmei? —preguntó Isabella sin rencor. Su voz era afable, suave, en absoluto amenazadora.

La voz de Theresa sonó amortiguada por el puño con el que se cubría la boca.

—En el bolsillo de la casaca de mi esposo.

Y dejó escapar un nuevo sollozo.

Isabella arqueó las cejas.

—¿De veras?

Y lo dijo con gesto pensativo, mientras se volvía y escrutaba la sala buscando un rostro muy concreto.

Sus ojos se detuvieron sobre Violante. Ella permaneció en silencio, mirando a la otra mujer.

Nicolai no apartaba la vista de Isabella. No había ninguna otra en la sala que pudiera acaparar su atención… y obligarle a controlarse. Sentía que su ira iba en aumento, no una ira candente, sino fría. La bestia rabiaba por liberarse. Isabella estaba cubierta de morados, de laceraciones, sujeta a humillación y a la especulación del consejo. La ira y los celos se mezclaban con su rabia, hasta que casi se sacudía por la necesidad de saltar.

Violante se tornó de un carmesí encendido, miró a su esposo, luego bajó la vista al suelo. Sergio Drannacia miró a su esposa, aspiró con fuerza y la tomó de la mano. Cuando levantó la vista para mirarle, una expresión de complicidad pasó entre los dos.

Violante cuadró los hombros.

—No sé por qué lo hice. Cogí la carta de la biblioteca cuando os agachasteis para recoger el libro —le dijo a Isabella—. Solo quería tenerla, mirar mi nombre. Pensé que podía repasar los trazos que habíais dibujado hasta que los aprendiera.

Se obligó a mirar la figura inmóvil de *don* DeMarco. Estaba tan quieto que bien hubiera podido ser de piedra.

—La *signorina* Vernaducci escribió mi nombre arriba, en una breve misiva a su hermano, y puso su nombre abajo. Me estaba enseñando cómo se escribe. Rasgué la parte con mi nombre para guardarla. Aún la tengo en una cajita en casa.

Las lágrimas brillaron en sus ojos cuando miró a Theresa.

—Lo siento mucho. No sé qué me pasó. No sé por qué dije esas cosas sobre vuestro marido e Isabella. Intenté contenerme, pero no pude. Recuerdo que puse la misiva en el bolsillo de la casaca cuando me agaché para recogerla y se la di a Sergio para que se la diera a él. No sé por qué hice algo así.

Theresa se la quedó mirando visiblemente alterada.

—Oh, Violante —susurró meneando la cabeza—. He traicionado a mi pueblo, a mi esposo, a mi *don*, porque vos alimentabais mis celos y mi ira. ¿Cómo habéis podido?

Sergio atrajo a Violante al amparo de su hombro.

—No lo sé. No pude evitarlo. Theresa, Isabella, lo siento.

Violante no osaba mirar al *don*. Había cometido un pecado imperdonable, traición contra su prometida.

—¿Acechaste a Isabella y trataste de matarla porque pensabas que te había traicionado? —le espetó Rolando Bartolmei. Y miraba a su esposa temblando de ira—. Has traicionado a nuestra gente, mi gente, a *mio don*. ¿Diste a Rivellio información que le ha permitido invadir nuestro valle? ¿Tú has hecho todo eso? ¿E incluso me acechaste durante mi patrulla de la mañana para que dudara de *mio don*? Le conozco desde niño, y sin embargo tú has intentado poner un cuchillo entre nosotros. —Miró a su esposa como si no la conociera, como si de pronto se hubiera convertido en una criatura deleznable—. ¿De verdad creías que iba a deshonrar a *mio don*, mi amigo... que te iba a deshonrar a ti?

Theresa sollozaba, y el sonido era descorazonador. Humillado y avergonzado por los actos engañosos de Theresa, Rolando giró sobre sus talones, dispuesto a salir y dejarla a merced del *don*.

—¿Creéis que no tenéis culpa en esto, capitán Bartolmei? —dijo Isabella con voz suave a la espalda del hombre.

Bartolmei se quedó inmóvil pero no se dio la vuelta. Un leve sonido escapó de labios de *don* DeMarco. Un rugido bajo que hizo que su capitán se detuviera al instante. El rugido subió de volumen hasta que hizo sacudirse la sala entera y reverberó por el *castello*.

Nicolai avanzó por la estancia hasta que estuvo ante la figura temblorosa de Theresa Bartolmei. Se plantó ante ella, como una mole oscura y furiosa de rabia.

—¿Osasteis amenazar la vida de mi prometida en repetidas ocasiones? ¿Conspirasteis para que pareciera que me estaba traicionando cuando erais vos quien traicionaba a su pueblo y su *don*? ¿Y por qué, *signora* Bartolmei? —Su figura oscilaba entre hombre y león—. Chanise es parte de mi familia. Envié asesinos para que se ocuparan del asunto. Lo habríais sabido si hubierais tenido el sentido común de acudir a mí. Aunque no tengo por qué explicar mis decisiones ni a vos ni a nadie. *Don* Rivellio era hombre muerto. Estaba condenado desde el instante en que puso las manos sobre mi prima.

Caminó hasta el otro lado de la sala y regresó, con la melena salvaje, los ojos llameando, destilando poder y furia a cada paso. Se detuvo una vez más ante Theresa.

—Del mismo modo que vos estabais muerta desde el instante en que tocasteis a Isabella. —Extendió una mano, solo que era una enorme zarpa, y con una garra afilada y curva le tocó el mentón—. De no haber tenido a mis hombres vigilándola, la habríais puesto en manos de un demonio como Rivellio. Me repugnáis.

Se volvió hacia sus guardias.

—Llevadla al patio enseguida. ¡Enseguida! —atronó con los ojos llenos de llamas rojizas.

Capítulo 20

Theresa gritó cuando los dos guardias la sujetaron por los brazos y la arrastraron al exterior del *castello*, a la oscura noche. Los jirones de niebla cubrían el suelo y remolineaban. La nieve cubría las rocas, de tal suerte que el conjunto daba al patio el aspecto de un cementerio, inhóspito, fantasmagórico, espantosamente desolador.

Isabella evitó la mano que *don* DeMarco le ofrecía y corrió tras los guardias.

—¿Qué estás haciendo? No puedes hacer esto, Nicolai —dijo con voz llorosa.

Violante se echó a llorar.

—*Don* DeMarco, os ruego que lo reconsideréis. No lo hagáis.

Sergio trató de hacerla callar, aterrado ante la furia del *don*, temiendo que pudiera volverse contra su mujer por el papel que había tenido en todo aquel embrollo.

Nicolai corrió tras Isabella y la sujetó por el brazo cuando ella estaba tirando de uno de los guardias en un intento por liberar a Theresa. La soltó de un tirón y en ese instante ella sintió las agujas clavándose en su piel, una clara señal de la violencia de la bestia.

—Ve a tus aposentos hasta que hayamos terminado con esto, Isabella.

Las llamas de sus ojos ardían fuera de control, su voz autoritaria era rasposa y oscura.

Isabella contuvo el impulso inicial de resistirse. Y refrenó obstinadamente el miedo y el terror que sentía en su alma. Se quedó muy quieta mientras él la sujetaba y trató de pensar. Y al instante una certeza asaltó su corazón, su mente. Aquel era el patio donde Sophia había sido decapitada, donde todos creían que había empezado todo. Donde el padre de Nicolai había matado a su madre. Donde la entidad dormía y despertaba y orquestaba el odio y el miedo que perpetuaban una realidad atroz en el valle.

Isabella se obligó a respirar muy hondo. Y aspiró el olor agrio de la entidad. Maldad. Odio. Perversidad en estado puro. Ahora se hallaban en su territorio y estaba alimentando la ira de Nicolai, cebándose en su punto débil, que era sobre todo el convencimiento de que su destino era matar a la mujer a la que amara por encima de todos los demás.

—No estamos solos aquí, Nicolai —anunció mirando también a las otras personas que les habían seguido.

Incluso Francesca había acudido al lugar, asustada, sin aliento, alertada por los rugidos de su hermano.

—Si te quedas muy quieto podrás sentirlo. La influencia es sutil, pero no puede ocultar el flujo de poder cuando nos manipula.

Las agujas que se clavaban en su brazo se flexionaron y sintió una vaharada de aliento caliente contra el rostro, mientras el hilo ardiente de sangre se deslizaba por su brazo y despertaba los instintos asesinos de la bestia.

—Ha estado influyendo en todos y ha hecho que actúen de un modo distinto al normal, alimentando sus defectos. Defectos que todos tenemos. Celos, dolor, ira, desconfianza. —Miró a Rolando—. Orgullo. ¿Qué otra cosa podría hacer que un hombre que ama a su esposa acepte sin protestar que la condenen a muerte? Incluso la pobre Sophia, una mujer que según parece amaba a su pueblo y a su esposo, que sin duda amaba a sus hijos. Jamás habría arrojado una maldición sobre ellos si no la hubiese impulsado a hacerlo alguna criatura perversa.

Isabella estaba sola, combatiendo a un enemigo invisible que se hinchaba con su poder y se regodeaba en su ineptitud. Miró a su alrededor, a todos aquellos rostros horrorizados por las órdenes de *don* DeMarco. Nadie parecía comprender lo que estaba diciendo.

—¿Es que no lo veis? Ninguno de nosotros haría esas cosas.

Estaba suplicándoles abiertamente. Suplicando a Nicolai.

Francesca corrió a su lado y la tomó de la mano como muestra de apoyo.

Rolando se acercó unos pasos a Nicolai.

—Mi esposa es vuestra *famiglia*. Vuestra prima —le recordó—. ¿De verdad queréis derramar más sangre de los DeMarco?

Sus manos eran puños apretados a los lados de su cuerpo. La furia se había colado en su mirada.

—Capitán Bartolmei, si vos mismo no tenéis piedad con vuestra propia esposa, ¿por qué habría de tener yo, que soy el *don*, piedad con una mujer que me ha traicionado?

Don DeMarco chasqueó los dedos y el guardia obligó obedientemente a Theresa a arrodillarse.

Ella chilló de nuevo, mientras las lágrimas bañaban sus mejillas.

—No lo permitiré —objetó Bartolmei con la mano en su espada—. Si tanta sed tenéis de sangre, tomad la mía.

—¡No! —exclamó Violante desde su refugio en brazos de su esposo Sergio—. La culpa fue mía. Yo la provoqué.

La furia desbordaba a Nicolai, una ira descarnada, sin diluir. Echó la cabeza hacia atrás y rugió furioso ante aquel desafío a sus órdenes. El sonido hizo que todos los leones del valle rugieran con él, hasta que la noche quedó saturada con aquel sonido brutal y primitivo. La gente se dispersó. Nicolai giró en círculo y arrojó a Isabella lejos de su lado, dejándole un largo arañazo en el brazo. Sus largos cabellos formaban un halo en torno a su cabeza y caían sobre sus hombros y su espalda en una melena salvaje.

—Nicolai —susurró Isabella con desesperación.

Y vio cómo su figura poderosa reverberaba mientras la niebla remolineaba con avidez a su alrededor, devorando al hombre y manifestando a la bestia.

El león estaba en el centro del patio, un animal extraordinario, enorme, con poderosos músculos y una espesa melena que le daba un aspecto aún más imponente. Sus ojos llameaban hambrientos, una peligrosa y salvaje advertencia para quienes estaban allí.

—¡*Dio*, está volviendo a pasar! ¡Tendré que convocar a los leones! —exclamó Francesca, y escondió el rostro entre las manos.

—¡No! —La voz de Isabella sonó como un latigazo de autoridad. Alzó la cabeza y avanzó hacia la bestia agazapada. Sus brazos estaban extendidos en un gesto de súplica—. Te amo, Nicolai. No permitiré que te aparte de mí. Si matas a Theresa, no tendremos nada. Y esa cosa lo sabe.

El león sacudió su poderosa cabeza en dirección a ella, con los ojos ardiendo por la necesidad de matar. La boca abierta, mostrando los dientes afilados. Un nuevo rugido desgarró el aire. Por encima de sus cabezas, las oscuras nubes se abrieron y derramaron su lluvia.

Isabella alzó el rostro y dejó que las gotas bañaran su ser y se llevaran el terror de aquel instante. Volvió a bajar la cabeza y miró sin pestañear al león. Su corazón latía con fuerza y tenía la boca seca, pero por dentro notaba una profunda sensación de paz.

—No te veré como la bestia, Nicolai. No lo haré.

El león se estremeció y se agazapó, y la miró sin reconocerla. Francesca se situó junto a ella.

—Yo tampoco te veré como la bestia, *mio fratello*.

Sergio y Violante se situaron a la izquierda de Isabella. Se negaban a apartar la mirada del león. La bestia sacudió su cabeza inmensa, con los ojos rojos en la noche.

Isabella, siempre sensible a la maldad de la entidad, notó que se recomponía para el ataque final. Sabía que su objetivo último era Nicolai. Estaba alimentando a la bestia, alimentando instintos naturales, el hambre y la rabia, hasta que todas aquellas emociones se fundieron en la necesidad del león de matar. Y al concentrar todo su poder en el *don*, la entidad había tenido que dejar a los demás.

El capitán Bartolmei tomó a su esposa del brazo y la apartó de los dos guardias asustados. Los soldados corrieron para alejarse a una distancia prudencial, aterrorizados por aquella bestia. Rolando y Theresa se situaron junto a Violante y Sergio para hacer frente a Nicolai.

Sin previo aviso, el león saltó hacia ellos. Theresa y Violante gritaron y se escondieron detrás de sus esposos. Los capitanes retrocedieron. Francesca se cubrió el rostro. En aquellas décimas de segundo, el tiempo pareció detenerse para Isabella. El terror era una criatura viva en su corazón. Pero aquel era el hombre que había salvado a su hermano de una muerte segura. El hombre que cargaba con la responsabilidad de su pueblo, con un legado bajo el que otros hubieran sucumbido. Era Nicolai. Su Nicolai. Su corazón y su alma. La risa, el amor de su vida. Aquella criatura era su hombre.

Isabella se arrojó hacia delante para hacer frente al ataque. No permitiría que la entidad se lo arrebatara sin luchar.

—¡Nicolai! —gritó su nombre y le rodeó con los brazos el cuello, abrazó a la muerte.

El gran león gruñó y meneó la cabeza tratando de sacudírsela. Las manos de Isabella se aferraban con fuerza a la melena. Ella escondió el rostro en aquella espesa mata de pelo. Notó que las mandíbulas se cerraban en torno a sus costillas y rezó.

—¡Nicolai! —Francesca saltó hacia delante y rodeó con los brazos la cabeza inmensa de león—. *Mio fratello! Ti amo!*

La gran bestia temblaba por la indecisión.

Rolando Bartolmei y Sergio Drannacia siguieron el ejemplo de la prometida de Nicolai y se enfrentaron a una muerte segura cerrando los brazos en torno a la gran mole del león. Sus esposas los siguieron y tocaron al monstruoso animal, rezando para tener valor.

—Sophia está aquí —dijo entonces Francesca con reverencia—. Sophia y Alexander. Están juntos, tocando a Nicolai. Y los otros. Todos. Están aquí con nosotros.

Isabella sentía su presencia, sentía la presencia de aquellos espíritus a su alrededor, alrededor de Nicolai, derramando su fuerza para ayudar en la batalla por la posesión de *don* DeMarco.

—Mi chico. —Sarina y Betto estaban allí, con los ojos arrasados por las lágrimas. Y salieron con el resto de sirvientes al patio—. Nosotros solo vemos al hombre, Nicolai, nada más.

De pronto, el aliento caliente y jadeante que Isabella notaba ya no estaba en el costado, sino pegado a su cuello. Podía sentir el rostro, no un morro, apoyado contra su hombro. Y se aferró a él con cada gramo de fuerza que tenía, susurrándole palabras de amor y esperanza.

La entidad había retrocedido, consciente de que ahora luchaba por su supervivencia, no solo por conservar su poder. Pero, una vez reagrupada, volvió a atacar con fuerza a Nicolai, vertiendo la perversidad, el odio, el poder oscuro y retorcido en aquel ser que reverberaba en algún punto entre la bestia y el hombre.

Isabella sentía el pelaje, los colmillos, las zarpas, pero se mantuvo firme. Nicolai podía haberla matado, pero no lo hizo.

—Escúchame, amado mío —susurró contra la melena espesa—. Jamás me has mentido. Desde el principio he sabido cuál era tu legado. Y te he elegido a ti. A ti, Nicolai. Seas bestia o seas hombre, tú y yo somos uno. No he huido ni huiré. Elige por los dos. Te amo lo bastante para aceptar tu decisión. Esa cosa que nos amenaza no puede quitarnos eso.

Isabella oyó un gruñido al principio. Las palabras llegaron a sus oídos rasposas.

—*Ti amo, cara mia*, te quiero. No puedo hacerte daño. Ni permitir que nadie te haga daño.

Los labios de Nicolai se movieron sobre su cuello, su mentón, y buscaron su boca para devorar aquel sabor tan dulce.

Aquel besó sacudió la tierra bajo sus pies. Sus brazos la rodearon con fuerza, su cuerpo sólido, musculoso, el cuerpo de un hombre. El suelo volvió a moverse y a sacudirse.

—¡Nicolai! ¡Isabella! —gritó Francesca, al tiempo que los capitanes los arrastraban tratando de hacerles salir del patio.

Salieron trastabillando de allí, y vieron horrorizados que el suelo se combaba y se dividía para formar un profundo abismo. La lluvia caía con fuerza. Las líneas aserradas de los rayos marcaban un cielo furioso, como venas de energía candente.

—¡Volved! —gritó Francesca mientras corría buscando la seguridad del *palazzo*.

Un rayo caído del cielo impactó en la tierra y penetró en el abismo abierto en el patio. Aquel impacto cegador hizo que algunos perdieran el equilibrio y cayeran al suelo. El ruido era ensordecedor. El aire chisporroteaba a su alrededor. Un humo venenoso empezó a salir de la profunda grieta y se disipó bajo la lluvia limpia y fresca.

Nicolai pegó a Isabella con fuerza contra el muro del *castello*, protegiéndola con su cuerpo. La tierra se sacudía. Ella trató de ver algo bajo el brazo de Nicolai, y él lo levantó ligeramente, a desgana, para dejar que viera sacudirse la tierra, para que la viera cerrarse sobre sí misma para reparar la grieta. Entonces respiró hondo, desorientada por los acontecimientos, aferrándose con fuerza a la camisa de Nicolai para retenerlo a su lado.

Y de pronto todo quedó en silencio, mientras se miraban los unos a los otros mudos de asombro. Durante un largo momento nadie habló. Nadie se movió. La lluvia caía sobre ellos, no una lluvia oscura y desalentadora, sino limpia y refrescante.

Nicolai fue el primero en hablar.

—¿Estáis todos bien? ¿Hay alguien herido? Sarina, mirad dentro. Comprobad si el hermano de Isabella está bien.

Se miraron unos a otros, para ver si había algún herido.

—Se ha acabado —anunció Francesca—. Lo conseguisteis, Isabella. Nos habéis liberado. Sofía está con Alexander y me pide que os transmita el agradecimiento de todos los otros. Os da las gracias por liberarles a ella y a Alexander de su tormento.

—¿La entidad se ha ido? —Isabella se quedó mirando el patio chamuscado—. Entonces, ¿estaba encerrada en la tierra? —No acababa de hacerse a la idea. Ahora que todo había acabado, las piernas se negaban a sostenerla. Se apoyó contra Nicolai—. ¿Se ha acabado? ¿De verdad? ¿Estás seguro?

Miró a los hipnóticos ojos de Nicolai y quedó prendada por la mezcla de alegría y tristeza que vio en ellos.

—Puedo oír a los leones y comunicarme con ellos, pero cuando busco a la bestia, no está ahí.

Parecía perdido.

Isabella lo aferró con más fuerza.

—Debe de dar miedo sentir que te falta una parte de ti.

—Yo tampoco la siento —apuntó Francesca.

—Yo no podía convertirme en la bestia si no estaba realmente furiosa —susurró Theresa desde la seguridad de los brazos de Rolando—. Me alegro de que se haya ido. Me aterraba.

Nicolai abrazó a Isabella. Su salvación. Su amor. Un temblor recorrió su cuerpo.

—Me aterra pensar que se ha ido. —Y lo susurró contra su oído, solo para ella, con el rostro hundido entre sus cabellos—. Me aterra pensar que eres mía y que no te merezco.

—Lo superarás. Pasaremos por esto juntos.

Isabella le sujetó el rostro entre las manos. Se puso de puntillas para rozar su boca con suavidad con los labios. Tan solo un leve contacto.

Que le sacudió hasta el alma. Sus dedos se enredaron en su pelo y la sujetaron con fuerza.

—Eres mi vida, Isabella. Y tú lo sabes. —Y la besó con una ternura exquisita—. *Ti amo, cara mia*, por siempre jamás.

—¿*Don* DeMarco? —dijo Rolando Bartolmei con voz seria—. Solicito que perdonéis formalmente a mi esposa.

Nicolai levantó la cabeza y se giró para mirar a su prima, mientras Isabella seguía bajo su hombro.

—Theresa, todos cometemos errores. Espero que sabréis perdonarme los míos.

Theresa se arrebujó contra su esposo, con los ojos llenos de lágrimas.

—Lo siento de verdad.

—Ninguno de nosotros está libre de culpa —dijo Nicolai mirando a Isabella a los ojos.

Y cuando le sonrió, la dejó sin aliento. Sus dedos se enlazaron.

—Tenemos mucho que celebrar —señaló Sergio—. Hemos sofocado una invasión, hemos hecho justicia con un villano, hemos vencido a la maldición y destruido a la entidad. No está mal para un día.

Y se inclinó para besar a su esposa delante de todos.

—Betto, id en busca del cura y traedlo enseguida —ordenó Nicolai y, sin poder contenerse, sujetó a Isabella por los cabellos y le hizo echar la cabeza hacia atrás para acceder a su boca suave y tentadora. Se sentía desesperado, desorientado sin esa parte de su ser que siempre le había acompañado. Pero la boca de Isabella estaba allí, tan prometedora, tan tentadora, y contestó a un beso con un beso, sin preocuparse por las miradas curiosas.

Finalmente, cuando Nicolai levantó la cabeza, Isabella le sonrió, con el corazón brillando en su mirada.

—Me parece que se ha acabado —dijo—. No creo que necesitemos ningún cura, Nicolai.

Nicolai gimió y volvió a pegarla a su cuerpo anhelante con fuerza.

—Créeme, Isabella, necesitamos a ese cura ahora mismo.

—Estoy totalmente de acuerdo. —Sarina sonaba escandalizada. ¿Qué importaban los espíritus y los leones y la grieta de la tierra? Siempre había que respetar las maneras ante el servicio—. ¡Betto, tráelo enseguida! ¡Y vos, Isabella, quiero que os protejáis de la lluvia ahora mismo!

Isabella se miró su vestido empapado. La fina tela ahora casi transparente mostraba demasiado.

—¿Y voy a casarme ahora, así?

Nicolai agachó la cabeza y su boca quedó apenas a unos centímetros de la de ella.

—Te pienso hacer un *bambino* esta noche, casados o no. Si prefieres que sea sin casar y con público… —añadió con tono travieso.

Isabella trató de parecer escandalizada, pero fue incapaz de imitar la expresión de Sarina. Sentía que la felicidad la desbordaba, porque ahora sabía que tenía un futuro junto al hombre al que amaba. Se apoyó contra él y levantó la cabeza para mirarle.

—Sin casar me parece bien, Nicolai, y si tenemos que esperar mucho más… —dijo con tono seductor.

Los ojos de Nicolai la miraron haciendo chirivitas durante un largo momento. Se pasó una mano por el pelo con agitación, revolviéndolo como nunca.

—¡Betto! —rugió, león hasta el final—. ¿Dónde está ese cura?